소설
목민심서

牧民心書

[완결판]

소설 목민심서 〈상〉

초판   1쇄   1992년   4월   25일
초판 45쇄   2000년   1월   10일
중판 52쇄   2001년   3월   13일
3판   38쇄   2003년   8월   21일
4판   24쇄   2005년   1월   18일
5판   10쇄   2014년   6월   17일

완결판 1쇄 발행   2014년   12월   5일
완결판 3쇄 발행   2018년   5월   18일

저자   황인경
펴낸이   박정태
펴낸곳   북스타
출판등록   2006.9.8 제313-2006-000198호
주소   파주시 파주출판문화도시 광인사길 161 광문각빌딩
전화   031-955-8787
팩스   031-955-3730
E-mail   kwangmk7@hanmail.net
홈페이지   www.kwangmoonkag.co.kr
ISBN   978-89-97383-42-9   04810
         978-89-97383-41-2   세트

◇ 완결판 ◇

황인경

대하역사소설

상

牧民心書

목민심서

소설

시대를 앞서간 다산 정약용의
감동적인 일대기!

BOOK STAR

국가의 백년지계(百年之計)는 교육에 있고 교육의 근본은 수신(修身)에 있고 수신의 근본은 자세와 동작에 있다고 할 수 있다. 성공하는 자의 키워드는 자세와 동작에 있다. 곧 중용(中庸)이다. 자세와 동작이 바로 서면 모든 것이 바로 서기 때문이다.

조선 후기 개혁군주 정조대왕과 함께 정치 현실에 대한 해법을 찾고자 노력했던 다산 선생의 시대정신과 가치는 오늘날에도 여전히 유효한 목민(牧民)의 정신이다. 내가 20대에 썼던 소설 목민심서를 30여 년이 흐른 지금 다산 어른의 사상이나 철학을 제대로 이해하지 못했던 아쉬움이 늘 있었는데 그분의 강진 18년의 유배 시절과 동연배가 되고 보니 그분의 당시 심정이나 학문적 심오함을 좀 더 이해할 수 있게 되어 곪아 터져 있던 당시의 시대상을 애통해하시던 그분과 교감하며 그의 학문적 가치를 더욱 깊이 있게 재해석해 보았다.

다산 어른의 수많은 주옥같은 작품 속에서 가장 으뜸으로 강조하신 것은 무엇보다 효제사상이다. 부모와 자식 간은 물론이고 형제, 사촌, 인척, 이웃 간에 서로 이해하고 사랑하고 배려하는 마음이 인간의 가장 기본이라고 강조하셨다. 지금 우리 사회에 가슴 아픈 사건들이 너무나 많이 일어나고 있다. 바로 효제사상이 무너진 탓이다. 이제 우리 모두가 나서서 사라져 버린 효제사상을 바로 세워야 한다고 생각한다. 나 또한 앞으로의 남은 생을 효제사상을 바로 세우는 데에 헌신하고 싶다.

30여 년 전 다산을 연구하기 시작할 때부터 지금까지 늘 곁에서 조언을 해주신 박석무 다산연구소 이사장께 깊은 감사의 마음을 드린다. 한문이 부족한 내가 그분이 번역하신 유배지에서 보낸 편지와 다산시선, 산문선, 목민심서가 아니었다면 나는 소설 목민심서를 쓰지 못했을지도 모른다. 늘 곁에서 아낌없는 격려와 배려를 해준 가족들에게 감사한 마음을 전한다.

끝으로 좋은 책 만들어 주신 북스타 박정태 사장님과 임직원들께 고마움을 전한다.

2014년 11월
담우 황 인 경

목차

희한한 발명품

창동 거리는 비만 오면 질척거렸다. 좁은 골목이 다닥다닥 붙어 있어 물이 잘 빠지지 않고 늘 그대로 고여 있기 일쑤였다. 내리는 듯 마는 듯한 가을비가 겨우 반각쯤 뿌렸을 뿐인데 골목길은 어느새 진창이 되어버리는 것이다. 조심스럽게 발놀림을 해도 척척 달라붙는 진창을 피할 도리가 없고, 짚신 사이로 기어드는 흙탕물은 버선을 흠씬 적셔 놓곤 했다.

"창동이 아니라 진창동이군."

지나가던 길손들은 혀를 끌끌 차게 마련이었다. 이 집 저 집에서 기르는 개들이 비만 오면 신이 나 골목길을 쏘다니다 아무 데서나 달라붙은 진흙을 떠느라 몸을 부르르 떨어댔다. 장옷을 쓰고 걸어오던 여인이 그 곁을 지나다가 곱게 다려 입은 비단옷은 물론 얼굴에까지 진흙 벼락을 맞고 말았다. 몸종이 송구해서 안절부절못하다가 팔을 내두르며 소리 질렀다.

"이 몹쓸 개야! 저리 못 가!"

누런 개가 몸종의 손짓에 꼬리를 사리고 재빨리 비켜갔다. 지나던 사람들이 그 광경을 보고 웃음을 터뜨렸다. 창동은 명례방, 회현방, 광화문의 삼각 지대에 있어서 지름길을 이용하는 사람들의 통행이 잦은 곳이었다.

저자가 가깝고 교통이 편리해서 가난한 선비가 살기에 창동만큼 적당한 곳도 드물었다. 가까운 거리에 고관대작들의 대궐 같은 집이 즐비한 북촌이나, 선비들이 모여 사는 남촌의 민가가 있었지만 원래 가난한 살림인 정씨 집안으로서는 역부족이었다. 근근이 모은 세비로 겨우 은신할 집 한 칸을 창동에 마련한 것은 정씨 가문의 가장인 정재원이었다. 연천군수와 화순현감을 지낸 그는 부정한 축재를, 우선 임금께 불충하고 조상을 욕되게 하는 짓이라 믿어온 청백리였다.

원래 자식들을 위해 장만한 집이었으나 막내아들인 약용만이 그곳에 살림을 차렸다. 둘째인 약전과 셋째인 약종은 과거 공부에 별 관심을 갖지 않았기 때문이다. 그러나 얼마 후 약전도 이사를 와 두 형제가 함께 공부를 하게 되었다. 약용의 나이 21세 때였다.

문간방에는 천만호라는 목수가 세 들었다. 소목 일을 하는 그는 온화하고 듬직한 데다 성실했으며, 약용의 글 읽는 소리가 들리면 방해하지 않으려고 아예 일감을 챙겨 바깥마당으로 나가는 조신함마저 있었다. 그는 또한 손재간이 뛰어난 사람이었다. 단순한 톱질, 대패질에도 남다른 솜씨가 돋보여서 주문받은 물건을 만드는 틈틈이 재간을 부린 책상이나 벼룻집 등을 약용에게 선물했는데, 그때마다 약용은 그 정교함에 감탄을 금치 못했다.

"자네 솜씨가 여간 아닐세."

"서방님 마음에 드실는지 모르겠습니다요."

"더없이 좋구먼, 옻칠도 훌륭하고."

천만호는 매번 듣게 되는 약용의 칭찬에 늘 겸연쩍어 했다. 흠잡을 데 없이 만들어진 벼룻집에서 눈을 떼지 못하는 약용은 그런 그가 더더욱 미더워 보였다.

약용은 천만호의 성실하고 겸손한 성품을 사랑했다. 글 읽기에 지친 머리를 식히러 뜰에 나올 때면 그에게 들러 이런저런 이야기를 나누는 시간을 즐겼다.

"천 서방네가 끼니를 굶는 듯해서 저녁거리를 좀 주었더니 극구 사양을 하지 않아요. 아무리 권해도 받지를 않으니, 서방님께서 좀 말씀해보시면 어떨는지요."

천만호에 대한 약용의 마음씀씀이를 아는지라 어느 날 홍씨가 넌지시 귀띔을 했다.

"끼니를 굶다니요, 부인?"

"일거리가 일정하게 들어오질 않는가 봐요. 있다가 없다가 하니까 없는 날이면 땟거리도 구하지 못하는 모양이에요."

"원, 그럴 수가……."

약용은 곧장 일어나 방을 나왔다.

저녁도 굶고 일찌감치 누웠던 듯 천만호는 뜻밖의 소리에 놀라 허둥지둥 누더기처럼 덧바른 방문을 열어 그를 맞아들였다. 천만호네가 든 뒤로 처음 들여다보는 방 안을 그는 새삼스런 눈길로 이 구석 저 구석 살펴보았다. 그런 약용을 앞에 두고 천만호는 송구한 몸짓으로 안절부절못했다.

"오늘은 일거리가 없었는가?"

부드러운 물음이었지만 그는 죄라도 지은 사람처럼 고개를 더 깊이 수그리며 더듬거렸다.

"서방님, 저희들 사는 거야 평생 이렇지, 어찌 더 큰 욕심을 부리겠습니까."

"밥은 굶지 않고 살려는 게 욕심 부리는 것은 아니질 않는가?"

답답한 생각에 약용의 어조에는 짜증기가 배어 있었으나 천만호는 별도리가 없다는 몸짓으로 묵묵부답이었다. 약용은 어조를 누그러뜨리며 정색을 하고 물었다.

"자네 소원이 있다면 무엇인가?"

늘 백성들의 헐벗음과 굶주림에 마음이 쓰였던 터에 한집안 식구나 다름없는 그의 딱한 사정을 알고 난 지금 모른 체할 수는 없는 노릇이었다. 어떻게든 밥은 굶지 않도록 도와주고 싶었다.

"매일매일 일거리나 있었으면 원이 없겠습니다요. 겨울만 되면 일감이 딱 끊기고 마니 날이 추워지기 시작하면 간이 다 졸

아드는구먼요."

그는 비로소 마음에 있는 말을 솔직하게 털어놓았다.

"그렇다면 일거리가 들어오기만을 앉아서 기다릴 게 아니라 미리 팔릴 만한 물건들을 만들어두었다가 저자에 내다 팔면 될 것 아닌가?"

"허지만 서방님. 그렇게 하려면 뒷돈이 있어야 하고, 공방도 구해야 할 것입니다요."

"일할 곳이야 우선 우리 집 뜰에서 하면 되겠네만 뒷돈이 문제구먼."

"신용만 얻으면 재료비 정도는 구할 수 있겠습죠만, 소인 생각에는 어떤 물건을 만들어야 할는지가 제일 큰 문제인뎁쇼?"

천만호의 말을 듣고 보니 난감하기로는 약용도 마찬가지였다. 성호의 영향을 받아 실학 공부를 좀 했다고는 하지만 이처럼 실제적인 문제에 부딪히자 전혀 도움이 되지 못했다.

"그 문제는 좀 더 생각해보기로 하고 우선 준비부터 하게."

과거 공부에만 파묻혀 지내던 약용은 갑자기 새로운 숙제를 떠안게 되었다.

'무엇을 만들어야 하나.'

약용은 그날부터 책장은 덮어두고 천장을 쳐다보며 생각에 골몰하기 일쑤였다. 멍하니 생각에 잠겨 있다가 답답해지면 장안 거리를 쏘다니거나 저잣거리의 상점들을 기웃거렸다.

'일 년 내내 잘 팔릴 수 있는 물건으로 어떤 것들이 있을까?'

천만호는 문갑이나 사방탁자, 농이나 궤 등 살림살이를 만드는 재주가 뛰어났다. 그러나 그것들은 다른 소목장이들도 얼마든지 만들 수 있을 뿐만 아니라 찾는 사람의 취향을 고려해야 하기 때문에 대부분 주문에 따라 만들 수밖에 없었다. 더욱이 오랜 전통과 솜씨를 자랑하는 장인들이 단단히 터를 굳히고 있는 품목들이라 겨우 그들의 찌꺼기나 건져 먹고 사는 천만호의 처지로서는 생활필수품이면서 남이 만들지 못하는 독특한 물건을 내놓아야만 승산이 있을 터인데 그것을 생각해 내기가 쉽지 않았다.

'기계라야 한다. 한꺼번에 많은 물건을 만들어 내는 기계가 있다면 시간과 비용을 줄일 수 있다. 우선 기계를 만들자.'

여기에까지 생각이 미친 약용은 기계를 만들 궁리에 몰두하기 시작했다.

그러나 정작 장본인인 천만호는 약용과 나눴던 이야기를 까마득하게 잊고 있었다. 약용의 권에 못 이겨 홍씨가 나눠준 땟거리로 몇 끼를 때우고 나더니 다시 일감이 들어오자 언제 근심이 있었느냐는 듯이 명랑해져서 열심히 대패질을 해댔다.

하루는 약용의 엉뚱한 행동을 보다 못한 약전이 약용을 불렀다.

"요사이 공부는 뒷전이고 어딜 그렇게 나다니는가?"

"그럴 만한 사정이 있습니다."

"그 사정이라는 걸 한번 들어보세."

약전은 성격이 직선적이고 외고집이었다. 한번 결심을 하면 기어이 해내고 마는 집념도 있었으나 그렇다고 노력파는 아니었다. 그러나 어려서부터 동생 약용을 아끼는 마음은 극진했다. 자신보다 우수한 동생의 재능을 인정하고 사랑하는 아름다운 우애를 지니고 있었다.

"어찌하면 돈을 벌 수 있을지 궁리하고 있습니다."

약전은 아연했다.

"학문을 하는 선비가 그 무슨 해괴망측한 소리를 하는가!"

"땟거리가 없어 노상 밥을 굶다시피하는 천 서방이 하도 안 돼 보여서 생각해본 것입니다."

기가 막힌 듯 한동안 말을 잃고 약용의 얼굴을 쳐다보던 약전의 입에서 곧이어 괄괄한 성미대로 호통이 터져 나왔다.

"네 앞가림이나 잘할 것이지 과거 공부하다 말고 소목장이 먹고사는 걱정을 도맡았더란 말인가?"

"형님, 아버님께서도 지식만을 쌓기 위한 학문을 해서는 안 된다고 하셨습니다. 끼니도 굶기 일쑤인 백성들 위에 앉아서 탁상공론이나 일삼는 정사를 하려고 과거를 보는 것이 아니옵니다. 당장 한 지붕 밑에 사는 식솔의 일을 강 건너 불 보듯 하면서 과거에 급제하면 무엇 하겠으며 그런 사람이 올바른 목민관이라 할 수 있겠습니까."

이치에 맞는 약용의 간곡한 말에 약전은 할 말을 잃고 말았다. 묵묵히 방바닥만 내려다보고 있던 약전이 고개를 들었다.

따뜻한 시선으로 약용을 보는 얼굴에 잔잔한 미소가 서려 있었다.

"그래, 무엇으로 돈을 벌겠던가?"

"지금도 고심 중입니다. 확연한 게 없어 여기저기 다녀보고는 있습니다만… 제 생각으로는 생활필수품을 한꺼번에 쉽게 만들어 낼 수 있는 기계가 있다면 어떨까 싶습니다."

약전은 회의적이었다. 새로운 기계를 만들어 내는 것은 하루아침에 이룰 수 있는 일이 아니다.

"그게 쉬운 일은 아니지. 농부는 농사를 지어야 하고, 칼은 대장장이가 만드는 게 제격인데 공부하는 선비 머리에서 갑자기 돈 모으는 기계가 만들어지겠는가?"

"그러나 형님, 어떤 품목을 만들 것인가는 생각해볼 수 있잖겠습니까. 제 생각으로는 반드시 적당한 것이 있을 듯 싶습니다……."

약전이 무슨 소리로 설득해도 이미 그의 생각을 되돌릴 수 없는 게 분명했다. 약용의 파고드는 성미를 잘 아는 약전은 하는 수 없이 머리를 맞대고 의논 상대가 돼주었다.

"나도 잘 모르지만, 예부터 의식주가 먼저라고 하지 않던가? 의식주에 관계되는 것이 생활필수품이고, 그중에서도 돈을 벌자면 의에 관한 것이 첫째라고 할 수 있겠지."

약전은 포목상을 떠올리며 상식적으로 대꾸했다. 이 말을 들은 약용의 생각은 점점 복잡해져 갔다. 나무로 물건을 만드는 소목장이의 기술과 관계되는 물건이 흔할 것 같지 않았다.

제 방으로 돌아가 얼마 동안을 끙끙거리던 약용은 갑자기 무릎을 쳤다.

"형님 말씀이 옳구나."

불현듯 떠오른 좋은 생각에 그는 혼잣말을 하며 빙긋 웃었다.

그는 다음 날부터 목화로 짜는 무명베의 제조 과정을 일일이 조사하러 다니기 시작했다. 그러고는 씨아, 물레, 베틀 등의 장단점을 연구했다. 그 모든 작업을 약용은 혼자서 오랜 시간에 걸쳐 진행했다.

솜 타는 일이야말로 가장 손이 많이 가는, 원시적인 작업에 속했다.

솜을 만들기 위해 씨아로 씨앗을 뺀 딱딱한 목화를 활로 타는 과정이 번거롭기 그지없었다. 베를 짤 솜이건, 이불이나 요에 넣을 솜이건 모두 활로 타야만 하는데 그럴 때마다 온 집안은 먼지로 뒤덮였다.

"기계로 솜을 타면 굉장히 편리하겠구나."

약용은 확신을 갖고 솜 타는 기계를 연구했다. 상자 안에 활줄을 여러 개 장치해 놓고 그것에 작은 바퀴와 큰 바퀴가 연결되도록 했다. 발로 밟아 큰 바퀴를 돌리면 피대로 연결된 작은 바퀴가 빠른 속도로 돌아가게 되고, 작은 바퀴와 연결된 장치는 사람이 손으로 돌리는 것의 수십 배에 달하는 힘으로 솜을 타게 된다는 구상이었다.

구상이 끝나자 약용은 면밀히 설계도를 그렸다. 치수를 계산하고, 힘의 낭비가 없도록 자세히 살폈으며, 헛점이 발견되면 몇 번이고 되풀이해서 그렸다. 최종 설계도를 완성하자 약용은 천만호를 방으로 불러들였다.

"자네 이걸 좀 보게."

"그게 무엇입니까요, 서방님?"

흰 종이 위에 이상한 모형의 선이 거미줄처럼 그려져 있는 것을 본 천만호는 눈이 휘둥그레져서 약용에게 반문했다.

"솜 타는 기곌세."

"아니, 이런 게 어떻게 솜을 탑니까요?"

약용은 회심의 미소를 지었다.

"자네가 이걸 만들어 보게."

"만드는 것이야 해보겠습니다만 까막눈이 되어서 알아볼 수가 있어야 합지요."

"내가 일일이 일러줄 터이니 당장 시작해 보세나."

"정말로 솜이 타질까요?"

설계도를 손에 든 천만호가 눈을 반짝이면서 약용에게 확인하려 들었다.

"그거야 만들어서 시험해 봐야 알겠지."

약용은 짐짓 신중을 기했다.

천만호의 눈이 다시 종이 위에 머물렀다.

"이 기계가 만들어지면 손으로 타는 것과 얼마나 차이가 날깝쇼?"

"내 계산으로는 스무 배는 족히 될 걸세. 스무 명이 할 일을 이 기계가 맡아 하는 셈이지. 또 손으로 돌리는 것이 아니라 발을 사용하기 때문에 훨씬 힘도 덜 들 거구."

"서방님, 믿어지지 않습니다요. 이 종이 위에 그려진 것이 정말 그런 일을 해낼 수 있으리라는 것이."

"만들어 보면 알겠지."

약용은 그에게 설계도면의 자세한 내용을 설명해 주었다. 생전 처음 듣는 이상한 기구를 만드는 것에 천만호는 기대와 흥분으로 얼굴이 상기되었다.

손재주가 뛰어난 그였으나 약용이 염려했던 대로 기계의 부분 부분을 만들기란 쉽지 않았다. 또 어렵게 만든 부품을 끼워 맞춰놓아도 어디가 잘못되었는지 알지 못한 채 기계가 작동되지 않는 게 수십 번이었다.

그러기를 수개월. 그나마 들어오던 일감도 솜틀 기계를 만드느라 모두 거절하는 처지였으니, 하루 벌어 하루 사는 사람의 생활이 수월할 수 없었다.

"그놈의 것 제발 집어치우고 밥벌이를 해야 헐 것 아니오닛까."

착하기만 한 천만호의 처 마포댁이 견디다 못해 투정을 일삼기 시작했다.

"서방님 들으서. 예펜네 소리가 왜 그리 커!"

작은 목소리로 나무란 천만호는 마포댁의 손을 잡아끌고 방으로 들어갔다.

"잔소리 말고 친정에 가서 돈 좀 얻어와."

"논 서너 떼기 부치는 거 뻔히 알면서 돈이 어딨을 거라고 이 러시오닛까. 누군 요술방망이라도 꿰차고 앉은 줄 아시오닛 까?"

"아니, 이놈의 예펜네가 어따 대고 말대꾸야! 그러잖아도 답 답한데 왜 지랄이야."

"굴뚝에 연기 안 나간 게 벌써 며칠쨴 줄이나 알고 계시오닛 까?"

앙칼지게 대드는 마포댁을 으르메 쫓아내고 천 서방은 방 바닥에 벌렁 드러누웠다. 사실 그도 근심이 이만저만이 아니었 다. 오랫동안 주인이 지혜를 모아 설계해준 것인데 계속 실패 만 거듭하고 있으니 주인을 대할 면목이 없었다.

당장 돈이 생기지도 않는 일을 하느라고 목재상 외상값이 어지간히 쌓였다. 평생을 외상이라고는 모르고 살아온 그는 갚을 길이 없어 목재상 앞을 피해 다니는 것도 고역이었다. 그 렇다고 푼돈 생기는 일을 위해 주인이 시킨 일을 밀쳐둘 수도 없었다. 처가의 살림을 뻔히 알면서 애꿎은 마누라에게만 화 풀이를 했던 것이다.

방에서 내쫓긴 마포댁은 토방 끝에 쪼그리고 앉아 잇새로 새어 나오는 울음을 애써 삼키고 있었다. 아무리 생각해 봐도 가망이 있을 것 같잖은 일을 붙들고 있는 남편도 답답하게 여겨졌지만 막상 실패로 끝이 난다면 집에서 내쫓기는 것은 아닌가 하는 걱정이 앞섰다. 손에 쥔 것 한 푼 없이 거리로 나앉을 생각을 하면 눈앞이 아득했다.

칭얼대는 돌배기 학연을 달래기 위해 마당으로 나오던 홍씨가 마포댁을 보고 다가왔다. 아무래도 심상찮은 기색을 눈치챘던 것이다.

"이 밤중에 거기서 뭘 하는가?"

깜짝 놀라 눈물을 훔친 마포댁은 서둘러 일어섰다.

"아니어요, 아씨."

보름을 이틀 남겨둔 탓으로 달은 밝았다. 울음 끝을 감추려 했지만 홍씨가 마포댁의 심정을 눈치 못 챌 리 없었다.

"힘들지?"

홍씨의 따뜻한 위로에 마포댁의 눈가에는 다시 눈물이 비어져 나왔다. 홍씨는 마포댁의 어깨를 다독거리며 말을 이었다.

"그렇게 열심히 하는데 곧 좋은 끝을 보게 될 거야. 좀 더 참아 보게나."

"당장 끼니도 없는데 저렇게 보낸 세월이 얼마이오닛까. 입에 풀칠을 해야 장래가 있어도 있을 게 아니오닛까."

딱한 사정을 헤아리고 위로하려던 홍씨도 할 말이 없었다. 홍씨는 광으로 들어가 쌀 두어 됫박을 들고 나와 마포댁 손에 쥐어주었다. 마포댁은 눈물을 훔치며 자꾸만 고개를 숙였다.

"천 서방! 천 서방, 게 있는가?"

며칠이 지난 어느 날. 밖에 나갔던 약용이 밝은 얼굴로 돌아와 천만호를 찾았다. 거듭되는 실패로 지쳐 있던 천만호는 별다른 기대도 없이 약용 앞에 나아갔다.

"쇠붙이로 바꾸면 되는 걸 가지고 그랬었네, 이 사람아!"

"예?"

영문을 알 수 없어 하는 천만호에게 약용이 찬찬히 일러 주었다.

"나무를 깎아 만들어 붙였던 바퀴를 쇠붙이로 바꾸면 틀림이 없을 것일세."

그날로 천만호는 대장간에 가서 약용이 그려준 대로 바퀴를 만들었다. 대장간을 벌이고 있는 순이 아범은 형제와 같이 지내는 처지를 생각해 외상으로 일을 하면서도 제 일처럼 서둘러 주었다.

천만호는 들뜬 마음으로 완성된 바퀴를 달았다. 그러나 아무리 해도 바퀴가 헛돌 뿐이었다. 낙담을 해 앉아 있는데 약용이 다가왔다.

"잘되는가?"

그는 대답을 할 기력도 없어 고개만 떨구었다.

"어디 보세."

쇠바퀴를 살펴본 약용은 큰 소리로 웃어젖혔다. 영문을 몰라 하는 천만호의 어깨를 툭툭 치며 좀체 웃음 끝을 맺지 못했다.

"이곳에 톱날이 없지 않은가? 이러니 헛돌 수밖에….."

약용의 말에 화들짝 놀란 천만호는 벌떡 일어나 기구 앞으로 달려들었다.

"아이구, 세상에. 죄송하구먼요, 서방님. 지는 그것도 모르고 크게 낙담을 했구먼요."

톱날을 깎는 데에 꼬박 나흘이 걸렸다. 톱날 모양의 바퀴를 다시 조립하니 그제야 기계가 돌아가기 시작했다. 사람의 허리 정도 높이에 위치한, 네모난 본체에는 목화가 들어가는 구멍과 솜이 나오는 구멍이 따로 있었다. 측면으로 큰 바퀴와 작은 바퀴가 상하로 달려 있고, 피대가 두 바퀴를 연결하고 있었다. 약용도 흥분을 감추지 못했다.

"가서 솜을 좀 구해 오게. 본격적으로 시험을 해보세."

천만호는 방으로 달려가 덮고 자는 이불을 뜯었다. 조급한 마음에 이불 홑청이 찢기는 것도 아랑곳하지 않았다.

들들들들. 발로 바퀴를 돌리자 요란한 소리를 내면서 기계가 돌아갔다. 몇 해 동안 덮고 자느라 짓눌려서 딱딱해졌던 솜을 집어넣자 반대쪽 구멍으로 새것처럼 푹신하고 가벼운 솜이 한없이 밀려 나왔다.

"신기합니다요, 서방님. 이토록 쉽게 솜이 타지다니. 무슨 요술 기계를 보는 듯한뎁쇼?"

천만호는 감탄하여 입을 다물 줄 몰랐다. 오랫동안 심혈을 기울여 기계를 발명해낸 약용으로서도 기계의 놀라운 힘을 처음으로 실감해 보는 순간이었다.

넓은 방에서 스무 명 남짓한 사람이 둘러앉아 꼬박 날을 새워가며 해야 할 분량을 기계 한 대로 서너 시간 동안에 다 틀어낼 수 있다는 것은 혁명적인 사건이 아닐 수 없었다. 게다가 힘이 고르게 전달되어 솜의 두께나 모양이 사람의 손으로 하는 것보다 훨씬 낫게 빠져나왔다.

약용은 얼마간 더 시험 운행을 하면서 불필요한 부분이나 부족한 면을 보완해 기계를 고쳐 만들었다.

"이만하면 내다 팔 수 있을 것이네. 바퀴의 치수를 정확히 해서 몇 대 더 만들어 보게."

"치수는 문제 없습니다요."

"이 기계의 생명은 작은 바퀴에 연결된 활에 달려 있네. 이것은 남들이 쉽게 흉내 낼 수 없는 정교한 장치니 특별한 주의를 기울여 만들어야 하네."

"알겠습니다요. 그런데 서방님, 이것을 어디다 갖다 팔지요?"

"우선 같은 기계를 열 대만 만들어 보게. 빠를수록 좋네."

천만호는 신바람이 나서 당장 일에 매달렸다. 그의 머릿속은 요술 기계가 푹신한 솜을 쉴 새 없이 토해내듯 마구 돈이 쏟아져 나오는 상상으로 가득 차 절로 콧노래가 흘러나왔다.

재료상에서는 기계를 보고 나더니 무한정 재료를 외상으로 대주겠노라고 했다. 천만호는 잘 마르고 곧은 나무를 골라 정성껏 솜틀 기계 열 대를 만들었다.

"그럼 이것을 저자에 내다 팔아보게."

"값은 얼마나 받아야 합니까요?"

"못 받아도 열 냥 이상은 받아야 될 것이네."

"어이구! 그러면 저것만 팔아도 부자가 되겠는 걸입쇼."

그는 의기충천하여 새벽 일찍 기계 한 대를 지고 저자로 나갔다.

어둠이 깔릴 무렵, 일이 어떻게 되었는지 몹시 궁금한데 천만호는 아직 돌아오지 않고 있었다. 약용은 읽던 책을 덮고 밖으로 나갔다. 잠시 뜰에서 서성이다가 조급증에 대문 밖까지 나가보았다. 바람이 차다는 홍씨의 눈치를 보느라 방과 뜰을 몇 차례나 들락거리던 끝에 대문 소리가 났다.

코가 댓 발이나 빠진 천만호는 어깨에 기계를 그대로 짊어진 채였다.

"서방님, 안 팔리던뎁쇼."

"욕심내던 사람도 전혀 없던가?"

"기계는 좋다고 하면서도 비싸다는 둥 핑계가 많더구먼요."

"대체 몇 사람이나 그러던가?"

"종일 기계를 돌렸으니까 수십 명도 더 됩지요. 눈으로 보면서도 의심이 가는 눈치였습니다요. 누군가 먼저 사가길 기다리는 것 같기도 하구요."

"그러면 됐네. 내일도 나가서 계속 기계를 돌리게."

"하지만 서방님, 이젠 틀 솜도 없는뎁쇼. 가지고 있던 것은 모두 수십 번씩 돌려서 아예 몽그라져 버렸습니다요."

약용은 생각에 잠긴 얼굴로 잠시 밤하늘을 쳐다보았다. 촘촘히 박힌 별들이 달빛과 어우러져 신비한 빛들을 쏟아내고 있었다. 수많은 별빛을 빨아들이듯 한껏 심호흡을 하던 약용은 좋은 생각이 떠올랐는지 빙그레 웃음을 지었다.

"좋은 수가 있네. '헌 솜을 거저 타드립니다.' 하는 푯말을 써 붙이고 헌 솜을 가져오거든 돈은 받지 말고 그냥 타주게."

"그래 가지고 어떻게 밥벌이를 합니까?"

"내 말대로만 하게. 그리고 기계를 사겠다는 사람이 나서도 당분간 팔지 말게."

"아니, 웬 까닭인지요?"

"하라는 대로 하게. 열흘이면 서울 장안에 소문이 퍼질 걸세. 그동안만 거저 솜을 타주게. 중간에 사겠다는 사람이 나서거든 한 틀씩은 팔지 않는다고만 하게. 머잖아 몽땅 사겠다는 사람이 나타날 걸세."

다음 날부터 천만호는 저자에 나가 헌 솜을 가지고 온 사람들에게 그것을 공짜로 타주었다.

소문이 퍼지자 솜뭉치를 인 사람들이 너도나도 몰려들어 긴 줄을 이루었다. 허술해 보이기만 하는 작은 기계가 푹신한 새 솜을 펑펑 쏟아내는 것을 보고 놀라지 않는 사람이 없었다.

"그것 참, 신기하기도 하네."

"살다 보니 저런 것도 보는구먼요. 무슨 조환지 알 수 없지만 편해 좋지요?"

늘어선 사람들이 저마다 기계에 대한 말들을 한마디씩 뱉어내느라 저잣거리는 와자지껄했다. 그 가운데 돈푼깨나 있어 보이는 중년 사내가 천만호에게 말을 걸었다.

"여보, 그것 누가 만들었소?"

천만호는 신이 나서 대답했다.

"제가 만들었습죠."

"얼마면 파시려우?"

"스무 냥이오."

"뭐가 그리 비싸요?"

"수십 명이 해야 할 일을 혼자서 해내는 기계니 따지고 보면 싼 거지요."

"내게 파시오."

"한 대씩은 팔지 않습니다요."

"별사람을 다 보겠네. 장사 안 할 참이오?"

"하여튼 한 대씩은 팔지 않습니다."

사려고 나섰던 사람은 몇 번을 더 조르다가 종내 사지 못하고 혀를 끌끌 차며 돌아섰다. 그 소문은 온 장안에 쫙 하니 퍼졌다.

"남문시장에 이상한 사람이 나타났대. 묘하게 생긴 기계를 발로 돌리면 헌 솜도 새 솜으로 펑펑 쏟아져 나온다는구먼."

"생전 처음 보는 기곈데, 수십 명이 틀어야 할 솜을 순식간에 틀어 낸다지 뭔가?"

"그 기계를 어떻게 만들었는지 아무리 팔라고 해도 절대로 내주질 않는다는구먼."

"정신 나간 소리, 솜이 거저 틀어지는 수가 어딨는가?"

"허어, 이 사람이. 어디 같이 가봄세. 보고 나서는 사겠다고 조르지나 말게. 한 대씩은 죽어도 안 판다니까."

소문은 장안을 휩쓸었고 급기야 거상들의 귀에까지 들어갔다. 육의전에 속하는 백목전(白木廛)과 그 수하에 있는 솜집, 이불전을 펼치고 있는 상인들이 구경을 하러 남문시장으로 몰려들었다.

"희한한 기곌세. 값은 얼마라던가?"

"첨에는 스무 냥이라더니 팔라는 사람이 나서도 한 대씩은 팔지를 않겠답니다."

"무슨 속셈이 있겠지."

뒷전에서 사람들의 수군거림을 듣고 있던 백목전의 총우두머리인 영위가 아랫사람에게 가만히 일렀다.

"예서 지켜 섰다가 장이 파하거든 저 사람 뒤를 따라가 집을 알아낸 뒤 내게 알리게."

그날 밤. 백목전의 영위(領位)가 몇 사람의 상인을 대동하고 천만호의 집을 찾아왔다. 비단옷을 점잖게 차려입은 김충수라는 거상이 정중한 자세로 인사를 한 뒤 먼저 입을 열었다.

"오늘 장에서 본 기계는 참으로 신기한 성능을 지녔더군요. 혹 파실 의향은 없으십니까?"

"한 대씩은 팔지 않기로 했습니다."

"그럼 현재 몇 대나 있으신지요?"

"열 대 있습니다."

"값은 얼마나 받으시렵니까?"

"한 대에 스무 냥씩 생각하고 있습니다."

"그럼 제가 다 사겠습니다."

천만호는 갑작스런 제안이 믿어지지 않았다. 약용의 지시 대로 따르면서도 일이 정말 이렇게 되리라고는 짐작조차 못 했다. 스무 냥의 열 배면 200냥, 꿈에서도 만져본 적이 없는 큰돈 이었다. 거상은 묵묵부답 천장만 올려다보고 있는 그가 혹시라도 제안이 못마땅해서 대답을 안 하는 게 아닌가 하고 바짝 달아올랐다.

"어찌하시렵니까, 파시렵니까?"

"글쎄요."

천만호는 약용의 의향이 어떨지 몰라 선뜻 대답할 수 없었다. 이제까지 모두 약용의 지시대로 좇아서 예까지 왔으니 이 제안도 그가 결정을 내려야 할 것 같았다.

천만호는 자꾸 방문을 열고 안채의 기미를 살폈다. 안채와

문간방이라고 해봐야 손바닥만 한 집 안에서 손님이 찾아든 것을 모를 리 없을 텐데 약용은 내다보는 기척도 없었다.

"팔려고 물건을 만드셨을 테니 이번 것은 파시고 또 만드시지요."

천만호의 답답한 속을 알 리 없는 그들은 자꾸 재촉을 해댔다.

연방 문을 열고 안채를 살피는 그를 보다 못해 상인 하나가 넌지시 떠보았다.

"누굴 기다리는 중입니까?"

혼자 속으로 전전긍긍하던 천만호는 더 참지 못하고 일어섰다.

"잠깐 기다려보시구려. 내 잠시만 다녀오리다."

안채에서는 약용의 글 읽는 소리가 낭랑하게 들려왔다. 급하게 안채로 걸음을 내딛던 천만호는 다가가다 말고 주춤 물러섰다.

'이거 어쩐다지?'

약용이 글을 읽을 때면 아무리 급해도 안채 근처에는 얼씬하지 않던 그였다. 몇 번이나 입을 열고 약용을 부르려다 그만둔 그는 결국 애만 태우다가 머리를 긁적이며 돌아섰다. 고개를 빼고 기다리던 상인들이 그의 안색을 살피며 조심스레 물었다.

"혹시 다른 사람과 계약이 되어 있는 것이나 아닌지요?"

"아니올시다. 계약은 무슨….”

한시름 놓았다는 듯 밝은 표정이 된 김충수가 바짝 다가들었다.

"그러면 가격이 맞지 않아서 그러십니까?”

"글쎄올시다.”

상인의 말을 귓전으로 듣는 둥 마는 둥하며 천만호는 약용이 왜 하필이면 이런 때 글을 읽고 있을까 하는 의문에 빠졌다. 무슨 곡절이 있음 직한데 그 속내를 알 수 없어 안타까웠다.

"만일 그러시다면 이번에는 스무 냥에 주시고 다음부터는 더 올리서도 무방합니다.”

그의 기분이 상하지 않도록 비위를 맞추려 애를 쓰던 김충수가 새로운 제안을 했다. 천만호는 답변이 궁색한 터에 궁금한 것이나 물어볼 요량을 했다.

"대체 어디에 쓰려고 한꺼번에 열 대씩이나 사시겠다는 겁니까?”

"쓸 데야 사방에 널려 있지요.”

사람을 대하는 데 이력이 붙은 김충수는 천만호의 물음을 승낙으로 받아들고 웃음을 지으며 데리고 온 하인을 불렀다.

"얘들아!”

뒤에 앉았던 하인 하나가 김충수의 눈짓에 따라 돈 꾸러미를 천만호 앞에 내놓았다. 육중한 무게에 방바닥이 내려앉을 지경이었다.

"모두 200냥입니다. 이제 저와 약조를 하시는 겁니다."

천만호는 주저하는 마음이 없지 않은 가운데 거상 김충수와 구두로 계약을 했다. 앞으로 그가 만드는 솜틀 기계는 모두 김충수에게 팔기로 하고 달마다 일정한 수량을 만들 것을 합의했다. 김충수는 선지급으로 대금을 지급하겠다고 했다.

다음 날 아침에 물건을 가져가겠노라는 말을 남기고 상인들이 돌아가자 방 안에 혼자 남은 천만호는 웃음이 절로 나와 입을 다물지 못했다. 약용의 말대로 끊이지 않고 일감이 생긴 데다 생각해 보지도 않았던 거금을 벌어들일 수 있다는 사실이 믿어지지 않았다. 슬그머니 방 안으로 들어온 마포댁 또한 쌓인 돈 꾸러미와 그의 얼굴을 번갈아 보며 믿기지 않는다는 표정이었다.

"여보, 그동안 고생 많았소."

고생에 찌든 아내의 얼굴을 새삼스런 눈길로 보며 그는 가만히 아내의 어깨를 감싸 쥐었다. 마포댁은 그새를 못 참고 투정을 부렸던 것이 부끄러워 고개를 떨구었다.

"으흠!"

그때 문밖에서 약용의 인기척이 들렸다. 천만호는 벌떡 일어나 문을 열었다.

"아무리 인기척을 해도 통 대답이 없기에 나는 기계하고 함께 팔려 간 줄 알았네."

약용이 짐짓 농을 던지자 천만호는 맨발로 뛰어나가 약용을 맞아들이고 그 앞에 꿇어 엎드렸다.

"서방님, 소인은 이제 살게 되었습니다요. 모든 게 서방님 덕택이구먼요."

그는 거상 김충수와의 거래 내용을 대강 약용에게 설명했다.

"저 같은 놈은 평생 가야 만져보지도 못할 큰돈이 한꺼번에 굴러들어 왔으니 꼭 꿈을 꾸고 있는 것만 같습니다요."

설명을 마친 그는 아직도 믿어지지 않는 눈치였다.

"더욱 노력해서 부자가 되게."

약용의 덕담에 가당찮다며 손사래를 치던 천만호가 갑자기 무안한 얼굴빛이 되어 고개를 숙였다.

"실은 서방님께 먼저 여쭈려고 했었는데…… . 소인 마음대로 해서 어찌합니까. 허물을 다스려 주십시오."

"아니네. 내 부러 글 읽는 체하고 있었네. 이제부터는 자네 일이니 모두 자네가 알아서 결정하게나."

약용은 이쯤에서 손을 떼고 천만호가 독립하여 상술을 익히도록 해줄 생각이었다. 처음에는 힘들지 모르나 앞일을 생각하면 그렇게 하는 것이 상책일 것 같았다.

솜틀 기계 사업은 날이 갈수록 번창했다. 천만호의 기술과 성실성이 인정받아 순풍에 돛을 단 듯했다.

"소인 생각입니다만, 목수 일을 집 안에서 하니 서방님들 공부에 방해만 끼쳐 드리는 것 같습니다."

어느 날 저녁 약용을 찾아온 천만호가 조심스레 말을 건넸다.

"그래서 소인이 생각을 해봤는데…."

약용의 눈치를 살피며 그는 쉽게 말을 잇지 못하고 쩔쩔맸다.

"어려워 말고 어서 얘기해 보게나."

"예. 서방님 덕분에 돈이 좀 모였으니 그것으로 집을 한 칸 마련할까 하굽쇼."

"헛허. 그거야 자네가 알아서 할 일 아닌가."

"아닙니다요. 모든 것이 다 서방님 덕택이니 지야 하라시는 대로 할 겁니다요."

"이 사람아, 다 자네가 부지런하고 성실한 탓이니 그리 된 걸세."

"실은 소인이 회현방에 집 한 칸을 봐 두었는데 크기도, 모양도 이 집과 거의 흡사합니다요. 지금 이 집은 좁고 누추해서 그리로 옮기십사 하굽쇼. 사랑도 따로 쓰실 수 있고 뜰도 아담하게 갖춰져서 채전으로 쓰시기에 적당합니다요."

약용은 껄껄 웃었다.

천만호의 마음 씀씀이 과히 기분 나쁘지 않았다.

"알았네. 우리가 이사하기로 하지. 그러나 이 집보다 커서 웃돈이 드는 집이면 아예 가지 않을 것이니 알아서 하게."

"서방님께서 그러실 것을 미리 염두에 두고 고른 집입니다요. 그리고 서방님."

"더 할 말이 남았는가?"

"소인이 돈을 버는 것은 다 서방님 덕분입니다요."

"또 그 소리!"

약용은 질색을 하며 소리쳤다.

무엇을 바라고 한 일은 결코 아니었다.

"제 말씀 좀 들어보십시오. 소인 마음이 불편해서 견딜 수가 없으니, 다만 얼마라도 서방님께서 알아 써주십시오."

"그건 안 될 말이네. 세 때 끼니 걱정에서 벗어나지 못하는 자네를 위해 내가 할 수 있는 작은 도움을 주었을 뿐이네. 내 할 일은 그것으로 끝났고, 돈은 자네가 애써 번 것이니 자네가 알아서 하게나. 나와는 무관하네."

부친을 닮아 대쪽같은 성품인 약용은 부당하다고 여기는 일에 물러서는 법이 없었다. 마포댁이 요령 좋게 빌미를 만들어 인사차 들이미는 조그마한 것에도 안색이 변하는 약용이었다. 조그만 감사의 표현도 거절당하기 일쑤라 천만호는 오히려 섭섭한 생각까지 들었다.

돈이 쌓이기 시작하자 천만호는 새로운 걱정거리가 생겼다. 평생 입에 풀칠하기조차 힘겨웠던 그는 막상 돈이 모이자 어디에 써야 할지를 몰랐다. 그렇기로는 가난한 농군의 딸이었던 그의 처도 마찬가지였다. 매달 거상에게서 들어오는 대금이 첩첩이 쌓여가는 데, 나가는 돈은 얼마 되지 않고 보니 나머지를 어떻게 처리해야 할 것인지 막연했다. 생각다 못해 그는 다시 약용을 찾았다.

약용은 초시(初試)를 준비하느라 바쁜 틈에도 천만호를 반갑게 맞아주었다.

"서방님, 모인 돈을 어떻게 해야 좋을지 가르쳐 주십시오. 자꾸 불어나 쌓이는데 쓸 곳을 모르니 그것도 걱정이구먼요."

"환전상을 해보게."

"무슨 말씀인지…."

"돈장사를 하란 말이네."

"이자놀이를 말씀 허십니까?"

"꼭 그런 건 아니네만 그렇게 생각할 수도 있지."

그 말을 들은 천만호의 얼굴이 실망으로 어두워졌다.

"죄송한 말씀입니다만, 소인은 그것만은 하지 않겠습니다요. 소인의 아비가 이잣돈에 시달려 죽었구먼요. 그때 한 말이 이자놀이를 하면 자기 대뿐만 아니라 자손 대대로 천벌을 받을 거라 했습죠."

"가난하고 딱한 사람들을 상대로 한다면 그 말이 맞겠네만 내 뜻은 그런 것이 아니네."

"그럼 무엇을 이르심입니까?"

"지금의 회전이 필요한 상인들을 상대로 이자놀이를 하라는 걸세. 그러면 급전이 필요한 상인들은 자금을 융통할 수 있어 좋고, 자네는 놀고 있는 돈을 늘여갈 수 있으니 좋을 뿐만 아니라 돈의 유통이 잘되면 나라 살림도 살찌게 되는 것일세. 지금처럼 모든 사람이 자기가 갖고 있는 돈을 궤 속에 넣어두기만 하면 돈은 점점 귀해지고, 돈이 귀해지니 나라에서는 또 만들어 내야 유통이 되고, 돈의 가치가 떨어지니 없는 사람들은 더 어려워지게 되지."

약용이 예를 들어가면서 금융 유통설을 상세히 설명하자 천만호는 궁금한 것이 점점 많아졌다.

"돈놀이를 하는 것이 나라에도 도움이 된다는 말씀입니까요?"

"그렇지. 돈을 궤에 쟁여두기만 하면 유통되지 않으니 나라에서 많은 비용을 들여 다시 찍어내는 번거로움을 겪어야 하지 않겠는가?"

"알 것도 같구먼요. 그럼 소인은 이제 어떻게 허면 됩니까요?"

일단 집 안에 있는 돈을 자네가 거래하는 거상에게 갖다 맡기게."

"돈을 거저 준단 말씀입니까요?"

"물론 어음을 받아야 하네."

"어음이라니요?"

"종이에 기록된 신표일세."

"돈이 종이가 되는 거구만요?"

"거상들은 신용을 자신의 생명보다도 아끼는 자들이니 염려할 것 없네."

이렇게 해서 천만호는 광교통 거상들의 돈줄로 부상하게 되었다. 솜틀 기계상과 금융업을 겸하자 재산이 눈덩이처럼 불어 갔다. 운세가 닿은 건지 상재(商才)까지 있어서 그는 곧장 광교통의 경제를 휘어잡아 갔다. 섣불리 흉내 낼 수 없는 발명품을 등에 업고 재산을 지혜롭게 운용했으니 그렇게 된 것은 당연한 일이었다.

약용 형제가 옮겨간 회현방의 거처는 창동 집과 비슷한 크기였으나 방이 하나 더 있었고, 천만호의 말대로 뜰이 넓어 간단한 푸성귀를 가꿀 수 있었다. 누구보다 홍씨가 기뻐하는 점도 이것이어서 약전의 처 김씨를 붙들고 즐거워했다.

"금년 봄부터는 찬 걱정을 하지 않아도 되겠네요, 형님."

"정말 그렇군. 남새밭도 있고 하니 호박이랑 오이랑 돌려가며 심어 보세나."

약용 형제는 새 집에 들어 더욱 과거 준비에 몰두했다. 천만호는 회현방을 드나들며 표나지 않게 살림을 돕느라 애썼다. 장작이나 솔잎 등 돈을 줘야 구할 수 있는 땔감이 눈에 띄면 천만호에게 호통부터 치는 약용 때문에 할 수 없이 일방에서 쓰다 남은 나뭇조각과 대팻밥 등을 모아 왔다. 살림살이도 낡은 것이 눈에 보이면 당장에 만들어 왔으나 그때마다 약용은 반가워하는 법이 없었다. 사정을 하다시피 해서 가지고 간 물건을 들이밀어 놓고 달아나곤 했다.

"서방님께서 벼슬하실 때까지는 제가 뒷바라지하게 해주십시오. 이것들은 돈 들이지 않고 제가 만든 것입니다요."

"고맙기는 하네만 나무니, 돌쩌귀니, 문갑 고리니 하는 것들이 어찌 돈 들이지 않고 만들었다 하겠나. 게다가 자네 품값이 있질 않은가."

"천부당만부당한 분부십니다요. 나무는 쓰다 남은 것이고, 나비첩이니 고리니 하는 것들은 여분이 있어 쓴 것입니다. 그리고 소인이 일하는 틈틈이 이것들을 만들었으니 품삯을 칠 수는 없지요. 거저 만든 것이나 다름없으니 제발 받아주십시오."

홍씨와 김씨는 부엌에서 저녁 준비를 하면서 걱정이 태산이었다.

"공부밖에 모르는 서방님을 모시고 사니 힘드시지요, 형님?"

"글쎄…… 자넨 다가오는 친정아버님 회갑에 어찌하려는가?"

"끼니 걱정이 태산인 처지에 그렇잖아도 걱정이어요."

두 동서끼리 하릴없는 처지를 한탄하며 밥상을 손보고 있는데 바구니를 인 마포댁이 부엌으로 들어섰다.

"오늘이 똘이 생일이어서 떡을 좀 가지고 왔습니다요."

이때 홍씨가 얼른 밥상을 문 뒤로 감췄다.

집으로 돌아온 마포댁은 눈시울을 붉혔다.

"여보, 어쩌면 좋사오닛까?"

"왜?"

"회현방의 서방님들 밥상에 달랑 죽 두 그릇이지 아니오닛까."

천만호는 한숨을 내쉬며 웅얼거렸다.

"그분들이 도무지 내 도움을 받으려 하지 않으니 어쩌면 좋겠나."

약용의 생일날 저녁, 천만호는 술병을 들고 회현방을 찾았다 정성껏 장만한 음식을 든 마포댁을 대동하고서였다. 워낙 술을 좋아하는 약전을 생각해서인지 약용은 흔쾌히 술상을 받았다.

"큰서방님, 잔 받으십시오."

약전에게 먼저 잔을 권하고 이어서 약용의 잔도 채웠다. 천만호는 널찍한 사랑방을 보니 마음이 흐뭇하였다. 회현방 집을 마련할 때 약용 형제가 거절할까 봐 노심초사했었다. 물론 더 좋은 집을 얼마든지 구할 수 있었으나 그러면 약용이 발도 들여놓지 않을 것이 불을 보듯 뻔한 일이라 이 정도에서 만족해야 했다.

"자네 힘이 대단하네."

술기가 오른 약전이 천만호의 변신에 대해 감탄하듯 운을 뗐다.

"소인이 무얼 했는뎁쇼. 모두 작은서방님 덕분입죠."

천만호가 약용에게 몸을 돌리며 고개를 숙여 고마움을 표시했다.

"그거야 자네가 열심히 한 탓이지 내가 뭘 했나."

"작은서방님 머리에서 나온 그 기계가 아니었다면 소인은 아직도 사흘에 하루는 굶고 있을 거구먼요."

"자넨 잘못 알고 있네. 그 기계를 만들 생각은 원래 형님 머리에서 나온 것일세. 형님이 의식주 중에서 의에 관한 것이 제일이라고 하셨거든."

술을 좋아하는 약전이 거듭 술잔을 비우며 웃음을 터뜨렸다.

"그거야말로 궤변이구나. 자네가 잠을 설치면서까지 연구해 설계한 것이 아닌가?"

"그래도 큰서방님께서 한몫 한 것만은 틀림없습죠."

천만호의 말에 세 사람은 다 함께 폭소를 터뜨렸다 그의 성공이 결국 세 사람의 합작품임에는 틀림없는 사실이었다.

"서방님, 사실은 가끔 겁이 날 지경입니다 돈이 계속 불어가니 저 같은 무식쟁이는 감당치 못하겠습니다요."

"걱정 말게. 자꾸자꾸 재력을 쌓아 나라의 상권을 좌지우지하는 거상이 되게. 그때가 되면 진정으로 이 나라를 위해 뜻있는 일을 할 수 있을 걸세."

술기운이 올라가면서 세 사람 사이엔 반상에 대한 격의가 점차 엷어지고, 어느덧 부국강병론에까지 화제가 미쳤다.

"대포나 화총을 만드는 일은 나라를 강하게 하는 데 꼭 필요한 일이네. 그런 큰일은 뜻있는 자산가의 힘이 뒷받침되어야 하지."

"소인은 그럴 재목이 못 됩니다요."

"재목이 따로 있는 것이 아니네. 나라와 백성을 아끼고 사랑하는 마음만 있으면 재목이 될 소지가 있는 거지. 임진왜란 같은 난리가 언제 또 일어날지 알 수 없네. 서양에서는 아무리 멀리 떨어진 곳까지도 항해할 수 있는 거선을 만들었다네. 태평성대라 해서 탁상공론만 일삼다가는 언제 저들의 표적이 되는지 모르지."

"무슨 말씀인지 소인은 통 모르겠습니다요."

"차차 알게 될 걸세. 그동안 착실히 세상 경륜을 쌓아가게."

"소인은 그저 열심히 일해서 돈을 모을 테니 서방님들께서 훌륭히 되셔서 좋은데 사용해 주십시오."

밤은 서서히 깊어갔고 취흥도 익어갔다.

그들은 모두 젊어 혈기왕성했고, 비록 가는 길은 다를지언정 목표가 분명했다. 우연히 맺어진 인연은 조선 사회에 열병처럼 번지는 실학을 바탕으로 하여 나라의 앞일을 염려하는 마음과 함께 우의를 다지는 계기가 되었던 것이다.

2
더 높은 곳을 향하여

정조는 25세에 즉위했다. 어릴 때 생부인 사도세자의 비참한 죽음을 목격했고, 그 후 무서운 할아버지 영조 밑에서 죽을 고비를 넘기면서 감수성 많은 소년기를 보냈다.

그는 자신의 아버지가 당쟁에 휘말려 억울하게 죽음을 당한 일을 두고 철천지한으로 여겨왔다. 그런 까닭에 그는 등극하자마자 홍국영의 보필을 받아 임오년(壬午年)의 역신들을 축출하는 데 주력했다.

정승까지 지낸 외종조부 홍인한이 귀양을 가서 사약을 받는 등 외척의 세력이 된서리를 맞게 되었다. 그때 정조의 어머니 혜빈 홍씨가 병풍 뒤에 숨어서,

"상감! 상감! 우리 아버지 봉사(奉祀)할 사람 하나만이라도 남겨주시오!"

하고 애걸했다는 말이 있다. 그래서 외조부 되는 홍봉한과 그의 아들인 홍낙임만은 화를 면하고, 나머지는 변을 당했다.

사도세자의 친누이인 화완옹주까지 서인으로 격하시켜 귀양을 보내는 등 조금이라도 사도세자의 죽음에 관련된 이들은 닥치는 대로 응징하였다.

정조는 사도세자가 죽음을 당할 당시 예조판서 자리에 있었던 정홍순을 불러들였다. 당시의 상황을 보아 온 조정이 그의 아버지를 멸시하고 천대하여 장례 절차나 수의 범절을 소홀히 하였으리라고 짐작했기 때문이었다.

"대감, 모년사(某年事) 당시에 예조에 계셨지요?"

"그러하옵니다."

"우선 수의 범절을 어찌하였는지 알고 싶소."

"아뢰옵기 황공하오나 신의 판단으로는 최선을 다하였나이다."

"그걸 어떻게 믿을 수 있겠소."

"신에게 잠시 말미를 주옵소서. 너무나 원통한 일이었사옵기에 당시의 기록을 신이 보관하고 있사옵니다."

정홍순은 빈틈없는 인물이었다. 앞날을 미리 내다보고 사도세자의 시체를 염습, 입관할 때 극상품의 비단을 쓰고 그 포목들을 조금씩 베어서 보관한 다음 그것을 문서화해 놓았다. 정홍순은 이것을 정조 앞에 내놓았다. 누가 보나 금세 진가를 확인할 수 있는 극상품들이었다. 정조의 어안에 눈물이 돌면서 칭송을 했다.

"경은 진정으로 충신이로다."

얼마 후 정홍순은 다시 우의정에 제수되었다.

이 무렵 조정은 홍국영의 세도하에 있었다. 그는 영조의 진노로부터 위기를 모면케 해준 공로로 크게 신임을 얻어 정조 즉위 후 그 세도가 하늘을 찌르게 되었다. 처음에는 정7품인 설서(說書)의 자리에 있었으나 하루아침에 사인(舍人)이라는 정4품의 벼슬로 건너뛰었고, 곧바로 정3품인 동부승지에 제수되었다. 그 후 도승지, 규장각제학과 숙위대장을 겸직했다. 나는 새도 떨어뜨릴 엄청난 권력이었다.

궁중의 모든 사람들은 홍국영의 눈치를 보지 않을 수 없었다. 왕의 신임이 도를 넘어서자 지위의 고하를 막론하고 그의 눈 밖에 나면 목숨을 부지하기 어려웠다. 그 대표적인 예가 영의정 김상철이었다. 홍국영의 말 한마디는 재상의 목도 마음대로 잘라버리는 세도를 지녔다.

당하관(堂下官)은 물론 당상관(堂上官), 판서에 이르기까지 모두가 전전긍긍했다.

그러나 단 한 사람 예외가 있었다. 몇 안 남은 남인 출신의 채제공이었다. 그는 선대 영조 때부터 강직함을 따를 사람이 없었다.

사도세자가 죽기 5년 전의 일이었다. 영조비 서씨의 49일재를 지내는 자리에 사도세자가 참예하지 않자 영조의 분이 극에 달하게 되었다. 그 무렵 영조와 세자 사이에 불화가 극심하여 대리청정을 환수한 후 120여 일 이상이나 부자가 서로 대면하지 않던 때였다.

"세자를 당장 끌어오라. 목을 잡아서라도 지체 말고 끌어오라. 내 오늘은 기필코 끝장을 내고 말리라. 고이연 놈 같으니라구."

"전하, 고정하시옵소서. 세자께서는 몸이 불편하시다 합니다."

영의정 이천보가 얼른 둘러대었다.

"듣기 싫다! 목숨을 보전하려거든 세자를 싸고돌지 마라! 당장에 끌어오지 않고 뭣들 하느냐!"

영조의 분노가 쉽게 그칠 수 없는 것임을 알고 조정 대신들은 입을 봉하였다. 사도세자에 대한 영조의 병적인 미움이 하루 이틀에 시작된 것도 아니었고, 말린다고 쉽게 사그라질 것도 아님을 잘 아는 터라 화를 모면하기 위해 몸을 사렸던 것이다. 좌의정 김상로, 우의정 신만 등은 더 입을 열지 않았고 영조의 명을 따라 환관들이 세자궁으로 달려갈 참이었다.

"전하, 고정하시고 신의 말을 들어보옵소서."

그때 찬물을 끼얹듯 침묵을 깨고 나선 것은 도승지 채제공이었다. 영조의 눈빛이 노기에 불타며 채제공에게 꽂혔다.

"이 나라 종묘사직을 이어가실 세자이심을 생각하여 주옵소서. 설사 세자께 허물이 있다 할지라도 차차 장성하시고 학문이 깊어지는 가운데 분명히 개선이 있으실 것이옵니다. 또한, 전하께옵서 그 허물을 다스리지 않고 용서하신다면 더욱 감읍

하여 성군의 재목이 되실 것입니다. 이제 용안을 펴시고 성은을 베푸소서."

목숨을 내건 설득이었다.

"성군은 무슨 성군! 될성부른 나무 떡잎부터 알아본다는 옛말이 있소."

"전하, 세자 저하의 마음을 헤아려 주옵소서. 대리청정을 환수당하신 세자이십니다. 전하의 마음을 얻고자 피눈물을 쏟으신 세자이십니다. 이 자리에 참예하고 싶지 않으셔서 불참하신 게 아닐 것이옵니다. 또 무슨 실수를 하여 전하의 심기를 불편하게 하지 않을까 염려하신 끝에 오지 못하셨을 것이옵니다. 분부 거두어 주시옵소서."

"경은 입을 다물라!"

영조는 물러서지 않았다.

"뭣들 하는 게냐! 어서 끌어오라는 데도!"

영조는 채제공이 나섬으로 하여 우물쭈물하고 있는 환관들에게 재차 호령을 하였다.

"아니 되옵니다, 전하! 차라리 소신을 죽여 주시옵소서. 신은 죽기를 무릅쓰고 길을 막을 것이옵니다."

채제공은 결사적으로 막아섰다. 죽음을 두려워하지 않는 결연한 태도였다. 영조는 마침내 영을 거둘 수밖에 없었다. 후에 영조는 세손이었던 정조에게 유언처럼 일렀다.

"너와 나로 하여금 육친의 정을 오롯이 하게 한 이가 채제공이다. 내게 있어서는 순신(純臣)이고 네게는 충신이다."

사도세자를 보필하기는커녕 모해까지 도모하던 노론 벽파(老論僻派)들 가운데 끼어 죽음을 불사하고 사도세자를 위해 외로운 싸움을 벌인 유일한 사람인 채제공은 그 후 결국 정적들에 의해 조정에서 밀려나 외직을 전전하였다.

죽음을 두려워 않는 그 성품은 주상이 바뀌어도 여전해서 홍국영도 어쩔 도리가 없었다.

정조 2년의 일이다. 채제공이 진주사(陳奏使)로 연경에 가 있을 때 홍국영의 누이가 빈으로 뽑혀 들어와 숙창궁에 머물게 되었다. 연경에서 돌아온 채제공은 대전에 들어가 배알한 후 곤전의 김비에게도 문안인사를 올렸다. 돌아가려는 그에게 환관이 조용히 일러주었다.

"숙창궁의 내시가 내려와 있습니다."

"숙창궁이라니, 무슨 말이냐?"

옆에서 승지가 채제공의 옷깃을 끌었다. 말을 하지 말고 따라가라는 뜻이었다. 채제공은 노기 띤 음성으로,

"승통의 빈궁이 아닌 분께 어떻게 문안을 하라는 게냐! 하늘에 두 해는 없느니라. 나는 분명 곤전마마께 인사를 올렸으니 예의는 끝났다."

하고 의연히 돌아섰다.

이러한 채제공이 홍국영에게 달가울 리 없었다. 과거 홍국영이 말직에서 겨우 연명하고 있을 때 채제공은 도승지나 판서의

당상관으로서 감히 쳐다볼 수도 없는 자리에 있었다. 그 점도 홍국영에게는 거슬리는 일이었는데 두 사람의 외모가 이상하리만큼 닮아 말직에 있을 당시 자주 동료들의 놀림감이 되곤 했다.

"자네 채씨 종자지?"

"놀리지 말게."

"그 집 종자가 아니고서야 그렇게 닮을 수가 있나. 장대같이 홀쭉하게 큰 키에 어깨는 축 늘어뜨리고 구부정하게 걷는 걸음걸이하며, 툭 불거진 광대뼈에다 심지어 호랑이 눈처럼 번뜩이는 안광까지 쏙 빼닮은 것이 아무래도 수상허이."

"무엇이 어째! 다시 한 번 그 따위 소리를 했다가는 가만두지 않겠네."

"이 사람이 왜 이리 역정을 내지? 아무래도 뒤가 켕기는 모양이구먼."

한두 번도 아니고 번번이 같은 소리를 듣게 되자 그는 공연히 채제공이 원망스럽기까지 했다. 하찮은 농담이었지만 자신의 집안이 망신당하는 듯하여 그와 마주하기가 거북스러웠다.

"눈앞에서 채제공을 몰아내 버렸으면 좋으련만…."

입술을 깨물기도 했지만 정조의 두터운 신망을 받고 있었기에 홍국영도 어떻게 할 도리가 없었다. 나라 살림을 거의 도승지 홍국영에게 맡겨놓다시피 하고 학문에만 열중하던 정조가 어느 날 느닷없이 그를 불러 채제공의 입각을 명했을 때 그는 반대했었다.

"왜 아니 된단 말이오."

"아직 연륜이나 경학이 부족하옵니다. 일단 외직으로 돌리는 것이 마땅하옵니다."

사도세자의 일을 생각하고 채제공을 등용코자 했던 정조의 용안이 흐려졌다. 즉위 초 영조 때 좌의정에서 영의정까지 지낸 김상로를 사후 삭탈관직하고 당시 도승지였던 채제공을 입궐케 하여 신임을 알리고자 했을 때도 홍국영의 반대에 부딪혀 의지를 굽혀야 했었다.

역모 사건이 일어나자 홍국영은 29세의 젊은 나이로 총융사(摠戎使)를 겸직함으로써 병권까지 한손에 거머쥐었다. 그러나 그의 세도는 오래가지 못했다. 안석에 앉아서 왕이 들어와도 선뜻 일어서지 않을 만큼 오만하고 방자하던 홍국영도 정조 3년 납부퇴성(納符退城)당하고 전리(田里)에 방환(放還)된 지 얼마 안 되어 죽고 말았다.

홍국영의 세도가 막을 내리자 조정은 노론 출신의 벽파가 들끓게 되고, 남인은 씨도 찾을 수 없게 되었다. 숙종에서 영조에 이르기까지 거의 1백여 년 동안 피비린내 나는 정쟁에 휩쓸려 엎치락뒤치락하는 과정에서 남인은 완전히 몰락하고 노론의 후손들이 정권의 언저리에서 영화를 누렸다. 문무를 막론하고 위로는 영의정에서 미관말직에 이르기까지 마찬가지였다.

사도세자의 한을 풀어주기 위해 즉위하자마자 모년사의 주

범들을 축출하고 홍국영에게 국사를 송두리째 맡겨두었던 정조가 친정으로 돌아섰을 때 느낀 것은 '아버지를 죽인 원수들의 정권'이었다. 그래서 영조의 탕평책을 이어받고자 했던 이유도 있었지만 그의 마음 속에 잠재된, 노론에 대한 미움이 틈만 있으면 남인을 기용하도록 작용했다. 남인 출신은 인재가 드물었다. 여러 면에서 조사를 했지만 남인 가운데 유일하게 남아 있는 사람은 채제공뿐이었다. 홍국영이 살았을 때 채제공을 중용하려다 실패한 정조는 그를 불렀다.

"이제부터 경이 나를 도와주시오. 재상을 맡길 테니 선대왕을 모셨듯이 나를 받들어 주오."

"황공하옵니다."

"그대의 울타리가 있어야 할 텐데 남인은 찾을 길이 없으니 그게 걱정이오."

"성은이 망극하여이다. 아뢰옵기 황공하오나 이가환이란 인재가 있사옵니다. 현재 사헌부 지평(持平)으로 있사온데 장래가 촉망되는 자이옵니다."

이가환이라는 이름을 들은 정조는 몇 년 전의 일이 생각났다. 정조가 등극하던 해로, 그의 즉위를 경축하기 위해 증광시(增廣試)가 열렸다. 이때 급제한 사람 중에 이가환이라는 이름이 있었는데 그의 등용을 두고 반대 상소가 빗발쳤다.

대사성 심환지가 아뢰었다.

"아뢰옵기 황공하오나 이가환은 역적 이잠의 손자이옵니다.

어찌 역적의 후손을 조정에 등용할 수 있사옵니까."

옆에서 승지 서용보도 이를 옹호하고 나섰다.

"그러하옵니다. 역적 이잠은 경종대왕과 영조대왕 사이를 무고해서 교란을 꾀하고 어진 신하들을 모해하려던 자입니다. 그의 후손을 이제 와서 등용한다는 것은 천부당만부당한 일이옵니다."

노론 벽파의 중진들이 벌떼처럼 들고 일어났으나 젊은 정조는 신념을 굽히지 않고 소신을 펼쳤다.

"경들은 말을 삼가시오. 경들의 후손이 당쟁에 패한 조상 때문에 입신양명의 길이 막혀버린다면 어찌하시겠소. 이잠은 당파싸움의 희생물이었소. 과인은 선대왕의 유지를 받들어 탕평책을 통해 인재를 등용코자 하오. 정권이 바뀔 때마다 충신과 역적이 뒤바뀌는 일은 이제 없어야 할 것이오. 또한, 역적의 혈족이라 해서 영원히 매장해 버린다면 이 나라의 인재는 씨가 마를 것이오."

참으로 현명하고 조리에 넘치는 설복이었다. 젊은 나이였지만 정조는 역사를 볼 줄 아는 안목을 지니고 있었다. 조선조 중엽의 당쟁은 단지 싸움을 위한 싸움, 하찮은 명분에 얽매인 싸움이었지 결코 나라나 민족을 위한 것은 아니었다. 상제(喪祭)가 틀렸느니, 세자 책봉이 빨랐느니 하면서 무의미한 쟁론을 일삼기 일쑤였고 그런 일에 생명까지 걸면서 그치지 않는 복수전을 반복했다. 이러한 것들이 관습처럼 되어버린 노론은 이번에도 쉽게 물러서지 않았다.

"하오나 전하, 엄연히 국법이 있사옵고 국법에는 역적의 자손은 등용할 수 없게 되어 있사옵니다. 국법을 고치지 않는 한 어렵사옵니다."

젊고 패기에 찬 정조는 태산이 가로막힌 듯 답답함을 느꼈다. 한번 죄를 지으면 자기 대는 물론 자자손손 선조의 허물을 뒤집어쓴 채 억울함을 당하는 경우가 어찌 이가환뿐이겠는가. 그것을 면하기 위해 어떤 방법으로든 정권을 재탈환해서 명예를 회복하고 일문의 번영을 이루기 위해 당쟁이 끊이지 않는 것이다.

"사욕을 위해 민폐를 끼친 것도 아니고 역적모의로 정권이 좌우된 정권도 아니며 일개 서생이 상소를 올렸다가 태형으로 끝을 맺은 사건을 가지고 왜들 이러는 거요. 경들의 후손들이 이가환 같은 경우에 처하지 않는다는 보장이 어딨소."

정조의 고집도 대단하여 결국 이가환은 미관말직이나마 차지하게 되었다.

이가환은 천성적으로 뛰어난 머리를 가지고 태어난 영재였다. 정조 2년 2월 12일에 문신들의 글짓기 대회에서 장원을 한 그는 6품 벼슬을 차지하게 되었다. 이튿날 정조가 친히 그를 불러 역사, 천문, 지리, 경학 등 다양한 방면에 걸쳐 시험을 했다.

"그대의 훌륭한 답안을 보고 직접 대면코자 불렀느니라. 내가 묻는 것에 서슴없는 답변을 하라."

그러나 정조는 곧 입을 다물지 못했다. 막힘 없는 이가환의 답변이 너무 놀라웠기 때문이었다.

"그대의 해박함이 놀랍구려."

정조는 오랜만에 뛰어난 인재를 얻게 된 것을 기뻐하며 좌중에 둘러선 대신들에게 명하였다.

"누구든지 이가환에게 질문을 해보시오."

승지 이진형이 많은 질문을 퍼부었으나 이가환은 일순도 주저하는 빛 없이 답변을 해나갔다. 그의 나이 37세 때였다.

신유사옥을 일으켜 정다산 일파와 함께 이가환을 죽인 그의 정적들조차 젊은 시절의 이가환의 학문을 아껴 기록에 남긴 것만 보아도 그가 얼마나 출중했는지 알 수 있다. 벽파에 속한 노론들은 그러한 이가환에게 위협을 느꼈다. 과거에 합격한 지 1년 만에 재차 글짓기에서 장원하여 왕의 신임을 받은 이 젊은 이가 언젠가는 그들의 목줄을 조르게 될지 모르는 일이었다. 거기에 학문을 좋아하는 정조는 그를 특별히 아끼고 보호하여 채제공과 함께 노론에 맞서도록 했다.

이럴 즈음 또 하나의 샛별이 나타났다. 22세의 나이로 초시에 합격한 정약용이라는 인물로 역시 남인에 속했다. 그 또한 명석하여 비범한 인재로 자랄 싹이 보였다. 2월에 치른 경의초시(經義初試)에 이어 4월에는 회시(會試)에서 생원으로 합격해 정조를 알현할 기회를 얻었다. 일생을 통해 군신의 의를 두텁게 이었던 성군(聖君)과 현신(賢臣)의 역사적인 첫 만남이었다. 정약용은 여러 학생들과 함께 태학에서 학문을 닦아 과시가 있을 때마다 장원을 하여 정조를 즐겁게 했다.

정조가 중용(中庸) 조문에 대한 문의를 했을 때였다. 모두 이구동성으로 이퇴계의 사단이발설(四端理發說)이 옳다고 하는 데 비해 정약용만이 이율곡의 기발설(氣發說)이 옳다고 주장했다. 당시에 성행했던 유학은 이론에만 치우쳐 실생활과는 거리가 있었는데, 그중 이퇴계의 사단칠정설(四端七情說)은 쟁점의 주요 대상이었다.

측은지심(惻隱之心), 수오지심(羞惡之心), 사양지심(辭讓之心), 시비지심(是非之心)의 사단(四端)과, 희로애구애오욕(喜怒哀懼愛惡欲)의 칠정(七情)을 이르는 것이었다.

퇴계는 사단이 이(理)에서 나오는 마음이며, 칠정은 기(氣)에서 나오는 마음이라 하여 이를 구별해서 이기이원론(理氣二元論)을 주장하였다. 그런데 이율곡의 주장은 달랐다. '이와 기는 서로 떨어질 수 없는 미묘한 관계를 가졌으나 서로 혼동될 수 없는 것이며 사단은 칠정 속에 내포된 선의 일부분이다.' 라고 하여 이기일원적 이원관(理氣一元的 二元觀)을 주장하였다. 이때 약용은 이러한 설들이 있는 것도 모른 채 자신의 생각을 소신껏 밝혔던 것인데, 무리에 이끌리지 않고 담대히 자기 의견을 밀고 나가는 약용의 용기가 정조의 호감을 샀다. 이러한 약용의 주장에 대해 태학의 학생들은 빗발치듯 비방을 했다.

"정약용은 정통 유학에 거슬리는 주장을 하였소."

"사문난적입니다."

큰일이라도 난 듯 떠들었으나 며칠 동안을 심사숙고한 정조는 도승지를 불렀다.

"유림의 흐름을 벗어나 독자적인 입장을 취한 정약용의 기개는 높이 살 만하오. 더 이상의 왈가왈부는 금하오."

도승지 김상집이 정조의 뜻을 여러 관원에게 알렸다. 이 소문이 퍼지자 선비들은 입을 모았다.

"아직 젊은 사람이 대학자에게 반기를 들다니 용기가 대단하군."

"전하께서 생원 정약용을 크게 칭찬하셨다니 필경 대단한 인물이 될 것이다."

"이론의 정연함이 칼날 같은 사람이야."

이후부터 정조는 약용을 더욱 가까이하였다. 더구나 약용은 남인이었기에 더 흡족해했다.

해를 넘겨 약용이 23세가 되던 4월, 약용은 그 자신에게는 물론이요, 후기 조선 사회의 흐름을 바꾸어놓는 역사적인 사건을 맞는다. 이벽과의 만남이었다.

이벽은 한국 천주교회사에서 특별한 의미를 지닌 인물이다. 끝내 배교를 해서 성인의 품에는 오르지 못했지만 순교를 하다시피 요절하여 이름을 남겼다. 훌륭한 가문 출신의 선비로 조선 말기에 자연 발생한 천주교의 전파에 결정적인 역할을 하였다. 우리나라 최초의 천주교 신자이기도 한 그는 33세의 나이로 생을 마칠 때까지 오직 천주교 전파를 위해 일했다. 어렸을 때부터 명석하여 유학에 통달했으나 입신양명을 위해 과거를 보는, 평탄한 길을 걷지 않고 말씀에 따라 살았다. 이벽이 아니었다면 한국의 천주교 전파는 50년에서 1백여 년쯤 늦어졌으리라는 말이 그의 생애를 대변해 준다.

조선조에 천주교가 들어오게 된 계기는 유교나 불교, 기타 학문이 그러했듯이 중국을 통해 서학이라는 외래 학문에 껴묻어 왔다.

1583년 9월, 마테오 리치라는 서양인 신부가 중국 남부의 광동성에 첫발을 디딘 것이 중국 천주교 전파의 효시였다. 마테오 리치 일행은 중국에 도착하자마자 검은 사제복을 벗고 중국인에게 익숙한 잿빛 승려복으로 갈아입었다. 머리도 삭발했다. 푸른 눈과 높은 코가 아니라면 영락없는 중국 승려 차림이었다. 이렇게 전교를 시작하여 1610년 북경에서 병사할 때까지 그의 가장 큰 고민거리는 전교 방법이었다.

"이 나라의 풍습과 습관에 맞춰야 합니다. 중국인들이 무슨 생각을 하고 무엇을 좋아하며 어떠한 신을 숭배하는지를 알면 전교에 도움이 될 것입니다. 그렇지 않고 무턱대고 하다가는 반감을 사 전교를 시작하기도 전에 목숨을 잃을 염려가 있습니다."

"그렇소. 우리가 전해야 할 교리가 그들의 전통 사상에 위배되지 않도록 조정할 필요가 있소. 우선 그들의 유교 경전을 연구하도록 합시다."

이런 뜻에서 마테오 리치 일행은 천주교의 '하느님'과 유가의 '상제'를 일치시키는 교리를 만들어 냈다. 이것은 중국인들이 천주교를 이해하는 데 결정적인 역할을 했다.

신부들 일행은 또한 과학적 지식에 무지한 명나라 조정에 서양의 실용적인 신학문을 소개하여 신임을 얻었으며 전교 활동에 도움을 받았다. 마테오 리치가 지은 역상수리(曆象數理)에 관한 책과 농정수리(農政數理)에 관한 책자는 중국인들에게 새롭고 신선한 충격을 주었다. 조선과 마찬가지로 유학에 흠뻑 젖어 있던 명나라 지식층들은 사고의 방향을 달리할 수 있는 계기를 만난 것이었다.

17세기 초엽에 들면서 조선에도 신학문이 상륙하게 되었다. 1630년 진주사로 중국에 갔던 정두원이 귀국하면서 홍이포(紅夷砲), 천리경, 자명종을 비롯하여 마테오 리치가 저술한 천문서, 직방외기(職方外紀), 서양국풍속기, 천문도 등을 들여와 선보였다. 1720년 고부사(告訃使)로 청나라에 갔던 이이명도 연경에서 서양인들을 직접 만나 교제하고 서적도 얻어 왔다.

이처럼 비공식적인 문화 유입이 이루어지자 조공 가는 사신들도 해마다 연경에 가면 으레 양당(洋堂)에 들어가 정밀 기계나 신서적들을 구입해 오곤 했는데 2백여 년간 이런 식의 교류가 계속되었다.

중국에 가보지 않은 이익이 성호사설에 방적아(pantoga)의 칠극대전(七克大全), 필방제(Sambiasi)의 영언여작(靈言蠡勺), 탕약망(Adam Schall)의 주제군징(主制郡徵) 등의 서적을 논한 것은 이런 책들이 조선에 유입되었다는 증좌이며 지식인들이 자유롭게 천주교 교리에 관한 책들을 읽고 소화해 냈다는 증거이다. 이것으로 보아 그 무렵에는 천주교에 대해 별다른 제재가 없었으며 선비들도 서학이라 하여 배척하지 않고 학문으로 인정하고 수용했던 것을 알 수 있다.

마테오 리치를 필두로 하는 야소회(지저스파-Jesuit)파가 중국에서 눈부신 전교 활동을 하고 있을 때 연경에서는 천주교 내 파벌 싸움이 일어났다.

"전교한다는 미명 아래 교리에 어긋난 우상숭배를 일삼는 것은 배교 행위요."

뒤늦게 입국한 프란체스코파와 도미닉파는 중국 고유의 풍습에 젖어버린 듯 보이는 야소회파를 다그쳤다.

"그렇지 않소. 여러분, 우리가 처음 중국에 왔을 때는 지금과 상황이 아주 달랐소. 저들은 철저히 유교 경전에 따라 생활하고 있어서 천주님을 전파할 여지는 추호도 없었소. 그런 상황에서 포교 활동이란 거의 불가능했소. 단지 죽기 위해 중국에 왔다면 모르겠으나 우린 포교를 하는 것이 더 급하다고 생각하고 전교 방법을 바꾼 것이오."

"그러나 그것은 엄연한 우상숭배가 아니오? 천주교의 첫째 가는 계명을 성직자인 당신들이 범한 것은 어떤 명분으로도 용서받을 수 없는 일이오. 포교를 위해서라고는 하지만 하느님께 방법을 구하지 않고 인간의 방법을 취했으니 더 이상 이곳에서의 활동을 금하시오."

"그렇소. 유교에 타협하여 제사를 지내고 신주를 모신 죄는 어떤 이유로도 보상될 수 없소. 천주교를 훼손시키고 전교의 명분을 없앤 죄악이오. 교황청으로부터 곧 해산하라는 명령이 하달될 것이오."

1583년 처음 중국에 상륙하여 1631년까지 49년간 중국 땅에서 천주교가 뿌리를 내릴 수 있도록 토대를 만들고 신학문을 전파하는 등 죽음의 위험을 무릅쓰고 포교지를 개척해온 야소회파는 이렇게 해서 1773년 해산되고 말았다.

이렇게 된 데에는 마카오를 근거지로 하는 야소회파를 지원한 포르투갈이 필리핀 마닐라에 근거지를 둔 프란체스코파와 도미닉파를 지원한 스페인보다 약소 국가였던 이유도 있었다.

조선에 천주교가 전파된 형태는 중국과 달리 특별한 데가 있었다.

즉 성직자들에 의해 전교된 것이 아니라 서적이나 교리서를 접한 민간인에 의해 자생적으로 서서히 퍼져 나갔다는 점이다. 천주실의나 칠극 등의 책을 통해 자체적으로 교리 연구가 행해졌다. 이런 책들은 마테오 리치나 방적아 신부가 저술한 것들로 그들이 소속된 야소회파가 해산된 후에도 약 20여 년간이나 조선의 천주교 전교를 이끌었다. 그 후 1794년 중국인 신부 주문모가 들어오고 나서야 비로소 전교 형태가 달라지게 되었다.

또 1791년에 일어난 진산 사건(診山事件)은 조선의 신자나 지식층들에게 야소회파와 프란체스코-도미닉파 간의 차이(제사나 신주 문제 등)를 깨닫게 해주었다.

약현의 처 이씨의 제사를 끝낸 이벽은 한밤중인데도 길을 뜨겠다고 나섰다.

"자형, 내일 아침에 급한 볼일이 있어 지금 떠나야겠습니다. 폐를 끼쳐 안 됐습니다만 배를 마련해 주십시오."

"아니, 이 밤중에 어디를 간단 말인다. 쉬었다가 내일 아침 일찍 떠나면 안 되겠는가?"

"꼭 가야 할 일입니다. 오늘은 보름이니 달이 밝아 길 떠나는 데는 지장이 없을 것입니다"

"그렇다면 나도 동행을 하겠네. 자네 혼자 보낼 수야 없지."

약전은 따라 일어섰다. 이벽이 약전보다 네 살 위였지만 수년 전 천진암에서 권철신을 스승으로 모시고 함께 강독회를 가졌던 동료로 만나 이제는 친구가 된 처지였다.

"저도 형님들을 모시겠습니다."

약용도 따라나섰다. 태학에서 공부 중이던 그는 잠시라도 쉬는 것이 불편했다.

열상(洌上)에서 나룻배를 타고 세 사람은 한강을 따라 내려 갔다. 괴괴하게 흐르는 강물 위로 휘영청 쏟아지는 달빛이 세 청년의 얼굴에 음영을 그렸다. 물 흐르듯 떠가는 나룻배 위에 서 그들은 강물만 내려다볼 뿐 한참 동안 말이 없었다.

"형님!"

갑자기 약용이 침묵을 깨고 약전을 건너다보았다.

"큰형수님은 어디로 가셨을까요?"

약전의 얼굴빛이 어둡게 흐려졌다.

"극락세계로 가셨을까요?"

"글쎄다. 부처님을 믿었으니 그럴 수도 있겠지."

마지못해 약전이 힘없이 대꾸했다.

"형님, 영혼이라는 것이 정말 있을까요?"

약전은 다시 할 말을 잃었다. 그것은 그도 알 수 없는 일이 었다. 온 세상은 죽은 듯이 잠이 들었고 달빛 가운데 출렁이는 나룻배만이 강줄기를 따라 내려가고 있었다.

"보리는 어떻게 자라지?"

갑자기 이벽이 약용을 향해 물었다. 약용은 형수의 장례에 서 이벽을 처음 대했다. 달빛을 받아 빛나는 이벽의 눈빛은 초 연하고 맑아서 신비로움을 품고 있었다. 약용의 입에서 극히 상식적인 대답이 흘러나왔다.

"겨울에 씨앗을 심어 놓으면 봄에 보리가 자라지요."

"왜 씨앗에서 보리가 자랄까?"

이벽이 질문을 좁혀갔다.

"비와 양분으로 자라는 것이 아닙니까?"

"비와 양분은 어디에서 생겼는가?"

"어디에서 생기다니요? 그냥 있는 것이지요."

이벽의 입가에 미소가 흘렀다. 다시 그가 약용을 향해 물었다.

"이 나룻배는 본래부터 나룻배였는가?"

"본래는 어딘가에 심어져 있던 나무였겠지요. 나룻배는 나무로 만든 것이니 본래 나무였다고 할 수 있겠군요."

"바로 그러네. 만물에는 그처럼 근원이 있다네. 사람이 나룻배를 만든 것처럼 누군가 보리를 만들었고 씨앗을 만들었고 비와 양분을 만든 것이라네. 초목이나 농작물 등 식물이 자라는 것도 누군가가 자랄 수 있는 힘을 주기 때문이지."

"그 근원이 무엇입니까?"

"천주님일세. 천주님께서 만물이 자라도록 힘을 주신 것이네. 하찮은 식물이라도 혼이 있어 그 힘을 받는다네."

"식물에 혼이 있다니요?"

"혼이 없으면 생명이 없는 것이라네. 씨앗이 싹을 내어 자라고 열매를 맺는 것은 엄연히 혼이 있다는 증거일세. 그 혼을 생혼(生魂)이라고 하네. 생혼을 지닌 식물들은 환경을 이용해서 성장 할 수 있지."

"식물에 혼이 있다면 사람과 같겠군요."

"전혀 다르네. 식물에는 생혼이 있지만 지각이 없지. 또 동물의 경우도 각혼(覺魂)이라는 것이 있어 귀로 듣고 눈으로 보며 코로 냄새를 맡는 등 지각을 갖추긴 했으나 이(理)를 논할 수 없다는 점이 사람과 다르지. 그래서 사람의 혼을 다른 생물과 구별하여 영혼이라고 한다네."

생전 처음 들어보는, 이벽의 사물에 대한 설명에 약용은 걷잡을 수 없이 빨려들었다.

"식물이나 동물은 본능적으로 생존할 뿐이지 무얼 생각한다든가 하는 것은 없네. 이치를 논할 줄 모르는 것이지."

이벽의 말에 귀를 기울이고 있던 약용이 잠시 생각에 잠겼다가 입을 열었다.

"생과 사의 문제는 어떻게 다릅니까?"

"식물과 동물은 생(生)하면 자라고 사(死)하면 멸하지만 사람은 다르네. 사람이 죽으면 생혼과 각혼에 해당하는 육체는 썩어 없어지지만 이를 다스리는 영혼은 살아남는 것이지."

"그렇다면 영혼은 불멸한다는 말이군요."

"그렇지. 천주님은 사람에게 생혼과 각혼을 영혼과 함께 주셨고, 거기에다가 영혼 불멸의 축복까지 주셨네."

"영혼이 불멸한다면 오늘 저녁 형수님께서는 제상을 받으셨겠군요?"

"그래서 나도 누님을 뵈러 이렇게 오지 않았는가?"

아직 교리에 능통하지 못한 이벽은 자기 나름대로 간추린 생각을 약용 형제에게 알기 쉽게 들려주었다.

두미협(斗尾峽)께에 이르자 강물의 흐름이 급해졌다. 달빛에 반사되는 강물은 물비늘을 이루며 빠른 속도로 뱃전에 부딪혀왔다. 하늘의 달은 서쪽으로 훨씬 기울어져 있었다. 들리는 것이라고는 물소리, 노 젓는 소리뿐인 강 위에서 불멸의 영혼에 대해 주고받는 세 젊은이의 마음은 달빛처럼 신비한 삼라만상의 침묵 속으로 잠겨들었다.

이승훈은 명례방 거리를 빠른 걸음으로 걷고 있었다. 이벽을 찾아가는 길이었다. 한시라도 빨리 전해줄 소식으로 그의 마음은 한껏 들떠 있었다.

'형이 얼마나 기뻐할까. 마침내 우리들이 늘 그리워하던 곳에 갈 수 있게 되었으니.'

스물여덟의 건장한 청년인 승훈은 바람을 일으키며 광교 쪽으로 치달았다.

3년 전 진사 시험에 합격했으나 그는 그 후로 학문을 멀리하여 요즘 부친인 예조참판 이동욱의 속을 썩이는 중이었다. 그는 승훈의 총명함을 아는 터라 언젠가는 벼슬길에 올라 가문을 빛내 주리라는 한 가닥 희망 때문에 이러지도 저러지도 못하고 있을 뿐이었다.

한번은 승훈의 방 앞을 지나다 말고 이동욱은 불쑥 아들을 불렀다.

행여 글 읽는 소리가 들리지 않을까 하고 방 안 기척을 살피다가 답답한 마음이 들었던 것이다.

"아버님 나오셨습니까?"

허둥거리던 기척과는 달리 문을 열고 맞는 승훈은 담담했다. 이동욱은 아들을 한번 흘끗 쳐다보고 나서 말없이 방 안으로 들어가 앉았다. 서안 위가 텅 비어 있었다. 글을 읽지 않더라도 항상 놓여져 있던 책이 눈에 띄지 않으니 이동욱은 이상한 생각이 들었다.

'아까 뭔가를 치우던 기색이던데 혹 보고 있던 책을 치운 게 아닐까?'

그는 궁금증을 애써 누르며 심상한 소리로 물었다.

"요사이 공부를 등한히 하는 눈치던데 무슨 걱정거리가 있느냐?"

"아니옵니다."

"진사시에 합격했다 하여 마음을 놓아선 아니 된다. 공부하는 것이 생활이 되어야 하느니라."

"명심하겠습니다."

부모의 뜻을 거스르는 것은 도리가 아니라는 것을 잘 알고 있는 승훈은 다소곳이 대답했지만 마음이 편치 못했다. 양가에 태어나 여느 양반댁 자제들과 마찬가지로 입신양명만을 제일로 알고 자란 그였지만 점차 성년이 되어가면서 신분 제도에

회의를 품게 되었다. 학문을 깊이 파면 팔수록, 역사를 알면 알아갈수록 양반들의 행태에 환멸을 느끼게 되었다. 파당을 위해서는 서슴없이 사람을 죽이기까지 하는 그들과 똑같은 양반이라는 사실이 더없이 부끄러웠다. 양반의 권위만을 높이 치켜들고, 백성들 위에 군림하는 벼슬을 얻기 위해 학문을 한다고 생각하니 점차 학문에 재미를 잃어갔다. 이럴 즈음 만난 이벽은 그에게 구세주와도 같았다.

그들은 어느 시회(詩會)에서 돌아오는 길에 동행을 하게 되었다. 서로 낯이 익지 않아 서먹함을 느끼며 말없이 걷고 있는데 불쑥 이벽이 엉뚱한 질문을 했다. 그는 승훈보다 두 살 위였다.

"자네는 왜 시를 짓나?"

"사대부라면 시문쯤 으레 하는 것이지, 특별한 이유가 있겠나?"

"그러면 왜 사는가?"

다시 이벽이 질문을 던졌다. 좀 더 모호해서 대답하기 난처한 물음이었다. 전혀 생각해 보지 않던 문제는 아니었으나 쉽게 답을 얻을 수 있는 문제도 아니었다.

"모르겠네. 태어나는 것조차 내 뜻대로 이루어진 일이 아니니 사는 이유 또한 알 도리가 없지."

"그럼 사람이 죽으면 어떻게 될 것 같은가?"

"그건 더욱 알 수 없지."

"승훈, 한번 생각해 보게. 자네는 중요한 문제를 쉽게 넘기고 있네. 생과 사의 문제는 인간의 본질을 이해하게 해주지."

승훈은 문득 걸음을 멈추고 이벽을 쳐다보았다. 그의 눈빛에 강렬한 호기심이 깃들여 있었다.

"깨달음이 있다면 내게 지도를 바라네."

이날 이후로 두 사람은 진지한 토론을 자주 나누게 되었다. 이벽을 통해 구한 책을 승훈은 밤새워 읽었다. 그러는 가운데 그는 어느새 천주교 교리에 깊이 빠져 있는 자신을 깨닫게 되었다.

광교에 있는 이벽의 집에 도착한 이승훈은 가쁜 숨을 몰아쉬며 이벽을 찾았다. 이날도 역시 이벽은 그를 반갑게 맞이했다.

"희한한 소식이 있네."

"무슨 일인가?"

"내가 연경에 가게 되었네."

승훈의 말에 이벽은 믿어지지 않는다는 듯 입을 다물지 못했다. 이벽의 손을 맞잡고 앉으며 그는 조금 전에 부친과 나눴던 말을 들려주었다.

"아버님께서 동지사(冬至使) 황인점 대감의 서장관(書狀官)으로 연경까지 수행케 되셨다네. 내게도 동행을 권하시어 응낙했네."

퇴궐하는 길로 이승훈을 부른 이동욱은 이 사실을 이르면서 덧붙였었다.

"남아가 넓은 세상을 구경하다 보면 배울 것이 많고 큰 뜻을 세우게 되느니라."

큰사랑에서 물러 나오며 누구보다 기뻐할 이벽을 생각하고 선걸음에 달려온 승훈은 급한 마음에 자신이 해야 할 일들을 물었다.

"우선 첫째는 연경에 가거든 영세를 받아 오게, 영세를 받아야만 진짜 천주교인이 되는 것이네. 자네가 조선 최초로 영세를 받는 신자가 되는 걸세."

"그 다음은?"

"둘째는 천주학에 관한 서적과 성물(聖物)을 구해 오게."

"성물이란 무엇인가?"

"십자가나 예수 고상(苦像), 묵주 등 천주교를 상징하는 여러 물건들일세."

"어디 가면 그것들을 구할 수 있겠는가?"

"연경에 가면 동서남북에 네 개의 성당이 있다네. 그곳에 가서 물정을 살펴 행동하게."

두 사람은 밤이 이슥하도록 연경 이야기를 하느라고 시간 가는 줄을 몰랐다. 그들은 술상을 앞에 놓고 신과 인간의 관계에 대해 끝없는 토론을 벌였다.

"술을 먹는 것은 천주의 교리에 어긋나지 않는가?"

"아니라고 들었네. 예수께서도 제자들과 더불어 포도주를 나누지 않았는가."

"술을 마시면 마음이 원대해지고 고통과 근심이 사라지는 것과 같이 천주님을 믿고 나서는 내 마음이 그와 같네. 참 신기하다네."

"신앙의 힘일세. 영생을 깨달은 사람이 어찌 속인처럼 살겠는가."

"그런데 한 가지 고민이 있네."

"……."

"나는 자넬 만난 이후로 정말 열심히 교리를 깨치고 천주님을 믿었네. 자네가 일러준 대로 기도도 매일 거르는 법 없이 드리고 있다네. 그런데 내 신앙심이 모자라서인지 내 눈에는 천주님이 보이질 않으니 어떻게 된 일인가?"

이 말을 들은 이벽이 손뼉을 치면서 웃어댔다. 무안한 얼굴빛이 된 승훈이 볼멘소리를 했다.

"이 사람아, 난 심각한 질문을 하는데 왜 자네는 비웃기부터 하는가?"

"아닐세. 비웃는 게 아니라 이제 자네도 진실한 신자가 된 것을 알고 기뻐 웃는 것일세."

"……."

"들어 보게. 천주님은 우주를 창세하시고, 모든 생물을 만드셨으며, 우리 인간을 창조하신 위대한 존재시라네."

"그건 나도 알고 있네."

"그 위대한 존재와 미물과도 같은 인간을 비교할 수는 없는 것이네."

"그래서?"

"자네가 어머니 뱃속에 있을 때 바깥세상을 본 일이 있는가. 보지 못했겠지. 그와 마찬가지 논릴세. 우리가 죄로 어두워진 이 세상을 살면서 어찌 선하신 그분을 뵈올 수 있겠는가. 그러나 마음이 깨끗한 자는 천주님을 뵈올 수 있다고 하였네. 자네가 천주님을 진실로 의지하고 기도와 말씀으로 마음을 닦아나간다면 반드시 그분은 자네 앞에 나타나 보여주실 것이네."

"정말 천주님을 뵈올 수 있단 말인가?"

이승훈은 몹시 기뻐하였다.

"정말 그렇다네. 그분의 약속이니까."

젊은 두 사람은 이 세상 것이 아닌, 넓고 높은 진리에 닿고자 젊음과 열정을 다하리라는 생각에 더없이 마음이 부풀었다. 당시의 여러 여건들로 미루어 그들의 원대한 꿈이 결코 자연스럽다고 할 수는 없었지만, 그렇게 해서 조선 천주교는 튼튼한 뿌리를 내리게 되었다.

3
새벽을 여는 사람들

　마재(馬峴)에서 두미협에 이르는 나룻배 위에서 이벽의 입을 통해 알게 된 천주교리에 약용과 약전 두 형제는 완전히 매료되고 말았다. 두 사람은 그 길로 이벽의 집에 들러 천주실의라는 서책을 빌려다가 탐독했다.

　천주실의 속에는 만물을 창조하신 '하느님'이 어떤 분인가를 상세히 기술하고 있었다. 영혼의 불멸, 불교와 천주교의 차이, 천당과 지옥, 인간의 본성 등에 대한 해답들이 빠짐없이 들어 있었다.

　"형님, 서양 사람들은 죽음에 대해서도 깊은 생각을 하고 있군요."

　밤을 새우며 책을 붙들고 있던 약용이 피로에 쌓여 충혈되었으나 여러 의문점들과 충격으로 더욱 또렷하게 빛나는 눈을 치뜨며 약전의 생각을 물었다.

　"그러게 말이다. 그들은 생과 사를 하나로 보는 듯하구나.

가장 근본적인 문제이면서도 누구나 잊고 사는 것들을 학문으로 연구하다니 대단한 사람들이야."

"천주학에서 말하는 천당이란 마치 불자들의 극락세계와 같지 않습니까?"

"어떤 면에선 그렇다고 봐야지. 그러나 불교와는 근본적으로 다른 것이 있어. 서학에는 전세(前世)가 없을뿐더러 윤회의 개념 또한 없지 않나?"

"그러고 보니 그렇군요. 형님께서는 그 이유를 어떻게 보셨는지요?"

약용의 진지한 태도에 약전은 빙그레 웃으며 말을 이어갔다.

"서교에서 윤회설을 부인하는 근거는 많이 있지만 주된 것으로 죽은 사람이 다른 사람으로 재생할 경우 불가한 일이 생긴다는 것이지."

"……."

"예를 들면 갑이라는 여자가 남편으로 맞은 남자의 전생이 죽은 여자의 조부였다면 이는 곧 조부와 손녀가 혼인한 것이 되니 인륜지덕이니 촌수니 하는 것들이 뒤죽박죽되어 더 이상 따질 수 없지. 또 사람 혼이 죽어 짐승으로 태어난다고 가정해 보세. 그렇게 되면 부모나 형제의 혼이 들어간 동물을 잡아먹지 않는다는 보장이 없으니 이 또한 패륜이 아닌가. 윤회설은 이런 허점들이 많지."

"그렇군요. 피타고라스라는 학자는 꼭 석가모니와 비슷한 말을 했습니다. 포악한 자는 호랑이로 재생하고 도적은 이리로 재생한다는 인과응보설 말입니다. 이 설이 동쪽으로 흘러들어가 불교에 영향을 끼친 것이라고 씌어 있는데요."

형제는 밤새워 삶과 죽음, 재생과 윤회에 대한 화제를 이어가느라 피곤한 줄도 몰랐다. 생명 창조에 대한 신비를 학문으로 체계화한 서학에 대해 그들은 날이 갈수록 깊이 빠져들었다.

이승훈을 연경으로 떠나보낸 이벽은 기대와 희망으로 한껏 가슴이 부풀어 있었다. 승훈이 연경에서 돌아오면서 가져올 여러 가지 천주학 서적도 그러하거니와 영세까지 받고 돌아온다면 천주학 전파에 든든한 동지를 얻게 되는 셈이었다.

이벽은 유학에 있어서도 뛰어난 재사여서 그의 학문을 높이 사는 선비들이 많았으므로 서학에 열중한 뒤로도 그의 수하에 몰려든 인재가 많았다. 바로 이승훈이 그러했고 약전, 약용 형제가 그러했다. 그밖에도 그는 더 많은, 썩어가는 사회에 신선한 바람을 넣을 영향력 있는 선비들을 끌어모으기 위해 고심했다.

'유림에서 존경을 받는 사람을 앞장세워야 한다. 그래야 서교를 좀 더 신속히 전파할 수 있을 것이다.'

많은 생각 끝에 그는 우선 권철신을 지목했다.

권철신은 감호라는 곳에 사는 유림의 거두로 성호 이익의 제자였으며 당대의 석학들 중 첫손가락에 꼽을 만한 인물이었다. 정조가 문효세자의 동궁관을 선정할 때 판서 홍수보나 참판 채홍리 등이 입을 모아 천거할 만큼 신망도 높았다.

이벽이 꼬박 하룻길을 말을 달려 권철신이 사는 감호에 도착한 것은 땅거미가 짙어가는 어스름 녘이었다. 둘은 이미 천진암에서 만난 사이인 데다 인척간이기도 해서 이벽의 방문이 부자연스러운 것은 아니었다.

"그저 뵙고 싶은 마음이 들기에 찾았습니다. 그간 편안하셨는지요?"

"특별한 일도 없이 예까지 나를 찾아왔단 말인가? 고마우이. 그래, 춘부장께서도 무고하신지?"

안부를 나눈 뒤 마주 앉자마자 두 사람은 백년지기인 양 이야기꽃을 피우기 시작했다. 세상 돌아가는 일에서부터 근간에 읽고 있는 책에 이르기까지 다양한 화제가 입에 오르내렸다. 한 사람은 시문에 능한 재사요, 또 한 사람은 당대의 유림을 이끌어가는 걸물(傑物)이니 두 사람의 대화는 거침이 없었다.

그날도 권철신의 사랑은 그의 문하생들로 꽉 차 있어서 글을 읽거나 토론을 하는 소리가 두 사람이 들어 있는 큰사랑께까지 들려왔다

"저 방에 많은 사람이 모인 모양이군요."

"우리 집 식객 노릇을 하는 서생들이지. 하나둘 모이다 보니

전국에서 몰려온 젊은이들이 작은사랑에 가득이라네. 공맹(孔孟)의 도리를 깨우치고, 지치면 즉석에서 시를 읊기도 하며 둘러앉아 열띤 토론을 벌이기도 하는 이 나라의 동량들일세."

그 순간 이벽은 언뜻 떠오르는 생각이 있었다.

"그렇다면 우리도 아예 저 방으로 건너가지요. 오랜만에 젊은 사람들과 함께 이야기를 나누다 보면 배울 게 많을 테니까요."

"자네의 학문에 대한 열성은 익히 들었네만, 놀라우이. 서생들에게서도 뭔가를 배우고자 하니 말일세."

작은사랑에는 과연 사대부가의 젊은이들이 빽빽이 들어차 있었다. 초시를 준비하는 약관의 젊은이, 초시에 합격하고 회시를 준비하는 자, 전시(殿試)를 기다리는 선비들이라는 권철신의 말이 아니더라도 그들의 눈빛을 본 이벽은 젊은 재사들을 앞에 두고 항용 느끼기 마련인 긴장으로 몸이 굳어졌다.

'이들 모두에게 천주학을 전교할 수만 있다면……'

젊고 패기 있는 이들의 학문에 서학 한 가지를 더 보탠다면 조선의 앞날은 더욱 창창할 것이 아닌가 하는 욕심이 생겼다.

"무엇들을 하고 있었는가?"

젊은이들의 인사를 받으며 아랫목에 좌정한 권철신이 얼굴 가득 웃음을 띠우며 물었다.

"한시를 즉흥으로 지어보았습니다."

"허, 잘됐군, 여기 이 사람은 이벽이라는 선비로 유림에서 그의 시문을 따를 자가 없다고들 하지. 모처럼 함께 자리를 하게 되었으니 한 수 가르침을 받게나들."

권철신의 소개말에 젊은이들은 이미 이벽의 명성을 익히 알고 있던 터라 다투어 수인사를 청했다. 함께 어우러져 글짓기를 하고 토론을 벌이는 가운데 밤이 깊어가면서 점차 화제가 실학 쪽으로 옮겨갔다.

논어, 맹자에서 시경, 주역 등을 두루 꿰고 있는 그들인 만큼 한창 성행하고 있는 실학에 대해 관심이 없을 수 없었다. 화제가 실학의 실용성에 대해 언급이 되자 이벽의 눈빛이 한층 빛났다.

"공맹의 도는 이치에 맞고 도리에 합당하나 백성들의 실생활에 얼마만 한 도움이 됩니까? 간단한 일용품 하나 만들 수 없는 언제나 입씨름에 그치고 마는 학문을 하고 앉았으니 날로 발전하는 외세의 힘을 어찌 당해낼 것입니까?"

"그렇습니다. 일전에 제가 어떤 책을 대했는데 수리(水利)에 관한 말이 적혀 있었습니다. 그대로 따른다면 가뭄이나 홍수를 미리 막을 수 있다고 합니다. 양인들은 진작에 그런 식으로 농사를 지었던 모양입니다."

젊은이들이라 생각이 진보적인 탓도 있어서 화제는 쉽게 실학의 지지론 쪽으로 기울었다. 권철신만이 처음 자세를 고치지 않고 조용히 눈을 감은 채 침묵을 지키고 있었다. 이벽은 그런 권철신을 충분히 의식하며 화제를 끌어갔다.

"나라를 다스리는 자일수록 더욱더 여러 사람에게 유용한 학문을 해야 한다고 믿고 있습니다. 지금은 권력의 압제에 시달리고 천대받는 가난한 선비나 백성들이 설 자리가 없습니다. 과연 그들이 누구를 의지하고 무엇에 희망을 걸어야 합니까? 여러분처럼 젊고 패기에 찬 선비들이 그러한 학문을 갈고 닦아서 그들의 정신적 지주가 되어야 합니다."

이벽의 열변에 좌중은 숙연해졌다. 모두들 심각하게 그의 말 마디마디에 귀를 기울였다. 그중에서도 아까부터 그의 입에서 나온 말들을 홀린 듯 듣고 있는 청년이 눈에 띄었다. 그는 청년에게 의미 있는 미소를 지어 보이고는 다시 말을 이었다.

"의지가 없는 백성들에게 희망을 주고 탁상공론으로 일신의 유익만 구하는 관리와 조정 대신들의 마음 자세를 바꾸어놓으려면……."

"그러려면?"

갑자기 권철신의 목소리가 이벽의 열변을 잘랐다. 눈을 감은 채로 미동도 없이 가부좌의 자세를 유지하고 있었지만 좌중의 말을 하나도 빠짐없이 듣고 있었던 모양으로 그의 얼굴에도 호기심이 서려 있었다.

이벽은 결연한 목소리로 잘라 말했다.

"천주학을 해야 합니다."

뜻밖의 말이 이벽의 입에서 튀어나오자 사랑 안은 갑자기 술렁거리기 시작했다. 천주학이란 말조차 처음으로 듣는 사람들이 대부분이었으니 당연한 일이었다. 이곳저곳에서 웅성거리는 소리로 방 안은 떠들썩했다. 그러는 가운데 한 선비가 나서서 좌중을 진정시켰다. 진작부터 이벽의 말에 눈을 빛내며 듣고 있던 그는 이벽을 향해 진지한 어조로 물었다.

"천주학이란 대체 어떤 학문입니까?"

"천주교는 천주, 즉 하느님을 공경하는 도랍니다. 유교가 성현의 말씀과 조상을 숭배하는 것이라면 천주학은 세상 만물의 근원이 되는 천주님을 공경하는 것이지요. 논어에도 '소사상제(昭事上帝)'라 하여 하느님을 섬기라고 했고, 중용에도 '도야자는 불가수유리야(道也者 不可須臾離也)'라 하여 도라는 것은 모름지기 잠깐이라도 떠날 수 없는 것이라는 말씀이 있지 않습니까."

한번 말문이 터지자 이벽의 천주학에 대한 설명은 밤이 깊도록 계속되었고 생전 처음 들어보는 새로운 도에 접한 청년들은 자리를 뜰 줄 몰랐다.

그로부터 근 열흘간을 감호에 머물면서 이벽은 천주학을 설파하였다. 특히 그는 권철신을 대할 때마다 시간과 장소를 불문하고 천주학을 논설했다.

"우리가 영생을 하려면 서학을 연구하고 천주학을 해야 합니다."

"이 사람아, 영생을 한다니, 그게 될법한 일인가?"

권철신은 심지가 굳은 만큼 쉽게 이벽의 말을 수긍하지 않앞다. 학문을 하는 학자의 입장에서 시시비비를 가리고 정확한 증거를 요구했다. 그러나 그의 동생 권일신은 달랐다. 그는 그날 밤 형형한 눈빛으로 이벽의 말을 경청했던 젊은이였다. 그는 10여 일간 이벽의 곁을 떠나지 않으며 천주학에 대한 많은 것을 배우면서 송두리째 마음을 빼앗겼고 마침내 신자가 되었다. 이벽의 정연한 논리와 달변, 그리고 천주학에 대한 열정이 맺은 또 하나의 열매였다.

그 무렵 이승훈은 연경의 번화한 거리를 걷고 있었다. 그는 조선의 관복을 입은 채 세모의 혼잡한 거리를 청나라 사람들 틈에 끼어 바쁜 걸음으로 걸었다. 그는 선무문 앞을 지나며 쉴 새 없이 좌우를 살폈다. 천주교회당을 찾는 중이었다. 이벽이 신신당부한 대로 영세를 받기 위해 바쁜 일정을 틈타 거리에 나섰던 것이다.

마테오 리치가 명나라 신종(神宗)의 칙허를 얻어 지었다는 남천주성당. 육중한 고딕식으로 뾰족한 첨탑을 껴안고 있는 건물의 꼭대기에는 커다란 종이 매달려 있어 금세라도 맑은소리가 울릴 듯했다. 조선의 기와식 건축물에 눈이 익은 이승훈은 처음 보는 형태의 건물 앞에서 울렁거리는 감정을 억눌렀다. 상상만으로 그려왔던 천주님의 성전은 기대했던 것보다 훨씬 하늘의 신비와 지상의 아름다움을 갖추고 이방(異邦)에서 달려온 어린 양을 반기고 있었다.

석조 건물의 외벽은 각양각색의 조각품들로 둘러싸인 채 여러 가지 문양들이 사이사이 부조되어 있었다. 아기 예수를 안고 있는 성모 마리아상, 제자들 앞에서 진리를 깨우쳐 주고 있는 예수상, 사도 바오로의 흉상 등을 보며 승훈은 '하느님'의 실존을 직접 눈으로 보는 듯한 충격을 받았다. 그는 감격과 환희로 가득 찬 가슴을 지그시 억누르며 묵직한 성당 문을 밀고 안으로 들어섰다.

엄청나게 높은 둥근 천장이 먼저 그를 맞이했다. 승훈은 빨려들 듯 벽과 천장을 둘러보며 한 걸음씩 발을 떼어 놓았다. 저만큼 앞에 놓인 강단 벽에 십자가에 못 박힌 모습의 예수가 고통으로 일그러진 얼굴로 그를 굽어보고 있었다. 원망과 슬픔, 분노와 용서, 동정과 너그러움이 한데 뒤섞인 표정의 예수상 앞에 선 그는 밖에서 보던 것과는 또 다른 세계를 보면서 다시 한 번 감격으로 몸을 떨었다. 머리의 가시 면류관에 짓눌리고 있는 얼굴을 한동안 넋 놓고 바라보다가 마치 그 고통의 혼이 자신에게 옮아온 듯하여 그는 뜨거운 눈물을 흘리며 그 자리에 꿇어 엎드렸다.

딱히 무엇 때문이라고 꼬집어 말할 수 없는 끌림으로 이벽을 통해 천주학을 배우고 막상 영세까지 받으려고 온 터이지만 예수상과 대면하는 순간 이제까지의 막연했던 느낌은 사라지고 새롭게 밀려드는 감회로 몸을 떨었다. 그것은 신생의 경험이었고 비로소 맞게 된 천주와의 진실된 대면이었다. 전신에 뜨거운 불이 타오르는 듯한 느낌에 젖어서 그는 바닥에 엎드려 눈물을 흘렸다.

"어디서 오신 분이신지요?"

낯선 중국어 소리에 승훈은 비로소 얼굴을 들었다. 그동안 얼마나 시간이 흘렀는지 알 수 없는데 그의 곁에는 열대여섯 살쯤 돼 보이는 소년이 서 있었다. 머리를 짧게 자르고 검은 빛깔의 중국 옷을 단정하게 차려입은 소년의 얼굴에는 낯선 사람을 대하는 의아스러움 대신 다감한 미소가 흐르고 있었다. 승훈은 그제야 몸을 추스르고 자리에서 일어났다. 그리고 뜻을 전하기 위해 준비해온 지필묵을 꺼냈다. 곧 두 사람 사이에 필화(筆話)가 시작되었다.

"조선에서 온 사람입니다."

"어떻게 오셨습니까 ?"

"나는 천주교신자요. 탁사님(托事任)을 뵙고자 하오."

"따라오십시오."

승훈은 소년을 따라 밖으로 나갔다. 성전 한쪽을 돌아가니 아담한 집이 또 한 채 나타났다.

아무 장식도 없는 깨끗한 방 안에서 한쪽 벽을 마주하고 책상에 앉아 있던 벽안(碧眼)의 신부가 승훈을 맞이했다. 신부의 자색 수염이 온화한 미소와 잘 어울렸다.

"조선에서 오셨다구요?"

"만나 뵙게 되어 영광입니다. 전 영세를 받기를 원합니다."

신부의 조용한 눈이 기쁨으로 빛났다.

"반갑습니다. 먼 길을 오시느라 수고가 많으셨습니다. 나는 프란체스코 신부라고 합니다."

"저는 이승훈입니다."

두 사람은 오랜 지기처럼 다정하게 손을 맞잡았다.

"언제부터 천주교를 믿으셨습니까?"

"햇수로 3년이 넘었습니다."

"누구의 인도를 받으셨지요?"

"조선에는 탁사님이 계시지 않습니다. 천주실의라는 책을 통해 스스로 신자가 되었습니다."

신부는 깜짝 놀라는 눈치였다.

"천주님의 크신 은혜를 입으셨습니다. 형제님처럼 그런 분이 또 있습니까?"

"수백 명이 넘을 것입니다."

"허허, 성직자도 없이 천주교가 자생했다니 조선은 복 받은 나랍니다. 앞으로 힘닿는 데까지 도와드리지요. 열심히 전교해 주십시오."

그날부터 이승훈은 프란체스코 신부의 인도로 학습에 들어갔다. 성서와 교리문답을 배우는 것은 물론 미사와 성사에도 참여하여 천주의 전통 의식을 정식으로 익혔다. 책과 이벽의 가르침을 통해 교리만을 알고 있던 승훈은 예배와 성사를 통해 완전한 교인이 되어 갔다. 그에게는 눈에 보이는 것 들리는 것 모두가 천상을 경험하듯, 놀랍고, 신비할 뿐이었다. 연경에 올 수 있었던 사실이 천주님의 사랑임을 갈수록 절감했다. 조선에 돌아가지 않고 이곳에서 미사와 성사에 참여하고 성체를 접하면서 언제까지나 머물고 싶다는 욕심이 없는 것도 아니었지만, 자신이 돌아오기만을 기다리고 있을 이벽과 교우들, 천주에 무지한 조선의 백성에게 그동안 경험한 기쁨과 환희를 나눠주고 싶다는 생각으로 마음이 조급해지기도 했다.

"다음 달에는 돌아가야 합니다."

한 달 남짓 학습을 한승훈은 귀국 일자를 묻는 신부에게 초조한 마음을 감추며 대답했다.

"영세를 서둘러야겠군요. 당신은 영리할 뿐만 아니라 열성도 남달라서 남들이 1년 넘게 걸려 겨우 익히는 교리를 한 달 만에 깨우쳤으니 영세받을 자격이 충분합니다. 편지를 한 장 써드릴 테니 북당의 그라몽(Grammont) 신부를 찾아가 천주님의 자녀가 되십시오."

승훈은 솟구치는 기쁨으로 눈물을 글썽거렸다. 감격해 마지않는 승훈의 손을 따뜻하게 감싸 쥐며 프란체스코 신부는 그에게 축복의 말을 내려주었다.

"천주께서 당신께 큰 뜻이 있으신가 봅니다. 돌아가서도 하느님의 음성에 늘 귀 기울이며 사십시오. 당신은 천주님의 많은 은혜를 입으신 분입니다."

신부의 말을 뜻 깊게 새기면서 승훈은 조선 최초의 영세 교인으로서 자신이 해야 할 일이 얼마나 무거운 짐인지, 그때는 짐작조차 하지 못했다.

그라몽 신부는 편지를 읽고 나서 몇 가지 질문을 한 다음 즉시 영세식을 집전했다. 두 손을 모으고 꿇어 엎드려 있는 승훈의 귀에 의식의 축복을 내리는 신부의 음성이 나지막이 울려 퍼졌다. 라틴어로 집전하는 신부의 말은 알아들을 수 없었지만 승훈은 그 어떤 말보다 더 큰 감동을 느꼈다. 이윽고 마지막 절차로 승훈의 정수리에 차가운 물방울이 떨어졌다.

"당신에게 본명을 드립니다. 이제부터 이승훈 베드로가 되셨습니다."

승훈은 이마를 들고 천장을 올려다보았다. 천장에 양각된 네 천사가 그의 영세를 축복하며 금세라도 날아 내려올 것 같았다.

"이승훈 베드로. 이승훈 베드로. 오, 하느님, 고맙습니다."

성사가 끝나고 승훈과 그라몽 신부가 뜨거운 중국차를 앞에 놓고 마주 앉았을 때는 해가 뉘엿뉘엿 기울 무렵이었다.

"조선국에서는 천주교가 국법으로 금지되어 있습니까?"

"아직 뚜렷한 정책이 없습니다. 천주교가 표면화되지 않았기 때문입니다. 더 많은 사람들이 천주학을 알게 된다면 달라지겠지요. 지금으로서는 알 수 없습니다."

그라몽 신부는 그 밖의 조선 사정들을 묻고 나더니 승훈의 손을 잡으며 간곡하게 일렀다.

"돌아가서서 전교에 힘쓰십시오."

"조선은 언제쯤에나 사제님을 뫼실 수 있겠습니까?"

"그것은 로마교황청에서 결정할 일입니다.'

"속히 그런 은혜를 입게끔 주교님께서 애써 주십시오."

"천주님의 은총이 이미 조선국에도 비추었습니다. 사제가 파견될 때까지 힘써 교우들을 돕고 영적 양식을 공급해 주십시오."

"제가 할 수 있는 데까지 최선을 다하겠습니다."

승훈과 그라몽 신부는 인종과 언어의 벽을 뛰어넘어 천주 안에서 맺어진 형제애로 서로를 격려하며 이별을 아쉬워했다.

정약용은 태학에서 실시하는 반제(泮製)니 정시(庭試)니 하는 시험에서 매번 좋은 성적을 얻었다. 따라서 임금이 내리는 상은 거의 독차지하다시피 했다. 학문을 좋아하고 뛰어난 학자들을 아끼는 정조의 영향으로 성균관과 춘당대 등에서는 한 달에 한 번이나 보름에 한 번 간격으로 자주 시험을 실시했기 때문에 그의 재능은 더욱 두드러져 정조의 신임을 받았다.

11월 초, 감제(柑製) 때의 일이었다. 감제란 제주도산 귤이 공물로 올라올 때 이를 기념하여 실시하는 시험으로, 그는 이 시험에서도 예외 없이 장원을 하여 정조의 부름을 받았다.

"지금 몇 살인고?"

"임오생입니다."

"그러면 스물넷이로군."

대견한 빛으로 나이를 헤아리던 정조의 표정이 갑자기 어두워졌다.

임오년이면 사도세자가 뒤주 속에서 끔찍한 죽음을 당했던, 한 맺힌 해였기 때문이었다.

'마마, 아비를 살려주십시오. 제발 살려주십시오.'

나이 어린 세손이었던 정조는 아버지를 살리기 위해 할아버지께 눈물로 매달렸으나 불같은 호령만을 듣고 무력한 자신을 저주했었다. 정조는 악몽에서 깨어나려는 듯 좌우로 두어 번 고개를 흔든 뒤 처연한 소리로 일렀다.

"아무쪼록 공부는 열심히 하되 급제만은 늦추는 것이 좋겠다. 어린 나이에 벼슬이 빠르면 인생의 경륜이 적어 흠도 되지만, 그보다 세상의 질시를 피하기 어려우니까."

타인이 베푸는 세심한 마음씀씀이는 오래도록 가슴에 남는 법이다. 임금으로부터 분에 넘치는 후의를 받는 순간 약용은 마음속 깊이 우러나오는 충성심과 정사에 대한 올바른 보필을 다짐했다. 그러나 세상의 질시를 염려했던 정조도 자신의 각별한 사랑으로 인해 희생될 신하가 생기리라고는 미처 생각지 못했다. 정조는 후한 상을 받고 물러가는 약용을 보며 승지 홍인호에게 '약용은 재상감이다'며 극찬을 아끼지 않았다.

약용이 물러간 뒤에도 정조는 비명에 간 아버지에 대한 기억으로 암울한 기분에서 쉽게 놓여나지 못했다. 한번 악몽 같은 기억에 붙들리면 걷잡을 수 없는 고통에 시달려야 하는 정조는 자리에서 일어나 중궁전으로 향했다. 심기가 불편할 때마다 세자의 재롱을 보면 마음을 가라앉힐 수 있었기 때문이었다.

곤전에서는 웃음소리가 바깥까지 흘러나오고 있었다. 정조가 안으로 들어서자 어머니 혜빈 홍씨와 중전 김비, 그리고 세자의 생모인 소용(昭容) 성씨가 모여 앉아 있다 반색을 했다. 왕세자도 소용의 품안에서 정조를 반기며 방싯 웃었다. 대례를 치른 지 20여 년 만에 처음 얻은 왕자였다.

'이 어린 생명이 내 아들이라니.'

왕세자를 볼 때마다 느끼는 뜨거움으로 정조는 어렵게 얻은 아들을 받아 안았다. 세자는 아버지를 알아보고 상긋 웃으며 고사리 같은 손으로 정조의 얼굴을 만져댔다.

"오, 세자가 주상을 알아보는구려."

지켜보던 혜빈이 세자의 재롱에 함박웃음을 터뜨렸다. 세자를 번쩍 추어올리는 정조의 얼굴에도 모든 시름을 잊은 듯 미소가 가득 흘렀다.

연경에서 돌아온 이승훈은 행장도 풀기 전에 이벽을 찾았다. 승훈의 얼굴을 대하자마자 이벽은 다그쳤다.

"그래 영세는 받았겠지?"

눈을 빛내며 대답을 기다리는 그에게 승훈은 잔잔히 고개를 끄덕거려 주었다.

이벽은 마치 자신의 일이기라도 하듯 기쁨을 감추지 못하였다.

"축하하네. 이제 자네는 조선 최초의 영세 교인이 된 걸세."

"고마우이. 자, 좌정하게. 자네에게 들려줄 말이 무궁무진하다네. 우선 이 십자고상을……."

그때 방문을 열고 들어선 낯선 얼굴 때문에 승훈의 말이 끊겼다. 마침 이벽을 찾아온 권일신은 혼자만의 골똘한 생각에 잠겨 미처 안에 손님이 있으리라는 생각을 하지 못한 채 그냥 문을 열고 들어섰던 것이다.

"염려 말게. 자네가 연경에 가 있는 동안 입교하신 분일세. 자네에 대한 말을 듣고 이분도 자네를 무척 기다리셨네."

두 사람은 초면이었지만 반갑게 손을 맞잡고 인사했다. 권일신은 승훈보다 열네 살이 위였다.

"영세받으신 걸 진심으로 축하드립니다."

"고맙습니다. 앞으로의 책임이 더욱 무겁습니다."

"자, 그러면 우리 함께 기도를 올리세. 승훈이 자네가 인도해주게."

그들은 예수 십자고상을 정면에 세우고 무릎을 꿇었다.

하늘에 계신 우리 아버지
아버지의 이름이 거룩히 빛나시고
그 나라가 임하시며

아버지의 뜻이 하늘에서와 같이

땅에서도 이루어지소서.

오늘 우리에게 일용할 양식을 주옵시고

우리에게 잘못한 이를 우리가 용서하듯이

우리 죄를 용서하옵시고

우리를 유혹에 빠지지 말게 하시며

악에서 구하옵소서.

아멘.

주기도문을 외우고 난 이승훈은 조용히 입을 열었다.

"우리는 천주님의 은혜를 입어 이 자리에 모여 있지만, 이 땅에는 모든 조물의 주인이신 아버지를 모르고 사는 많은 백성이 있습니다. 그들은 목자 없는 양 떼마냥 유랑하며, 우상을 섬기고 절하며, 하늘에서 내리는 참양식을 먹지 못하고 있습니다. 오늘 이 시간에 천주께서 우리 세 사람을 한자리에 모이게 하신 데에는 그분의 뜻 깊은 안배하심이 있는 것입니다. 바로 양떼를 거두라는 그 음성입니다. 우리는 귀 기울여 그 음성을 듣고 그분의 뜻에 따라야만 합니다. 우리는 먼저 은혜를 입은 자들로서 영혼의 양식을 나눠줘야 할 책임이 있는 겁니다."

승훈의 강론은 두 사람의 가슴을 파고들었다. 그들은 모두 막중한 책임을 온몸으로 느끼며 천주님의 뜻을 다시 한 번 마음에 새겼다.

"자, 그럼 앞으로의 전교 활동에 대해 대책을 논의해 보세."

승훈의 제안이 있자마자 이벽은 기다렸다는 듯 내심을 털어놓았다.

"그동안 생각해 보았는데 방향을 두 가지로 잡는 게 좋겠네. 첫째는 양반 사회에 대한 포교로 이미 여기 계신 권일신 형과 정약전 약용 형제 등이 열심으로 교리를 배우고 있네. 그러니 젊은 층을 중심으로 쉽게 전교될 가능성이 있네."

이 말을 들은 승훈은 몹시 반가워했다.

"정씨 집안은 도를 받아들였지만 이가환 공올 전도하는 게 문제네. 그가 나선다면 엄청난 파급 효과를 얻을 수 있지 않겠나. 승훈이, 자네의 외삼촌이 되시니 자네가 맡게."

"알겠네."

이벽은 다시 권일신을 향해 권철신의 사랑에 모인 서생들에게 전도하도록 일렀다.

"다음은 중인들과 천인들에게 포교하는 것이 문젤세. 천주께서는 모든 인간이 한 형제라고 말씀하셨으니 우리부터 반상의 개념을 버리고 저들을 형제처럼 대하는 가운데 포교에 힘써야 할 것이네."

두 사람은 이벽의 의견에 마음을 합하여 힘껏 노력할 것을 다짐했다.

"우선 역관이나 상인들 중에서 영향력이 있는 사람을 골라 포교에 힘써 보는 게 어떻겠나. 먼저 중인들을 선교하고 그들로 하여금 천인들을 교화시키도록 말일세."

권일신의 의견에 이벽이 크게 찬성하며 중인 이하 계급의 중요성을 덧붙였다.

"타국의 예로 볼 때 중인 이하 천인들은 무시할 수 없는 세력일세. 그들은 지식인 집단보다 더 끈질기고 저항 의식이 강해서 오히려 교(敎)의 명맥을 잇는 역할을 했다네."

마침 안으로부터 밤참이 나와 세 사람은 약주 잔을 기울이며 연경에 다녀온 승훈의 경험담을 들었다.

"우리들은 언제쯤 연경에 가볼 수 있을까?"

권일신이 승훈의 이야기를 듣다가 부러운 듯이 말했다.

"곧 가실 수 있는 기회가 있을 겁니다."

"그래, 그럴 만한 근거라도 있는가?"

"그렇지요. 조선에는 신자는 있되 인도할 사제가 없지 않습니까. 우리가 교세를 확장해 가면 북경 교구의 사제단들도 가만히 있지 않겠지요. 로마교황청에 보고할 것이고 그렇게 되면 자연히 조선 교구가 설치되고 사제를 파견할 것입니다. 그때 형님께서 가교 역할을 하십시오."

"교황이란 무엇인가?"

권일신은 승훈의 하는 말 모두가 신기하기만 했다.

"이를테면 전 세계 천주교 신자들을 통치하는 천주교의 가장 윗분이십니다. 이태리의 로마에 교황청이 있어서 전 세계에 흩어져 있는 교구에 명령을 하달하고 모든 교회 일을 주관하지요."

"참 그런데 자네, 본명을 받았나?"

듣고 있던 이벽이 깜빡 잊었다는 듯 물었다.

"물론 받았지. 베드로일세."

"예수님의 열두 제자 중 한 사람의 이름이군."

"그렇다네."

"좋은 이름을 본명으로 받았네그려, 그는 주님의 사랑을 가장 많이 받은 제잘세. 예수께서 잡혀가시던 날 밤 세 번이나 주님을 부인하기는 했지만……."

이벽의 말에는 깊은 의미가 담겨 있었다. 우연히 던진 이 말이 기연이었던지 나중 이승훈도 베드로와 비슷한 길을 걷게 되지만 그때는 아무도 그것을 알지 못했다.

이승훈은 처음 김범우의 집에서 집회를 하다 발각되어 체포당한 후 배교하였다. 그 후 다시 입교했다가 5년 후 윤유일이 연경에 밀파되었을 때 마침 야소회파에서 프란체스코파로 대치된 북경 교구가 내린, 제사를 금하는 명을 전해 듣고 다시 배교했다. 그러나 그는 다시 입교하여 1791년 진산 사건이 일어나자 서학 서적을 출판했다는 이유로 투옥되었을 때 세 번째 배교했다. 그리고 3년 후, 중국인 신부 주문모가 밀입국하자 다시 입교하여 신자 활동을 계속했다.

양가에 태어나 명석한 머리로 해박한 지식을 겸비했던 이승훈은 평택현감 등의 목민관으로 선정도 베풀었지만, 결국 유배

되어 박해를 받다가 신유 대사옥 때 단두대의 이슬로 사라지는 비운을 겪었다. 그의 나이 겨우 46세 때였다. 그의 아들 신규와 손자 재의는 1868년에 뒤를 이어 순교하였고, 증손 연귀와 균귀도 1871년 천주께 생명을 바쳤다. 조선 최초의 영세 교인이었던 이승훈 일가는 4대에 걸쳐 희생을 내었던 것이다.

이승훈 외에 그날 밤 모였던 나머지 두 사람 또한 기구한 운명의 길을 걸었다. 천주학을 했다는 이유로 가족들로부터 버림을 받고 치명(致命)했다. 그러나 조선에 천주교의 서광을 비추게 한 것은 바로 이 세 사람이었으며 순교의 피로 천주교를 정착시키는 데 밑거름이 된 것만은 분명한 사실이다.

이승훈이 연경에서 보고 들은 예배 의식과 영성체, 성찬, 성사에 대한 이야기는 끝없이 이어져 듣고 있던 두 사람마저 그 모든 것들이 눈앞에 보이는 듯했다.

이동욱은 생각다 못해 사헌부 지평인 처남 이가환을 찾아갔다.

"자네에게 상의할 일이 있어 왔네."

이렇게 서두를 꺼내는 이동욱의 안색에 먹구름이 가득했다. 이가환이 매형의 기색을 살피며 조심스레 술잔을 권했다.

"말씀해 보시지요."

"승훈의 문젤세."

"무슨 일이 생겼습니까?"

이동욱은 쉽게 말을 잇지 못하고 주저했다. 이가환은 재촉하지 않고 조용히 기다렸다. 한참 만에 이동욱이 다시 입을 뗐다.

"승훈이가 하는 행동이 하도 수상쩍어 알아봤더니 서교를 믿는 모양일세."

"책이나 읽어 봤겠지요. 워낙 책을 좋아하는 아이니까. 그리고 서학은 학문을 하는 사람이 꼭 읽어 봐야 할 책입니다."

"책이나 읽는 정도면 오죽이나 좋겠나. 천문이라든지 역법, 기하, 지리, 수리 같은 책을 읽는 것이라면 내가 나서서라도 책을 구해 주겠네."

이동욱의 얼굴에 점점 수심이 짙어갔다.

"혹 천주실의나 칠극 같은 책을 읽는 것인지도 모르지요. 한번쯤 읽어 봐도 좋을 책들입니다. 학문에 도움이 되는 점도 많고. 저도 읽었으니까요."

"글쎄 그런 게 아니라니까. 서교 책을 읽는 정도는 벌써 넘어선 지 오랠세. 연경에서 가지고 온 책에 미치더니 이젠 아주 천주학을 포교하고 돌아다닌다네."

이가환은 입을 다물고 말았다. 승훈의 심각한 상태가 훤히 짐작 되었다. 요사이 장안에 천주교가 성행하고 있다는 소문을 그도 들어 알고 있었다.

"무슨 좋은 방도가 없겠는가? 이벽이라는 자가 제집 드나들 듯 하는데 둘 사이를 끊어놓으면 좀 나아질지 모르니 자네가 한번 애써 주게나."

"알겠습니다."

이동욱은 이가환을 철석같이 믿고 돌아갔다. 이가환은 자타가 인정하는 대유(大儒)로 정조의 어전에서 쟁쟁한 대신들의 칼날 같은 질문을 거침없이 받아낼 만큼 뛰어난 학자였기 때문에 그는 아들을 부탁했던 것이다.

이벽은 수표교 근처에 살고 있었다. 돌연한 이가환의 방문에 그는 다소 당황해하며 그를 맞아들였다.

"자네와 긴히 할말이 있어서 왔네."

"노장께서 오시니 어째 마음이 다 떨립니다. 야단이라도 치러 오셨습니까?"

이벽은 농처럼 떠보았다. 당대의 뛰어난 학자인 두 사람은 오래전부터 안면이 있었고 이가환이 12세 연상이었다.

"나도 일찍이 천주실의 같은 서교 서적들을 대했었네만, 그것이 비록 명설(名說)일지라도 정학(正學)은 아닌데 자네가 그것에 집착하는 것은 무슨 이유인가?"

이벽은 비로소 이가환이 찾아온 이유를 깨달았다. 그리고 오히려 전교를 할 수 있는 좋은 기회를 잡은 것으로 여겨 속으로 쾌재를 불렀다. 잠시 생각을 모은 그는 빈틈없고 완벽한 논리로 천주학의 기본 도리를 전하리라 마음 먹고 입을 떼었다. 장하(長河)와도 같이 그칠 줄 모르고 그의 입을 통해 흘러나오는 하늘의 진리는 세상에서는 그의 학문을 따를 자 없다는 이가환의 말문을 묶어놓기에 충분했다.

"허, 자네가 내게 포교를 할 셈이군."

한참을 듣고 있던 이가환이 겨우 입을 열었다.

"먼저 깨달은 자로서 도를 전할 뿐입니다."

이벽은 틈을 주지 않고 말을 이어갔다. 그의 논조와 신앙심은 철벽과도 같아서 어디 한 군데 빈틈이 없었다. 이가환은 지금은 도저히 그를 상대할 시기가 아니라고 판단하고 그냥 돌아오고 말았다. 신념을 지닌 사람을 섣불리 건드리면 도리어 역효과가 나는 경우를 상기했던 것이다.

천주학이 조선에 들어온 초기에는 전파 속도가 눈부시게 빨랐다. 서울과 인근 지방에서 시작되어 권일신의 활약으로 호서와 호남 지방까지 퍼져나갔다.

공주의 이존창과 전주의 유항검 등이 천주학을 받아들였고 권일신의 외숙인 포천의 홍교만도 입교했다. 이밖에도 권일신의 매부인 이윤하, 친구인 조동섬, 이기양의 아들 이총억, 이기양의 외종인 정섭, 정약용의 외숙인 해남의 윤지충 등이 역시 이때 입교했다.

중인 계급으로는 역관 김범우, 최창현, 최인길, 지황, 김종교 등을 이벽이 전교했다.

이 무렵 또 주목할 만한 일은 최초의 성당이 생겨 예배의 형태나마 갖출 수 있게 된 것이었다.

명례방에 있는 신도 김범우의 집이 성당으로 이용되었다. 역관을 오래 지낸 김범우는 제법 좋은 집을 갖고 있었다. 대문을 들어서 사랑채를 지난 뒤 내당을 거쳐 뒤꼍으로 깊숙이 들어서면 별도의 독채가 하나 있었는데 겹겹이 집들로 둘러싸여 규중처럼 감추어져 있었기에 무슨 일이든 비밀리에 행할 수 있는 장소였다. 주일이면 반상, 남녀의 구별 없이 여러 신도가 모여들었는데, 이해 약용 약전 형제도 나란히 참석하곤 했다.

이승훈이 연경에서 돌아온 후 1년간은 이렇게 별 어려움 없이 자유롭게 전교 활동을 할 수 있었다. 신자의 수도 1천여 명 정도로 불어났다. 사제가 없는 연고로 이승훈이 자격은 없었으나 신자에게 영세를 주고 칠성사(七聖事)도 집전하는 등 막중한 역할을 감당하였다. 신자들은 그를 탁사님이라고 불렀다.

정조와 소용 성씨 사이에서 난 문효세자는 탈 없이 잘 자라나 정조를 기쁘게 했다. 정조는 승하한 조부 영조대왕이 세자, 세손의 책봉을 서둘렀던 심정을 이해할 수 있을 것 같았다. 자신의 자리를 이어갈 후계자가 있다는 든든함은 그 어떤 낙보다도 즐거운 것이었다.

정조 8년 7월 2일. 세 살 되는 문효세자를 임금이 몸소 세자로 책봉함에 있어서 아무도 반대하는 사람은 없었다. 조복을 차려 입은 대관들이 동궁 뜰에 늘어서서 어린 왕자의 세자 책봉을 지켜보았다.

세자사(世子師)에 정존겸, 세자부(世子傅)에 이복원, 책례도감(冊禮都監)에는 김상국, 도제조(都提調)에 서명선, 책봉정사(冊封正使)에 김상철이었다.

"삼가 세자로 봉하노라."

정조의 최후 선포로 문효세자의 책봉례가 끝났다. 구중궁궐에 왕세자의 세자 책봉을 축하하는 풍악이 울려 퍼졌고 왕세자는 더없이 건강한 모습으로 만인의 경하해 마지않는 시선을 받았다.

"마마, 하례드리옵니다."

생모인 소용 성씨도 축하 인사를 받느라 여념이 없었다. 모자의 얼굴에는 웃음꽃이 사그라질 줄 몰랐다.

이날 정조는 또 한 가지 맺힌 한을 풀었다. 뒤주세자로 불리던 아버지를 장헌세자로 추존함으로써 세자 책봉으로 들뜬 경축 분위기를 더한층 고조시켰다.

회현방에 있는 약전의 집에 마재에 기거하고 있던 약종이 찾아왔다. 약전, 약종, 약용 삼형제는 각기 두 살 터울이어서 친구처럼 어울릴 수 있는 사이였으나 약종만이 늘 겉돌곤 했다 부친 정재원이 외지에 나가 있는 동안에도 약종은 굳이 따라가지 않겠다 하여 늘 외따로 돌곤 하였다.

"약종아, 아버지 뵈오러 가자."

형제들이 나서서 권해도 예외 없이 나중에 가겠다고 빠졌다. 그는 또한 다른 형들처럼 과거 준비를 위해 열심히 공부하는 법이 없었다. 왜 학문을 등한히 하느냐고 핀잔을 주어도 막무가내였다.

"저는 농사를 지으면서 살겠습니다. 과거에 급제한댔자 당파 싸움에 휘말려 목숨이 열두어 개쯤 있어도 모자랄 지경이니 말입니다."

자기 나름대로의 삶의 방식과 목적을 뚜렷하게 갖고 있는 셈이었다. 그런 면에서는 다른 형제들보다 오히려 반듯한 주관을 지녔다고 할 수 있었다. 그래서 더욱 다른 형제들과 쉽게 어울리지 못하는 지도 몰랐다. 그렇다고 그가 학문에 전혀 관심이 없는 것도 아니어서 나름대로 유학 경전을 깊이 파고드는 눈치였다. 그는 실학보다는 깊고 넓은 사색의 세계에 몰입해 있었다. 철학적 사념, 그를 사로잡고 있는 것은 언제나 '인간이란 어떤 존재인가?', '인간답게 사는 길은 과연 어떤 것인가?', '무엇 때문에 파당을 지어 서로 죽이고 헐뜯으면서까지 세력을 유지해야 하는가?', '사람은 그 본질상 선한 것인가 악한 것인가?' 하는 인생에 대해 근본적인 의문, 회의였다. 그러한 약종은 회현방 사랑에서 오랜만에 삼 형제가 한자리에 앉아 이런 얘기 저런 얘기를 나누던 중 언뜻 눈에 띈 천주실의 라는 책을 보고 단번에 마음이 쏠렸다.

"이것 형님께서 보시는 책입니까?"

과거 공부를 하는 선비의 방에서 희한한 책을 발견한 것에 대한 의문은 아랑곳없이 그는 처음 대하는 책에만 관심을 기울였다. 항간에서 나도는 소문은 들었지만 좀체로 구하기 힘든 책이었기 때문이다. 약종은 잔뜩 호기심을 드러내 보이며 연거푸 질문을 쏟아냈다.

"형님께서 이 책을 갖고 계시다니 놀랍습니다. 어떤 내용입니까?"

약종의 성품을 잘 아는 약전은 별반 서두름 없이 대꾸했다.

"천주님에 대해 씌어져 있다."

"천주? 천주라면 하늘의 주인을 이름입니까?"

"네 말이 맞다. 하늘뿐 아니라 우주만물과 인간을 창조하신 분이지."

약종은 잠시 생각하는 기색이더니 재차 질문을 던졌다.

"형님도 그런 창조설을 믿습니까?"

"아직 천주교의 진수를 깨닫지는 못했다만 공부하는 중이지. 책은 부족하고 가르쳐줄 만한 지식을 갖춘 사람도 거의 없는 형편이다."

"종교란 학문으로 하기보다는 체험과 합해져야 진수를 깨닫게 되지 않겠습니까?"

눈을 빛내며 질문을 퍼붓는 약종 앞에서 약전은 움찔하며 물러나 앉았다.

"이치에 합당하여야 마음이 끌리지 않겠느냐. 나는 다만 학문으로 연구하고 있을 뿐이다."

약전은 서둘러 말을 맺으며 불길한 예감을 느꼈다. 그만큼 약종의 태도는 예사스럽지 않았던 것이다.

물을 만난 고기처럼 약종은 그날로 천주실의를 다 읽어냈다. 밤새껏 등잔불 아래서 잠시도 떼지 않고 그것을 읽고 난 그는 깊은 충격에 사로잡혀 잠을 이룰 수가 없었다. 봉창에 새벽빛이 어릴 때까지 뜬눈으로 지샌 그는 그 길로 이벽을 찾아가 의문난 점들을 묻고 서로 토론했다. 그것을 시초로 그는 걷잡을 수 없이 천주교에 빠져들어 갔다.

후기 조선 사회는 봉건적인 씨족 사회였다. 따라서 초기 천주교도들의 관계 역시 인척간이 많고 정치적으로는 남인 세력이 주를 이루었다. 이가환은 이익의 종손이었다. 이승훈은 이가환의 생질이며 정약용의 자형이었다. 이벽은 정약현의 처남이며, 황사영과 홍재영은 약현의 사위였다. 홍재영은 홍낙민의 아들이며 홍봉주는 손자였다. 정철상과 정하상, 정정혜 등은 정약종의 자녀이고, 이수광의 손자 이윤하는 권일신의 매부이며 안정복은 권일신의 장인이 된다. 진산 사건의 발단이 된 윤지충은 정약용의 외삼촌이었다. 이들, 약용의 가깝고 먼 인척관계로 얽힌 사람들이 초기 천주교사를 주도해 갔다.

이동욱은 말 못할 근심으로 날로 수심이 짙어갔다. 작은아들 치훈까지 천주교에 물들어가고 있는 탓이었다. 그는 왠지 예감이 좋지 않았다.

'큰일이군. 이러다간 집안이 송두리째 망하고야 말지.'

그는 천주교가 무엇인지 전혀 알지 못했다. 두 아들이 정신 없이 빠져드는 것을 보면 그럴 만한 이유가 있으리라고 생각되었지만 항간에서 말하는 무부무군(無父無君)한다는 종교라는 것이 마음에 들지 않을뿐더러 나라에서도 가만있지 않으리라 여겨져 영 심기가 편치 않았다. 그는 자나 깨나 걱정이 되어 견딜 수 없었다.

'큰일이야, 큰일.'

믿었던 이가환조차 이벽의 달변에 두 손을 든 눈치였다. 그는 마음을 졸이면서도 그는 속수무책일 수밖에 없었다. 다 큰 자식들을 옭아매어 끌고 다닐 수도 없고 방에 가두어 놓을 수도 없는 일이었다.

'이러다간 집안이 풍비박산 나고야 말지. 빨리 손을 써야 할 텐데.'

참판 이동욱은 생각다 못해 영의정 채제공을 찾아갔다.

"대감, 큰일났소이다."

수심이 가득하여 찾아온 이동욱을 맞아들인 채제공은 태평하기만 하였다.

"대감, 말세가 온 것 같습니다."

비장하게 말하는 이동욱을 똑바로 쳐다보며 채제공은 다음 말을 재촉했다.

"무부무군의 사교가 들어와 판을 치고 있으니 이게 말세의 징조가 아니고 무엇이겠습니까?"

채제공은 피식 웃기부터 했다. 이미 이동욱의 아들들이 천주교에 빠져 있다는 소문을 들어 알고 있었던 것이다.

"이 참판, 진정하시오. 예부터 정치를 잘못하여 나라 안이 편치 못하면 사교가 날뛰는 법이오. 그러나 지금의 주상께서는 학문을 장려하고 당쟁을 억제하고자 고루 인재를 등용하시어 성군의 자질을 펼치고 계시질 않소. 또 고금을 통하여 사학이 정학을 이기는 법이 없거늘 벼룩이 뛰어서 얼마나 가겠소. 사소한 일로 너무 심려치 마시오."

"대감, 그렇게 간단한 문제가 아니올시다. 지금 온 장안이 서교에 물들어가고 있음을 아십니까?"

"무슨 근거로 그런 말씀을 하시는 갭니까?"

"멀리 갈 것도 없이 제 자식 놈 형제가 서교에 미쳐 있습니다. 비단 이건 제 집만이 겪고 있는 문제가 아니기에 이렇게 대감께 의논을 청한 것입니다."

"우리 남인들이 그동안 어떻게 살아왔습니까? 1백여 년간 음지에서 온갖 고초와 억울함을 겪으며 겨우 명맥만 유지해 오지 않았습니까. 그러다가 이제 현군을 만나 빛을 보려 하니 서학이 파고들어와 또 노론 쪽에 공격할 빌미를 주려 하질 않습니까. 하필이면 그놈의 서학이 유수한 남인들 집안에 퍼지고 있으니……."

묵묵히 듣고 있던 채제공이 겨우 일의 심각성을 깨닫고 이맛살을 찌푸렸다.

"그게 사실이오?"

"분명한 사실이올시다. 그동안 억울하게 당해온 시절을 보상하기 위해서라도 속속 등과해야 할 대들보감들이 천주학에 빠져 과거를 포기하고 있습니다. 어떻게든 이 일을 수습해야합니다."

그제서야 심각한 표정이 된 채제공은 생각에 잠긴 얼굴로 고개를 끄덕였다.

"만일 이 사실을 벽파들이 들고 나선다면 어떻게 되겠습니까? 아무리 그럴듯하고 이치에 닿는 종교라 해도 정치적으로 이용당해 피를 부를 것이 자명한데 속히 막아야 하지 않겠습니까?"

남인들 사이에 퍼져 있는 천주학으로 인해 또다시 정적에게 멸문지화를 당할 수는 없는 노릇이었다. 그동안의 통한이 뼈속 깊이 새겨져 있기 때문에 정권에서 밀려나는 것만은 무슨 일이 있어도 막아야 했다. 두 사람은 오랫동안 머리를 맞대고 숙의를 거듭했지만 뚜렷한 대책을 세우지 못했다. 아직 조정에서도 별다른 기미가 없으니 당장 발등에 불이 떨어질 만큼 다급하지 않았던 탓도 있었기 때문이었다. 이동욱만이 자식들로 해서 발을 구를 뿐이었다.

형조의 아전인 두 사람이 명례방의 장례원 앞을 지나며 가벼운 입씨름을 즐기고 있었다.

"자네 눈에 봄 아지랑이가 피었군. 게슴츠레한 게 금방이라도 코 고는 소리가 나겠는걸."

"그러는 자네는?"

"어디 가서 늘어지게 낮잠이라도 자고 싶지? 기생방이면 더욱 좋고."

별로 할 일도 없는 터라 농으로 심심함을 달래던 그들은 골목길을 막 돌면서 이상한 광경을 보게 되었다. 골목 끝머리쯤에서 뒤를 살피던 한 사내가 급한 걸음으로 오른쪽을 향해 사라졌다. 형리들은 육감적으로 수상하게 여겼다.

"아무래도 저자가 수상한걸."

"어디 쫓아가서 좀 알아보세."

두 사람은 거리를 두고 수상한 사내를 따라갔다. 사내는 어느 대문 앞에 이르자 다시 좌우를 살피더니 성큼 집 안으로 들어갔다. 겉으로 보기에 부유해 보이는 집이었다. 두 사람이 어떻게 할까 잠시 망설이고 있는데 이번에는 서너 명의 사람들이 나타나 역시 좌우를 살피고 그 집 안으로 사라졌다.

"아무래도 수상하군. 혹 노름꾼들이 아닐까?"

"그렇다면 우리 한 건 올려볼까나?"

그들은 조심스레 뒤를 밟아 집 안으로 들어갔다. 대문은 열려 있었고, 집 안에는 아무도 없는 듯 조용했다. 사랑을 들여다보았으나 그곳 역시 조용했다. 안채 역시 비어 있었다. 여러 사람들이 들어가는 것을 분명히 보았는데 사람의 그림자도 없는 것이 이상하여 두 사람은 뒤꼍으로 돌아갔다. 거기에 별채 비슷한 집이 또 한 채 있는 것을 발견했다.

댓돌 위에 여러 사람들의 신발이 가지런히 놓여 있었다.

'옳다, 이곳에 있구나.'

두 사람은 조용히 다가가 문 옆에 바짝 기대어 섰다. 그리고 문틈으로 안을 들여다보았다.

방 안에는 남녀노소 여러 명이 고개를 숙이고 앉아서 눈을 감고 있었다. 맨 앞에 앉은 자가 무어라고 주문 비슷한 소리를 외우면 모두들 그 소리를 받아 외웠다.

'노름꾼들은 아닌 모양인데 대체 이들은 무슨 짓을 하는 걸까?'

두 사람은 호기심을 누르고 계속 지켜보았다. 맨 앞에 앉아 있는 사람의 목에는 염주 비슷한 것이 걸려 있었고 이제 막 주문을 끝낸 그는 모인 사람들을 향해 손가락으로 십자 모양의 선을 그었다.

'이들이 무슨 일을 하는지는 알 수 없지만 수상한 것은 틀림없군. 숨어서 하는 짓이라면 필경 나라에서 금하는 일일 것이야.'

이렇게 여긴 두 사람은 즉시 모두를 포박하기로 결정을 보았다. 그들은 방문을 박차고 들어가 사람들을 향해 호령했다.

"다들 일어서서 포승을 받으시오."

또 다른 형리는 방에 있던 물건들과 책을 수거했다.

"무엄하다. 여기가 어디라고 함부로 들어온단 말이냐."

사대부처럼 보이는 사람이 호통을 쳤으나 소용이 없었다. 방 안에 있던 사람들은 모두 형조로 끌려갔다.

"잔소리 말고 따라오시오. 따지려면 형조에 가서 따지시오."

형조판서 김화진은 형리들이 몰수해온 물건과 잡혀온 사람들을 번갈아 쳐다보았다. 끌려온 사람들 중 몇몇은 눈에 익은 사람이었다.

"천주학쟁이들이 모여서 무슨 짓들을 한 게냐?"

"천지와 우주만물의 주재이신 천주님께 예배를 드리고 있었습니다."

담대히 나서서 대답한 사람은 중인인 김범우였다. 형판의 눈이 그에게로 쏠렸다.

"너희가 보이지도 않는 천주를 믿는답시고 사교를 퍼뜨리는 자들이렷다?"

이 말이 떨어지기 무섭게 김범우의 눈이 번쩍 빛을 발했다.

"보이는 것이라고 다 믿습니까? 꽃은 떨어지고 풀은 마르며 오늘 있던 것이 내일은 사라지는 것이 만물의 결과거늘 보이지 않는 것이라고 어찌 없다 합니까. 백성이 꼭 상감을 제 눈으로 보아야만 믿습니까. 손가락을 들어 지붕을 가리키면 손가락이 지붕보다 높아 보이려니와 그렇다 하며 손가락이 더 높다고 말할 수야 있겠습니까. 목수 없이 이 집이 저절로 세워졌다고 할 수 있겠습니까. 우리가 비록 눈으로 천주를 보지 못할지언정 세상 만물을 보면 그 주인이 되는 대주재가 계심을 어찌 모르리이까.”

김범우는 쉬지 않고 일사천리로 마음에 품은 생각을 쏟아냈다.

“네 이놈, 닥치지 못할까! 어디에서 사변을 늘어놓는 게냐. 네놈에게 설교나 듣자고 여기 불러다 놓은 줄 아느냐. 저놈을 당장 형틀에 잡아매어 되게 쳐라!”

이날 잡혀온 사람들은 김범우의 집에서 미사를 드리던 천주교도들로 김범우 등 몇 사람만 빼면 모두 양가의 자제들이었다. 형조판서 김화진은 붙들려온 자들에게 이교에 대한 폐단을 들어 훈방하고 중인 몇 사람만 투옥했다.

심문을 하는 중에 김범우만이 끝까지 천주교를 옹호하고 나섰다.

결국, 그는 실컷 고문을 당한 뒤 단양으로 유배되었고, 고문으로 인해 얻은 병으로 1년 후에 죽고 말았다. 조선 천주교사에 최초의 순교자가 생겼던 것이다.

조례를 끝내고 나오던 형판 김화진이 참판 이동욱과 마주치자 대뜸 충고를 해왔다.

“이 참판, 정신 차리셔야 되겠소이다.”

"무슨 말씀인지……'

"내 말을 새겨들으시오. 자제들이 그 지경이 되도록 방관만 하고 계시니 딱하시오."

이동욱은 바늘에 찔린 듯 움찔했다. 자신이 모르는 무슨 일이 있었구나하고 직감했다.

"무슨 일이 있었는지?"

"어제 아드님께서 형방으로 잡혀 왔었소. 천주학쟁이들과 함께 말이오. 천주께 예배를 드리고 있었다 하더이다."

염려했던 일이 터졌다고 느끼자 이동욱은 말문이 딱 막혔다.

"지금이 어떤 때인 줄 아셔야지요. 태학에서 서학을 사학으로 배척할 움직임을 보이고 있소. 오래지 않아 난처한 입장에 처하게 되실 것이니 미리 문단속을 하시오."

퇴정을 서두른 이동욱은 결연히 마음을 갈았다. 집에 도착하자마자 두 아들을 불러들였다. 승훈, 치훈 두 형제가 그의 앞에 무릎을 꿇고 앉았다.

"천하의 불효막심한 놈들! 네놈들이 애비의 간을 파먹을 작정이냐. 조상 얼굴에 먹칠을 하고 가문을 망해 먹을 작정이더냐. 왜 형조에 끌려갔는지 당장 고하라!"

불호령을 내리는 그의 얼굴은 서슬이 시퍼랬다. 두 형제는 이마를 땅바닥에 대다시피 하고 빌었다.

"아버님, 용서하여 주옵소서."

"끝내 천주학쟁이가 되겠다면 이 애비는 물론 삼족이 멸문지화를 입을 것이 분명하거늘 어찌하겠느냐?"

"아버님, 남아가 세상에 태어나서 소신을 위해 사는 것이 어찌하여 나쁜 것이 되옵니까."

승훈이 고개를 숙인 채 항변하였다.

"너의 소신이 가문과 동족을 위한 것이냐? 그래 기껏 공부한 끝에 서양 놈들을 위해 소신을 지키다가 일가를 멸족시키겠다는 것이냐?"

"서양 사람들을 위하는 것이 아니옵고 창조주이신 하느님을 위하는 길이옵니다."

"창조주를 위하는 길이면 부모는 화를 입어도 좋다는 말이더냐! 무부무군한다더니, 천하에 그런 사학이 또 어디 있다더냐?"

"그것은 어리석은 모략입니다. 부모와 임금을 몰라라 해서야 어찌 도라 하겠습니까. 다만, 부모와 임금도 천주로부터 비롯되기에 만물의 최고 근본이 되시는 천주님을 받들어야 한다는 이치에 따를 뿐입니다."

부자는 팽팽히 맞서며 대립할 뿐 합치점을 찾을 길이 없어 보였다.

설득이 통하지 않자 이동욱은 승훈의 방에서 천주학과 관계되는 물건들과 책들을 가져오도록 했다. 천주교의 서적과 성물이 방에 수북이 쌓였다.

"네가 끝까지 말을 듣지 않을 것 같으니 집안의 화를 면하기 위해 너를 없애는 수밖에 없겠다. 애들아, 이놈을 당장 묶어라!"

이동욱은 밖에 늘어선 하인들에게 추상같은 영을 내렸다. 그러나 선뜻 나서는 사람은 아무도 없었다.

"네 이놈들! 무엇하고 섰는 게냐, 당장 묶으라는데! 아니 한다면 내 손으로 쳐죽이겠다!"

주인의 호령 소리에도 하인들은 서로의 눈치만 살피며 그대로 서 있었다.

"너희들이 정녕 말을 아니 듣겠느냐? 좋다. 그럼 내가 하지, 네 이놈을!"

하고 벌떡 일어서자 바깥에서 눈물만 찍어내던 부인이 뛰어들어와 이동욱을 붙들었다.

"영감, 참으시어요! 자식이 아니옵니까. 제발 고정하십시오."

"이거 놓지 못하시겠소? 부인은 저리 비키시오!"

그러나 부인은 결사적으로 매달렸다. 팔을 잡고 늘어지는 부인과 실랑이를 벌이던 이동욱이 별안간 이마를 짚으며 휘청거렸다.

"영감! 영감, 정신 차리시어요!"

부인의 날카로운 비명이 방 안의 무거운 공기를 물어뜯고 흩어졌다. 그 길로 이동욱은 자리에 눕고 말았다. 등청도 하지 않은 채 음식도 거절하고 누워서 얼굴이 새까맣게 타들어갔다. 온 집 안의 분위기가 초상집처럼 무거워져 갔다.

"영감, 고정하시고 음식을 좀 드시어요. 이러다가 큰일을 당하십니다."

"내 눈앞에서 저것들을 죽일 수도 없으니 차라리 내가 먼저 죽겠소. 이대로 가다가는 필경……."

눈물로 애원하는 부인에게 그는 말을 맺지 못하고 관자놀이를 떨며 한숨만 내쉬었다.

의원이 드나들고 집 안에 울음소리가 그치지 않으니 승훈의 가슴은 녹아내리는 듯하였다. 며칠을 방 안에 갇혀 노심초사하던 그는 결국 결단을 내렸다. 천주를 향해 간절한 사죄의 기도를 올리기 위해 무릎을 꿇었다. 밤을 지새우며 마지막 기도를 드리는 그의 눈에서 눈물이 그치지 않고 흘러내렸다.

다음 날 아침 일찍 그는 큰사랑으로 들어가 아버지 머리맡에 앉았다.

"소자가 잘못하였습니다."

식음을 전폐하고 누웠던 이동욱은 묵묵부답이었다. 몹시 상한 아버지의 얼굴을 들여다본 승훈은 그만 통곡을 하고 말았다.

"아버님, 소자가 잘못하였습니다. 용서해 주십시오."

폐부를 찌르는 아들의 울음소리를 듣고서야 이동욱이 간신히 고개를 돌렸다. 그리고 기어드는 소리로 다짐을 했다.

"네 지금 진정으로 하는 말이냐?"

"진정이옵니다."

"그렇다면 네 스스로 잘못하였음을 중명하여라."

승훈은 고개를 들고 결연한 소리로 물었다.

"소자가 어찌하면 되옵니까?"

"네가 가진 천주학 물건들하고 책을 모두 불살라 버려라. 네 손으로 하여야 한다."

이미 각오한 일이었다. 승훈은 입술을 물고 일어섰다. 마당 구석에 불을 놓고 연경에서 가져온 물건들과 책을 불살랐다. 기세 좋게 타오르는 불길을 보는 그의 마음 또한 불로 지지는 듯했다. 이를 악물고 일을 마친 그는 다시 부친의 머리맡에 꿇어앉았다.

"아버님께서 하라시는 대로 다 하였습니다."

그러나 이동욱은 자리에서 일어나지 않고 승훈을 향해 물었다.

"이제 다 되었다고 생각하느냐?"

승훈은 고개를 들고 아버지를 쳐다보았다. 아버지 못지않게 여윈 얼굴에는 혈색이라고는 없었다. 초점이 없는 멍한 눈빛으로 무표정하게 아버지의 입에서 나올 다음 말을 기다렸다.

"그 정도로 네가 배교한 것을 믿을 수 있겠느냐?"

승훈의 눈에서 결국 눈물이 굴러떨어졌다. 그는 부들부들 떨며 입을 열었다.

"그러면 이제 어찌하면 되옵니까?"

"벽이문(闢異文)을 써서 바깥에 알려라."

한마디로 잘라 말하는 이동욱의 음성은 얼음처럼 차가웠다. 승훈은 그날로 벽이문을 작성하여 공개적으로 사과했다. 이것이 이승훈의 일차 배교였다.

이 무렵 궁중에서는 세자의 재롱이 한창이었다. 그러나 중전 김비의 마음은 날이 갈수록 납덩이처럼 가라앉았다. 운명으로 돌리고 나면 간단한 일일 수도 있지만 그 역시 여자였다. 아기를 안고 행복해하는 의빈(宜嬪) 성씨를 대할 때마다 가슴이 뭉클해지고 전신의 기력이 빠지는 것을 어쩔 수 없었다.

'이래서는 안 된다. 투기는 칠거지악이 아니냐. 더구나 국모의 자리에 있으면서 후궁을 질시할 수는 없음이야.'

그녀는 마음을 가다듬으려 애썼으나 허사였다.

"어디, 세자의 재롱이 얼마나 늘었나 보고 싶어 들렀소."

정조는 정사에 쫓기면서도 불쑥 곤전을 찾기 일쑤였고 한번 세자를 안으면 시간 가는 줄 모르는 채 김비에게는 눈길 한번 돌리지 않았다. 대비 홍씨 역시 마찬가지였다.

"아이들은 그저 잘 먹어야 잘 자라는 것이오. 의빈, 세자에게 요즘 무얼 먹이고 있소?"

의빈과 세자의 이야기를 시작하면 그칠 줄 몰랐다. 옆에 앉아 있는 중전은 눈에 보이지도 않는 듯했다. 김비는 망망대해에서 홀로 부유하는 것처럼 그지없이 고독했다.

"세자 저하께서 어제는 어머니라고 부르셨다지 뭐야?"

"할마마마라고도 불렀다는데?"

"아니 누가 그런 소릴 해? 아까는 대비마마와 의빈마마가 별소리를 다 해보라고 시켜도 암말도 못 하시고 방싯방싯 웃기만 하시던걸."

"네가 보았니, 보았어?"

무수리 아이들마저 떠들다가도 김비를 보면 갑자기 입을 다물고 찬물을 끼얹듯 조용했다가 멀어지면 다시 재잘대곤 했다. 김비는 그 재잘거림이 뒤통수를 잡아끄는 것 같아 괴로웠다. 자식 없는 자신을 비웃는 듯해서였다.

여기를 가도 세자 얘기, 저기를 가도 세자 얘기. 들리는 것은 온통 세자에 관한 말들이었다. 어쩌다 세자를 좀 안아보고 싶어 곤전에 앉아 있어도 좀체로 차례가 돌아오지 않았다. 이래저래 그녀는 눈물이 마를 날이 없었다. 설움에 겨워 속을 썩이다 일어난 아침에는 베갯머리가 흠뻑 젖어 있었다.

이렇듯 고독과 소외감에 갇혀 사는 중전에게는 옆에서 시중드는 개시가 유일한 위안이었다. 스무 살 난 개시는 예쁘장하고 앳된 얼굴에 재기가 넘치는 것이 중전의 마음에 꼭 들었다.

'어쩌면 저리도 내 마음을 잘 알까.'

속으로 탄복하기를 여러 번이었다.

"개시야, 너는 어쩌면 그리도 눈치가 빠르더냐?"

귀여운 나머지 그렇게 물으면 개시는 샐쪽 웃으면서,

"그렇지도 못하면 어찌 중전마마를 뫼실 수 있겠사옵니까. 말씀이 없으시더라도 기색만 뵈오면 다 알 수 있사옵니다."

하고 또 쪼르르 일어나 김비가 읽으려 마음먹은 책을 대령하는 것이었다.

'꼭 내 마음에 들어왔다 나간 아이 같구나.'

김비는 개시를 의지하고 사랑을 쏟았다. 그런데 어느 날 개시가 이상한 행동을 했다. 언제나처럼 탕제를 끓여 대령하다 말고 갑자기 사지를 떨며 쓰러졌다. 큰 눈을 끔벅거리며 허공을 노려보더니 느닷없이 무엇을 잡으려는 것처럼 손을 휘저으며 헛소리를 해댔다.

"이리 오너라. 내빼지 말고 이리 와서 내게 일러주렴."

거기까지는 또렷해서 알아들었으나 그다음부터는 통 알아들을 수 없는 소리를 중얼거렸다. 그러더니 쇳소리를 내지르면서 눈을 부릅떴다. 눈에서는 광채가 번쩍거렸다.

"나는 염라대왕을 만나고 왔다. 어린 아이는 다섯 살 되면 잡아가고 그 이듬해에 그 어미도 잡아간다고 내게 일러주었다."

개시는 김비를 향해 또록또록한 소리로 말을 하고 나더니 졸도해 버렸다. 김비는 두려움에 떨며 본능적으로 뒤로 물러앉았다. 개시의 행동을 다 지켜본 터라 온몸이 사시나무 떨 듯 떨려왔다. 개시의 모습도 무서운 것이었지만 그보다 그 입에서 쏟아져 나온 말이 더 섬뜩했다. 그것은 마치 세자와 의빈 성씨를 두고 하는 말처럼 들렸다. 김비는 두려움에 질린 목소리로 황급히 사람을 불렀다.

"밖에 누구 있느냐!"

"부르셨습니까, 마마."

급히 달려온 상궁 나인들에게 개시를 데려가게 한 뒤에도 두려움을 이기지 못한 김비는 불길한 예감으로 전전긍긍하게 되었다.

4
세월 따라 풍향은 바뀌고

해마다 유행처럼 찾아오던 마마가 건강하게 잘 자라던 세자를 갑자기 나꿔 챘다. 세자가 자리에 눕자 온 조정에는 무거운 공기가 감돌았다. 모든 대신과 관원들은 물론 무수리 아이에 이르기까지 몸가짐을 조심하며 간절하게 세자의 쾌차를 빌었다.

그러던 중 하늘의 도우심이 있었던지 세자의 병세는 차츰 호전되는 기미를 보였다. 궁중 안에 다시 활기가 돌고 정조와 의빈, 대비 홍씨의 얼굴에 안도의 빛이 감돌았다. 이제 아무도 세자의 회복을 의심하는 사람은 없었다. 의원들마저 뒷조리만 잘하면 곧 일어날 것이라고 장담하였다.

그런 어느 날, 갑자기 세자의 몸이 다시 불덩이처럼 뜨거워지더니 의식을 잃고 말았다.

정조는 정사도 폐한 채 세자의 머리맡을 지켰다. 그는 피를 토하듯 애타게 세자를 불러댔다. 이 모양에 보는 이마다 눈물을 적셨다.

"이게 어인 청천벽력이더냐. 이제 일어나면 이 애비와 함께 창덕 후원을 산책하자고 손꼽아 약조했거늘, 하늘도 무심하구나. 어린 것이 무슨 죄가 있다고 이 고통을 겪게 한단 말이냐. 모든 게 과인이 부덕한 연고로다."

점차 회복되어 가던 세자의 병세가 다시 급작스레 악화된 것은 치독 때문으로 밝혀졌다. 세자를 치료하던 전의와 약 수발을 든 내관, 나인이 엄한 문초를 받았으나 끝내 치독을 한 장본인은 색출해내지 못했다.

후사가 귀한 궁중에 태어나 사랑을 독차지하고 자라던 문효세자는 다섯 살 어린 나이로 끝내 부모 품을 떠나고 말았다. 5월 11일 미시였다.

정조와 의빈의 가슴에는 떨쳐낼 수 없는 한이 맺혔다. 한창 재롱을 떨던 나이, 귀엽고 영특한 모습을 남긴 채 앞서 떠난 자식이 눈앞에 어른거려 견딜 수가 없었다. 부모의 마음은 다 같은 것, 왕이라 해서 조금도 다를 게 없었다.

그 이후 정조는 정사가 손에 잡히지 않아 뜰을 배회하기 일쑤였다. 곤전을 둘러보고 싶어도 금세라도 뛰어나올 듯한 아이의 모습이 눈에 밟혀 차마 발길을 옮길 수가 없었다.

'가엾은 의빈, 얼마나 마음이 상했을까.'

의빈에 대한 염려로 마음이 아팠지만 의빈에게도 들르지 못했다. 의빈을 대하면 통곡이라도 하게 될 것 같아서였다. 창덕궁 뜰을 거닐며 세자를 잃은 아픔을 달래던 정조가 마음을 추스르고 정사에 마음을 쓰기 시작했을 때는 여름이 한창 무르익고 있었다.

가을이 왔다. 무덥고 비통한 여름이 물러가고 창덕궁 뜰에 단풍이 화려했다. 맑고 드높은 하늘은 금세라도 붉은빛을 흡수할 듯 푸르렀다. 가을과 더불어 궁중에 희소식이 번졌다. 의빈 성씨가 다시 임신을 했던 것이다. 반가운 소식은 궁중 안에 남아 있던 먹장구름을 말끔히 가시게 하고도 남았다.

이 소식은 중전 김비에게도 전해졌다. 개시의 예언이 들어맞자 두려움에 떨며 스스로 죄인인 양 몸을 사리고 있던 김비는 의빈의 임신 소식을 듣자 과거에 당했던 소외감 따위는 까맣게 잊고 자신의 일처럼 몹시 기뻐했다.

"그게 사실이오? 원 이런 경사가 있습니까. 필경 하늘이 돌보시는가 봅니다. 김 상궁, 어서 가서 약방 도제조에게 일러주시오. 의빈의 처소 가까이에 약방을 마련토록 하고 또 출입문에는 호위청을 설치하도록 의금부에 당부하시오."

김비의 명에 의해 정3품인 약방 도정(都正)이 상주해 있으면서 만일의 일에 대비했다.

이듬해 봄, 온 궁중의 관심은 만삭이 된 의빈 성씨에게 쏠렸다. 산일이 다가오면서 의빈의 처소에 대비와 김비, 상궁 나인들의 출입이 잦았고 정조도 초조한 마음에 자주 의빈을 찾았다.

조선조 후기에 들면서 왕실에는 후사가 귀했다. 정조도 서른이 넘도록 대통을 이을 왕자를 얻지 못해 전전긍긍해 했다. 더구나 문효세자가 요절한 이후여서 그 근심은 더 심했다. 그러던 차에 의빈의 잉태는 모두에게 천하를 얻은 듯한 기쁨을 주었다. 모든 사람들이 앞으로 태어날 아기만은 정성을 다해 왕재로 키우리라 생각하고 의빈에게 각별한 관심을 다하는 가운데 해산달이 가까워졌다.

곤전을 지키는 내시가 갑자기 숨이 턱에 차서 대전으로 뛰어왔다.

"주상 전하께 아뢰옵니다. 의빈께서 아침상을 물리신 뒤 갑자기 토하셨다 하오며, 지금은 명재경각(命在頃刻)에 이르렀다 하옵니다."

"뭣이!"

자리를 박차고 일어난 정조는 쓸개를 씹은 듯 입속이 깔깔해지고 목구멍이 타는 것을 느끼며 황망히 의빈의 처소로 거동했다. 대비와 김비가 눈물을 쏟으며 정조를 맞았다.

"이게 어찌 된 일이오?"

정조는 절규하듯 외치며 정신을 잃고 누워 있는 의빈 앞에 몸을 던졌다. 얼마 후 고통스럽게 몸부림치던 의빈은 옹주를 사산하고는 숨을 거두었다. 문효세자를 잃은 1년이 채 못 되어서였다. 정조의 춘추 32세. 그는 자신의 운을 한탄하지 않을 수 없었다.

중전 김비 또한 두려움에 짓눌렸다. 죄를 지은 사람처럼 울렁거리는 가슴을 진정시키기 위해 손으로 가슴을 누르며 눈을 감는 김비에게 분명하게 떠오르는 기억이 있었다. 개시가 미친 듯이 지껄이던 그 예언이 맞아떨어진 것이다. 김비는 혼자만이 알고 있는 그 사실을 못내 감당하기 어려웠다.

수표교 근처에 있는 이벽의 고가에서 어느 날 호령 소리가 담을 넘었다. 언젠가는 닥칠 일이 마침내 터지고 말았던 것이다.

이벽의 아버지 이부만은 남달리 성격이 급했다. 그런 사람들이 으레 그렇듯 그 또한 직선적이고 외고집이라서 타협이라는 것을 몰랐다. 그런 그의 귀에 아들 이벽이 천주학을 한다는 얘기가 들려왔다. 큰 아들 이석은 무과에 급제하여 수사(水使)로 있었으나 그의 기대는 어디까지나 차남인 이벽에게 있었다. 총명함을 타고난 둘째 아들이 장차 가문에 광영을 가져다줄 것으로 믿어 마지않았다. 사서삼경에 통달했던 8세 때에 주위로부터 '이 아이는 학문과 행동거지에 있어 큰 그릇과 같다'는 찬사와 주목을 받았을 정도였으니 그의 바람이 무리도 아니었다. 그런 아들이 서른이 가깝도록 과거에 뜻이 없는 게 늘 그에게는 의문이었다.

'대기만성이라고, 저도 무슨 뜻이 있는 게지. 생각이 깊은 아

이니 알아서 하겠지.'

하는 생각에서 내버려둔 채 눈치만 보고 있었는데 난데없는 소문이 들려왔던 것이다. 믿었던 아들이 천주학을 한다는 것만도 놀라운데 그중에서도 조선 최고의 우두머리라고 했다. 게다가 알 만한 사람은 이미 다 알고 있는 가운데 아비인 자신만 모르고 있었다는 사실은 그를 극도의 분노로 몰고 갔다. 그는 당장에 아들을 불렀다.

"네 이놈! 네가 집안 망해 먹을 사교에 미쳤다는 게 사실이냐? 천주학쟁이가 사실이냔 말이다!"

기대했던 아들에 대한 배신감으로 부들부들 떨면서 이부만은 소리쳤다.

"아버님, 천주학쟁이가 아니라 천주학 신도이옵니다."

"신도건 무엇이건 내 알 바 아니다. 당장 그만두도록 하여라."

"그건 못 하옵니다."

이벽은 처음부터 결연한 태도를 취했다. 언젠가는 당할 일이라 미리 마음의 준비를 단단히 하고 있었던 것이다. 오히려 빨리 닥친 것을 다행으로 여기기까지 했다. 너무도 당돌하고 확고하게 거절하는 아들을 대하자 이부만은 기가 막혀 한숨도 나오지 않았다. 아들의 결사적인 태도가 오히려 그를 당혹스럽게 했다. 타협을 모르던 그는 다급한 생각에 태도를 바꾸어 아들을 설득하기 시작했다.

"네 학문이 아깝지 않느냐. 정 그렇다면 과거라도 한번 보는 것이 어떻겠느냐. 설마 천주학이 과거도 보지 말라는 학문은 아니겠지?"

"아버님, 저도 천주학을 알기 전에는 과거 급제를 목표로 매진했습니다. 우물 안 개구리처럼 논어 맹자 등 사서삼경에 파문혀 그것이 최고의 도인 줄로만 알았습니다. 나라에 충성하고 부모께 효도하며 낮이나 밤이나 공부에 열중하여 입신 출세하면 그것으로 인간의 태어난 도리를 다하는 것으로 알았습니다."

이벽은 그 특유의 달변으로 아버지를 회유하며 마음속으로 기도하고 있었다.

'천주여, 도와주십시오.'

똑바로 직시하는, 아들의 맑은 눈빛에 이부만은 꼼짝없이 붙들렸다.

"하지만 나는 나의 주인이 아니요, 학문도 재능도 내 것이 아니며 재물도 명예도 내 것이 아니라 내게 주신 분이 계셨습니다. 지극히 선하시고 외로운 도를 경전으로 남기신 그분의 뜻을 보면 볼수록 진리요, 들으면 들을수록 명경지수처럼 혼을 맑게 하시고 영을 튼튼히 세우는 양식 중의 양식이었습니다. 그에 비하면 세상 학문은 아름드리 가지를 뻗는 오동나무에 마른 풀 한 포기요, 창공을 가르는 독수리의 힘찬 날갯짓에 피하는 참새 떼나 될까, 아니 그보다 못하옵니다."

"닥치거라, 이놈! 듣자 하니 방자한 입을 닫을 줄 모르는구나!"

성질이 급한 이부만은 결국 치미는 울화통을 터뜨리고 말았다. 아들의 말을 들으면서 그 마음을 돌려놓지 못할 것을 깨닫는 데서 오는 절망 때문이었다.

"아버님, 천주학은 보통 학문이 아니라 그 진리가 인의예지신과는 다르옵니다. 모든 학문과 모든 도의 근본이 되는 도입니다. 천지 만물과 인간을 지으신 주인 중의 주인께서 참된 도를 가르쳐 그대로 살라고 베풀어주신 진리의 말씀, 지혜의 말씀이옵니다. 그분께서는 모든 인간이 공맹의 도를 배우듯 그 도를 배우고 익혀 그대로 살게 하시려는 것입니다. 이치가 그러하거늘 진리 중의 진리를 알고서 어찌 공맹을 읊조리며 세월을 허송할 수가 있으오리까."

"진리 중의 진리라면 이제야 알려졌을 리 있겠느냐. 나는 그런 사교 따위, 더구나 미친놈의 설교 따위는 더 듣고 싶지 않다. 이제 어찌하려느냐?"

"……."

막무가내로 윽박지르는 이부만의 고집을 아는 이벽은 무거운 침묵으로 대신했다. 격해 있을 때 한마디라도 더 보탰다가는 오히려 일을 망칠 우려가 있었다. 너무 넓고 깊어서 뛰어넘을 수 없는 강을 사이에 두고 두 부자가 마주 보고 있는 셈이었다.

한참 만에 이부만은 충혈된 눈을 들어 아들을 바라보았다. 단정하게 앉아 깊은 침묵을 지키고 있는 아들의 이마가 깎아지른 듯 수려했다. 어릴 때부터 그토록 많은 사랑과 기대를 쏟았던 아들이었다. 이부만은 다시 아들에게 애원을 하리라 마음먹었다.

"제발 생각을 돌이키도록 해라. 이날까지 너를 키워온 정성을 생각해서라도. 부모 자식의 연은 하늘이 맺어준 것임을 생각하고 이번만은 이 애비의 말에 따라주려무나."

이벽도 간절한 눈으로 부탁을 했다.

"아버님, 아버님께서 이번만 용납해주시면 아니 되시겠습니까. 다른 것은 무엇이든 아버님 말씀대로 할 것이오니 천주학만은……."

"그만두어라. 아무래도 지금 네 정신이 정상이 아니라 무엇에 흘린 듯하니 너와 백날을 마주 앉아 얘기해 봤자 헛일이 분명하다. 이제 결단을 내려라. 마음을 고쳐먹고 과거를 보겠느냐, 아니면 부자간의 의를 끊겠느냐?"

"아버님!"

이벽은 황급히 자세를 바로잡아 꿇어 엎드려 간청을 했다.

"아버님. 제발 용서해 주십시오."

"무얼 용서하느냐. 양단간에 선택을 하면 될 터인데 용서고말고가 무슨 소용이냐."

"아버님, 집을 나가진 않겠습니다."

"그러면 천주학을 그만두고 과거 준비를 하겠느냐?"

이벽은 벼랑에서 쫓기는 짐승 신세가 되었다. 그는 잠시 동안 격심하게 이는 갈등을 이기고 단호하게 말했다.

"그럴 수도 없습니다."

그 순간 이부만의 손이 방바닥을 내리쳤다.

"고이연 놈! 그러면 어찌하겠다는 것이냐? 네가 기어이 집안 망하는 꼴을 보겠단 말이냐? 애비 죽는 꼴을 보고 싶단 말이구나?"

"……."

"과거를 보겠느냐?"

"……."

"천주학을 그만 두겠느냐?"

"……."

"이놈아! 말을 해라, 말을 해!"

꿀 먹은 벙어리처럼 입을 꾹 다문 채 침묵을 지키는 것이 답답하다 못해 이부만의 언성이 높아졌다.

마침내 이벽은 방바닥에 머리를 짓찧으며 통곡을 터뜨렸다. 이부만은 들썩이는 아들의 어깨를 싸늘한 눈빛으로 쏘아보며 다시 재촉했다.

"어찌하겠느냐? 빨리 결단을 내려라. 어리석지 않은 너이니 바른 선택을 하리라 믿는다."

이벽은 그 자세대로 오랫동안 마음속의 갈등을 추스르지

못했다.

한참 만에 고개를 든 그의 얼굴은 온통 눈물로 범벅이 되어 있었다. 그는 입술을 떨며 간신히 말을 이었다.

"집을…… 나가……겠습니다."

"무엇이?"

이부만의 눈에서 불꽃이 번쩍 튀었다. 자리를 박차고 일어선 그는 아들의 뺨을 세게 후려치고는 방을 나가 버렸다. 이벽은 그날 저녁으로 짐을 챙겨 집을 나왔다.

다음 날 새벽. 동이 트면서 이부만의 집은 발칵 뒤집혔다. 이부만이 사랑 대들보에 목을 맨 시체로 발견되었던 것이다. 이 소식을 전해 들은 이벽은 후들후들 떨면서 집으로 돌아왔다. 싸늘하게 식은 아버지의 시체를 붙들고 그는 밤낮을 잊고 통곡을 했다.

'모두가 내 탓이다. 내가 아버지를 돌아가시게 한 불효를 저질렀구나.'

성격이 곧아 굽힐 줄 모르는 아버지를 상대로 끝까지 버틴 자신을 자책했다.

'종교가 무엇이고 신앙이 무엇인가? 아버지를 죽인 놈이 천주를 어찌 받들리.'

무서운 죄책감과 회한에 몸부림치는 이벽에게 이제까지 전심(全心)으로 쌓아온 신앙이 뿌리째 흔들리는 순간이었다. 그것은 땅이 무너져 내리는 절망이었다.

"그만 생각을 거두게. 괴롭겠지만 천주의 뜻으로 알고."

위로하는 약종의 말에도 이벽은 냉정하게 자르며 외면했다.

"그만 되었네. 이제 돌아가 주게. 그리고 당분간 내 앞에서 천주니 은혜니 하는 말은 삼가게. 육친을 잡아먹은 원흉이 아닌가."

"이 사람……."

약종은 채 말을 잇지 못하고 돌아서야 했다.

문상객들이 줄을 이었다. 문중 어른에서부터 가깝고 먼 친척들, 평소에 고인과 교분이 두텁던 선비들, 이벽의 친구들, 천주교도들까지 찾아들었다. 이벽은 바늘방석에 앉아 형을 치르는 죄수처럼 고통을 당했다.

'아비를 죽인 놈! 천하에 불효한 중죄인!'

운구 뒤를 따르는 그를 향해 모두들 손가락질을 하며 외쳐대는 것만 같았다. 손가락이 수십 개, 수백 개가 되어 그를 에워쌌다. 그는 가시로 머리를 찌르는 것 같은 고통을 참지 못해 비명을 질렀다.

"아아!"

터질 것 같은 머리를 부여잡고 휘청거리며 운구 행렬을 따라가는 그의 귀에 문상차 들렀던 이승훈의 말이 떠올랐다.

"이젠 내 심정을 알겠지? 조금만 양보했으면 아무 일 없이 지날 수 있는 것을 어쩌자고 그토록 뻗대었는가?"

뿌리 깊은 가부장제 사회에서 이벽이 겪어야 했던 고통은 상상조차 할 수 없는 것이었다. 만인의 손가락이 자신을 향해 꽂히는 환각에 시달렸다. 그러나 무엇보다도 견딜 수 없는 것은 바로 자기 자신의 손가락이 스스로를 향해 꽂히는 것이었다. 견딜 수 없는 형극의 나날이었다.

'나는 아버지를 죽인 패륜아다.'

'나도 죽어야 해.'

장례식이 끝난 뒤 그는 방 안에 틀어박혀 꼼짝도 하지 않았다. 처음에는 아우 탓을 하던 형 이석도 이벽의 심상찮은 태도에 입을 다물었다.

그러던 어느 날 이벽은 정처 없이 집을 나섰다. 발길 닿는 대로 며칠이고 걸었다. 밥을 먹는 것도, 잠을 자는 것도, 옷이 찢기는 것도, 신발이 해져 발이 흙투성이가 되는 것도 아랑곳없었다.

'천주님, 천주님께서는 왜 나를 내버려두십니까. 어찌하여 이 고통과 형극을 겪게 하시나이까.'

'죽을 때까지 당신을 받들고 당신 뜻대로 살고자 했거늘 이것이 웬일입니까. 당신은 어디에 계십니까. 내게 나타내 보여주시옵소서. 당신의 뜻을 알려 주옵소서. 아니거든 내 목숨을 거두소서.'

왕십리에 사는 아낙 하나가 배추를 뽑으러 밭에 나왔다가 배추밭 어귀에 쓰러져 있는 사람을 발견했다. 뼈와 가죽만 남아 해골 같은 몰골에 신분을 알아볼 수조차 없이 찢겨진 옷차림의 시체를 발견한 아낙은 무서움에 짓눌린 소리로 사람을 불렀다.

이벽. 불모지와 같았던 조선 땅에 천주교의 씨앗을 뿌리고 가꾸어 수많은 천주교도를 양산해낸 장본인. 당파 싸움으로 곪아터진 양반 사회에 천주교를 전교하고, 천주를 위해 서슴없이 죽음의 길을 택했던 순교자들의 아버지 이벽은 육친을 죽인 죄책감과 배교의 고통을 이기지 못하고 비참한 최후를 맞았다. 그의 포교와 설득으로 입교하여 생명조차 과감히 내던진 사람들이 얼마나 많은가. 그러나 정작 그들에게 씨를 뿌렸던 그는 마지막 순간에 천주를 버렸다. 그에게서 천주학을 배우고 믿었던 이들의 설득에도 불구하고 끝내 배교를 했다. 선구자의 험난한 길을 33년의 일생을 통해 증거하고 멸시와 냉대, 비웃음 속에서 자신을 학대하면서.

회현방 약용의 집에도 봄빛이 가득했다. 뒤뜰의 살구나무도 붉고 소담스런 꽃망울을 터뜨려 그 향기가 담장 밖까지 퍼졌다. 남새밭에는 겨울부터 시금치를 가꾸어 지푸라기 사이로 솟아오른 싹이 푸릇푸릇했다. 봄빛이 온 집 안에 활기를 불어넣고 있는 이곳에 오랜만의 방문객이 찾아들었다. 천만호였다. 하인에게 선물꾸러미를 한 짐 걸머지우고 인사차 찾아온 것이다.

"서방님들, 그사이 무고하셨사오니까."

"어서 오게. 오랜만일세."

천만호의 얼굴은 그새 더욱 환해지고 행동거지도 의젓해졌다.

"장사가 잘되는 모양이구먼."

"너무 잘되어 탈이오니다. 이젠 어쩌다 한잔 걸칠 틈도 없사
오니다. 장돌뱅이가 그 재미도 없으면 무슨 낙이 있겠사오니
까."

"다행일세."

그들은 둘러앉아 천만호가 가져온 꿀물을 마시면서 세상
돌아가는 이야기들을 허물없이 나누었다.

"요즘사 세상이 어째 어수선하오니다."

무슨 생각에서인지 천만호가 갑자기 한마디 툭 던지며 두
형제의 기색을 살폈다.

"왜?"

"아, 들리는 소문이 천주학쟁이란 것들이 생겨서는 양반 상
놈이 없어진다지 무엇이오니까. 이 소릴 듣고 상것들이 너도
나도 천주학쟁이가 된답니다, 글쎄."

"그래?"

약전은 처음 듣는다는 듯 모른 체하고 반문했다.

"아, 그러구말굽쇼. 여적 모르셨는갑쇼. 소인이야 어디 그런
얼토당토않은 소리에 넘어갈 사람입니까요만, 이 마누라쟁이
가 그만 옆집 여편네 꾐에 빠져서 출입을 하는 눈치가 아니오
니까. 그래서 그냥 그 달음에 다리몽댕일 분질러놨습지요. 엄

연히 세상에는 반상이 따로 있는 것인데 여편네들이 뭘 안다고 그런 사교에 현혹이 되어 가지구서 싸다닌답니까요. 더구나 남녀가 유별한데 내외도 하지 않고 한 방에서 그 뭣이냐, 미산지 뭔지를 한다지 않사오니까."

"흐음, 그렇다던가."

"아무래도 패가망신헐 일입지요. 어째 아낙들까지 미쳐서 몰려다닌답니까요. 마누라쟁이를 꼬여낸 그 이웃 여편네는 아주 무엇이 씌운 모양이오니다. 그 여편네 보기 싫어 이사를 하든지 해야지 마음을 놓을 수가 없습니다요. 순진한 마누라가 언제 또 홱 넘어가서 천주학쟁이라도 되면 어찌합니까요."

천만호가 혀를 차면서 돌아간 후 약전은 한참 동안 생각에 잠겼다. 천만호가 일부러 찾아와 말을 전한 것만 같았다. 장터에 퍼진 천주교 때문에 분분한 말들이 오가는 것을 귀담아들어 두었다가 마누라를 핑계 삼아 전할 수도 있는 일이었다.

"약용아, 천 서방이 한 말을 어찌 생각하느냐?"

"어찌 생각하다니요?"

약용은 무심상한 얼굴로 되물었다.

"나는 이벽이 죽은 뒤로 영 마음에서 떠나지 않는 것이 있다."

"……"

"천주교의 본바닥에서 태어나 천주학에 정통한 선생이나 탁사에게 가르침을 받고 천주교가 뿌리 내린 사회에 살고 있다면 또 별문제일 것이다. 허지만 조선 사회는 뿌리 깊은 유교사상에 젖어 있는 형편이 아니냐. 이런 터에 계속 천주교를 따르다가는 무슨 화를 입을지 모른다는 생각이 자꾸 드는구나."

묵묵히 듣고 있는 약용이 잠시 생각하는 눈치더니 주저 없이 대답했다.

"형님, 사실은 저의 생각도 그러합니다. 게다가 우리는 천주교를 너무 모릅니다. 책이나 몇 권 어설프게 읽어 가지고 알 수 있는 종교가 아니라는 생각이 듭니다. 우주만물을 창조하신 조물주를 우리가 알아보았자 얼마나 알 것이며 깨달아보았자 어디까지겠습니까. 분명히 알 수도 없고 이때까지 지도를 해주신 이벽 형님도 그렇게 세상을 뜨셨으니 회한뿐입니다. 어중간히 알고 신념을 펼칠 수 없을 바에야 차라리 알고 있는 것이나 제대로 하는 것이 나을 듯도 싶습니다."

"그러게 말이다. 더욱이 아버님께서 관직에 계시지 않느냐. 만에 하나 우리의 잘못으로 아버님께 심려를 끼쳐 드린다면 그같은 불효가 어디에 있겠느냐. 이벽이나 이승훈의 집안처럼 불화가 생겨서는 아니 될 것이니 이제부터 나는 발을 끊겠다. 너는 어떠하냐?"

"집안을 위하는 길이라면 저도 형님을 따르겠습니다."

"내 말뜻을 알아주니 고맙구나. 너는 태학에서 과거 공부나 열심히 하여라."

"형님께서도 예전처럼 같이 노력합시다."

형제는 쉽게 의견이 일치하여 새로운 각오로 그동안 미뤄두었던 학문에 임할 것을 다짐했다.

"그런데 약종이가 걱정이로구나. 원체 고집이 센 아이라 한 번 마음을 먹으면 남의 말에는 도시 귀를 기울이지 않으니."

"형님께서 알아든도록 말씀해 보십시오."

그때 바로 대문 열리는 소리가 났다. 약전이 방문을 열고 내다보니 마침 약종이 옆구리에 성서를 끼고 들어서는 게 보였다.

"어디에서 오는 길이냐?"

"미사에 참예하고 오는 길입니다. 형제님들께서 형님과 약용이 왜 아니 오셨느냐고 하셨습니다."

조금 전 두 사람 사이에 무슨 말들이 오갔는지 모르는 약종은 아무런 생각 없이 대답하고 방 안으로 들어섰다. 약전은 그 순간 결심했다. 어차피 해야 할 말이라면 이 기회가 좋을 듯싶었다. 그는 약용과 함께 나눈 이야기를 약종에게 들려주며 두 사람이 천주교에 대해 취하기로 한 태도를 전했다.

"그러하니 너도 우리를 따르는 것이 옳지 않겠느냐?"

약종은 침착하게 입을 열었다.

"제가 가야 할 길은 이미 결정되었습니다. 배교란 있을 수 없습니다."

더 말해 보았자 소용없으리라는 것을 알면서도 약전은 다시 한 번 설득해볼 작정으로 말을 이었다.

"꼭 배교라고 생각할 게 무에 있겠느냐? 시절이 시절인 만큼 때를 기다리자는 것이 아니냐? 조선에 천주학이 뿌리 내리고 탁사님들이 파송되어 미사를 정식으로 주관하실 수 있게 되면 그때 가서 배워도 무관하지 않겠느냐? 조선에 교구가 생길 날도 멀지 않다고 하지 않느냐?"

"형님께서 꼭 그렇게 생각하신다면 어찌 그만두시려 하십니까? 이 땅에 교구가 설치될 날이 멀지 않고 탁사님께서 오실 날을 손꼽는 터라면 그사이를 기다리지 못하여 발을 끊을 필요가 있습니까?"

잠시 말을 멈추고 숨을 가다듬은 약종은 다시 입을 열었다.

"진리는 시대와 전통, 환경과 인습에 따라 달라지지 않습니다. 진리를 따르는 자도 역시 그러해야 하리라고 믿습니다."

그의 태도에는 흔들림이 없었다. 이벽과 이승훈이 없는 교회에 약종은 어느덧 천주교를 이끌고 나갈 만한 믿음과 능력을 지닌 지도자로 성장해 있었다.

4월에 경의초시가 있었다. 이를 치르려고 마현에서 약현이 올라왔다. 약용보다 열한 살 위의 배다른 맏형이었다.

"잘 있었느냐."

"예, 어서 오십시오. 형님께서도 그동안 무고하셨습니까"

"음, 나도 이번에 초시를 치르려 한다."

이미 그의 나이 36세였다. 동생들은 형의 용단에 놀라워 기운을 북돋워 주었다.

경의초시가 열리는 날, 삼 형제는 나란히 성균관에 나가 응시했다. 감시(監試)에는 모두 합격했으나 회시(會試)에는 약용만이 통과했다. 가을에 다시 시험이 있었다. 약용과 약전은 감시와 회시, 모두 좋은 성적으로 합격했으나 맏형인 약현은 또 실패했다. 그러나 끈질기게 도전하여 약현은 10년 후인 45세에 진사 시험을 치러 병과(丙科) 34등으로 합격하는 감격을 맛보았다.

약전이 진사시험에 합격하자 주위 친지들이 축하하러 모여들었다. 좌랑(佐郎) 목만중, 교리(校理) 오대익, 장령(掌令) 윤필병, 교리 이정운 등 대과에 합격하여 벼슬을 하고 있는 이들이 특히 격려해 주었다. 이는 비단 정씨 일가의 경사일 뿐 아니라 남인의 경사이기도 했기 때문이었다. 오대익은 영의정 채제공의 처남이었고 목만중은 약전의 부친과 교분이 깊은 데다 약전이 어릴 때부터 귀여워해 주던 사람이었다. 목만중은 정재원보다 세 살 연상이었다.

"약전아, 이제는 대과를 목표로 열과 성을 다하여라. 그리하여 집안의 대들보가 되어야지."

"명심하겠습니다."

"수재 형제를 아들로 둔 너희들 부친이 부럽구나."

이날 회현방에 모인 축하객들은 잔치를 열상, 약전의 고향집으로 옮기기로 하고 한강을 건넜다. 뱃전에서는 흥겨운 시조가락에 단가가 흘러나오고 담소 나누는 소리가 그칠 새 없었다.

열상의 고향 집에서 재차 벌어진 잔치에는 정재원의 아우들인 정재운, 정재진도 함께하였다. 흥이 더해가자 시조 짓기 대회를 벌여 시상을 하는 등 경사를 축하했다.

세자와 의빈을 잃은 슬픔은 헤아릴 수 없었으나 정조는 고통을 잊고자 더욱 국사에 전념하였다. 후사의 문제는 제쳐두고 정사에 매달려 있는 그를 보고 혜빈 홍씨만 노심초사했다. 대를 잇는 일에 걱정하는 기미가 보이지 않는 것은 물론이요, 후궁전에 출입은 고사하고 규장각에 드나들면서 책 읽기와 글 짓기에만 열중하는 정조를 지켜보고 있으면 짜증이 날 지경이었다.

'보위를 이을 후사가 없는데 저렇게 태평하시니…….'

중전 김비 또한 한숨이 하늘에 닿을 듯했다. 혼인한 지 20년이 되도록 잉태 한 번 해보지 못한 석녀(石女)라는 자격지심이 피를 말렸다. 의빈이 죽은 뒤로 그것이 더욱 심해져 내전 깊숙이 파묻힌 채 바깥출입마저 삼갔다. 모든 것이 자신의 죄인 것만 같았기 때문이었다.

주상과 중전이 문안차 들른 틈을 타 혜빈 홍씨는 마음속에 있는 말을 꺼냈다.

"주상, 긴히 드릴 말씀이 있소."

"무슨 말씀이온지…… 주저 마시고 하옵소서."

"간택령을 내리시오."

짐작이 가는 듯 정조는 대답이 없었다.

"후사가 없으면 나라가 시끄러워지는 법이오. 서두르시오."

곁에 앉았던 중전 김비가 더욱 송구스러워하며 고개를 숙였다. 혜빈 앞이라 내색하지 못했지만 그도 여자라서 서운한 생각이 없는 것도 아니었다. 하지만 사사로운 감정으로 나라의 대통을 잇는 일에 소홀할 수는 없는 노릇이었다. 김비는 아픈 마음을 숨기며 혜빈을 거들어 정조에게 권했다.

"전하, 분부 받자옵는 것이 옳으신 줄로 아옵니다."

"중전이 아직 젊지 않소."

"신첩이 궁에 들어온 지 20년이옵니다. 저는 이미 틀렸으니 속히 간택령을 내려 후사를 도모하소서."

"중전의 말이 옳소. 그렇게 하겠소?"

효성이 지극한 정조는 생모의 분부에 따르기로 했다. 남편 사도세자를 잃고 눈물과 한 속에 외아들을 키운 혜빈 홍씨. 그런 어머니의 마음을 잘 알기에 정조는 혜빈에게 남다른 효성을 보였다.

금혼령이 내려지고 간택 일자가 정해졌다. 정조 9년, 그의 나이 34세였다. 이듬해 2월 8일 초간택이 있었고 이어서 재간택, 삼간택을 거친 후 주부 박준원의 여식이 최종 간택에 뽑혔다.

3일 후, 정조는 박준원의 딸을 수빈(綏嬪)으로 봉해 정1품

내명부로 삼았으며, 바로 다음 날 가례를 치렀다. 수빈 박씨는 열일곱 살이었다.

갓 피어나는 꽃봉오리처럼 신선하고 예쁜 처녀가 후궁으로 들어앉자 온 궁중이 다 밝아지는 듯했다.

상궁이나 나인 등의 궁녀와 후궁은 격이 달랐다. 후궁은 정식으로 혼인을 하고 궁에 들어왔고 궁녀는 그렇지 못했다. 궁녀들의 생활은 얼핏 화려한 듯하지만 실상은 고달픈 것이었다. 어떤 의미에서는 인간다운 대접을 받지 못한다고 할 수 있었다. 똑같은 여성이면서 궁녀들은 여자로서보다는 일꾼으로서 일생을 외롭게 살아야 하는 운명이었다. 젊고 아리따운 여인들이 허구한 날 독수공방하다 보니 외로움을 견디지 못하고 궁녀들끼리 짝을 지어 안거나 장난을 하는 일이 있었다. 또 각신이란 것도 생겼다.

나무로 만든 각신은 성숙한 여인들이 이성 대신으로 애용하는 장난감이다. 그 생명 없는 목재 장난감을 어루만지며 헤아릴 수 없이 많은 궁녀가 젊은 날을 허망하게 한과 눈물로 엮어 갔다.

그들에게 한가닥 희망이 있다면 오직 왕의 눈에 드는 것이었다. 그리하여 성은을 받는 몸이 되면 하루아침에 빈으로 승격이 되고 궁중 여인들의 부러움과 질시를 받으며 영화를 누리게 된다.

매미 소리가 온종일 귀청을 찢는 듯했다. 성균관의 널따란 대청은 한여름의 더위와는 무관해 보였다. 울창한 수목 사이를 헤쳐온 바람이 글 읽기에 지친 유생들의 심신을 충분히 식혀주었다.

정약용은 오늘도 성균관에 나와 반제 시험을 치렀다. 시험을 마치고 머리도 식힐 겸 뜰을 산책하고 있는데 승지가 약용을 찾았다.

"전하께오서 찾으시오. 중희당(重熙堂)에 입대하라는 분부시오. 어서 가시지요."

승지를 따라 중희당에 들어서니 정조가 친히 그를 맞아주었다.

"네가 이번에도 고등을 차지했다. 글도 날이 갈수록 빼어나서 흠잡을 데가 없구나."

"황공하여이다."

"자, 좌정하여라."

정조는 약용이 앉기를 기다려 입을 열었다.

"팔자백선을 얻었느냐?"

"작년에 전하께서 내리시어 간직하고 있습니다."

"대전통편은 갖고 있느냐?"

"예."

정조의 어안에 미소가 흘렀다. 임금이 상으로 내린 책들은 대부분 약용의 차지였다. 학문을 좋아하는 정조는 마음에 흡족한 신하를 얻은 것에 더없이 만족했다.

"그러하면 국조보감은 어떠하냐?"

"얻었사옵니다."

"근자에 규장각에서 인쇄된 서적을 모두 갖고 있으니 이제 내릴 서적이 없구나."

이렇게 칭찬하며 큰소리로 웃어젖힌 정조가 내관을 불렀다.

"술을 가져 오너라."

임금과 신하는 계성주를 앞에 두고 마주 앉았다.

"내가 술 한 잔을 내리마. 잔을 들라."

"신은 술을 한 모금도 못 하옵니다. 살펴 주시옵소서."

"안 된다. 이것은 상으로 내리는 것이니 꼭 받아야 한다."

마지못해 약용은 머리를 수그리며 잔을 받아서 간신히 목구멍으로 넘겼다. 그러자 금세 얼굴이 화끈거리고 속이 메스꺼워지기 시작했다. 이를 보고 정조는 재미있다는 듯 웃음을 참지 못했다. 약용이 몹시 괴로워하자 정조가 내시감을 불렀다.

"약용을 부축하여라."

내시에게 기대어 어전을 물러난 약용은 간신히 걸음을 가누며 중회당을 나섰다. 땅이 뱅글뱅글 돌고 천지가 노랬다. 요란스럽던 매미 소리도 귀에 들리지 않았다.

"원 잡수지도 못하는 술을 억지로 마셨으니 당해내겠습니까."

핀잔을 하면서도 내관은 부러운 눈치였다.

"토할 것 같소."

"토하시면 한결 나아지실 게요. 전하께서도 장난이 지나치셔서……."

이때 뒤에서 다른 내관이 쫓아나왔다.

"빈청(賓廳)에 머물라는 분부십니다."

빈청에 들어가 울렁거리는 속을 달래고 있는데 한참 후에 승지 홍인호가 들어 왔다.

"전하께서 이 책을 상으로 내리셨소."

내미는 책은 병학통(兵學通)이었다. 약용은 눈을 동그랗게 뜨고 승지를 쳐다보았다.

"이것은 무신에게 해당하는 책이 아니오."

의아해하는 약용을 본 승지는 주위를 살핀 후 아무도 없는 것을 확인하자 소리를 낮추었다.

"전하의 말씀인즉, '네가 장수의 재주도 가지고 있으니 특별히 이 책을 내리노라. 훗날에 나라에 변이 생기면 너를 기용하여 전략을 꾀할 수 있으리라.' 며 전하라 하시었소."

약용은 책을 받아들고 여전히 몽롱한 눈빛으로 승지를 바라보았다. 승지는 장난스레 웃으며 약용의 어깨를 툭툭 쳤다.

"그까짓 술에 이 지경이라니, 정히 마실 줄 모르거든 사양을 하든지."

"어찌 사양을 합니까. 상이라시며 꼭 받아야 한다질 않으셨소?"

머쓱한 표정이 된 승지가 한참 동안 응시하더니 불쑥 말했다.

"성은인 줄 알게. 누가 그런 성은을 입을 수 있겠는가. 전하께서 친히 그리 하신 이는 자네밖에 없네."

그 후에도 약용은 여러 차례에 걸쳐 상을 받았다. 그의 답안지에는 늘 임금의 비점이 가득 찍혀 있어서 붉게 보일 정도였다. 그러나 약용의 마음은 편치 못했다. 성격이 온순하고 조용하며 학문만을 좋아하는 그는 뭇사람들의 입에 오르내리고 질시의 대상이 된다는 사실이 부담스럽기 그지없었다.

"정 아무개는 전하께서 너무 편애하시질 않는가."

"답안을 아무리 잘 쓴들 무얼 하나. 전하께서는 그의 답안만 눈에 들어 하시는걸."

"좀 지나치시지 않은가."

뒷전에서는 그런 말들이 돌았다. 어느 날 약용과 함께 태학에 다니던 이기경이 가만히 귀띔을 해주었다.

"자네에 대한 비난이 많네."

"나도 알고는 있네. 그러니 어찌하겠나. 그 때문에 답안을 엉터리로 작성한다면 전하를 속이는 게 되니……."

"하지만 말들이 많으니 내버려둘 수도 없지 않은가?"

"전하께 그러지 말아주십사 말씀드리고 싶을 때가 한두 번이 아니네만 감히 어찌 그런 말을 입에 담을 수 있겠는가. 일개 유생의 입장에서 사랑이 지나치면 미움을 불러오는 법인데……."

이기경은 약용의 말에 고개를 끄덕이며 더 말을 잇지 못했다. 그는 약용보다 여섯 살 위였다. 눈이 위로 째진 것이 조금 고약한 상이었지만 큰 키만큼이나 도량도 넓어서 늘 형처럼 약용을 보살펴 주었기 때문에 두 사람은 절친했다.

12월의 반제에서 다시 좋은 성적을 보인 약용은 예전과 달리 태학에서 함께 공부하던 여러 사람과 함께 정조에게 불려갔다. 정조는 그들에게 골고루 칭찬과 함께 상을 내렸다. 정조의 이러한 행동은 약용에게 있어 짐을 벗은 듯하여 홀가분하기 짝이 없었다.

'이심전심이라더니 전하께서 내 마음을 아셨을까.'

정조의 마음을 헤아리며 어전을 물러나와 뜰로 접어드는데 뒤에 내관이 은밀히 옷깃을 잡아당겼다.

"전하께서 잠시 들렀다 가시라는 분부십니다."

약용은 발길을 돌려 다시 어전으로 들었다. 정조는 약용이 앉기를 기다려 언제나처럼 따뜻한 눈길로 바라보았다.

"실은 이번에도 네가 장원을 했지만 부러 상을 내리지 않았다."

"예."

"번번이 장원을 차지하니 가상한 일이다. 허나 기우일는지 모르나 탐스러운 가지 먼저 꺾일까 염려된다. 훌륭한 재목을 보존하기 위해 상을 내리지 않은 것이니 섭섭히 여기지 말라."

"성은이 망극하여이다."

정조의 어조와 표정에는 진정으로 약용을 아끼는 마음이 담겨 있었다.

그러나 정조는 이 약속을 지키지 못했다. 분명 지나친 편애는 하지 말아야 한다는 것을 알면서도 약용에 대해서는 감정이 앞서는 것을 어찌지 못했다. 대과에 합격하는 것조차 늦추어 질시를 피하도록 당부까지 했으면서 친히 내린 말을 잊고 또다시 불러 칭찬하고 상을 내리기 일쑤였다. 그것이 못내 약용의 마음을 불편하게 했다. 약용은 고심을 한 끝에 과거 공부를 중지하고 은거하여 경전의 연구에만 힘쓰리라 마음먹었다. 태학에서 공부하는 한 반제를 치러야 하고, 도맡아놓고 장원을 하다시피 하는 그를 정조는 친히 불러 칭찬을 하며 상을 내리게 마련이었다.

그 생각을 하며 마음을 다지던 날 이기경이 찾아왔다. 약용은 심중에 있는 말을 털어놓았다. 이기경은 반색을 하며 찬성했다.

"좋은 생각이네. 마침 우리 집 후원에 조용한 정자가 있으니 우리 그곳에서 함께 공부하세나."

이기경의 집은 연지동 아늑한 곳에 있었다. 집 뒤로 울창한 숲이 이어지는 후원의 정자에 앉아 있으면 매미 소리, 풀내음 꽃향기가 가득했다. 멀리서 보면 숲과 어울려 있는 정자가 신선이라도 노니는 곳인 듯했다.

"정공, 어떠한가?"

"경관이 너무 수려하여 단번에 마음을 빼앗는군. 공부가 될까 모르겠네."

"허허. 자네 마음을 빼앗은들 반나절을 넘기겠는가. 언제 그랬느냐 싶게 책 속으로 내뺄 터인데."

두 사람은 이기경의 집 정자에 터를 잡고 서경을 읽기 시작했다. 언제나 약용은 새벽같이 정자에 나타났다. 한낮의 정자는 숲에서 불어오는 바람으로 처마를 식히고, 독서삼매에 빠져 있던 그는 가만히 눈을 들어 숲과 솔향기에 취하곤 했다. 이기경 역시 그에게 뒤질세라 책에서 눈을 떼지 않았다. 그러다가 싫증이 나면 누가 먼저랄 것도 없이 질문을 시작해서 토론을 벌이곤 했다. 하루는 책을 읽고 있던 이기경이 진지한 빛으로 입을 열었다.

"정공, 자네는 논어를 고주(古註)로 해석하는가, 신주(新註)로 보는가?"

공자의 말씀인 논어는 오래전부터 많은 학자들이 연구하여 내놓은 해설서만도 약 370여 종에 달했다. 이중 대표적인 것으로 한나라 하안(何晏)의 것을 고주라 하고, 송나라 주자(朱子)의 것을 신주라 구분했다. 전자를 집해본(集解本), 후자를 집주본(集註本)이라 하기도 했다. 고주, 즉 집해본은 경문 해석에 치중했고 신주, 즉 주자의 집주본은 이론적인 해석을 중시하는 게 특징이었다.

"이공, 나는 아직 그만큼 학문이 깊지 못하여 함부로 말할 수 없네. 그러나 주자는 이론에 치우친 나머지 공자 본래의 사상을 왜곡한 면이 없지 않다고 생각하네."

"공자는 인(仁)을 애인(愛人)이라고 했지만 주자는 애지리(愛之理)라고 하지 않았는가? 이것은 어찌 생각하는가?"

"공자는 어진 마음은 사람을 사랑하는 마음이라고 보았네. 그런데 주자는 애지리의 이의 개념을 철학적으로 끌어올려 천리의 일부로 만들어 버렸네. 하지만 내 견해로는 인(仁)도 인간도(人間道)의 실천에 필요한 해석이라야 한다는 생각이네. 공리공상에 치우친 해석은 민생에 관심을 쏟지 못하게 하니 자연인의 실천이 불가하지 않은가."

약용의 학문은 아직 공부하는 입장이라 나름대로의 확고한 사상은 없었지만 성리학의 잘못된 방향만은 날카로운 시각으로 비판할 수 있기에 충분했다. 그의 눈에 비친 당시의 흐름은 바로 그랬다. 백성들의 이익을 생각하기 전에 공리공상에 치우쳐 있었다. 자구 하나의 해석을 두고 설전이 오가는 것은 물론 파를 지어 당쟁까지 일삼는 데다 당쟁에 말려들기 싫어 외면하는 사람은 고립을 시켜 결국 어느 쪽이든 선택을 할 수밖에 없게 만들었다.

"이러한 학문이 왜 필요한가?"

약용의 뇌리에 항상 감도는 생각은 이런 회의였다.

'차라리 언제 비가 오는가, 농사는 어떻게 지어야 작황이 좋

은가, 가뭄과 홍수에 대비할 수리는 무엇인가, 종자는 어떻게 개량해야 하나 하는 문제가 급선무가 아닐까?'

소년 시절부터 아버지의 부임지를 따라다니며 목격한 민생 고로 해서 늘 그의 생각은 누추하고 힘거운 백성에게 머물러 있었다. 그들에게 도움이 되는 학문을 하리라 다짐했었는데 어느새 자신 또한 탁상공론에 머물러 있는 학문의 유희에 빠진 것을 깨닫고 우울한 심정이 되곤 했다.

그날도 책을 펼쳐 놓은 채 잡념에 사로잡혀 먼산바라기를 하고 있는데 이기경이 책 한 권을 불쑥 내밀었다.

"자네 이 책을 읽어 보았는가?"

얼핏 보니 천주실의였다. 약용은 짐짓 시침을 떼고 반문했다.

"그래, 어떤 책인가?"

"아직 독파하지는 못했지만 상당히 놀라운 내용이야. 자네도 읽어 보게나."

그리고 이기경은 다시 책 속으로 빠져들었다. 몰입해서 읽어 가다 이따금 종이에 옮겨 적는 것을 약용은 가만히 훔쳐보았다. 이기경은 그렇게 뒤늦게 서야 창조주에 대한 진리에 눈을 떠갔다.

이기경의 정자에서 보낸 날들은 참으로 유익했다. 처남인 홍인호, 홍의호 형제가 가끔 찾아와 담소를 나누다 돌아갈 뿐

약용은 아무런 방해를 받지 않고 공부에 파묻힐 수 있는 귀한 시간을 보냈다.

정자에 흰 눈이 덮일 무렵, 이제 서경(書經)도 거의 다 떼어 가는데 반제 시험이 곧 있을 거라는 소식이 있었다. 약용은 이 시험에 응시하려고 마음먹었다. 이기경의 집에 머무르는 동안 다소 마음의 휴식을 취할 수 있었던 탓이다.

사실, 동료들의 질시와 공리공론에 치우쳐 서로 물고 뜯는 당쟁의 세계로 돌아가고 싶은 마음은 없었다. 생각 같아서는 신선이 사는 듯한 이곳 정자에 들어앉아 일생을 책이나 읽으며 보내도 좋을 것 같았다. 그러나 그에게는 돌아가서 해야 할 일이 있었다. 어릴 때부터 다짐했던, 힘없는 백성들 편에 서서 일을 하자면 그 전에 갖추어야 할 많은 것들을 준비해야만 했다. 보다 많은 사람들이 실학 쪽에 관심을 갖도록 권해 앞으로의 정책에 반영할 수 있게끔 하는 것 역시 중요한 문제였다.

'그러기 위해서는 더 많은 책과 씨름해야 한다. 보고 싶지 않은 현실이라도 도피하지 말고 과감히 맞서야 한다.'

1789년 정월 초이레. 약용은 반제를 치른 뒤 정조 앞에 불려 나갔다. 희정당(熙政堂)에서였다. 어전에 부복한 그를 말없이 바라보던 정조가 하문했다.

"초시를 몇 번이나 치렀느냐."

진사 시험에 몇 번이나 합격했느냐는 물음이었다.

"네 번이옵니다."

어안에 미소를 머금고 고개를 끄덕이던 정조는 잠시 말미를 두었다가 다시 물었다.

"그러면 급제는 언제로 잡느냐?"

약용은 잠시 정조가 묻는 뜻을 파악하느라 머뭇거렸다. 몇 번이나 따로 불러서 과거를 늦추라고 이르던 임금이 이제 와서 그렇게 묻는 데에는 과거를 치르라는 뜻이 담겨 있는 듯해서였다. 22세부터 28세가 되기까지 수없이 진사 시험만 치르던 그가 이제야 비로소 대과 응시의 승낙을 얻은 셈이었다.

그 당시 과거제도는 다음과 같았다.

대별하며 소과(小科)와 대과(大科)로 나누고 소과는 진사, 생원이 되기 위한 시험이며, 대과는 문과와 무과, 잡과로 나뉜다.

소과는 다시 초시와 회시의 2단계로 실시되며, 15세 이상의 양반 자제에 한하는 신분 제한이 있다. 정원은 한양 2백 명, 경기 60명 충청도와 전라도 각 90명, 경상도 1백 명, 강원도와 평안도 각 45명, 황해도와 함경도 각 35명으로 총 7백 명을 관찰사의 주관하에 뽑으며 이들에게 회시에 응시할 자격이 주어진다. 회시는 예조에서 초시에 합격한 전국의 인재들을 모아 실시하며 생원, 진사 각 열 명씩을 합격시켜 백패(白牌)를 준다.

대과는 세상 사람들이 흔히 말하는 과거를 이른다. 초시, 복시, 전시의 세 단계가 있다. 따라서 선비가 벼슬을 하려면 모두 다섯 단계의 시험을 거쳐야 하는 것이다.

대과의 초시는 식년(式年) 전 해에 각도의 관찰사 주관하에 22명을 뽑는다. 여기에서 합격한 사람들을 모아 다시 식년 초 예조에서 33명을 뽑는다. 이들은 최종 합격자이며 다음 단계인 전시에 낙방되지는 않는다. 전시는 어전에서 실시하여 33명의 순위를 정하는 과정이 갑과(甲科) 세 명, 을과(乙科) 일곱 명, 병과(丙科) 23명으로 등급을 매겨서 합격 증서인 홍패(紅牌), 어사화와 함께 각종 영예가 따르게 된다.

갑과 1등을 장원이라 하며 종6품의 벼슬이 주어진다. 2등 은 방안(榜眼)이라 하여 정7품, 3등은 탐화랑(探花郎)이라 하 여 종7품을 주며 을과 합격자는 정8품, 병과 합격자는 정9품 을 준다. 이들 과거 합격자들은 승문원, 성균관, 교서관 등에 배치된다.

대과 중 무과는 활과 총의 실기와 병서 강독을 실시하고, 역 시 초시, 복시, 전시의 세 단계로 나뉜다. 잡과는 역과, 음양과, 의과, 율과 등으로 나눠진다.

과거는 3년에 한 번 자(子), 오(午), 묘(卯), 유(酉) 자가 들 어 있는 해에 실시하고, 이때 호구 조사도 함께 한다. 이해를 바로 식년이라 한다. 식년에 정기적으로 실시하는 과거 외에도 경사스러운 일이 있거나 조정에 반드시 필요한 사람이 있을 경 우 임시로 과거를 치른다.

정월 26일. 소과의 초시와 회시, 대과의 초시에 연달아 합격 을 한 약용은 이날 복시를 치렀다.

어제(御題)는 매우 길어서 '송군신 하위국공 한기출수 북문지왈 작희설시 자임이천하중(宋群臣 賀魏國公 韓琦出守 北門之日 作喜雪詩 自任以天下重 : 송나라 여러 신하들이 위국공 한기가 북문에 나가 지키던 날 희설시를 지어 천하의 중임을 스스로 맡은 것을 축하했다)'이라는 내용이었다.

약용의 답안지를 본 정조는 매우 흡족해하며 곁에 선 우의정 채제공을 불렀다.

"이걸 보오. 마치 우의정을 빗대놓고 지은 시 같소. 춘당(春堂)은 북원(北怨)이니 북문에 비유할 수 있고, 오늘밤 마침 큰 눈이 내렸으니 희설에 비유할 수 있으며, 우상의 사람됨이 '위국공이 천하의 중임을 스스로 맡았다.'라고 하는 데에 견줄 만하지 않소."

"황공하여이다."

"뜻이 깊고 문장도 나무랄 데 없는 듯하오. 과인이 보기에 가장 뛰어난 것 같은데 경의 생각은 어떠하오?"

"과연 그러하옵니다. 하오나 이것 또한 나무랄 데가 없으니 가히 두 사람이 견줄 만한 줄로 아뢰옵니다."

채제공이 지칭한 답안지는 바로 서영보(徐榮輔)란 이의 것이었다. 채제공의 말에 정조도 그의 답안을 다시 한 번 살펴보았다. 실로 유려한 문장이 돋보였다. 약용의 실력은 익히 알고 있었으나 이번만큼은 서영보와 우열을 가리기 어려울 듯도 싶었다.

3월에 전시가 있었다. 약용과 서영보가 모두 무탈하게 시험을 치러내었고 정조는 두 답안을 두고 오래도록 고민하였다. 이렇게 어려운 때는 처음이었다. 결국, 정조는 약용을 총애하는 마음을 잠시 뒤로 미뤄두고 객관적으로 결과를 정했다. 약용이 못한 것이 아니나 서영보의 답안이 유달리 빼어났던 탓이었다.

결국 정조 13년(1789년) 식년과 장원은 서영보 차지가 되었다. 약용은 그에 다음가는 방안이었다.

서영보는 대구 서씨 22대손으로, 증조와 할아버지가 모두 대제학을 지낸 명문 태생이었다. 직계 가문에서 3대에 걸쳐 대제학이 나오기도 쉬운 일이 아니었다.

정조는 약용이 방안에 그친 것이 내심 마음에 걸렸다. 어쩔 수 없는 선택이었으나 아무래도 약용을 크게 등용하고 싶은 욕심이 들었던 탓이었다. 그러나 정작 약용은 아무런 기우 없이 기쁘게 결과를 받아들였다. 순위 여하를 막론하고 다시 정계로 진출하여 백성들을 위해 일할 수 있다면 그것으로 족했다.

이에 약용은 방안에 감격하여 시를 지었다.

임금 앞에서 보는 시험 몇 차례 응시했다가
마침내 포의 벗는 영광을 얻었네
하늘이 이룩한 조화 깊기도 하여

미물의 생성에 후하게 주었네
둔하고 졸렬해 임무 수행 어렵겠지만
공정과 청렴으로 정성 바치기 원하노라
격려 아끼지 않으신 임금님 말씀
그런대로 어버이 마음 위로 되셨네

그 다음 날 정조는 다시 희정당에 대신들이 늘어선 가운데 서영보와 약용에 대한 칭찬을 아끼지 않았다.

"약용은 백 년에 한번 나올까 할만한 영재로다."

이때 이기경도 병과에 합격하여 약용과 더불어 기쁨을 나눴다. 약용은 7품관에 부쳐져 희릉직장에 제수되었다.

조선조는 무보다 문을 숭상하는 문치주의 사회였다. 문과 무는 철저히 분리되고 문이 절대적으로 지배했기 때문에 인간의 평가 기준도 자연 학문의 깊이에 두었다. 뛰어난 무예나 힘으로 권력을 장악하는 유목민들과 달리 시문(詩文)으로 능력을 겨루는 것이 조선조 왕족이나 귀족들의 습관이자 풍류였다. 왕권은 적자(嫡子) 원칙으로 세습되었고 문무 관원들의 절대적인 충성심에 의해 권력 구조가 유지되었다.

문치주의 사회에서 그 누구보다 능력을 발휘하고 인정을 받을 수 있는 인물은 정약용이었다. 게다가 그 누구보다 학문을 사랑하는 임금을 만났으니 기실 그의 등에 날개가 달린 것과 다름없었다. 정조의 치적 중 손꼽을만한 훌륭한 제도가 하나 더 있는데, 그것이 바로 초계문신 제도이다. 초계문신 제도는 왕실 도서관인 규장각에서 임금이 신진 관료들을 직접 지도 편달하면서 재교육시키는 제도였다. 임금의 의중이 아니면 초계문신에 발탁될 수도 없는 이 제도는, 우수한 인재를 양성하기 위한 교육 제도로 당색이나 문벌에 관계없이 선발하여 임금을 보좌할 관료 집단을 양성하려는 목적으로 만들어진 것이었다. 이때부터 정조의 눈엔 약용이 들어 있었다. 일찍이 큰 인물이 될 것으로 눈여겨본 것이다. 약용은 대과에 급제하자마자 초계문신에 선발되는 영광을 입었다. 당쟁의 폐해에 대한 인식이 높았던 정조는 약용을 비롯해 남인들을 대거 선출했는데, 그들 중 8명은 훗날 약용과 채홍원이 중심이 된 죽란시사의 구성원이 된다. 약용은 진사가 된 후로도 7, 8년 가까이 정조 곁에 머물면서 신임을 받았고 모두가 그의 앞날이 양양할 것이라 생각했다.

정조는 수빈 박씨의 처소에 들어서도 곧잘 정약용을 입에 올렸다.

"정약용이 누구이옵니까? 전하께오서 하도 칭찬을 하시니 얼굴이라도 한번 보고 싶사옵니다."

"허허, 그렇소? 내 언제 한번 보여주리다. 키는 훤칠하게 크고 길쭉한 얼굴에 구레나룻이 탐스러운 데다 두 눈 가장자리가 축 처진 게 양순한 양과도 같지. 눈썹은 왼쪽이 두 개로 갈라져 꼭 세 개처럼 보인다 하여 삼미자(三眉子)란 별명을 얻었는데 웃을 때면 선량하기가 어린아이 모습 그대로요."

"전하께서 그리 말씀하여 주시니 꼭 눈앞에 보이는 듯하옵니다. 하오나 소첩의 처소에 드서서도 그에 대한 생각만 하시니 다소 섭섭하옵니다."

"그렇소? 그러나 그는 칭찬할 만한 인재요. 내 어찌 그런 신하를 다시 얻을 수 있으리오."

수빈의 사랑스런 투정을 웃음으로 달래는 정조의 머릿속은 약용과 나누던 대화를 나누는 순간의 즐거움들로 가득했다. 젊으나 혈기방장함이 없고, 민활한 두뇌를 지녔으되 항상 겸손했기에 그와 이야기를 나누고 있으면 부담 없이 갖가지 학문과 지식의 향연을 맛볼 수 있었다. 따뜻하고 온화한 성품은 글을 읽을 때와 같은 지루함도 없어서 책을 좋아하는 정조도 책보다 약용과의 대화를 더 즐겼다.

38세의 정조는 재위 13년째로 경험과 안목도 완숙의 단계에 들어서 있었다. 인재를 발굴하고 키우려는 욕심도 대단했다.

'갈고 닦아 거목으로 만들어야지.'

그는 약용을 대할 때마다 다짐하는 생각이었는데 어느 한순간 바람처럼 스치는 기억이 있었다.

홍국영. 세손의 자리에 있을 때 영조의 진노로부터 자신을 구해준 인물이었다. 그때 맺어진 인연으로 거병범궐(擧兵犯闕)

만 않는다면 모든 죄를 용서하고 서로 돕기로 약조한 사이였으나 정조가 왕위에 오르자 그는 전권을 휘두르며 안하무인의 행세를 했다. 도승지 겸 총융사 처지로 삼정승들을 호령했으며, 종내에는 왕실의 권한과 계보(系譜)까지 바꾸려 들었다. 왕의 신임을 이용하여 하늘 높은 줄 모르고 날뛰다가 비참한 마지막을 겪은 홍국영. 정조는 홍국영과 정약용의 얼굴을 번갈아 떠올리며 두 인물을 비교했다. 홍국영의 일은 정조에게 쓰디쓴 교훈을 남긴 사건으로 다시는 똑같은 잘못을 되밟고 싶지 않았다.

"왕도란 가시밭길과도 같은 것이오. 참으로 견디기 힘든 자리지."

정조의 눈앞에서 나란히 웃고 있는 두 얼굴. 홍국영과 정약용은 동과 서만큼이나 달랐다.

주안상을 앞에 두고, 정조는 잃은 홍국영과 얻은 정약용을 생각하며 연거푸 술을 들이켰다.

"오늘 과인은 훌륭한 신하를 얻어 흡족하기 한량없소. 틀림없는 재상감이니 잘 갈고 다듬어 재목을 만들어야 하겠는데…… 걱정이오."

"무슨 일이 있사옵니까?"

"사람을 기르기 위해 사랑을 베풀면 반드시 시기하고 헐뜯는 무리가 있게 마련이오. 그것을 헤쳐 나가기가 참으로 힘겹소."

정조는 지난 13년 동안의 치적을 더듬어보았다. 많은 시련과 착오를 겪으며 장년에 접어든 지금, 군왕으로서의 경험 또한 만만치 않은 자신과 만날 수 있었다. 그럴수록 왕도의 어려움을 더욱 절감하지 않을 수 없었다.

"과인이 홍국영에게 지나친 권한을 주지 않았던들 그가 그토록 나쁘게 변하지는 않았을 것이오. 그것만큼은 과인의 잘못이 크오. 하지만 하늘은 그를 데려간 대신 훌륭한 인재를 내게 보내주었소. 정약용만큼은 신도(臣道)를 충실히 지키는 귀한 일꾼으로, 이 나라 종묘사직을 받들 대들보가 되도록 길러내고자 하오."

"전하의 뜻대로 되실 것이옵니다. 전하께오서는 학문을 좋아하시고 인재를 알아보시는 성군이시오니 그런 유능한 인재들이 줄을 이어 등과하여 전하를 보필할 것이옵니다."

정조는 취기가 오르듯 기분 또한 고조된 빛으로 수빈을 바라보았다.

"그런데 수빈, 아직 소식이 없소?"

수빈은 얼굴을 붉히며 고개를 떨구었다. 사속(嗣續)을 얻는 일 또한 왕도만큼이나 어려운 것인 모양이었다.

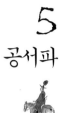

5
공서파

아버지의 강권에 못 이겨 배교했던 이승훈은 비밀리에 다시 성사를 집전하기 시작했다. 날로 신자들은 늘어갔고, 천주의 부르심을 듣고서 승훈은 망설임 없이 참예했던 것이다. 그로서는 아버지도 구하고 천주도 따를 수 있는, 현명한 선택을 했을 뿐이었다. 이벽의 처참한 최후를 목격한 이후로 현실적이고 타협지향적인 그의 생각은 더욱 굳어졌다.

정미년에 이승훈과 정약용은 반촌(泮村)에서 함께 공부를 시작했다. 김석태라는 아전의 사랑채를 빌려 약용은 과거 공부, 승훈은 다시 서학에 열중했다. 약용은 형 약전과 더불어 당분간 서학에는 발을 끊기로 약조한 대로 과거 공부에만 몰두했다. 일단 생각을 바꾼 약용이었기에 책까지 모두 태워버리고도 다시 천주학에 몰입하는 승훈이 은근히 염려되었다.

"자형, 이제 서서(西書)는 그만보시지요."

"아니야, 역시 진리의 보고일세. 이 맛을 몰랐다면야 그만둘 수도 있겠지만 생수를 먹어본 자가 어찌 우물물에 족할 수 있겠는가?"

약용은 풀쑥 웃음을 터뜨렸다.

"그럼 저는 여태 우물물밖에 못 먹었는가 봅니다."

"아니지. 자네는 생수를 먹었지만 우물물에 더 익숙한 것뿐이야. 인간은 익숙지 않은 것에 거부감을 느끼게 마련이지."

약용은 잠시 유교 문화를 거스름으로 인해 받게 될 갖가지 불편이 두려워 서학을 멀리한 자신의 태도를 생각해 보았다. 그에겐 무엇보다 학문이 소중했다. 학문을 할 수 없게 되리라는 것은, 그리고 학문을 하는 데 방해를 받는다는 것은 그로서는 감당키 어려운 고충이었다. 그것이 우물물을 감수하게 만든 이유라면 이유였다.

"하지만 또 아버님께서 드러누우시면 어떻게 하시렵니까?"

약용의 말이 우스웠던 모양이었다. 승훈은 빙글빙글 웃음을 지으며 다시 책으로 눈을 돌렸다.

이때 이기경이 갑자기 찾아들었다. 한동안 왕래가 뜸했던 사이라 두 사람은 의외라는 표정을 지었다.

"오랜만일세."

"어쩐 일로 이렇게……."

제 발로 찾아왔으면서 이기경의 얼굴에는 별로 반가운 기색이 없었다. 이기경은 방 안을 한번 휘 둘러보더니 대뜸 승훈이 보던 책을 집어 들었다.

"아직도 천주책을 보고 있나?"

말끝 또한 좋지 않았다. 승훈도 가만있지 않았다.

"자네도 공부하면서 무슨 말이 그런가?"

"나야 어쩌다 한번 손에 들어온 책이니 읽어본 것뿐이지. 자네처럼 천주학쟁이가 된 것은 아닐세."

"구차한 변명도 다 있군."

얼굴을 돌린 승훈이 피식 웃음을 지었다. 이기경은 아랑곳없이 진지한 어조로 그들을 향해 입을 열었다.

"여보게들, 정신들 좀 차리게. 내가 오늘 그냥 나들이차 여길 온 게 아니네. 자네들하고는 같은 남인 출신이 아닌가. 진정으로 자네들이 염려스러워 온 것이란 말일세."

"······."

"지금 태학에서는 유생들이 연일 상소문을 올리고 탄핵 준비를 하고 있다네. 천주학이 무엇인지 생전 듣도 보도 못한 유생들이 무부무군을 내세워 사교로 몰고 갈 태세란 말일세. 하루빨리 사교의 뿌리를 뽑아 더 이상 퍼지지 못하게 해야 한다는 것이 저들의 주장이니 이제 곧 무슨 일이 나도 크게 날 것이 아닌가?"

"그래서?"

"나는 친구의 도리로 말리지 않을 수 없다고 생각했네. 자네들이 화를 당하는 것은 원치 않네. 게다가 우리 남인들에게 미치는 영향도 생각하지 않을 수 없었네. 제발 천주학과 인연을 끊기 바라네."

이기경의 눈은 진정한 우정을 지닌 자의 염려하는 빛으로 가득했다.

승훈과 약용은 아무 대답이 없었다.

두 사람에게서 설명할 수 없는 위압감이 풍겨 이기경은 초조해졌다. 긴 침묵 뒤에는 뛰어난 설변이 도사리고 있어 언제라도 그를 공격할 것만 같았다. 그의 마음속 깊은 곳에 묻혀 있던 열등의식이 조금씩 빠져나오고 있는 것이다.

'이들은 지금 내 충고 따윈 우습게 여기는 게야. 곧 그럴듯한 달변으로 나를 수세에 몰아넣겠지.'

초조함으로 잠깐 동안의 침묵도 견디지 못한 이기경은 다시 입을 열었다.

"진정으로 자네들을 위해 하는 부탁이네. 서학에서 손을 끊게 만일 그렇지 않다면……."

잠시 망설이던 그는,

"서로 적이 될지도 모르는 일이네."

하고 급히 내뱉고는 자리에서 일어나더니 작별의 인사도 없이 돌아가 버렸다.

이기경은 또다시 설득당하는 입장에 서기가 죽기보다 싫었다. 대적 할 말을 찾지 못해 궁색한 임기응변만 늘어놓는 짓도 지긋지긋했다.

서둘러 두 사람에게서 벗어난 그는 그 자리를 피해 나오기를 잘했다고 여겼다. 그러다가 처음 그들을 찾아가려고 마음 먹었을 때와는 전혀 다른 마음이 된 것을 깨닫고 놀랐다. 정말 두 사람을 아끼는 마음에서 찾았던 그였다. 그런데 지금은 자신도 모르게 두 사람에 대한 미움이 마음속에 도사리고 있는 것이다.

그는 지난해 자신의 집 후원에서 약용과 함께 공부하던 일을 떠올렸다. 천주학에 눈을 돌려 약용과 더불어 교리에 대한 토론도 하면서 한층 친분이 두터워지는 걸 느꼈었다. 그러나 마음의 갈등이 없지도 않았다.

태학에서 공부할 때는 다른 학생들이 약용을 시기해서 괴롭히면 대신 나서서 약용을 변호했던 그였다. 어떻게든 약용을 도와주려고 애를 썼다. 그래서 자신의 집 후원에서 함께 공부하자는 제의도 했던 것이다. 그러나 막상 함께 지내다 보니 점차 마음속에서 갈등이 일었다. 연하임에도 불구하고 약용은 언제나 모르는 것이 없었고 막히는 데도 없어 늘 물어보는 쪽은 그였다.

'어쩌면 저렇게 명석할까?'

경탄은 점차 질투로 변해갔다. 과거 공부를 하다 말고 천주학에 흥미를 느껴 서학 책을 읽을 때도 마찬가지였다. 어려운 문제를 발견하고

'이것만큼은 대답하기 힘들겠지.'

하는 생각에서 물어보면 약용은 그 부분을 줄줄 외고 있었

다. 책도 보지 않은 채 앞뒤 부분까지 들춰가며 일관되게 설명까지 덧붙였다. 그에 관련된 다른 책까지 참고해서 분명한 의미와 해석, 자신의 견해까지 곁들이는 데는 혀를 내두를 지경이었다. '도저히 따라갈 수 없는 사람'이라는 생각이 차츰 '무서운 사람'으로 변해갔다. 겨울이 되어 약용이 회현방으로 돌아갈 즈음에는 약용에 대한 두려움과 함께 열등의식이 독버섯처럼 자라 있었다.

이기경이 돌아간 뒤 약용과 승훈은 마주 앉아 대책을 논의했다.

"자형, 이기경의 말에도 일리는 있습니다. 지금 천주를 믿는 무리의 중심 인맥은 모두 우리 집안입니다. 백 년 동안이나 괄시받고 살면서 뿌리까지 흔들리고 있는 남인들뿐입니다. 노론 측에서는 이미 이런 사실들을 알고 있는 모양입니다. 그러니 그자들이 가만히 있겠습니까? 싹이 돋아나기 전에 종자부터 뽑아내서 밟아 버리려고 들 겁니다."

"어쩔 수 없지, 천주의 뜻이라면. 그들이 어떻게 나오든 두려워해선 안 되네. 모든 것을 천주께 맡기고 따라야지."

약용은 더 이상 말을 잇지 못했다. 천주의 뜻, 그것이면 아무 변명의 여지도 없는 것이다. 승훈의 신심을 잘 알고 있는 약용은 그 이상 설득할 말이 없음을 깨달았다.

이튿날, 이기경은 홍낙안을 만나고 있었다. 홍낙안도 남인이었으나 과거에 급제를 못해 남의 집 서생으로 소일하고 있는 36세의 노장이었다. 두 사람은 서로 비슷한 처지인지라 의기가 상통해 내왕을 하는 사이였다.

"허, 무엇하고 있는가, 이 사람. 아무리 백면서생이라지만 대낮부터 술인가?"

사랑으로 들어서던 이기경은 혼자 술잔을 기울이고 있던 홍낙안에게 핀잔부터 주었다. 한껏 흥취가 돋은 얼굴로 홍낙안이 맞받았다.

"그러는 자네는 벼슬이라도 하나 얻고 하는 말인가? 쓸데없는 소리 말고 이리 와서 한잔하게."

이기경은 마다하지 않고 성큼 술상 앞으로 다가앉았다.

"어제 승훈과 약용을 만났네."

건네주는 술잔을 단숨에 들이켠 이기경이 잔을 되돌려주면서 말했다. 홍낙안이 그 소리에 관심을 보였다.

"그래서?"

"천주학을 그만두라고 했지. 남인들에게 피해가 가지 않도록 하라고 말일세."

"……."

"그냥 그 말만 하고 나왔네. 그들도 생각이 있겠지. 벼슬도 못하고 이 고생을 하고 있는데 천주학쟁이들 때문에 씨가 마를 수도 있다는 것을 알 거야. 우의정만 빼면 육판서에 이르기까지 죄다 노론 일색인 데다 당상관에도 남인이란 손꼽을 정도

밖에 안 되는 판국이니 여기에 화까지 입으면 어찌 되겠는가?"

대꾸 없이 술잔을 기울이던 홍낙안이 한동안 생각에 잠겼다가 느닷없는 질문을 했다.

"자네는 노론이 그렇게 무섭나?"

"재수가 없으면 뒤로 자빠져도 코가 깨진다지 않는가."

이기경의 입가에 씁쓸한 미소가 스치고 지나갔다. 큰소리로 덩달아 웃던 홍낙안이 농기가 섞인 어조로 말했다.

"그렇다면 노론이 하기 전에 우리가 선수를 쳐볼까?"

이기경의 눈매가 가늘어지며 홍낙안을 향했다.

"무슨 뜻인지 모르겠는걸?"

"노론에게 물려 너도 죽고 나도 죽기보다 우리가 선수를 쳐서 천주학쟁이들을 고발하는 거야. 출세에도 크게 도움이 될걸세."

"아니, 설마…… 어떻게 그런……."

놀란 이기경이 황급히 술잔에 술을 따랐다. 홍낙안이 떨고 있는 그의 옷소매를 붙들고 다그쳤다.

"무엇이 설마인가? 그럼 이렇게 백면서생으로 늙어 죽을 참인가? 까짓 벼슬 한번 못해보고 마누라한테 핀잔이나 들으며 늙어 꼬부라질텐가 말일세?"

"난 싫네. 못 들은 걸로 하겠어."

홍낙안은 또다시 웃음을 터뜨렸다.

"기왕에 몰사를 당할 양이면 우리라도 출세를 하면서 운명에 맡기는 것이 현명하지 않은가. 이보게, 기경이, 뭘 그리 겁을 먹나? 고발을 한다고는 하나 상께서 하루아침에 단안을 내리실 분인가? 남인을 아끼시는 분이니 일을 무마시키려 하실 걸세. 그렇게 되면 뜻밖에 무엇이 얻어걸릴지 알겠나."

어느새 홍낙안의 어투는 은근해져서 이기경을 설득하고 있었다. 가만히 생각하던 이기경이 그럴듯한 생각에 고개를 끄덕였다.

"벼슬은 따놓은 당상이지 뭔가. 자네는 겁이 많아서 아무것도 못할 위인이야."

술이 거나해진 홍낙안은 그동안의 긴장감을 풀고 함부로 떠들어댔다. 역시 취기가 오른 이기경이 화를 버럭 냈다.

"그런 소리 말게. 누구는 할 줄 몰라서 이러고 있는 줄 아는가?"

"그럼 어디 대보게."

"무엇을?"

"우리와 함께 천주학쟁이들을 고발할 사람 말이네. 힘을 합쳐야 일이 수월해지지."

홍낙안은 술기를 빌려 농담인지 진담인지 모르게 일을 진행해 나갔다. 이기경도 농담 반 진담 반으로 대꾸했다.

"목만중이가 좋겠구만."

목만중도 남인이었다. 약전이 초시에 합격하자 마현까지 찾아가서 축하해준 사람이었다. 정약용의 집안과 가까운 사이로 예순이 넘었으나 과거에 급제한 지 30년 가까이를 좌랑이니 정언(正言)이니 하는 정6품 벼슬에 머물러 있었다. 문장도 나무랄 데 없고 인품도 훌륭했지만 끌어주는 사람이 없었던 것이다.

"그거 좋은 생각이네. 당장 그 양반을 찾아가세."

이렇게 말한 홍낙안은 정말로 자리에서 벌떡 일어났다.

"아니, 이 사람!"

얼떨떨해진 이기경이 그를 올려다보며 눈이 휘둥그레졌다.

"빨리 일어서지 않고 무얼 하나?"

홍낙안은 정색을 하고 그를 잡아끌었다. 할 수 없이 그는 홍낙안에게 끌려 목만중을 찾아갔다.

"긴히 상의드릴 일이 있어 찾아뵈었습니다."

"무슨……."

목만중이 목을 길게 빼며 물었다.

"나으리께서는 이제까지 빛을 보지 못하고 계시지 않습니까?"

"나야 능력이 없어서 이러고 있네만 앞날이 창창한 자네들은 왜 과거를 보지 않고 허송세월인가?"

"과거에 붙으면 뭘 합니까? 나으리가 그 본보기 아닙니까?"

홍낙안의 시큰둥한 소리에 동감이라는 듯 목만중은 고개를 끄덕였다.

"그렇기에 일을 좀 꾸며볼까 합니다."

목만중의 얼굴에 갑자기 긴장하는 빛이 어렸다.

"천주학쟁이들을 몰아세우는 데 앞장서볼까 합니다."

목만중은 잠시 생각하다가 신중한 어조로 입을 열었다.

"그럴듯한 계책이네만 천주학을 하는 사람들이 누군지 알고 하는 소린가? 천륜을 저버려서는 안 되네."

"천륜을 저버리기로야 천주학쟁이들이지요. 국가에 이롭지 못하고 부모를 몰라보는 사교를 배척하자는 게 당당하지 않습니까?"

"나는 하지 않겠네. 내 나이 이순(耳順)이 넘었는데 이제 와서 못난 짓을 할 수는 없네. 더구나 자네들이 말하는 천주학쟁이인 약전이나 약용이는 내 친조카만큼이나 아끼는 사이네. 더구나 우리는 같은 남인들인데……."

"그것은 저희들도 마찬가지 입장입니다. 우리들이 설득하여 돌려놓겠습니다."

"다른 사람들도 같지. 이승훈의 아버지인 이동욱과 나와는 죽마지우일세. 이가환도 친분이 있고. 누구 하나 건드릴 사람이 없네."

"사람이 싫은 것이 아닙니다. 종교가 위험하다는 것이지요. 이것은 누가 하든 꼭 해내야 하는 일인데 어찌 주저하십니까?"

"하여튼 나는 모르겠네."

"출세의 길이 빤히 보이는데 왜 마다고 하십니까? 나으리도 이 일만 앞장서시면 곧 대감이 되실 겁니다. 대의명분도 있는 일 아닙니까? 게다가 어차피 노론 측에서 터뜨릴 일이지 않습니까?"

"나는 싫네. 그만 돌아가게."

목만중은 어떤 회유에도 끄떡하지 않았다. 두 사람은 돌아오는 길에 저마다 생각에 잠겨서 말을 잃고 있었다. 거의 억지로 끌려간 셈인 이기경에게는 역시 자신의 생각이 옳았다고 확인하는 계기가 되었고, 홍낙안에게는 새로운 동조자를 끌어들여야 한다는 무거운 부담을 남겼다.

며칠 후 이기경은 홍낙안으로부터 서신 한 장을 받았다.

이제는 행동으로 나설 때가 되었소. 천주교 신자는 설득하고 충고해서 들을 위인들이 아니니 제일 좋은 방법은 상께 직접 고하는 것이오. 그대가 이 일에 앞장서 주었으면 하오.

곧 이기경은 답신을 썼다.

그자들과 나와는 모두 지극히 친밀한 사이요. 목만중의 말처럼 하루아침에 적이 될 수는 없소. 갑자기 일을 확대하여 그들을 핍박하는 일은 차마 못 할 짓이오. 그뿐만 아니라 도를 비난하면서(攻其道) 사람을 공격하지 않으면(不攻其) 아무런 효과가 없을 것인즉 지금은 그저 충고하고 인도하는 일이 최선이오.

그 후 이기경은 다시 승훈을 만나 회유했으나 듣지 않음은 물론 도리어 그를 설득하려드는 것을 보고 점차 홍낙안의 말이 맞았음을 인정하기에 이르렀다. 또 정약용올 만나려고 회현방으로 두 번이나 찾아갔으나 허사였다.

스스로의 노력이 무위였음을 자각하고 있을 무렵 다시 홍낙안으로부터 서신이 왔다.

사원이(私怨) 있어서가 아니질 않소. 이 사설(邪說)의 골자가 무부무군에 있으므로 그 화가 언젠가는 곧 닥칠 것이오. 우선 도를 공격하고(攻其道) 사람은 공격하지 않을 것이로되(不攻其人) 뉘우치지 않을 시는 사람도 공격하여야 할 것이오. 그것으로도 역부족이면 그때 가서 상께 고합시다.

홍낙안은 한번 한다고 마음먹으면 무슨 일이 있어도 해낼 만큼 적극적이고 집요한 사람이었다. 중키에 살이 올라서 온화한 인상을 주었으나 성격은 그와 정반대인 셈이었다. 그는 이기경을 수중에 넣고 부리려고 발 벗고 나섰다. 그는 거의 매일 이기경을 찾아와 설득을 했는데 이는 다른 지기가 이기경 말고는 없는 까닭도 있었다. 그렇다고 그 자신이 직접 나설 수는 없었다. 만약 일이 잘못되었을 경우 그 책임을 저야 한다는 부담감이 싫었던 것이다. 성사만 되면 일거양득의 일인데 먼저 나서려는 사람이 없는 것이 그의 안타까움을 더해주었다.

"이공, 기회란 일생에 딱 한 번 있는 것일세."

"나도 그 점은 알고 있네."

"그런데 왜 망설이는가?"

이기경은 힐난의 빛을 띠는 홍낙안을 빤히 쳐다보았다.

"자네는 죽마지우의 신의도 모르는가? 친구가 귀하지 않다니 거 참 희한한 일일세그려."

"죽마지우가 많은 자네는 그러면 그들로부터 무얼 얻었는가? 정약용처럼 상의 신임을 한 몸에 받는 자가 자네 같은 좋은 친구를 위해 상께 한 말씀만 고해줘도 그런 말직에서 썩지 않을 것 아닌가? 자신의 지식을 드러내 놓고 상의 신임을 받는다 하여 거들먹거릴 뿐이지 않는가? 그런 친구라면 나는 필요 없네."

이 말은 이기경의 내부에 깊숙이 숨어 있는 치부를 찌르는 결과를 빚었다. 약용과 더불어 있을 때, 그는 언제나 약용의 놀라운 능력에 감탄하고 칭찬하는 역할만 했다. 실컷 칭찬과 감탄을 연발하다가 헤어지고 나면 씁쓸하고 허탈한 것이 그를 우울하게 만들곤 했었다.

'약용이 같으면 나 하나쯤 상께 천거하여줄 법도 한데······.'

하고 은근히 섭섭한 생각이 든 적도 있었다.

그는 입술을 잘근잘근 깨물면서 쉽게 단안을 내리지 못했다. 홍낙안은 이 모양을 흥미 있게 지켜보면서 회심의 미소를 지었다.

대과에 장원급제한 정약용은 부사정(副司正)이란 종7품의 무관을 지내다가 곧 가주서(假注書)를 제수받았다. 등과한 첫해에 문신들에게 부과하는 시험에서 또다시 장원을 차지하기를 무려 다섯 번. 정조가 내리는 상을 넘쳐나게 받았다. 그것 역시 정조를 흡족하게 했다. 약용을 언제나 기대에 어긋나지 않는 총신(寵臣)이라 여겼다.

약용이 다섯 번째로 장원을 하여 정조를 기쁘게 한 그날 저녁, 수빈의 처소에 든 정조는 어안에 희색이 만발해 있었다.

"어안이 매우 밝사옵니다, 전하. 무슨 좋은 일이라도 있으시온지요?"

왕이 좌정하기를 기다려 수빈은 미소를 머금고 물었다.

"재목감이 기대했던 것만큼 구실을 할 것 같구려. 정약용이 시험 때마다 일등을 하오."

"또 그 말씀이시옵니까?"

수빈은 곱게 웃으며 투정을 부렸다. 궁에 들어온 지 어느덧 3년. 이제 겨우 열아홉의 생기발랄한 아름다움이 철철 흐르는 화사함으로 수빈은 정조의 눈길을 끌고 있는 중이었다.

"오늘따라 유난히 수빈은 정갈한 모습이구려?"

"부끄럽사옵니다. 마마."

누구의 눈에도 아름답게 비칠 만큼 수빈은 고왔다. 그러나 정조가 정갈하다고 말한 의미는 이제 한창 피어나는 여자로서의 젊음이 두드러진다는 뜻이었다.

"수빈은 학문에도 밝다면서?"

"아는 것이 별로 없사옵니다."

"듣자 하니 내명부 가운데서는 으뜸이라고?"

그렇게 말하는 정조의 용안에는 기특해서 못 견디겠다는 빛이 역력했다.

"어깨너머로 조금 익혔을 뿐이옵니다. 과찬의 말씀이시오니다."

"어깨너머로 배운 글이 그 정도다? 그래 무엇을 읽었소?"

"사서(四書)를 좀……."

"대학, 논어, 맹자, 중용의 사서 말이오?"

정조는 깜짝 놀랐다. 수빈의 학문은 아녀자로서 글에 눈을 뜬 정도가 아니었다. 학문을 좋아하고 아끼는 정조였는지라 그런 대답을 듣고 그냥 넘어갈 수 없었다.

"수빈."

"예, 마마."

"오늘은 모처럼 즐거운 날이오. 우리 이러고 있을 게 아니라 놀이 한번 해봅시다."

"어려운 것은 싫사옵니다."

"그럼…… 학문을 즐기는 것은 지(知), 즉 앎에 가깝고, 힘써 행하는 일은 인(仁), 즉 어진 이에 가까우며, 부끄러움을 아는 일은……."

"근호용(近乎勇), 즉 용감한 일에 가깝다고 하였습니다."

"왜지요?"

수빈이 십중팔구는 모르리라 생각하고 첫 질문을 했던 것인데 망설임 없이 척 받아넘기니 정조는 내심 놀라웠다. 그래서 그 이유까지야 모르겠지 하고 재차 물었던 것이다.

"부끄러움을 알아야 겁이 무엇인지를 알며, 겁이 무엇인지를 알면 용기를 낼 수 있습니다. 부끄러움을 모르면 용기가 무엇인지를 모르게 마련입니다."

"어디에 씌어 있는 내용이오?"

"중용에서 읽었사옵니다."

정조는 수빈의 조그만 입을 빤히 들여다보았다. 어려운 글귀 따위는 도무지 모를 것처럼 작고 앙증맞은 곳에서 막힘없는 대답이 나오는 것이 신기했다.

"놀랍구려, 수빈."

"칭찬이 지나치시옵니다."

정조는 그렇지 않아도 어여삐 여기던 수빈을 더욱 아끼게 되었다.

"수빈을 다시 보게 되었소. 내 이후로도 수빈과 종종 학문에 대해 논해야겠소."

"황공하옵니다, 마마."

수빈 박씨는 송구스러워 몸 둘 바를 몰랐다. 정조는 그런 수빈이 너무 사랑스러워서 와락 껴안았다. 봄이 무르익듯이 성숙한 여인의 육체가 다소곳이 쓰러져 왔다.

이기경과 정약용은 나란히 대과에 급제하였으나 맡은 직분은 판이했다. 이기경이 말단직인 검열(檢閱)에 머물러 있는 것에 비해 약용은 늘 정조의 주위에서 맴돌았다.

그해 10월. 정조는 사도세자의 능을 수원으로 옮기기로 단안을 내렸다.

이 무렵 궁중에서는 경사가 났다. 가을볕이 유독 따사롭게 내리쬐는 내전 뜨락에 제조상궁의 급한 발소리가 톡톡 튀어 올랐다.

"중전마마, 기쁜 소식이옵니다."

"무슨 일이기에."

"수빈께옵서 잉태하셨다 하옵니다"

수빈의 회임 소식은 삽시간에 온 궁중 안에 퍼져나갔다. 혜빈 홍씨는 물론 정조와 중전의 기쁨은 이루 다 말할 수 없을 지경이었다. 혜빈 홍씨는 눈가에 눈물마저 글썽이며 수빈에게 치하했다.

"수고하였소, 수빈. 가뭄에 단비를 만난 것 같구려."

후사 때문에 속을 끓이던 혜빈 홍씨는 물론 중전이나 대비 정순왕후까지 애를 태웠던 터라 이 소식은 온 궁중 안을 활기 넘치게 만들고도 남았다.

"잉태 소식을 듣고 보니 체증이 뚫리는 것 같소."

"상감의 보령이 많은지라 얼마나 노심초사였는지 모른다오."

"원자이셔야 할 텐데."

수빈의 처소에 모여든 혜빈, 정순왕후, 중전이 저마다 기뻐하며 한마디씩 했다.

"수빈, 태몽은 아니꾸셨소?"

왕자를 생산해야 한다는 생각에서 혜빈이 초조함을 감추지 못하며 물었다.

"태몽이온지 모르겠사오나, 후원을 거니는데 발 앞에 큼지막한 홍시가 툭 떨어져 내렸사옵니다. 그래서 올려다보니 감나무 꼭대기에 빨간 고추가 주렁주렁 열려 있었사옵니다."

"틀림없이 왕자를 생산하실 길몽이오."

정순왕후가 단언했다.

꿈 이야기로 좌중은 더욱 흥분했다.

"왕자시라면 더욱 경사가 아니겠소."

중전도 비로소 안도의 숨을 쉴 수 있었다. 후사를 잇지 못한 죄책감에 눌려 잔병치레까지 했기 때문에 짐을 벗은 듯한 홀가분함마저 느낄 정도였다.

이 무렵, 드디어 정조의 귀에까지 천주학이 전해졌다. 천주학을 놓고 조정에서는 한창 시비가 일어 여론이 분분했던 것이다.

천주학에 관해 최초의 상소를 한 자는 정언 이경명이었다.

서학은 우리 풍속에 맞지 않습니다. 유교의 풍습을 근본부터 뒤흔드는 사교이오니 양학을 철저히 금하옵소서.

이 상소로 곧 어전회의가 열렸다.

좌의정 이성원이 먼저 입을 열었다.

"서학이 만연하는 것을 막아야 함은 주지의 사실이오며, 그 방법은 오직 한가지뿐이라 사료되옵니다."

"무엇이오?"

"엄히 금하라는 영을 내리심이 옳은 줄로 아뢰옵니다."

그러나 우의정 채제공은 온건파였다.

"세상에 공론이 하도 많기에 신이 천주실의를 직접 구해서 읽어보았사옵니다."

"어서 말해보시오."

"그 내용은 이치에 맞고 좋은 가르침도 많이 있사옵니다. 하오나 가장 문제가 되는 부분은 무부무군설로 알고 있사옵니다. 이것이 조선의 전통과는 정면으로 대립되는 설로 공격을 받는 요체이옵니다."

"그렇다면 심각한 문제이구려."

"그뿐이 아니옵니다. 천당지옥설 또한 우민을 현혹하고 있사옵니다. 현세의 삶을 중요시하지 않고 내세를 기다리며 살게 만들어 열심히 공부하여 나라에 충성하는 덕을 무시하도록 가르치고 있사옵니다."

이번에는 강경파가 나섰다. 그러자 여기저기서 비난하는 소리가 요란했다.

"사교임이 분명하오니 뿌리를 뽑아주시옵소서."

정조는 부복하고 있는 채제공에게 물었다.

"채공은 이를 어떻게 처리했으면 좋겠소?"

"신이 듣기로는 우민, 천민들이 특히 열중하고 있다 하옵니다. 금지하기가 매우 어려울 것으로 사료되옵니다."

"우상은 금지시키지 말라는 의견이오?"

"아니옵니다. 신중한 대책을 강구해야 한다는 말씀이옵니다."

몇 번 고개를 끄덕이던 정조가 결론을 내렸다.

"요사이 선비들이 학문을 소홀히 하는 데는 경들의 책임도 있소. 조정 안에서 하찮은 쟁론이 그칠 날이 없으니 젊은 혈기에 사학에 빠지는 것이오. 그리고 앞으로는 관리들에게도 매달 시험을 과하여 상벌로 엄히 다스릴 것이오."

곧 조선 방방곡곡에 어명이 떨어졌다.

교지의 내용은 다음과 같았다.

집 안에 있는 서서는 모두 불태워라. 만일 위반한 자가 발견되면 법대로 처리한다. 특히 사대부의 경우에는 백성들의 본이 되므로 더욱 엄히 다스린다. 또 태학에 있는 유생부터 지방 관속에 이르기까지 만일 서학에 종사하는 사람이 있으면 엄벌에 처한다. 그리고 사대부에서 제명한다.

명이 떨어지자 여기저기서 소동이 일어났다. 마음이 약하고 믿음이 깊지 못한 사람들은 앞을 다퉈 책을 태웠다. 지방 관속들은 기를 쓰고 집집이 뒤져나갔다. 대개 이런 기회에 미운 사람을 잡게 마련이어서 억울한 사람도 많이 생겼다.

천주교 측에서는 대내외적으로 이중의 난관에 봉착했다. 우선 천주교 안에서 이승훈이 사제도 아닌 영세 교인의 자격으로 성사를 집전하는 것은 옳지 못하다는 항의가 일었다. 전주의 독신자 유관검의 항의 서한은 이러했다.

이승훈은 영세를 받은 신자이지 신부가 아니오. 그는 칠성사를 집전할 자격이 없소. 이것은 신성 모독 행위요.

신부는 동정이어야 하오. 결혼한 사람이 어찌 신부의 직무를 대신할 수 있으며 감히 신부라고 불릴 수 있단 말이오.

유관검은 유항검의 동생으로 전주 지방 신도들의 대표격인 사람이었다. 천주학 교리서를 열심히 연구하던 중 그것이 교리에 크게 어긋나는 일임을 알고 서둘러 항의 서한을 냈다.

이 서한 때문에 천주교 안에서는 큰 논란이 일었다. 잘못된 것을 모르는 바 아니었으나 궁여지책으로 시행하던 중이었는데 신도들에게서 따가운 질책을 받게 되자 일단 중지하지 않을 수 없었다. 일체의 성사가 중단되었다.

어느 날 이승훈, 권일신, 홍낙민 등이 이 문제를 논의하기 위해 한 자리에 모였다.

"어떻게 했으면 좋겠소?"

"잘못된 일임은 분명하니 고쳐야지요."

"신도들은 늘어 가는데 의식을 행하지 못하니 난감합니다."

"한 가지 방법이 있습니다. 청나라에 가서 신부를 모셔 오는 것입니다."

세 사람은 이 의견에 일치를 보았다. 그즈음 대외적인 문제, 즉 천주학 금지령이 내렸다. 관으로부터의 박해가 심한 상황에서 어떻게 외국인 신부가 들어올 수 있을 것이며, 또 설사 들어온다 하더라도 생활이 가능할 것인가 하는 의문이 생겼다.

"나라에서 너무 심하게 단속하니 대박(大舶)을 나오게 하면 어떻겠소?"

권일신이 한 가지 안을 내놓았다. 대박이란 양선(洋船), 즉 서양 배를 가리키는 말이었다. 당시에는 힘을 상징하는 것으로 쓰여졌다.

약 130년 전인 1653년에 화란인 하멜 일행이 제주도 화순포에 도착한 일이 있었다. 또 바로 지난해(1781-정조 11년)에도 제주도와 울릉도에 대박이 나타나 위용을 과시한 일이 있었다. 불란서 함대의 페루스 제독 일행이 제주도와 울릉도를 측량했던 것이다. 대박은 천주교 신자에게는 믿음을 유지할 수 있도록 하는 힘의 원천임이 분명했다.

"좋은 생각이기는 하오만 대박이 나오려면 시간이 걸릴 것이오. 서양이 구만리라 4, 5년은 족히 걸린다고 하니 너무나 아득한 일이지 않소?"

"그렇다고 해도 먼 안목으로 보면 대박이 나와서 조정을 한번이라도 위협해 놓으면 금령이 수그러질 것입니다. 근본적으로 금령을 폐하게 하는 것이 중요하지 않습니까?"

"그것을 모르는 바는 아니지만 우선 당장에 신도들의 영혼 문제가 시급하니 차선의 방법을 쓰도록 합시다."

이승훈은 대박의 효과를 잘 알고 있었지만 자신이 직접 성사를 집전해온 처지라 우선은 신부를 데려오는 것이 급선무라고 여겼다.

나중에 일어난 일이지만 황사영백서에도 대박이 나온다. 전주의 유항검도 대박을 기다렸다. 신유사옥 때 이가환도 대박에 연유된 것으로 알려졌다.

"그렇다면 하루라도 빨리 신부님을 모시기로 합시다."

의견이 모아지고 할 일이 정해지자 세 사람은 곧 실행에 옮겼다.

"누구를 보내는 것이 좋을지 적임자를 추천해 보시오."

"윤유일이라는 사람이 있습니다. 여러 가지 면에서 그가 좋을 듯 생각됩니다."

윤유일은 여주의 양반 출신이었으며 권일신의 제자로 입교했다. 세 사람은 그를 연경교회에 밀사로 보내기로 합의했다.

윤유일은 1789년 동지사 일행의 말지기로 북경에 들어갔다.

남당의 탕사선(湯土選) 신부가 윤유일을 통해 이승훈의 서신을 전해 받았다. 탕사선은 불란서인으로 알렉산드르 드 구베아(Alexandre de Gouvea)라고 했다. 이 구베아 신부는 이후로도 조선과 꾸준히 인연을 맺게 되는데 탕아입산(湯亞立山)이라고도하며 프란체스코파 소속이었다.

윤유일은 연경에 당도한 그다음 해에 로오 신부로부터 영세를 받았다. 조선인으로서는 두 번째 영세 교인이 된 셈이다.

새로 연경에 자리 잡은 프란체스코파는 교리에 있어 타협이 없기로 유명한 가톨릭수도회였다. 그래서 윤유일이 조상의 제사에 대해 물었을 때 그들은 단호한 대답을 했다.

"제사를 지내는 것은 교리에 위배 됩니다."

"신주는 어떻게 합니까?"

"마찬가지로 교리에 위배되니 없애야지요."

"그러면 조상을 모시지 않는 것이 되잖습니까?"

"기도로 대신하십시오."

윤유일은 어려운 회신을 가지고 돌아온 셈이었다. 폐제(廢祭), 폐신주(廢神主)의 엄명 외에 신부 파견이 어렵다는 우울한 답신이었다. 이때까지 조선에서는 천주교 신자들 가운데서도 제사는 행해지고 있었다. 죽은 부모에게 절하는 것은 미풍양속으로 효(孝)에서 나온 자연스러운 행동이었다.

이 회신을 받은 이승훈은 놀라운 선언을 했다.

"제사를 못 지내게 한다면 나는 더 이상 천주교에 머물러 있을 수가 없다."

이차 배교를 했던 것이다. 천주교는 다시 권일신, 정약종, 윤유일 등이 주축이 되어 명맥을 유지해 나갔다.

이즈음 청나라 건륭제(乾隆帝)의 80회 탄신 축하 행사가 있었다. 윤유일은 진하사은사(進賀謝恩使)의 말지기로 다시 연경에 따라갔다. 이때에는 북경의 주교들을 두루 만날 수 있었다.

"조선에도 신부님을 파견해 주십시오."

"신도가 얼마나 됩니까?"

"구름과 같이 많습니다."

주교는 신부가 한 명도 없는 조선에 신도가 많다는 소리를 듣고 놀라운 표정을 지었다. 그것은 금세 걱정스런 빛으로 바뀌었다.

"그러면 그 많은 신도들이 미사를 어떻게 보고 있습니까?"

"신도들끼리 모여 아는 지식으로 얼추 보고 있습니다."

"조선에 신부를 파견하는 일이 지체되어선 안 되겠습니다."

주교의 말에 윤유일의 얼굴이 크게 상기되었다.

"하지만 교황청의 허락을 받아야 하니 시간이 걸립니다."

"얼마나 걸릴까요? 조정에서 탄압이 심합니다. 가능하다면 대박도 보내주실 수 없을까요?"

"그것은 큰 문제입니다. 여러 절차를 거쳐야 하는 일이니 우선 원칙적으로 빠른 시일 내에 신부를 보내드리겠습니다."

윤유일은 기어이 승낙을 얻어낸 것이다. 그러나 조선에 정식으로 신부가 오기까지는 5년이 걸렸다.

한양 경기 지방, 전주 지방, 공주 지방에 특히 천주교의 전파가 급속도로 이뤄졌다. 민생이 고달파지자 천당지옥설이 무한한 매력으로 들렸던 때문이었다.

드디어 홍낙안은 과거에 급제했다. 그러나 그의 주 관심사는 여전히 천주교도들을 매도하여 공을 세우는 데 있었다. 그러던 차 나라에서 천주교를 금하라는 명이 내리자 몹시 분해했다. 다른 사람이 먼저 상소를 올려 선수를 친 것이 못내 안타까웠던 것이다.

"이공, 내가 뭐라고 했는가? 어차피 이런 날이 올 것이라고 하지 않았는가? 공연히 좋은 기회를 잃은 꼴이 아니오."

이기경은 만년 검열에 머물러 있는 자신의 처지를 생각하고 입술을 물었다.

"홍공의 말을 듣지 않은 것이 후회스럽군."

"이제는 공기인(攻其人)이 있을 뿐이네."

홍낙한은 야멸차게 결론을 지었다. 이기경의 고개가 번쩍 들렸다.

"그러나 차마 어떻게……."

그렇지만 이기경의 어조에는 힘이 빠져 있었다. 홍낙안이 그의 마음을 헤아려 쾌활한 소리로 제안했다.

"우리 술이나 한잔함세."

"그러지."

곧 두 사람은 술상을 마주하고 어울렸다.

"이젠 인기인(人其人)이란 소용없는 말이네. 공기인이 있을 뿐이야."

술이 얼큰해지자 홍낙안은 처음의 주장을 굽히지 않았다. 남인들과 친분이 깊지 않았고 모진 성품을 지닌 탓도 있었다.

"이공, 당신이나 나나 아무 공도 세우지 못하면 평생 정9품 직에서 헤어나지 못할 사람들이오."

이기경도 말없는 동의를 표했다. 어느새 끊임없이 주문을 외듯 하는 홍낙안의 설득에 넘어갔던 것이다. 자신의 초라한 처지, 결단력이 부족하여 기회를 놓쳤다는 후회스러움이 겹치는 가운데 홍낙안이 계속 부추기는 데다 술까지 한몫 거들고 있었다. 복잡한 심경인 이기경에게서 확답을 받아내겠다는 듯이 홍낙안은 집요하게 물고 늘어졌다.

"정약용은 벌써 정6품이 되지 않았는가?"

점점 더 우울해지는 기분을 견딜 수 없어 하던 이기경이 얼굴을 들었다. 그의 표정에 괴로운 빛이 스쳐갔다.

"홍공, 왜 꼭 나를 끌어들이려 하는가?"

"한 사람의 힘으로 왕의 신임이 두터운 정약용 같은 거물을 어찌 끌어내릴 수 있겠는가? 서너 사람이 힘을 합하여도 될까

말까 한 일인데……."

"헌데 왜 꼭 내게만 그렇게 집요한가 하는 말이네."

"꼭 들어야겠나?"

그것도 몰라서 묻는가 하는 질책의 빛과 함께 홍낙안은 짤막하게 반문했다.

"들어야 하잖고?"

"사람이 출세를 하려면 무엇인가 특색이 있어야 할 것 아닌가? 학문이 출중하든가 판단력이 남보다 뛰어나든가, 아니면 지략에서 남을 앞선다든가 말일세. 헌데 이공은 무엇에 능한가? 이제까지 사귀어온 바로는 고집 하나는 세더구만. 그 밖에 무엇이 있는가? 그 고집을 공기인에 쓰자는 말이네. 그러면 자네나 나나 당상관 한 번쯤은 하고 죽을 수 있을 것이네."

이기경은 점차 홍낙안의 술수에 말려들고 있었다. 그의 말이 틀린 데가 없다고 생각하면서도 자존심이 상한 터라 가만있을 수 없었다.

"홍공, 해도 너무하지 않은가? 면전에서 고집밖에는 달리 재주가 없다는 말이 어찌 그리 쉽게 나오시는가?"

홍낙안이 껄껄 웃으면서 얼른 받아쳤다.

"오해 말게. 이공을 크게 사서 하는 말이니까."

이래저래 기분을 상한 이기경은 처량한 얼굴로 술잔만 연거푸 들이켰다.

"이제는 어찌하면 좋을지 모르겠네. 홍공 말대로 학문에 뛰어난 것도 아니고, 모사나 지략에서도 남보다 앞서지 못하니 앞일은 불을 보듯 뻔하네."

말을 하다 보니 더욱 자멸감이 들어 이기경은 마음이 온통 무너져 내리는 듯했다.

홍낙안이 얼른 그의 술잔을 채웠다.

"아직 늦지 않았네. 아무런 재주가 없더라도 기회를 잘 포착하는 안목만 있으면 다른 것은 문제가 안 되네. 제 아무리 잘나고 영리해도 오는 기회를 잡지 못한대서야 큰 인물이 되긴 틀린 게 아닌가."

"나는 그 안목이라는 것도 없다네."

"배우면 되네. 날 때부터 다 잘하는 사람을 봤나? 기회가 오면 꽉 움켜쥐는 재주도 배우게. 나는 이공의 능력을 믿네."

홍낙안의 부추김에 용기를 얻은 이기경은 갑자기 희망이 생기는 듯했다.

"좋네, 한번 해보세. 그러면 제일 먼저 누구를 공격해야 하나?"

"잠깐 생각을 더듬어보게. 자네에게 짚이는 사람이 없는가?"

이기경은 곰곰 생각하는 빛이었다가 머리를 흔들었다.

"이공과 친한 사람이어야 하네."

홍낙안의 말에 이기경은 잠깐 생각을 모으더니 놀라는 표정을 지었다.

"정약용."

"물론이지. 그를 공격해야 가장 적합하네."

"어째서?"

"정약용이 천주교를 믿었던 것은 사실이네. 그리고 임금이 신임이 두터운 것도 천하가 다 아는 일이네. 이 두 가지가 합일된 표본이 어디 있겠나? 감싸주자니 너무 큰 죄를 지은 셈이고 벌을 주자니 가장 아끼는 신하라 힘이 드실 것이네. 이럴 때 이 공 같으면 어찌하겠는가?"

"주저하겠지."

"바로 그 점일세. 몹시 갈등하면 어쩔 바를 모르게 될 것이네. 여기까지가 일차 목표요, 그다음 약간 사이를 두었다가 다시 공격하는 것이네. 이때 상께서는 상소한 자의 이름을 분명히 새길 것이네. 상께서는 약용을 쉽게 포기하시지 않을 것이며 총애하는 신하를 살리기 위해 공격하는 자의 입을 막으려들지 않겠나."

"그렇겠군."

"공격은 단독으로 하지 않고 번갈아가며 몰아대는 것이 우리가 할 일이네."

이기경은 비로소 마음을 잡은 듯 홍낙안을 향해 손을 내밀었다. 홍낙안의 꼭두각시가 되고자 자청하는 순간이었다.

"홍공, 결심했네. 잘 부탁하네."

"장한 결심을 하셨네. 진작에 그랬으면 더 좋았을 테지만 기회는 아직도 남아 있으니 이제라도 잘해보세."

"그런데 일을 벌일 사람은 우리 둘뿐인가?"

"그럴 수야 없지. 사람은 많을수록 좋네. 함께 찾아보도록 하세."

"그러다가 남인들이 모두 우리를 돌려세우면 어떻게 하지?"

"따돌림당할 것은 당연한 이치지. 그것을 전제하고 싸워야 하네. 대가를 치를 것은 치르고 포기할 것은 깨끗하게 포기해야만 일을 추진할 수 있을 거 아닌가?"

이기경은 납득했다는 듯 고개를 끄덕였다. 홍낙안의 설득은 계속되었다.

"우리에게 특별한 공이 필요하다는 것을 잊지 말게. 노론 일색인 조정에 발을 들여 놓으려면 특별한 공, 그것이 꼭 필요하네. 그 때문에 남인과 등을 돌리는 대가를 치르는 것이고."

"그렇다면 우리는 또 하나의 파당을 만드는 셈이군. 공남파 (攻南派)라고나 하면 제격이겠군."

지나가는 말처럼 이기경이 흘린 말을 홍낙안이 정색을 하고 받았다.

"나도 그것을 생각했었네. 하지만 그것은 너무 노골적이네. 허니 서학을 공격한다는 뜻으로 공서파(攻西派)라고 하는 것이 좋을 듯하네."

"그러다가 서인들을 공격한다는 공서파로 오인하면 어쩌

나?"

"목적이 달성될 때까지는 아리송한 것이 상책이네. 그래야 이렇게도 피하고 저렇게도 피하지 않겠나."

두 사람은 내친김에 구체적인 계획까지 의논했다.

"사람을 좀 더 포섭해야 한다면 목만중을 다시 설득해 보세."

"요전번처럼 거절당하면 어쩌구?"

"허허, 열 번 찍어 안 넘어 가는 나무 없다는 말도 듣지 못했나?"

"그러면 동의를 받을 때까지 설득을 하겠다는 말이군."

"그 후에 몇 번 더 찾아갔지. 생각해 보게. 예순이 넘었는데도 정6품을 맴돌고 있으니 용빼는 재주가 없는 한 그 양반인들 도리 있겠나. 내 말을 듣게 마련이네."

이기경은 속으로 홍낙안의 저돌성과 끈질김에 혀를 내둘렀다. 그래서 그도 결국 손을 들고 말았지만.

"참 대단하네. 그 고집 센 노인네를 설득하겠다니. 허나 상께서 남인을 보호하는 정책을 쓰고 있는 것이 좀 마음에 걸리네. 만일 상께서 앞으로 남인들을 전격적으로 등용코자 하신다면 우린 완전히 몰락하는 것 아닌가?"

"그 염려는 말게. 임금의 힘으로도 정파를 갈아 치울 수는 없네. 임금께서 등극하신 지 10여 년이 가까운데도 남인은 자신의 일파 하나도 조정에 심을 능력이 없지 않은가?"

차츰 이야기의 초점이 분명해져 갔다. 남인 출신이지만 남인 편에 서서는 출세할 가능성이 거의 없다. 서인, 즉 정권을 독점 하다시피 하고 있는 노론에 붙어야 한다, 노론은 없는 곳이 없 을 만큼 깔려 있다. 이들 속에서 살아남으려면 특별한 공이 있 어야 한다, 기왕이면 큰 목표를 겨냥해야 한다, 그러자니 자연 히 공격 목표는 왕의 신임을 받는 남인이면서도 적당한 거물이 기도 한 정약용이 적격이다, 이를 몇 사람이 나서서 번갈아 공 격하면 무너지지 않을 수 없을 것이다. 이런 논리였다.

목만중을 포섭했다는 소식을 듣자 그에 힘입어 이기경은 대 담한 제안을 했다.

"홍공, 내가 선봉장이 되리다."

"잘 생각하셨네."

"내 오늘 당장 생각을 정리해서 내일이라도 상소를 올리겠 네.'

이기경은 며칠 전에 있었던 한림회권(翰林會圈)에 대해 생각 하고 있었다. 한림회권이란 앞으로 대제학, 직각(直閣), 대교 (待敎), 한림 등의 벼슬을 시킬 만한 사람을 뽑는 행사로 주관 은 채제공이었으며 명예스러운 자리였다.

여기에서 심능적, 김이교, 정문시, 홍낙유, 윤지눌을 비롯하 여 정약용까지 여섯 사람이 뽑혔다. 이 중에서 김이교, 윤지눌 과 정약용이 남인이었고 천주교와 관련이 있는 사람은 정약용 뿐이었다.

한림회권이 있은 지 사흘 뒤에 정약용 혼자 한림소시(翰林小試)에 다시 뽑혔다. 따라서 과거에 급제한 지 1년도 채 안 돼 예문관에 들어가게 된 셈이었다. 이기경은 바로 이것을 꼬투리 삼기로 마음먹었다.

우상 채제공은 사정에 얽매여 법식을 어겼습니다. 더구나 정약용은 예문관에 들어갈 자격이 없습니다. 그는 천주학을 신봉하는 자로서 그 사실을 알 만한 사람은 다 알고 있습니다. 그런 자가 어찌 국가의 기초가 되는 예문관에 들어갈 수가 있습니까.

소를 읽은 정조는 몹시 화를 냈다.

"우상, 어찌 된 연유인지 설명해 보시오."

"황공하여이다. 신은 공정히 권점(圈點)을 했습니다."

"그런데 어찌하며 이런 상소가 들어온단 말이오?"

이 당시 정조에게 있어 천주교란 별 관심의 대상이 아니었다. 다만, 아끼는 재목인 정약용이 이제 막 입신하려는 터에 중상하는 무리가 생긴 것이 못내 아쉬웠다. 그러나 14년간의 통치 경험으로 상소 건을 그냥 덮어둔 채 감싸면 반드시 큰 부작용이 따르리라는 것을 그는 익히 알고 있었다.

'어찌 처리한다……. 가벼운 벌을 내리는 것으로 해결을 지을까.'

'아니다. 그에게 무슨 죄가 있는가.'

'그렇지만 가만히 놔두면 제이, 제삼의 상소가 날아들 것이다.'

마음의 갈등을 겪다가 하는 수 없이 정조는 결단을 내렸다.

"정약용을 해미(海美)로 정배하라."

이렇게 해서 정약용은 귀양 길을 떠나야 했다.

홍낙안은 계획이 성사된 것에 몹시 흡족함을 느끼며 이기경의 집을 향해 걸음을 재촉했다.

"이공, 축하하네. 공의 결단이 열매를 맺었네."

그러나 이기경은 술상을 앞에 놓고 말없이 독배(獨杯)를 할 따름이었다.

"이공, 기왕에 축하주를 할 양이면 진작에 부르시지 않구서."

이기경의 기분 따위는 아랑곳하지 않고 홍낙안은 기세 좋게 마주 앉았다. 이기경이 귀찮다는 듯 내뱉었다.

"잔말 말게. 그 일에 대해서는 더 이상 듣고 싶지 않네."

"원 저런, 그렇게 마음이 약해서야 되나? 모든 일이 순조롭게 이뤄진 터에."

"나 하나 출세하자고 친구를 귀양 가게 만들었는데 어찌 마음이 즐겁겠는가?"

"자네 맘 알 만하네. 허나 세상에 악인이 어디 있나. 세상일이란 보기에 따라 악일 수도 있고 선일 수도 있는 게지. 한쪽만

보고 판단하다가는 실수하기 십상이네. 지금은 괴로운 마음일지 모르지만 언젠가는 잘했다는 생각을 하게 될 것이네."

"그만하게. 무슨 소리를 해도 지금은 내 마음이 풀릴 것 같지 않으이."

사실 이기경은 몹시 상심하고 있었다. 홍낙안도 더 이상 이기경의 마음을 상하게 했다가는 좋을 게 없다는 생각으로 잠시 침묵을 지켰다. 하지만 흔들리는 그의 마음을 지켜보고만 있을 수는 없었다.

"이공, 사람은 언젠가 한번은 선택을 해야 하네. 그 선택이 잘한 것이든 잘못된 것이든 꼭 선택을 해야 할 때는 뒤로 물러서지 말고 결단을 내려야 하네. 그리고 우리는 일단 선택을 했으니 그 뒤는 하늘에 맡기는 것일세. 이미 길은 정해졌네. 이제 뒤를 돌아다보면 실패와 자멸이 있을 뿐이네."

유배란 참 편리한 형벌이었다. 지금의 집행유예와 비슷한 데가 조금은 있는 것으로 집행자의 마음에 따라서 얼마든지 변경할 수 있었다. 형을 완전히 결정하여 낙도에 살게 하는 경우도 있었고, 귀양을 보내는 중도에 약사발을 쫓아 보내 사사시키는 수도 있었으며, 혹은 귀양을 가는 도중이나 귀양지에 도착하자마자 해배(解配)시켜 버리는 경우도 있어서 귀양을 보내는 형식만 취할 뿐으로 다분히 익살스런 맛도 있었다.

정약용의 경우도 죄가 없지만 상황으로 보아서 벌을 주어야 하는 묘한 처지에 놓이자 유배라는 형식을 취했을 뿐이었다. 정조는 약용이 해미에 도착한 10일 후에 해배를 시켰다.

해배되어 오자 곧 예문관 검열로 복직되었고, 다시 군직으로 옮겼다가 곧 사간원 정언의 요직으로 승진되었다. 정6품의 벼슬이었다.

일이 진전되는 것을 지켜보던 홍낙안은 분통을 터뜨렸다. 제대로 되어간다 싶었는데 어느 틈에 엉뚱한 곳으로 흘러버린 것을 안 후에야 아차 싶었던 것이다. 이기경도 가뜩이나 자책감에 시달리다가 이제는 지칠 대로 지쳐 앓아눕고 말았다.

"홍공의 말만 믿고서 일을 꾸몄는데 이 무슨 창피한가?"

앓아누웠다는 기별을 받자마자 달려온 홍낙인에게 이기경은 따져 물었다. 그러나 홍낙안은 싫은 기색 없이 받아넘겼다.

"이리 될 줄 미리 알고 있었네. 그럼 상께서 아끼시는 약용을 상소 한 장으로 그리 쉽게 결단을 내리리라 생각했나? 속단이 지나쳤네."

이기경은 포기하지 않고 다시 일을 벌이려는 홍낙안에게 두려움을 느끼고 고개를 돌려버렸다.

"우리 일은 이제부터네. 애당초 단번에 일이 성사되리라 믿었던 것은 아니지 않나. 이 일의 성패는 흔들리지 않고 반복해서 시도하는 데 있네."

"그의 뒤에 상께서 버티고 계신 데 어림없네."

그러나 홍낙안은 여유 있게 웃고 있었다.

"걱정 말게. 그가 아니더라도 대상은 많네. 이가환도 있고, 채제공도 있질 않나?"

"아니, 홍공은 남인을 모두 잡으려는 의사인가?"

"하나 잡는 거나 셋 잡는 거나 다를 게 뭐가 있나?"

홍낙안의 회번득거리는 눈자위 위로 집요한 야망의 그늘이 짙게 드리워져 있었다.

쉰넷의 연륜을 증표 하듯 혜빈 홍씨의 귀밑머리에도 언제부터인가 흰 빛이 서리기 시작했다. 젊어서 혼자가 된 후 결코 짧지 않은 세월을 오직 아들 하나만 바라보며 비감한 삶을 되씹어온 그녀였다. 아들이 왕위에 오른 후에도 영화보다는 가슴을 찢기는 아픔을 겪어야 했다. 남편 사도세자의 죽음에 연루되었다는 이유로 사가에 무서운 보복이 행해진 것이었다.

그러던 터에 어느덧 아들 정조는 38세의 장년이 되었지만 가슴속 근심은 떠나지 않았다. 후손이 없어 대통에 대한 불안이 홍씨를 괴롭히고 있었다. 그러다가 다행히도 의빈 성씨의 몸에서 문효세자가 태어나 한시름 더는가 했더니 청천벽력같이 세자는 다섯 살 나이로 세상을 떠나고 말았다. 혜빈의 염려는 극에 달해 자리에 누울 지경에 이르렀는데 수빈 박씨의 회임 소식은 오랜만에 안도의 한숨을 내쉬게 했다.

그 기특한 며느리 수빈 박씨가 이제 산달이 되어 오늘내일 하고 있었다. 그동안 혜빈은 수빈의 상태를 살피러 산청의 문

턱이 닳도록 들락거렸고, 수빈의 시중을 드는 상궁 나인들은 물론 전의에게도 일일이 세심한 간섭을 해왔다. 보다 못한 산모가 오히려 걱정을 할 지경이었다.

"어마마마, 이제는 좀 쉬시옵소서. 그러시다가 자리에 눕게 되실까 염려되옵니다."

그래도 혜빈은 아랑곳하지 않았다. 그에게는 수빈 박씨를 보살피는 것이 유일한 낙이었다.

정조 14년(1790년) 6월 18일 신시. 수빈 박씨는 왕자를 순산했다.

온 궁궐 안이 경사스러운 소식을 접하고 흥분에 빠져들었다. 오랜만에 만나는 경사 중의 경사였다.

"후사가 탄생하시었소. 나라의 경사요."

혜빈은 창덕궁 뜰을 가로질러 산청으로 향하며 춤이라도 추고 싶었다. 꿈에서도 그리던 왕자가 태어난 것이다. 이 왕자가 바로 다음 대를 이어갈 순조였다.

6

진산 사건

정약용이 사헌부 지평(持平)으로 있을 때 이승훈은 음보(蔭補)로 평택현감을 지내고 있었다. 음보란 대과에 급제한 것은 아니나 부모의 후광을 입어 관직에 나가는 것을 이름이다.

천주교와는 손을 끊은 이승훈이 착실하게 공부에만 열중하자 그의 아버지 이동욱이 아들을 가상히 여겨 손을 썼던 것이다. 지평은 정5품직이고 현감은 종6품직이었다.

현감으로 제수되어 평택에 도임한 이승훈은 자신의 행동거지를 엄격하게 다스리면서 선정을 베풀려고 노력했다. 그러나 지방 유림과의 사소한 갈등으로 그의 현감 생활은 순탄한 것만도 아니었다.

언젠가 시급한 공무로 경기 감영에 다녀오던 그는 갑자기 말이 날뛰는 바람에 낙마를 하여 허리를 다치고 말았다. 부임 초라서 몹시 분주한 때에 하필 구들장 신세를 지게 된 것이다. 그의 다친 허리는 쉽게 낫지 않았다. 용한 의생을 불러다 침도 맞아보았지만 별효과가 없었다. 할 수 없이 그는 누운 채로 정사를 볼 수밖에 없었다.

"사또, 본읍 향교에 우기를 맞아 비가 샌다고 하옵니다."

"그렇다면 빨리 조처를 취해야겠구나."

"헌데, 그것이 좀……."

이방은 말을 쉽게 잇지 못하고 쩔쩔맸다. 승훈은 움직일 수 없이 아픈 허리를 간신히 추스르고 일어나 앉으며 재촉을 했다.

"무슨 까닭이 있는 게로구나. 무엇이냐?"

"유생들이란 본래 말이 많아서 선불리 다루었다가는 후탈이 있을 것이온즉……."

"내가 어찌하면 좋겠느냐?"

"사또께서 직접 나가 살피시는 것이 좋을 듯합니다."

승훈은 자신도 모르는 새 찌푸려지는 이맛살을 어쩌지 못했다.

"아니, 이 몸으로 말이냐?"

"예. 그렇지 않으면 필시 말썽이 일 것이옵니다."

잠시 생각하던 승훈은 어쩔 수 없이 행장을 수습하도록 이르고 이방의 부축을 받으며 가마에 올랐다.

향교에는 이미 많은 유생이 나와 승훈을 맞아들였다. 통증을 억지로 참으며 향교 안을 둘러보고 보고를 들었으나 다친 허리 때문에 승훈은 향교 법규에 따른 배례만은 하지 못했다.

움직이기도 어려운 상태라 도저히 절을 할 수 없었던 것이다.

승훈이 향교 문을 나서기도 전에 말이 나돌기 시작했다.

"사또가 뭐 그리 대단하기에 의식도 아니 지킨답니까?"

"글쎄, 배유론자(排儒論者)가 아니오?"

"생원께서는 말도 듣지 못하셨소?"

"무슨 말씀이오?"

"사또가 천주학쟁이라 하질 않소. 멸륜패상(滅倫敗常)하고 무부무군 하는 서학쟁이란 말이오."

"그러니 향교에 나와서 의식을 안치렀구먼, 이런 괘씸헌⋯⋯."

그날 향교에 모였던 유생들의 입을 통해 나돈 소문이 새끼를 쳐 더욱 부풀어갔다. 고을 사람들은 둘만 모여도 사색이 되어 수군거렸다.

향교에서는 물론, 동리 사랑에서도, 유생들이 모이는 곳이면 어디서나 공론이 돌았다.

"우리 고을은 이제 망조가 들었소."

"사또가 곧 제사 지내고 차례 지내는 사람들을 잡아다가 곤장질을 한다 합니다."

"이 노릇을 대체 어찌 수습할꼬."

"사또가 나서기 전에 우리가 먼저 대항을 하는 게 어떻겠소?"

소문은 사또 이승훈의 귀에도 들어왔다. 뜻밖으로 벌어진 사태에 그는 크게 당황했다. 쉽게 사그라질 것 같지 않은 소문이 돌고 돌다가 어떤 결과를 몰고 올지 예측할 수가 없었다. 사태를 속히 수습해야 한다는 판단으로 그는 재차 향교를 찾았다. 다행히 봄도 조금은 회복이 된 터라 그는 정식으로 예를 갖추어 복배했다. 그러자 이번에는 더 나쁜 소문이 돌았다.

"이제 와서 아닌 체하려는 것은 후환이 두려워서가 아닌가. 거짓 복배를 하다니 위선자가 아닌가."

그해(1791년) 전라도 해남현 진산(珍山)에서 조그만 사건이 발생하였다. 사건은 정약용의 외가에서 일어났다. 약용의 외종형 되는 윤지충이 모친상을 당했는데도 제사를 지내지 않았던 것이다. 양반가에다 진사를 배출한 명문에서 생긴 일이라 사람들은 더욱 크게 놀랐다.

그러나 윤지충은 심신 깊은 천주교 신자였다. 그는 7년 전 서울에 왔다가 우연히 들른 명례방에서 김범우를 만나고 천주교를 알게 되었던 것이다. 조선 천주교 사상 첫 순교자인 김범우와 두 번째 희생자인 윤지충과의 만남이었다. 그는 돌아가는 길에 천주실의와 칠극을 빌려 가서는 일일이 베끼고 탐독했다.

상가에서는 며칠째 소란이 계속되었다. 일가친척들이 모여들어 윤지충의 패륜 행위를 매도하느라 언성을 높였다.

"이 천하에 불효한 놈! 제를 지내야 초상을 치를 게 아니냐?"

윤지충의 당숙 되는 이가 발을 구르며 불호령을 했다.

"아니 됩니다."

"허면 불쌍놈이 되겠다 그 말이냐?"

"어머님께서는 천주교를 믿으셨습니다."

"그래 천주학쟁이는 조상도 없고 예의범절도 모른다는 말이냐?"

"천주교에서는 천주님 외의 어떤 우상도 받들지 못하게 했습니다."

"집안 꼴 망하겠구나."

그때까지 고분고분하게 집안 어른들을 이해시키려던 윤지충이 고개를 번쩍 들고 단호하게 말했다.

"어머님은 천주님 곁으로 가기를 원하시는데 왜들 이러십니까? 살아생전에 바라시던 대로 천주님의 가르침에 따라 의식을 올려 천주께로 보내드려야 합니다."

그렇다고 유풍에 찌든 집안 어른들이 호락호락 물러날 리 없었다.

"집안에는 전통이 있고, 또 내가 눈을 번연히 뜨고 있는데 어디서 패륜을 행하려 하느냐? 절대로 안 된다."

"돌아가신 분은 저의 어머님이시고 상주도 저올시다. 모자가 다 천주교인이니 제발 양해를 해주십시오."

옥신각신하기를 사흘째, 상여가 나가는 날도 마찬가지였다. 두 패로 나뉘어 서로 자신들의 주장을 굽히지 않았다. 윤지충의 편이 돼준 사람은 같은 천주교 신자인, 그의 외종사촌 권상연뿐이었고 대부분의 친척들은 윤지충을 불효막심한 패륜아로 몰았다. 마지막 제를 드릴 때도 윤지충이 절을 하지 않아 모여 선 사람들은 혀를 찼다. 그리고 집으로 돌아온 뒤 윤지충은 급기야 신주를 불태워 버렸다. 당시의 사회 여건상 큰 분란을 일으키고도 남을 사건이었다.

이 일은 자연히 상부에 보고되었다. 진산군수 신사원은 크게 당황했다. 사상 초유의 사건이었기 때문이었다.

"여봐라! 윤지충과 권상연을 잡아들여라!"

권상연까지 잡아들이게 한 것은 그 역시 집으로 돌아가자마자 조상들의 신주를 불태워 버린 까닭이었다. 그는 윤지충의 행동을 보고 용기를 얻어 똑같은 행동을 취했다.

이해는 바로 윤유일이 북경에 다녀온 다음 해로 프란체스코파의 제사를 금하는 엄명이 이미 조선의 천주교 신자들 사이에 전달돼 있었다. 그리고 한반도의 제일 남단, 있는지 없는지도 모를 만큼 조그마한 동리에서 처음으로 천주교의 교리를 좇아서 신주를 없애 버린 사건이 발생한 것이다.

"네가 폐제하고 신주를 불태운 윤지충이냐?"

"예."

"나라의 법도나 전통을 모르는 것도 아닐 터인데 무슨 연유로 그런 짓을 하였느냐?"

"저는 천주학을 믿습니다. 천주로서 대부모(大父母)를 삼았으므로 천주의 가르침을 따르고자 하였을 뿐입니다. 천주교의 교리에선 제사를 지내는 것은 옳지 못합니다. 더욱이 모친께서는 신자셨습니다. 제가 제사를 지낸다면 돌아가신 모친께서 얼마나 저를 원망하시겠습니까? 천주께로 가는 데 방해가 된다고 말입니다."

"그럼 신주는 왜 태웠느냐?"

"나무로 만든 신주는 부모나 조상이 아닙니다. 그저 우상일 뿐입니다. 우상에게 절하는 것은 어리석은 미신을 믿는 것이라고 생각합니다. 천주교에서는 이를 금하고 있습니다. 죄를 유학이나 제도에서 얻을지언정 천주께 얻을 수는 없습니다."

윤지충은 또렷하게 소신을 밝혔다. 유학의 경전을 밑천으로 벼슬을 딴 지방 수령이 이를 옳다고 받아들일 리는 없었다.

"네 이놈! 지금 네놈이 하는 말이 어떤 것인지 알고나 지껄이느냐!"

"알다 뿐이오니까. 서민들이 신주를 모시지 않아도 국법에 어긋나지 않으며 가난한 선비가 제사를 지내지 않아도 예법에 어긋남이 없습니다. 그러니 제가 제사를 지내지 않고 신주를 모시지 않는다 해도 국법을 어긴 것은 아니옵니다."

"그만 닥치지 못하겠느냐!"

그러나 윤지충은 물러서지 않고 끝까지 자신의 정당성을 주장했다.

"개국 이래로 제사를 지내지 않았다 하며 잡아 가둔 일이 있었습니까? 제가 한 일은 천주님을 믿는 길이지 국가의 금령을 범하고자 한 것은 결코 아니옵니다."

진산군수 신사원은 난처했다. 윤지충의 주장대로 금령을 어긴 것은 아닐지라도 그대로 가만히 지켜볼 문제도 결코 아니었다. 엄연히 있는 나라의 기본 전통을 무시하고 가부장제의 초석이 되는 유교 덕목을 범한 것이다. 글자 하나, 문구 한 줄 가지고 사람을 파리 목숨처럼 해하는 유림의 속성으로 볼 때 그냥 넘길 성질의 사건이 아니었다.

신사원은 다시 상부인 전라감사 정민시에게 보고했다. 계장을 받아 본 전라감사도 아연실색을 하고는 그 역시 단독 처리할 문제가 아니라고 여겨 조정에 보고를 올렸다.

이들은 다만 천주 있는 줄만 알고 임금과 어버이 있는 줄은 모르옵니다. 또한, 고인 모시기를 살아 있는 자 이상으로 섬겨야 할진대 조상의 신주를 썩은 말뚝보다 업수이 여겨 불태워 버리는 패륜을 저질렀사옵니다. 그러고도 후회하는 빛이 없었습니다. 신문을 하는 중에도 하는 말마다 천주의 가르침이 심히 엄하여 임금의 명은 어길지언정, 또 부모의 명은 어길지언정, 심지어 극형에 처한다 할지라도 천주의 명은 어길 수 없다고 버티었습니다.

형조판서 김상집은 지체 없이 임금에게 이 사실을 고했다.

정조는 보고서를 읽고 나서도 별다른 반응을 보이지 않았다

"형판, 하찮은 일이니 감사로 하여금 재량껏 일을 처리하도록 하시오."

사건은 다시 전라감사의 손에서 엄중 조사하여 보고하도록 하명이 되었다.

연지동 이기경의 집에서는 그의 아내가 음식 준비를 하느라 부산했다.

"맛있는 음식을 차리도록 하시오. 귀한 손님이 내방하시니."

"아니, 어느 대감이라도 행차하십니까?"

"앞으로 대감이 될 사람이오."

"그것을 어찌 압니까?"

"허, 이 사람이. 쓸데없는 참견일랑 말고 하라는 대로 하시오. 술도 넉넉히 준비하고."

이기경의 처는 잔치라도 치르듯 법석을 떨다가 맥이 빠졌다. 재상이라도 오는 줄 알았다가 실망한 탓이었다. 그는 남편의 출세를 학수고대하던 처지였다.

'허구한 날 정9품직만 차지하고 있으니 어느 세월에 여봐란 듯 살아본담. 손님치레를 해도 번듯한 이들이 아닌가 본데.'

저녁이 되자 홍낙안과 목만중이 앞서거니 뒤서거니 들이닥쳤다.

세 사람은 술상을 가운데 끼고 둘러앉아 한 순배를 돌렸다.

몇 년간에 걸친 홍낙안의 공작이 성공하여 마침내 목만중을 끌어들인 것이다. 이기경도 정약용이 해미로 유배 가던 때의 갈등을 깨끗이 해결했는지 태연자약했다.

"이공, 때가 왔네."

홍낙안이 의미심장한 말을 던졌다. 이기경은 그의 눈을 응시하며 말없이 고개를 끄덕였다.

"이번에는 잘해보세나."

"치밀한 계획을 세워야 할 것이오."

이기경의 대꾸에 홍낙안은 다시 목만중을 돌아보았다.

"나으리께서 함께하시니 든든합니다."

목만중은 흰 수염을 쓰다듬으며 담담하게 대꾸했다.

"나야 자네들 뒤나 따라다니지."

술이 몇 순배 돌자 분위기가 점차 화기애애해졌다. 특히 홍낙안은 기분이 좋았다.

"이번 진산 건이야말로 우리를 위해 생긴 것만 같소."

"그렇군요."

"지난번 해미 건은 이공이 수고를 해주셨으니 이번에는 내가 나서지요."

홍낙안이 자청하고 나서자 이기경이 궁금증을 털어놓았다.

"어떻게 하실 참인가?"

"나와 진산군수는 절친한 사이요."

"그래서?"

"진산군수 신사원에게 죄인을 그냥 풀어주지 말고 일단 옥에 감금해 두도록 이른 다음 조정에 서한을 내겠소."

"누구 앞으로 내시렵니까?"

"서한을 받아보았을 때 가장 입장이 난처해질 인물로 하는 것이 좋을 듯합니다."

홍낙안은 좀체 시원하게 털어놓지 않으며 두 사람의 의중을 떠보고 있었다. 결국, 목만중이 먼저 입을 열었다.

"그렇다면 역시 좌의정 채제공을……."

바로 맞혔다는 듯 홍낙안이 크게 고개를 끄덕이며 빙그레 웃었다.

"옳습니다. 좌상은 남인의 거두지요. 서한에 오르내리는 인물들이 모두 남인일 터이니 몹시 충격을 받을 겁니다. 뿌리부터 뒤흔들어 놓자는 것이 저의 계획입니다."

목만중이 비꼬듯 한마디 했다.

"자네는 술수에 능하구만."

홍낙안은 아랑곳하지 않고 두 사람을 번갈아 쳐다보면서 다짐을 주었다.

"천재일우의 기회요. 이 기회를 놓치지 말고 힘을 합하여 발 벗고 나섭시다. 혼자서 한다면 어렵겠지만 세 사람이 뭉쳤으니 해낼 수 있습니다."

"알겠소. 홍공만 믿는 바요."

이기경이 확답을 했다.

"이공도 요전번처럼 후회하거나 발을 빼려 하지 말고 끝까지 버텨야 하네."

"염려 마오. 한번 빼든 칼이니 휘둘러나 봐야지."

"좋소. 의견이 합일되었으니, 3인 연명으로 서한을 보내겠소."

진산 사건이 바람을 타고 거세게 몰아치기 시작한 것이다. 일명 홍낙안의 장서 사건(長書事件)이었다.

진산의 윤, 권 등은 금수만도 못한 범법자들입니다. 폐제, 분주(焚主)란 공맹을 모독하는 엄청난 범죄 행위임이 분명합니다. 이를 엄히 다스리지 않고 그냥 넘어간다면 필시 이를 따르는 무리들이 생겨날 것이며, 나라의 기강을 이루고 있는 유교 도덕이 무너질 것이니 이 어찌 소홀히 다룰 사건이오니까. 그뿐만 아니라 더욱이 염려되는 바는 진산에 국한되는 것이 아니라 장한 곳곳에 극성을 떨고 있는 천주학 무리들입니다. 알고 지내는 사대부 중에 고관과 명유들이 거의 천주학에 물들어 있으며 이들 사이를 왕래하던 어린 소년들까지 동조를 하고 있습니다. 총명재사가 십중팔구는 차지하고 있으니 진정 나라의 앞일이 염려되옵니다. 잡초가 더 이상 무성해지기 전에 한시바삐 조처를 취하여 주십시오.

장서의 내용이 알려지자 조정은 물 끓듯 시끄러워졌다. 삼사가 본격적인 탄핵을 올리기 시작했다.

삼사란 사헌부, 사간원, 홍문관을 말한다. 사헌부는 문무 백관의 기강을 감찰하는 곳이고, 사간원은 임금의 판단과 명령의 잘잘못을 간하는 곳이고, 홍문관은 임금의 학문이나 제술(製述)을 맡는 곳이다. 이곳에 소속된 관리들은 그 자리를 명예스럽게 생각했으며, 기개 또한 항뇌정도부월이불사(抗雷霆蹈斧鉞而不辭)라 할 정도로 드높았으니, 즉 벼락이 떨어져도, 또 목에 칼이 들어와도 할 말은 다할 정도였다.

맨 먼저 대사헌 구헌이 신랄하게 진산 사건을 성토했다. 삼사 외에도 성균관의 유생들까지 연거푸 상소문을 올렸다.

정조는 채제공에게 물었다.

"좌상은 이 문제를 어찌 생각하시오?"

"신도 서학을 정학이라고 여기지 않사옵니다. 하여 마주치는 사람마다 물들지 않도록 타이르고 있사옵니다. 그러므로 진산의 윤, 권 등속을 엄히 다스려야 한다는 생각에는 홍낙안 등과 진배없사옵니다."

늙은 재상 채제공은 깊숙이 허리를 굽혔다. 그의 마음만큼이나 낮아진 자세였다.

'이제 물러날 때가온 것이 아닌가. 너무 오래 이 자리에 있었어 봐서는 안 될 일을 보게 되었지 않은가.'

그는 괴로운 마음을 누를 길 없었다. 상소를 올려 남인을 공격하는 자는 바로 남인이 아닌가. 힘을 합하여 상대방을 막아내기에도 힘이 부치는 판국에 내란이 일어나 파국을 재촉하고 있었다. 정조도 이를 꿰뚫어 보고 있었다.

"좌상, 경의 마음은 잘 알겠소. 허나 공정히 판단해야 될 일이니 솔직히 말해 보시오."

그는 정조의 배려에 감사하며 다시 한 번 머리를 조아렸다.

"신의 생각으로는 홍낙안의 장서에 문제 밖의 일을 거론한 듯싶사옵니다. 진산의 일은 법도대로 처리하여야 옳을 것이오나 마치 이 문제로 인하여 국가의 존망이 위태로운 것처럼 과장하여 위기감을 불러 일으키고 있사옵니다. 증거도 분명치 않은 일을 무차별하게 다스리면 득보다 손이 더 많을 것으로 사료됩니다."

"알았소. 이 일을 꾸민 사람도 좌상의 주위 인물이고 당할 사람도 그런 것 같소. 장서 건은 좌상에게 일임할 터이니 잘 수습해 보시오. 홍낙안 등이 장서를 낸 데는 다른 까닭이 있을 듯하니 벌하지 말고 잘 다스리시오."

"황공하여이다. 화기서 인기인(火其書 人其人)하면 자연 소멸될 것이오니 심려 마시옵소서."

장서 사건으로 인하여 조정은 연일 떠들썩했고 상소문을 올리지 않는 자는 사람의 축에도 끼지 않는 것처럼 요란을 떨었다.

그러나 정조는 일을 확대시키지 않기로 마음을 굳혔다. 남인들끼리 서로 헐뜯는 것을 방지하기 위하여 남인 출신인 채제공에게 일을 수습하도록 배려한 것도 그런 이유에서였다. 채제공도 정조의 깊은 의중을 알아차렸다.

어전에서 물러난 채제공은 우선 전라감사에게 이 사건을 엄중 조사하여 보고하도록 명령을 내렸다. 그리고 형조에 직접 나가 홍낙안, 이기경, 목만중을 불러다가 심문했다.

"명유들이 물들었다는 것은 누구를 이름이오?"

"이가환, 이승훈, 정약용 등입니다."

"증거가 있소?"

홍낙안이 이기경을 눈으로 쫓으며 어서 대답하라고 무언의 압력을 가했다. 이기경이 입을 열었다.

"저와 이승훈이 과거 성균관에서 공부할 때 함께 천주학 책을 읽었습니다. 그 내용에는 좋은 뜻도 들어 있습니다. 만일 책을 읽은 것이 죄가 된다면 저도 벌하여 주십시오."

그는 엉뚱한 대답을 하고 있었다.

"다른 사람은 어찌하여 논했느냐?"

채제공이 다그치자 그는 얼버무리기에 급급했다.

"대략 이승훈의 경우와 비슷합니다."

"그 세 사람 외에 또 다른 사람은 없느냐?"

"이승훈의 동생 치훈도 같이 책을 읽었습니다."

심문은 어이없을 정도로 싱겁게 끝나고 말았다. 집으로 돌아온 이기경은 정약용에게 서신을 보냈다.

정공, 안심하게. 자네 이름은 추호도 들먹이지 않았네. 자네에게 피해가 돌아가지 않도록 하기 위해 나름대로 애를 썼네.

이때까지도 이기경의 마음에는 정약용을 해치려는 뜻과 보호하려는 상반된 뜻이 있었던 셈이다. 그는 또 말미에다 덧붙였다.

그러나 이승훈 형제는 다르네. 그들은 골수 천주학쟁이들이니 방관하고 있을 수는 없네. 자네도 그들과 일찌감치 내왕을 끊게.

서신을 본 약용은 이승훈의 동생 치훈을 불렀다. 승훈은 평택에 내려가 있었기 때문이었다.

"일이 아무래도 심상치 않네."

"무슨 얘긴가?"

약용은 진산 사건에서부터 장서 사건의 경과를 모두 들려준 뒤 염려되어 이렇게 일렀다.

"아무래도 자형까지 걸려 들어가게 생겼네. 자네가 성균관에서 서서를 읽은 것이 알려졌으니 사실대로 말하게. 옥중에서 말하는 것은 주상께 말하는 것과 같으니 이제 심문을 받게 되면 사실대로 고하게. 아니면 주상을 속이는 것이 되네."

치훈은 잠시 머뭇거리더니 단호하게 말했다.

"나는 내가 옳다고 생각되는 대로 말하겠네. 같은 동류를 모함하여 이득을 얻고자 하는 자들은 금수나 버러지보다 못한 자들이네. 그런 자들은 따끔한 맛을 보지 못하면 계속 제 꼬리를 잡으려고 일을 벌일 것일세."

다음 날 평택현감 이승훈이 형조로 송환되어 왔다. 그는 미리 치훈에게서 연락을 받았었다. 심문받는 동안 조금도 굽히지 않고 치훈이 일러둔 대로 답했다.

"이기경의 무고입니다."

"이유는?"

"성균관에서 서서를 읽은 기억이 없으며 오히려 이기경이 읽는 것을 보았습니다. 억울합니다."

역으로 되받았다.

그는 증거가 없었기 때문에 우선 무죄로 풀려났다.

마침 이기경은 모친상을 당해 있었다. 그 와중에 오히려 자신이 서서를 읽은 것으로 몰렸다는 소식을 접하고 분노하여 날뛰었다. 그는 당장 상소를 올렸다.

조사가 불공정했소. 좌의정 채제공은 이승훈의 말만 듣고 일방적으로 처리했소.

상복을 입은 처지라는 것도 생각지 않고 분한 마음에 만나는 사람마다 하소연하고 떠들어 도리어 세인의 미움과 비웃음을 샀다.

이기경의 상소는 자기가 판 함정에 자신이 빠지는 결과를 초래했다. 상소가 올라오자마자 이기경에 대한 재조사가 실시되었다. 그리고 그가 서서를 읽었다는 것이 사실로 밝혀졌다.

정조는 불같이 노했다.

"이기경을 유배하라."

결국 이기경은 경원으로 귀양 갔다. 곁에서 그의 무모한 행실을 지켜보던 사람들이 후련해했다. 그러나 정약용은 개운치 않은 기분에 사로잡혀 있었다. 그는 이승훈을 찾아갔다. 마침 그곳에는 이치훈도 함께 있었다.

"자형, 어찌 그리 서툴게 일을 마무리했습니까?"

"왜?"

"우선은 해결된 듯 보이고 통쾌할는지 모르지만 결국 적을 만든 게 아닙니까?"

"그러나 당하기만 할 수야 없지 않느냐."

"곪은 곳은 빨리 터뜨리는 것이 상책입니다. 차라리 이번 기회에 터뜨렸으면 이후로 더 이상 물고 늘어질 여지를 주지 않았을 것입니다. 헌데 자형은 쉽게 빠져나온 대신 평생토록 괴롭힐 큰 적을 만들어 놓은 셈이 되었습니다."

못내 약용은 아쉬워했다. 듣고 보니 이승훈도 수긍이 가지 않는 것은 아니나 이미 지나간 일이라 잘라 말했다.

"잘 해결된 것이니 이 이상 거론하지 말라."

그러나 약용은 그냥 넘기지 않았다.

"아닙니다. 우리 남인들에게 이제부터 화가 시작될 것입니다. 본격적으로 공격할 꼬투리를 준 셈이니까요."

그의 예견은 적중되었다. 이기경은 이를 갈면서 복수를 다짐하고 귀양 길을 떠났다.

전라감사 정민시가 윤지충, 권상연에 관한 조사 보고서를 정식으로 올려왔다. 정조는 형조판서 김상집에게 일렀다.

"전라감사의 사계(査啓)를 보니 범주(犯主)한 사실을 자백하였다고 하는데 이번 일은 좌상의 명에 따라 집행하시오."

형판은 어전에서 물러나오는 길로 채제공에게 갔다.

"좌상 대감, 어떻게 처리하오리까?"

"감사에게 참수(斬首)하라고 하시오. 그리고 현수(縣首)를 5일간 하도록 명하시오."

채제공은 일을 공정히 처리하여 더 이상 문제가 발생하지 않도록 하고자 했다. 형조에서 전라 감영에 파발을 날렸고, 윤지충과 권상연은 망나니의 칼에 목이 날아갔다. 두 사람의 목은 저잣거리의 제일 번화한 곳에 닷새 동안이나 매달려 있었다. 진산 사건의 마무리 작업으로 떠들썩하고 있을 때 또다시 대사간 권이강의 소가 들어왔다.

모인(某人)이 서학 책을 간서(刊書)했습니다. 그 내막은 홍낙안이 알고 있습니다. 증거가 있을 것입니다.

홍낙안의 두 번째 계략이 적중한 것이었다. 대사간 권이강은 이치훈의 장인이었는데 대사헌이 상소를 올리니 그도 하지 않을 수 없었다. 기록에는 채제공이 시켜서 했다고도 했다. 상대방을 역으로 치는 방법이었다. 조사를 받기 위해 홍낙안이 다시 불려 왔다.

"간서사(刊書事)의 증거를 대시오."

"소인이 스스로 목격한 것은 아닙니다."

"그렇다면 무슨 근거로 말했소?"

"전 승지 이수하에게서 들었습니다."

"그럼 이수하를 조사해보면 알겠구려."

"간서사보다 더 분명하고 큰일을 알고 있습니다."

그는 이 기회를 이용해 복수를 시도하려고 마음먹었다.

"평택현감 이승훈은 청나라에서 수백 권의 서서를 들여와서는 연소자들을 가르치고 있습니다."

이승훈이 다시 금부로 끌려오게 되었다. 또한, 홍낙안은 내친김에 쉬지 않고 사람을 끌어들였다.

"또 밝힐 사실이 있습니다."

"말하시오."

"천주교의 교주는 양근(楊根)의 권일신입니다. 천주교도들의 우두머리요, 천주학을 퍼뜨리는 장본인이니 가만두어서는 아니 될 문제라고 생각합니다."

그의 입에 오르내린 모든 사람이 불려 왔다. 이수하는 간서에 대해 본 적도, 낙안에게 말한 적도 없다고 대답했다. 권일신은 교주가 아니며 목만중의 모략일 뿐이라고 우겼다. 목만중과 그의 아들 목인규는 자작으로 권일신을 교주라고 성토했었다. 이승훈 역시 홍낙안이 무고를 하고 있다고 주장했다. 그 와중에 또다시 성균관 유생 221명이 조정의 징계가 허술하다는 상소를 했다.

연일 계속되는 심문에서 이승훈은 결코 자기 신앙을 고백하지 않았다. 홍낙안의 모략으로 몰아붙여 무죄임을 주장했다.

"무죄라는 것을 증명해 보라."

"홍낙안이 주장하는 것은 세 조목인데, 즉 책을 구입한 일(購書事), 책을 찍어낸 일(刊書事), 책을 읽은 일(泮書事)입니다. 헌데 구서사로 말하면 북경에서 가져온 책은 부친과 불화했을 때 모두 태워버렸습니다. 또 간서사는 홍낙안이 조작한 사건임이 명백해졌습니다. 나머지 반서사는 책을 불태워 한 권도 없는 마당에 어찌 반촌(泮村)까지 가져가서 읽을 수 있겠습니까?"

그는 논리 정연하게, 조목조목 자신의 결백을 설명했다.

형조판서는 정조에게 상황 보고를 했다. 이 사건에 대한 정조의 태도 역시 진산 건 때와 마찬가지였다. 오직 일이 확대되지 않기만을 바라면서 다음과 같이 하명했다.

"서학 책이 우리나라에 들어온 지가 이미 백여 년이 되는데 어찌 이승훈 혼자만 읽었다 할 수 있겠소. 원죄에서 감일등(減

一等)하여 관직에서 삭탈하고 유배하여 스스로 반성케 하시오."

한편, 헌납(獻納) 송익효는 이승훈의 부친 이동욱까지 처벌하라는 상소를 올렸으나 묵살되었다.

그러나 권일신만은 자신의 신앙을 부인하지 않았다. 죽기를 각오하고 배교를 거부했다. 무서운 고문이 연일 계속되었다.

"나는 교주는 아니지만 천주교는 나의 생명이오."

형리들도 그를 어떻게 하지 못했다. 치도곤을 놓더라도 죽지 않도록 조심해야 했다. 정조가 이 일에 관심을 쏟고 있었기 때문이었다. 정조는 권일신을 이전부터 알고 있었다. 문효세자의 사부로 삼으려 했던 권철신의 아우가 바로 권일신이었다.

"전하, 끝내 회개를 않사옵니다. 여러 사람을 위하여 본보기로 사형을 시키는 것이 마땅한 줄로 아뢰옵니다."

그러나 정조는 끝까지 포기하지 않았다. 사형을 면제하고 제주도 유배를 내렸다.

"안 된다. 반드시 약간의 굴복이라도 시켜야 한다. 양반 중에서 제일 우두머리니 꼭 회개시켜서 효과를 얻도록 해야 한다. 권일신에게 부모가 없느냐?"

"여든이 넘은 노모가 있습니다."

"노모로 하여금 회유시키도록 하라."

허리가 구부러지고 백발도 몇 올 남지 않은 노파가 지팡이에 의지해서 옥 안으로 걸어 들어갔다. 노인은 고문으로 망가진 아들을 보면서 하염없이 눈물을 떨구었다. 할 말도 잊어버린 듯했다. 권일신도 노모를 보자 고통의 눈물을 흘렸다.

"어머니, 불효를 용서해 주십시오."

"어디 좀 보자. 많이 아프겠구나. 이 약은 호랑이 기름이다. 상처에 바르면 좀 나을 게야."

노모는 그의 뺨을 한번 쓸어보고 상처 난 곳을 어루만지다가 눈물을 앞세우며 돌아섰다. 그날 밤 내내 권일신은 울음을 삼켰다. 임금의 배려로 사형을 면해준 것도 고마웠지만 노모를 만나게 해준 것이 사무치게 고마웠다.

그는 결국 굴복했다. 정조는 크게 기뻐하며 그의 유배지를 제주에서 예산으로 옮겼다. 권일신을 교주라고 고발한 목인규도 고향으로 추방되었다. 이것으로 사건은 일단락을 지었다

그러나 홍낙안은 여기에서 그치지 않고 욕심을 부렸다. 재미를 붙였는지 그는 다시 많은 중인을 고발했다. 최필공, 정의혁, 정인혁, 최인길, 최인성, 손경윤, 현계온, 허수, 김계환, 김덕유, 최필제, 최인철, 이존창 등 열세 명이었다. 정조는 그들 가운데 두목으로 지목된 최필공을 설득하도록 명했다. 천주교에 관한 한 관대한 것만은 사실이었다.

최필공은 신앙을 버리기를 완강하게 거부했다. 그의 한결같은 신앙 고백에는 정조도 경탄을 금치 못했다.

'아까운 사람이다. 생명만은 반드시 구하리라.'

그를 회유하기 위해 갖가지 방법이 동원되었다. 그러나 달래도 보고, 위협도 했으나 허사였다. 그의 노부와 형이 나서서 설득을 했으나 역시 허사였다. 지칠 대로 지친 형조판서는 백기를 들고 정조에게 고했다.

"사형을 시키는 수밖에 도리가 없사옵니다."

"아니 되오. 그는 중인의 괴수요. 그 한 사람을 설득함으로써 무리들 중에 중인들의 숫자를 줄일 수 있소."

"하오나 모든 방법을 다 강구하여 보았사옵니다만 아니 되옵니다."

형판이 난색을 표했다. 정조는 곰곰 생각하다가 명을 내렸다.

"권일신으로 하여금 회유토록 하시오."

그러나 그것도 허사였다. 눈을 감고 아예 입을 다물어 버린 최필공은 흡사 장님에 귀머거리가 된 것처럼 아무 반응이 없었다. 형판이 다시 사형을 주장하자 정조는 방면한 후 천천히 회유시키는 유화 정책을 폈다. 그뿐만 아니라 의원으로서 좋은 자리까지 주었다.

"다른 자들도 모두 마음을 돌이키도록 하시오. 부모 형제와 만나게 하고, 가까운 지기들을 동원하여 마음을 바꾸도록 하시오."

인재를 아끼는 제왕이었기 때문에 정조는 비록 중인(中人)이라 하더라도 일관되게 다루었다. 충청도 예산 내포(內浦)에 살고 있는 이존창은 공주 감영에서 조사를 받았다. 충청감사 박종악이 나서서 설득했다.

"고향에 돌아가면 생업에 열중하겠습니다."

"그 말이 사실이렷다! 차후에 또다시 발각되는 날이면 어찌될지 알렷다!"

이존창은 배교하기로 다짐받고 풀려났다.

형이 감면되어 제주에서 예산으로 유배지를 옮긴 권일신은 고문의 상처가 악화되어 도중에 죽었다. 권철신의 사랑에서 처음 이벽을 만나 순결한 신앙을 키워왔던 청년 권일신은 그렇게 슬픈 최후를 맞았다.

표면상으로는 확대되지 않은 채 진산 사건은 일단락이 지어졌다.

가해자도 피해자도 막대한 상처를 입었으나 모든 것을 조종한 홍낙안 만은 무사했다. 그는 훗날을 기약하며 태풍의 눈처럼 가만히 몸을 도사리고 있었다.

7
효심이 낳은 거중기

정약용은 대과에 급제한 지 4년째 맞는 봄, 그의 나이 31세에 꿈에도 그리던 홍문관에 들어갔다. 소위 옥당(玉堂)의 관원이 된 것이다. 벽파들은 또다시 똘똘 뭉쳐 들고 일어났다. 여태껏 조정은 노론이 요직을 다 차지하고 있는 터라 남인 중 누구 하나라도 중요한 자리에 들어가려고 하면 벌 떼처럼 일어나 방해 공작을 폈다. 정조는 사사건건 막아서는 그들을 향해 분노를 터뜨렸다.

"왜 아니 된다는 말이오."

"진산 사건이 수습됐다고는 하오나 아직도 민심이 뒤숭숭하옵니다. 그러하온데 서학에 연루된 것으로 알려진 정약용을 요직에 등용하심은 차후에 더 큰 혼란을 불러일으킬 여지가 많사옵니다. 통촉하시옵소서."

우의정 김종수가 앞장서서 결사반대의 입장을 표명하고 나섰다.

"화기서 인기인(火其書 人其人)했는데 또 무엇이 부족하오. 대역죄인도 아니요, 학문하는 선비의 호기심으로 서학 책을 대하였을 터인즉 그 한 가지 일로 얻기 힘든 출중한 인재를 매장하려 하오? 그가 벼슬을 필요로 하기보다는 나라가 더 그를 필요로 하오."

노기 띤 정조의 핀잔에 거세게 목청을 높이던 노론 무리들이 움찔했다. 잠시 불안한 정적이 계속되었다. 임금과 신하가 서로의 입장을 지키고자 하는 팽팽한 긴장 속에 무언의 신경전을 벌이는 중이었다. 유일한 남인 재상인 좌의정 채제공은 처음부터 침묵을 지키고 있었다.

한 치의 양보도 허용될 것 같지 않는 침묵의 대치가 계속되는 가운데 이조판서 심환지가 한 발짝 앞으로 나섰다.

"전하, 정약용의 인품으로 보나 학문으로 보나 옥당에 들이심은 적합하다고 사료되옵니다."

심환지는 벽파의 거목이었으나 약용과는 사돈지간이기도 했다. 난처한 입장을 모면하게 된 정조의 눈길이 재빨리 그에게로 가서 멈췄다.

"경은 공정한 판단을 하였소. 과인의 생각도 이판과 같소. 정씨 가문은 8대나 옥당에 든 고귀한 전통을 지니고 있소. 그가 홍문관에 들어가 직무를 훌륭히 수행해낼 것을 이보다 더 잘 증명해줄 수가 어디 있겠소."

정조는 결국 벽파들의 반대를 무릅쓰고 약용을 홍문관 수

찬에 제수했다. 홍문관은 명예스러운 자리로 젊은 학자들이라면 서로 들어가려고 벼르는 곳이었다.

노론의 반대를 겪고 보니 정조는 더욱 입맛이 씁쓸했다. 도무지 겸양할 줄 모르고 함부로 나서는 그들의 독기 찬 모함에 아버지 사도세자도 희생을 당했던 것이다. 그 생각만 하면 그는 언제나 피가 거꾸로 솟구쳐 냉정함을 잃게 되었다. 선왕의 뒤를 이어 어떻게든 파당 싸움을 막아보려고 노력하지만 조정을 독차지하다시피 하고 있는 노론은 남인의 등용을 번번이 막아서곤 했다.

정조는 은밀히 채제공을 불렀다.

"좌상, 시파가 너무 오랫동안 밀려온 것 같지 않소?"

정조가 은밀히 불러 의미 있는 말을 던지는데도 채제공은 이렇다저렇다 가부 간의 말이 없었다. 설사 정조의 의향이 남인에게 유리하게 작용한다고 해도 대쪽같은 그의 성미가 선뜻 반길 수 없었던 것이다.

"남인 가운데 대통(臺通 : 사헌부나 사간원의 관원으로 추천하는 것)을 서둘러야 할 사람이 몇이나 되오?"

잠시 생각에 잠겼던 채제공이 신중하게 입을 열었다.

"오랫동안 기용되지 못하와 꽤 많은 줄로 아옵니다."

정조는 수긍하는 빛으로 고개를 끄덕였다.

"알겠소. 좌상이 이가환, 정약용과 함께 의논하여 적격자를 추천하도록 하시오. 이 일은 은밀한 가운데 행하여져야 하오."

1백여 년에 걸쳐 남인들에게는 벼슬길이 막혀 있었다. 대통이 있을 때에나 겨우 한두 사람 정도 천거되는 상태였다.

채제공과 이가환은 각각 한 사람씩 추천했다. 그러나 정약용은 무려 스물여덟 명을 추천했다. 그는 천거한 사람의 가벌(家閥), 과명(科名), 학문, 정사(政事)의 우열 등을 상세히 기록하여 함께 올렸다.

"역시 약용이구나. 그의 지혜로움과 치밀함을 따를 사람이 없음이야."

약용의 깊은 생각과 기량을 또다시 읽을 수 있어 정조는 몹시 흡족해했다. 시기가 되자 정조는 그중 여덟 명을 뽑아 임용했고, 그 뒤 수년 사이에 나머지 모두를 등용했다.

약용은 무려 스물여덟 명이나 천거를 해놓고도 당사자들에게는 그 사실을 알리지 않았다. 따라서 본인들은 정조의 의향에 따라 임용된 것으로 알았고 꽤 오랜 세월이 지나도록 모르고 지냈다.

홍문관에서 퇴청한 약용은 광화문 쪽으로 향했다. 봄기운이 번져가는 아름다운 오후였다. 따사로운 햇볕이 뒷덜미를 간질이는 것을 즐기며 그는 천천히 걸음을 떼어놓았다.

퇴청하는 관리들의 발걸음이 부산한 가운데 약용은 얼핏 천만호의 모습을 보았다. 천만호도 먼발치에서 그를 알아보고 잰 걸음으로 다가왔다.

"나으리, 아이고 나으리 하례 드리옵니다."

길거리임에도 불구하고 천만호는 엎드려 절을 했다. 몸에 걸친 비단옷의 광휘가 번뜻했다. 약용의 입가에 저절로 웃음이 번졌다.

"어떻게 알았는가?"

"알구말굽쇼. 홍문관 나으리가 되신 걸 소인이 모르면 누가 압니까. 그렇잖아도 일간 잔치라도 열 참이었습니다요."

"허허, 고맙구면. 헌데 부탁한 돈은 준비가 되었는가?"

"예. 열 냥이 맞습지요? 헌데 좀 더 들지 않을까 싶어 준비를 해왔습니다만……."

"아닐세, 이 사람. 그만 해도 고맙네."

약용은 손을 내저으며 열 냥만 받아 쥐었다.

"나으리, 이제는 제발 그 고맙다는 말씀 좀 거두어주십시오. 소인은 이렇게라도 드릴 수 있는 게 얼마나 기쁜지 모릅니다요. 헌데 정말 더 필요하신 것은 아닌지요."

여차하면 가져온 돈을 모두 쥐어주려고 천만호는 약용의 기색을 살폈다.

"아닐세. 이만하면 되었네. 내 긴히 쓸 데가 있어 자네에게 부탁했네만 후에 꼭 갚겠네."

나중에 갚겠다는 말에 천 서방은 펄쩍 뛰었다. 그는 이렇게 나마 약용에게 받은 은혜를 보답할 수 있는 것이 말할 수 없이 기뻤던 것이다. 섭섭해하는 천만호를 다독거려 놓고 약용은 발길을 돌렸다.

약용은 그 길로 연지동에 있는 이기경의 집을 찾아갔다. 오늘이 바로 그의 모친 소상 날이었다. 이기경이 귀양살이하는 중이라 살림이 쪼들릴 것을 염려하며 며칠 전 천만호에게 미리 돈을 부탁해 놓았었다. 열 냥이면 아직 하급 관리인 그에게는 큰돈이었다.

낙산 밑 이기경의 집은 소상 날인데도 인적이 없었다. 친척인 듯한 몇몇만이 부엌과 마당을 오갈 뿐 외부 손님이라고는 전혀 없었다. 약용의 내방을 안 이기경의 아들들이 나와 그에게 깍듯이 인사하고 사랑으로 안내했다. 큰아들이라고 자신을 소개한 아이는 아직 15세도 안 되어 보이는 소년이었다.

"경원 소식은 들었느냐?"

"며칠 전에 인편이 있었습니다."

"건강하시다더냐?"

소년은 목이 메는지 잠시 동안 말을 잇지 못했다.

"워낙 추운 곳이 되어서 고뿔을 심하게 앓고 계시다 하옵니다."

"몸조심하셔야 할 터인데……."

약용은 말끝을 흐렸다. 아버지 없이 지내는 아이들이 측은하고 안타까워서였다.

"가친께 편지 올리겠나이다."

"그래 공부는 열심히 하느냐?"

"마음이 안정이 아니 되옵니다."

그늘진 표정의 소년은 떨리는 목소리를 자제하며 나직이 대답했다.

"역경에 있을 때일수록 더 노력해야 하느니라."

"가친께서 겪으실 고초를 생각하오면 음식이 목에 넘어가지 않사옵니다."

급기야 소년은 눈물을 떨구었다. 덩달아 목이 뜨거워진 약용은 간절한 어조로 타일렀다.

"아버님은 곧 해배되어 돌아오실 것이다. 그때 너희들이 공부에 소홀하고 부친의 일로 근심만 했다면 기뻐하시겠느냐. 부지런히 학문을 쌓도록 하여라. 돌아오셨을 때 그것으로 보답을 해드려야지 않겠느냐."

"예. 명심하겠습니다."

"어려운 일이 생기면 언제든 내게 의논하도록 하여라."

"고맙사옵니다."

"그리고 이것을 어머니께 드려라."

약용이 꺼내놓은 많은 돈을 보고 아이들의 눈이 둥그레졌다.

"이것이 무슨 돈이옵니까?"

"소상도 있고 가계가 어려울 터이니 살림에 보태시라고 말씀드려라."

"그럼 잠깐만, 어머님께 여쭈어보고 오겠습니다."

"그럴 필요 없다. 아버님 친구 되는 사람이 놓고 가더라고만 말씀드리면 된다."

약용은 일어서려는 소년을 말리고 방을 나섰다. 아이들은 대문 밖까지 따라 나와 인사를 했다.

"어찌 생기신 분이더냐."

이웃에 잠시 제기를 빌리러 갔던 이기경의 처가 아이들의 이야기를 듣고 물었다. 생김새며 인상 등을 듣고 난 그는 바로 약용인 줄 짐작하고 눈물을 글썽였다.

'여름 내내 후원에서 공부하시던 그 어른이시구나. 고맙기도 하여라.'

집안의 기둥이 없으니 살림이 말이 아니었다. 소상 치를 최소한의 비용도 마련치 못해 쩔쩔매던 이기경의 처는 가뭄에 단비를 만난 듯 열 냥의 돈을 요긴하게 쓸 수 있었다.

진주 감영에는 무겁고 어둔 그늘이 짙게 깔렸다. 부사 정재원이 심한 고열에 시달리고 있었다.

"여보, 오래갈 것 같지가 않소."

어쩌다 정신이 맑아지면 정재원은 수척해진 얼굴로 힘없이 말했다.

이마 위의 물수건을 갈며 옆을 지키던 김씨는 그때마다 눈물을 억누르며 태연함을 지어냈다.

"왜 그런 약한 말씀을 하십니까."

"내 병은 내가 제일 잘아오. 보름을 넘기기 어렵겠소."

무섭게 야윈 얼굴을 베개에 묻은 정재원은 눈을 감은 채 다시 혼잣말처럼 중얼거렸다.

"죽기 전에 애들이나 보았으면……."

더 이상 참지 못한 김씨의 어깨가 흔들렸다. 김씨의 나이 이제 서른아홉이었다. 어린 나이에 정재원의 후처로 들어와 장성한 전실 자식들을 정성을 다해 키워냈다. 남편의 임지를 따라 말할 수 없는 고생을 함께 겪으며 제 도리를 다해 오다 이제 경상도 남쪽 끝 진주에서 뜻밖의 우환으로 남편을 잃게 될 처지였다. 김씨는 갖은 정성으로 병수발을 했다. 좋다는 약은 다 구해 먹였으며 입맛 돋울 음식을 챙겼다. 그러나 정재원은 회복의 기미는 보이지 않고 점점 더 악화되기만 했다.

"의원이 뭐라고 하오?"

열이 심해져 혼수상태에 빠졌다가 겨우 정신이 들면 정재원은 한 가닥 희망을 놓치지 않으려는 듯 김씨를 채근하곤 했다. 김씨는 애써 표정을 밝게 꾸미며 대꾸했다.

"해소기가 좀 심해졌다고 합니다. 이 고비만 넘기시면 곧 좋아지신답니다."

그러나 김씨가 보기에도 그의 병세는 어제오늘이 달랐다. 곡기를 전혀 못 넘기다보니 그는 하루가 다르게 쇠약해져 갔다. 결국, 김씨는 급히 한양으로 사람을 보냈다.

연락을 받은 약전이 마현에 사람을 보내 큰형 약현을 상경

시켰다. 회현방에 삼 형제가 모였다.

"여기서 진주까지는 며칠이나 걸리겠느냐?"

"보름 길은 될 것입니다."

"한시가 급하구나. 내일 날이 밝자마자 길을 떠나도록 하자."

삼 형제는 침통한 표정으로 밤을 지켰다.

'만일에 아버님의 임종을 지키지 못한다면 이 노릇을 어찌해야 하는가. 천하에 불효를 저지르게 되는 것인데…….'

불안한 마음으로 좌불안석이던 약현이 문득 생각이 미친 듯 주위를 돌아보았다.

"그런데 약종이 뵈지 않는구나."

민망해진 약전이 고개를 수그렸다.

"출타 중입니다."

"소식은 전했느냐?"

이미 까닭을 짐작한 약용은 슬그머니 외면을 했고 더욱 고개를 숙인 약전이 더듬거렸다.

"그것이 통…… 연락이 되지 않습니다."

기실 약종은 천주교의 포교를 위해 타 지방에 가 있어 이미 보름째 얼굴을 보이지 않고 있었다. 약현의 언성이 높아졌다.

"아버님이 위독하신 데도 연락할 도리가 없느냐?"

"백방으로 수소문을 하고 있는 중이니 곧 연락이 되겠지요."

형의 허물을 덮어주기 위해 약용이 완곡하게 말했지만 약현은 몹시 못마땅한 표정으로 두 아우를 쳐다보았다.

이튿날 동이 트기도 전에 삼 형제는 서둘러 길을 떠났다. 한시라도 빨리 당도하기 위해 점심도 거른 채 걸음을 재촉했다.

진주는 행정상 경상도에 속해 있으나 지리적으로는 전라도를 경유하여 돌아가야 했다. 봄기운이 완연하여 진달래가 만개해 있었지만 삼 형제는 주변 풍경에 눈돌릴 새도 없이 부지런히 걸음을 옮겨 열흘 만에 운봉(雲峰) 근처에 다다랐다. 남원을 넘어선 것이다. 오른쪽으로 상봉에 신비스런 구름이 자욱한 지리산이 웅장한 자태를 뽐내고 있었다.

"운봉재만 넘으면 경상도입니다."

약전이 가쁜 숨을 가다듬으며 피로에 지친 두 형제에게 원기를 북돋워주었다.

"그렇다면 이제 얼마 남지 않았구나. 어서 가도록 하자."

이마에 맺힌 땀을 훔치며 약현이 앞장서 서둘렀다. 삼 형제는 흡사 쫓기는 사람들처럼 운봉으로 들어섰다.

운봉읍에서 간단히 요기를 하고 다시 걸음을 재촉하기 위해 주막을 나서려는 참이었다. 엇갈려 들어서는 젊은이의 낯이 익었다. 약전이 황급히 그를 붙들었다.

"이보게나. 혹여 지난번 회현방에 소식을 전하러 왔던 사람 아닌가?"

"아이구, 나으리!"

젊은이는 삼 형제를 알아보고 그 자리에 털썩 주저앉듯 두 손을 늘어뜨렸다. 그는 얼마 전에 부친 정재원의 병세를 알리기 위해 회현방에 왔던 자였다.

언뜻 스쳐 지나는 불길한 예감에 약용이 그의 옷깃을 잡고 다그쳤다.

"아버님은 어찌 되셨는가?"

망연자실한 표정이던 젊은이가 힘없이 대꾸했다.

"사흘 전에 돌아가셨습니다. 나으리들을 빨리 모시려고 이렇게 길을 떠났는데 자칫하면 한양까지 헛걸음을 할 뻔했습니다요."

순간 삼 형제는 그 자리에 얼어붙은 듯 서서 움직일 줄 몰랐다. 한동안 돌처럼 굳어 있던 약현이 갑자기 통곡을 하며 털썩 땅바닥에 주저앉았다. 약전과 약용도 뒤이어 울음을 터뜨렸다.

지나치리만큼 청백리였던 것이 한 가지 흠이라면 흠일까, 참으로 존경스런 아버지였다. 임지에 멀리 떠나 있어도 언제나 인자하고 너그러운 마음씀씀이 자식들에게까지 미치는 듯했다. 한 가정의 가장으로서도, 학자로서도, 나라의 녹을 받는 관리로서도 나무랄 데가 없는 인품이었다. 저마다 나름대로 마음에 간직하고 있는 아버지를 되새기면서 삼 형제는 부끄러움조차 잊은 채 노상에서 눈물을 떨구었다. 이때 정재원의 나이 63세였다.

진주에 도착했을 때는 이미 염을 끝내고 입관을 하던 참이었다. 삼 형제는 시신을 진주에서 충주에 있는 하담으로 운상했다. 꼬박 한 달이 걸린 난사였다.

충주 하담의 선산에 장례를 지내고 약현은 하담에, 나머지 두 형제는 마현에 여막을 짓고 기거했다.

정조는 자주 사람을 보내 소식을 묻고 걱정을 하는 등 배려를 아끼지 않았다.

정조 역시 부모를 끔찍이 생각했는데, 늘 억울하게 죽은 부친에 대해 애통해했다. 사도세자의 묘는 당시 양주 배봉산에 있었다. 지금의 답십리 근처로, 정조는 그곳의 뫼자리가 좋지 않다는 풍수의 말을 듣고 수원의 화산(華山)으로 옮겼다. 윤선도가 예전에 잡아 놓았던 자리였다. 정조는 이곳을 현룡원(顯隆園)이라 이름 짓고 틈만 나면 참배했다.

한양에서 수원 화산까지의 거리는 110리 길이었다. 그런데 당시 임금의 거동은 하루에 1백 리 이내로 제한되어 있었다. 정조는 수원 화산까지의 거리를 1백 리로 줄이라는 명을 내리면서까지 참배를 강행했다. 몇 년간 힘들게 참배를 해오던 정조에게 한 가지 안이 떠올랐다.

'왕도를 아예 수원으로 옮기면 참배하기가 훨씬 수월해질 것이 아닌가.'

그는 곧 우상을 불러들였다.

"우상, 수원에 성을 지었으면 하는데 어찌 생각하시오."

잠시 대답이 없던 우상이 난처한 표정으로 입을 열었다.

"좋은 생각이시옵니다. 하오나 인력과 비용이 적잖이 들 것으로 사료되옵니다."

"알고 있소. 비용과 인력을 줄일 묘책이 필요할 터인즉, 정약용의 지략이면 묘안이 있을 것이오. 그에게 규제(規制)를 지어 올리게 하시오."

"그는 아직 복상 중이옵니다."

"집에서 하게 하시오. 그 외에는 적임자가 없소."

마현에서 하명을 받은 정약용은 그날부터 규제를 작성하는 일에 몰두했다. 그는 먼저 모든 사료를 뒤졌다. 윤경의 보약 (堡約)과 유성룡의 성설(城說)에서 좋은 제도만을 취해 그것을 다시 조목조목 분류한 다음 완벽하게 정리했다.

이를 받아본 정조는 매우 만족해 했다.

"잘되었구나. 기대했던 것보다 훌륭하다."

정조는 약용의 제안에 따라 기중기를 설계하라는 하명을 다시 내렸다. 기중기란 활차(滑車)와 고륜(鼓輪)을 이용해 무거운 짐을 들어 옮길 수 있는 기계로 약용은 규제를 작성하면서 상세한 설명을 덧붙였던 것이다.

성을 쌓는 재료는 오직 돌뿐입니다. 돌을 구하는 일은 어려운 일이 아니오나 그것을 운반하는 것이 난제입니다. 일일이 인력을 사용한다면 비용과 시간이 엄청나게 소모될 것입니다. 하온데 옛날 성현들은 올빼미 꼬리를 모방하여 배를 만들었으며, 마른 잎이 굴러다니는 것을 보고 수레바퀴를 만들었으니 이는 기구를 사용하면 편리하기 때문입니다. 그러하오나 옛적에 기구를 사용했던 기록은 모두 소실되고 오직 현재 남아 있는 기구라면 뱃사람들이 돛을 올릴 때 사용하는 활차뿐입니다. 돛은 무겁고 돛대는 높으나 활차를 이용하면 손쉽게 들어 올릴 수 있으니 이를 본떠서 기중기를 제작하면 큰 도움이 될 것입니다.

약용은 나중에 그의 기중도설(起重圖說)에다 상세히 기중기를 언급했다.

내가 힘을 내는 기계를 만들었다. 이 기계는 겉으로는 보잘 것없이 보일는지 모르지만 사실은 큰 비밀이 숨겨져 있다. 성문에 쌓는 돌은 한 개에 수만 근이나 되어 천 사람이 힘을 모아도 들기 어렵다.

그러나 이 기계는 마치 솜을 들어 올리듯 쉽게 들 수가 있다. 일꾼이 많이 필요하지 않고, 국가의 재정도 허비되지 않을 것이다. 그 이로움이 크지 않겠는가.

기중총설(起重總說)에서 그는 또 이렇게 적었다.

무거운 물건을 움직이는 데 활차를 이용하면 두 가지 이점이 있다. 한 가지는 인력을 더는 것이고, 둘째는 무거운 물건을 나르다 혹 떨어뜨릴 위험을 막을 수 있다는 것이다. 1백 근의 돌이라면 그만한 힘이 정비례하여 필요하다. 그런데 한 개의 활차를 사용하면 50근의 힘으로 1백 근의 돌을 들어 올릴 수 있게 된다. 만일 두 대의 활차를 사용하면 스물다섯 근의 힘으로 1백 근을 들 수 있다. 즉 새로운 도르래를 설치할 때마다 갑절의 힘을 더 낼 수 있는 것이다. 위아래 여덟 개의 바퀴를 만든다면 여기에서 얻어지는 힘은 한 개일 때의 4백 배가 되니 엄청난 것이다.

그리고 대개 물건의 무게는 천차만별이지만 밧줄의 굵기는 같다. 동일한 밧줄로 크기가 고르지 않은 물건을 다루면 위험이 뒤따른다. 실수로 놓치는 날엔 무너지고 다치는 불상사가 일어나게 된다. 그러나 여덟 개의 활차를 사용하면 한 개의 밧줄이 여러 번 감겨 있어 힘이 연결되므로 가중되는 힘을 분산할 수 있어 수만 근이 나가는 무거운 돌도 안전하게 들어 올릴 수 있는 것이다.

그 뒤 그는 또 지어 올린 성설(城說)에 다음과 같이 간하였다.

신이 삼가 생각건대 화성에 성을 쌓는 역사가 비용은 많이 들면서 일은 번잡한 것으로 사료되옵니다. 따라서 일을 시작할 때 치밀한 계획을 세우는 것이 가장 중요합니다. 하여

신은 지니고 있는 모든 지식과 선현의 지혜를 빌려 외람되나마 우견(愚見)을 올리고자 합니다.

약용의 신중한 태도가 받아들여져서 성의 축조에 필요한 세부적인 계획인 성설을 올린 후에도 2년여를 더 연구하고 준비하는 기간이 걸려 3년 후인 1794년 2월 28일에야 착공을 했다.

"수원성 축조에 예산이 막대하게 들 것 같소. 재원을 어찌 충당하면 좋을지 의견을 말해 보시오."

성의 축조가 시작되면서 정조는 여러 문무 대신들을 불러 인력과 재정의 수급에 대해 의견을 물었다.

"전하, 정번전(停番錢)을 쓰심이 가할 줄로 아뢰오. 몇 년 치를 미리 앞당겨 사용하고 그래도 부족할 시는 예비비와 세를 거두심이 어떠하올는지요."

정번전이란 한양과 각 병영에 번을 서야 할 군사가 번을 서는 대신 내는 돈을 말한다.

"좋은 생각이오. 정번전을 거두어 비용을 보강하도록 하오. 또한, 수원성이 완공되면 민가를 이주시켜야 할 것인데 이에 대한 의견은 어떠시오?"

"현재 수원읍으로 되어 있는 행정 구역의 읍민을 수원성 안으로 집단 이주시켜야 할 줄로 사료되옵니다."

"수원읍민의 수는 어느 정도요?"

"대략 2백 호에 달하고 있사옵니다."

"허면 그들의 집단 이주 시 가옥 건조비 등을 포함하여 대략 추산되는 비용을 상세히 뽑아보시오."

"예, 전하. 그리고 새로운 읍의 이전에 따른 이주민의 안정과 정착을 위해 한양부민의 수원 이전을 추진하심이 바람직할 듯하옵니다."

"그러하옵니다. 새 읍의 정착과 발전을 위해 시전도 설치할 것을 건의 하옵니다."

좋은 의견들을 다투어 내놓았다. 그러나 모두 엄청난 비용 부담을 안아야 할 사업들이었다. 다만, 정약용이 고안한 기중기가 막대한 경비를 절감시켜 주었는데 대략 4만 냥이 절약된 것으로 나타났다.

착공을 한 지 2년 6개월여가 지난 1796년 9월 10일. 정조의 효성이 낳은 대역사 수원성이 완공을 보았다. 성 전체의 연장은 396.2척, 성의 외곽 둘레는 4,600보가 되었다. 4대문의 이름이 각각 팔달문, 장안문, 창용문, 화서문이라 붙여졌다. 기타 여러 시설물로는 사직단, 공자묘, 행궁 등을 비롯하여 그 부속 건물들이 들어섰다. 어느 모로 보나 궁중으로서의 규모에 부족함이 없게 축조된 것이었다.

이 역사에 투입된 인적, 물적 수치는 막중한 것이었다. 감독, 경비 등 관리직 430명에 석수(石手) 642명, 목수(木手) 335명, 미장이 295명, 기와장이와 벽돌장이 150명, 대장장이 83명, 지붕 잇는 인력이 35명, 거장(車匠) 10명, 환장이 41명, 칠장이 48명, 대인거장(大引鉅匠) 30명, 소인거장 20명, 기거장(岐鉅匠) 27명, 조각장 36명, 목혜장 34명, 기타 30명 등 모두 합해 무려 1,800여 명의 전문 노동력이 투입된 대역사였다.

사용된 물자는 어림잡아 돌덩이 187,600개, 벽돌 695,000개, 목재 26,200주, 철물 559,000근, 철판 3,900근, 숯 69,000석, 기와 530,000장, 벽전 695,000장, 석회 69,000석, 지류(紙類) 8,000권, 물감 300동, 붓 100자루, 공석(空石) 6,000매 정도였고, 식량은 쌀 6,200석, 콩 4,500석, 잡곡 1,050석 그리고 소 688필, 운반용 말 252필 등이 소용되었다. 이리하여 총공사 경비는 873,520냥이 든 것으로 집계되었다.

성이 완공되자 정조는 감개무량하여 몸소 성을 돌아보면서 눈시울을 적셨다.

"아바마마, 기뻐하여 주시옵소서. 이제 성까지 완공하였사오니 지성으로 뫼시겠사옵니다."

정조는 재상 채제공을 수원유수로 임명하고 그에게 특별히 당부했다.

"선왕마마의 묘가 있는 곳이니 특별히 신경을 써서 다스려주오. 과인의 마음은 이미 수원성에 가 있소."

"황공하옵니다. 신이 부족하오나 미력을 다하겠나이다."

수원성이 축조된 후로 정조의 능행은 더욱 잦았다. 묘에 참배하고 돌아가는 길에는 수원성을 돌아보곤 했다.

"아니, 오늘도 납시는가 보지."

"그렇다는구먼. 원 효성도 어지간하시지 뭔가."

"그나저나 이것 어디 불편해서 살겠나. 엊그제 다녀가시고 또 행차시니 사랑문을 열어놓을 수가 있나, 이웃집에 마실을 갈 수가 있나."

"아닐세. 앞으로도 행차가 더 잦으면 잦았지 줄지는 않으실 걸세. 이틈에 아예 울타리를 쳐서 바깥이 안 보이게끔 집 구조를 바꿔야겠네."

임금의 행차가 지나가는 길목인 과천, 안양 등지에 사는 백성들이 여북하면 집 구조를 바꾸기까지 했을까.

그러던 어느 날, 정조는 평복 차림을 하고 묘로 향했다. 신하들과 백성들을 번거롭게 하지 않으려고 그는 종종 내관 한 사람만을 대동하고 홀가분하게 참배 길을 나서곤 했다. 정조가 주위 경관을 돌아보며 묘를 향해 천천히 걷고 있는데 한 농부가 마주 오고 있는 것이 보였다. 그냥 지나치려던 정조는 문득 멈춰 서서 농부를 불렀다.

"왜 그러시오?"

농부가 다가오자 정조는 손을 들어 묘를 가리켰다.

"저토록 훌륭히 단장된 것을 보니 예사 묘가 아닌 듯싶은데, 대체 누구의 묘입니까?"

농부는 정조의 손끝을 따라 힐끔 쳐다보더니 의아스러운 표정으로 뚫어져라 쳐다보았다.

"아니, 저것도 모른단 말이오? 보아하니 댁은 선비 같은데 어찌 그것도 모르오?"

"초행길이라서 그렇습니다."

정조는 시치미를 떼고 농부의 입에서 무슨 말이 나오려는지 기다렸다.

"그럼 알려드리리다. 저 묘는 억울하게 돌아가신 뒤주대왕을 모신 능이오."

일러주는 농부는 제 일처럼 억울한 낯빛을 지었다. 정조는 흐뭇한 마음을 감추기 어려웠다. 조정에서는 물론 정조 자신도 그렇게 부르지 못하는 것을 서슴없이 '대왕'이니 '능'이니 하고 불러주는 농부가 기특했다. 정조는 농부에게 먼저 인사를 청했다.

"나는 한양 사는 이 주사요."

"나는 저 건너 마을에 사는 이 생원이오."

"농부이신 줄 알았더니, 그럼 선비시군요."

"낮에는 농사 짓고 밤에는 글공부를 합니다. 원체 없이 살아 주경야독하자니 코가 빠지게 바쁘지요."

"허면 과거 준비를 하시는 겁니까?"

"그렇지요. 헌데 번번이 낙방만 하니 식솔들 보기도 면목 없는 처지올시다."

농부가 멋쩍게 웃으며 뒷머리를 쓰다듬었다. 정조는 미소를 지으며 친절하게 일러주었다.

"들은 풍문입니다만 며칠 후에 과거가 있다는 방이 붙는다 하더이다. 이번에 응시하여 꼭 급제하십시오."

그로부터 며칠 후, 정말로 방이 붙자 농부는 깜짝 놀랐다. 우연히 만난 선비의 말을 대수롭잖게 들었던 농부는 기이하다고 여기면서 과거를 보기 위해 서울로 올라갔다. 과장에 들어간 농부는 또 한 번 놀랐다. 글제가 특이했던 것이다.

'한촌의 이 생원과 어느 선비와의 대화'라는 제목이었다. 어느 누구도 알 까닭이 없는 글제를 놓고 이 생원은 전일의 대화를 글로 옮겼다. 그가 장원급제한 것은 두말할 것도 없었다.

8
암행어사

　왼쪽으로는 임진강이 유유히 흐르고, 동쪽인 오른편에는 우뚝 선 오봉산이 그 자태를 뽐내고 있는 길을 따라 한 선비가 터덜터덜 지친 걸음을 떼어놓고 있었다. 그는 가끔씩 눈을 들어 산세를 살피는 것으로 휴식을 삼곤 했는데, 웅비하는 듯 경관이 씩씩하고 산세가 험한 것에 감탄하는 빛이 역력한 얼굴은 다름 아닌 정약용이었다. 그의 남루하기 짝이 없는 모습은 영락없이 낙방거사 꼴이었다. 과거를 보러 한양에 왔다가 낙방을 하고 집안 식구들을 대할 면목이 없어 낙향을 못하다가 결국 객지 생활을 이기지 못해 집으로 돌아가는 시골 선비 같았다. 산모퉁이를 돌고 내를 건넌 그는 다시 등 뒤의 괴나리봇짐을 추스르고 연천을 향해 부지런히 길을 재촉했다.

　길이 골짜기로 접어들자 밖에서 대할 때보다 산세는 더욱 험해 보였다. 골짜기 또한 깊어서 울창한 나무 위로 간신히 보이는 하늘이 언뜻언뜻 비칠 정도였다. 주위가 너무 고요하며 풀잎 스치는 소리도 크게 울렸다.

'이런 산골짝에서 짐승이라도 만나면 꼼짝없이 당하겠구나.'

하는 생각이 들자 등골이 오싹해왔다. 바로 그 순간 그는 발을 멈추고 숨을 죽인 뒤 귀를 곤두세웠다. 무슨 소리가 들리는 듯했던 것이다. 그 자리에 서서 사방을 둘러보았으나 눈에 별스럽게 띄는 것은 없었다. 약용은 다시 걸음을 떼어놓기 시작했다.

그는 부친의 삼년상을 6월에 마치고 10월 27일 홍문관 교리에 제수된 다음 28일에는 수찬에 다시 제수되었다. 옥당의 귀한 벼슬에 있어야만 더 귀한 요직에 오를 수 있는 관제 때문이었다.

홍문관에서 숙직을 하던 어느 날, 그는 은밀히 노량의 별장으로 제수되어 정조 임금 앞에 부복하였다.

"너를 경기 암행어사로 임명하노라."

방년 33세, 사내라면 벼슬에 오르고 싶기 마련이고, 벼슬에 오른 자라면 한 번쯤 해보고 싶은 것이 바로 암행어사였다. 암행어사는 극비에 임무를 수행하는 자리이기에 임명부터 수행까지 모든 것이 비밀리에 이루어졌다.

"명 받잡겠사옵니다. 전하."

그의 남루한 품안에는 임금이 하사한 마패가 들어 있었다. 약용은 자신의 품안에서 체온으로 따뜻하게 달궈진 마패의 묵직함을 느끼며 쉴 틈 없이 걸음을 재촉했다.

동짓달의 날씨는 매서웠다. 북쪽에서 몰아치는 된바람이 귀를 잘라 가는 듯했다. 활엽수 가지에 한두 잎 남은 나뭇잎들이 쇠약해진 목을 간동거리고 있었다.

숲이 끝나고 인적이 뜸한 언덕을 올라설 무렵, 이번에는 분명히 인기척을 감지할 수 있었다. 약용은 재빨리 뒤를 돌아보았다. 방금 지나 온 숲 속에서 별안간 장정 여남은 명이 튀어나왔다. 그들은 금세 약용을 둘러쌌다. 산적들임을 직감한 그는 두근거리는 가슴을 가라앉히며 큰소리로 외쳤다.

"너희들은 어떤 놈들인데 길 가는 사람을 막느냐?"

그중 기개가 당당해 보이는 장정이 앞으로 쓰윽 나섰다. 보아하니 그들의 두목쯤으로 보였다.

"수중에 있는 돈과 쓸 만한 물건들을 몽땅 내놓아라!"

"한 푼도 없소이다. 내 차림을 보면 알 거 아니오?"

약용의 행색을 아래위로 한번 훑어보던 두목이 나섰다.

"이놈을 산채로 끌고 가자. 보아하니 수중에 쓸 만한 것 따윈 갖고 있을 것 같지 않으니 무슨 다른 방도나 강구해 보자."

결국, 약용은 포박을 당한 채 산적들의 소굴로 끌려가는 신세가 되었다.

'일이 맹랑하게 되어가는구나. 이럴 줄 알았으면 아전이라도 동반하는 것인데. 허나 어차피 마찬가지였으리라.'

한편으로는 산적들의 행태에 호기심이 없는 것도 아니었다.

이왕 암행을 나선 터이니 고을의 수령 방백뿐만 아니라 백성들의 살림살이는 물론 산적과 같은 자들의 삶도 관심을 갖고 살펴야 할 일이었다. 졸개들은 약용을 굳이 산채까지 데려가는 두목이 못마땅한 듯 투덜거렸다.

"그냥 처치해 버리지 무엇 때문에 끌고 가는 거야. 거지꼴을 한 선비 놈 따위……."

"날도 저물어 가는데 재수 옴 붙었구먼. 하루 종일 개미새끼 한 마리 나타나지 않더니 막판에 저런 거지가 걸려들 게 뭐람."

그들은 약용을 발길로 걷어차기까지 하면서 걸음을 재촉해 댔다. 산길이 익숙지 않은 터라 몹시 힘들었다.

'요즈음 살기 어려워진 백성들이 산에 들어가 행인들을 약탈하는 일이 늘고 있다더니 이들이 그런 부류인 모양이구나.'

등때기를 거칠게 밀어젖히는 산적들의 험한 짓거리를 묵묵히 견디며 약용이 얼핏 떠오르는 생각을 하고 있는데 한 놈이 칼자루를 툭툭 쳐 보이며 위협을 했다.

"야, 이 각설이 선비 놈아 빨리빨리 걷지 못하겠어? 제대로 따라오지 않으면 이 자리에서 황천길로 보내줄 테다."

추운 겨울인데도 약용은 땀을 비 오듯 흘리며 산적들에게 끌려 그들의 소굴에 이르렀다. 산적 소굴이랬자 깊숙한 숲 속 한가운데 얼기설기 짚으로 엮은 지붕에 토담을 쌓은 오두막이었다. 두목과 몇 명만이 약용을 데리고 방 안으로 들어가고 나머지는 두목의 지시에 따라 어디론가 사라졌다. 약용은 포박을 당한 채 두목 앞에 꿇어 앉혀졌다.

"어디 사는 누구인지 말하라. 만일 한 치라도 거짓이 있을 시는 네 놈의 목에 칼이 들어갈 것이야."

"어디 사는 누구인지는 알아서 무엇하겠느냐?"

도리어 약용은 호통을 쳤다. 두목의 주위에 둘러앉았던 산적들이 이 모양을 보고 달려들 기세를 취했다.

"가만들 있거라!"

두목은 손을 들어 그들을 제지하고는 약용의 얼굴을 찬찬히 훑어보았다.

"흥, 거지꼴에 당당하구먼. 그래, 예가 어딘 줄 알고 큰소리를 치느냐? 너는 목숨이 두세 개쯤 되느냐?"

"네놈이 나를 죽이지 않고 예까지 끌고 온 데는 까닭이 있을 것인즉, 빨리 그것이나 말하라."

그러나 두목은 흘끔흘끔 약용을 살펴보기만 할뿐 선뜻 말을 꺼낼 자세가 아니었다. 도리어 문 옆에 앉은 부하에게 소리쳤다.

"밖에 나가 어찌되었는지 알아보아라."

명령을 받은 부하가 밖으로 나가더니 잠시 후, 뜻밖에도 술상이 들어왔다. 조금 전 두목의 지시에 따라 어디론가 사라졌던 졸개들까지 다 들어와 비좁은 방 안이 꽉찼다.

그들은 약용을 한쪽 구석에 밀어붙인 채 술잔을 주거니 받거니 하기 시작했다. 듣자 하니 며칠째 강도질을 할 적당한 사

냥감을 만나지 못해 초조해하던 중 회포나 풀 양으로 술상을
준비한 모양이었다.

"이 짓도 그만해야지. 수입이 없으니 허구한 날 산속에 틀어
박혀 술타령이구먼."

"그래도 차라리 이게 나을 걸? 옛날 같으면 술은 고사하고
밥도 힘들었잖은가. 진종일 뼈 빠지게 일해다 사또 놈 좋은 일
만 시키고 허리띠 졸라매며 살던 게 어디 사는 겐가?"

"어린 것은 배고프다고 졸라대지, 마누라쟁이는 못 먹고 못
입어서 시집올 때 비단결 같던 살결이 푹푹 꺼져가지."

"거짓말 마라, 이놈아. 무슨 살결이 비단이여? 내가 봤는데
꼭 뚝배기 같드만."

온 얼굴이 수염으로 뒤덮인 장정이 우스갯소리로 되받자 좌
중에는 와자하니 웃음이 터졌다. 그러자 아직 애송이 티가 남
아 있는 떠꺼머리총각이 말을 이었다.

"아, 그러고 보니 이 심심산중에 틀어박혀 사느라고 계집 얼
굴도 다 잊어버렸네. 그것 참, 어떻게 생겼더라?"

"장가도 안간 놈이 무슨 계집 타령이야? 상투 튼 놈 앞에
서……."

"장가를 못 갔으니 계집 타령이지. 이 꼴에 장가는 어찌 드
노. 총각 귀신으로 죽을까 겁나네."

땅이 꺼져라 한숨을 쉬는 떠꺼머리 말에 비쩍 말라빠진 중
늙은이가 혼잣말처럼 지껄였다.

"어디 가서 여자나 훔쳐올까?"

그러자 너도나도 앞을 다투어 한마디씩 보탰다.

"저녁 어스름 녘에 빨래터에 나온 아낙 두서넛만 붙들어 오면 한이 풀리겠어."

"그것 좋은 생각일세."

"말로만 할 것이 아니라 한번 실행에 옮기는 게 어떻겠나. 어떻소 두목. 우리들끼리는 훨씬 전부터 해오던 말인뎁쇼."

저희들끼리 주고받던 졸개들 중 누군가가 두목을 쳐다보며 진지하게 제안했다. 다른 졸개들도 일제히 고개를 빼고 두목의 입에서 떨어질 말을 기다렸다. 많은 눈이 지켜보는 가운데 두목은 말없이 술을 한 잔 따라서 큰 입에 훌쩍 털어 넣더니 갑자기 약용을 가리키며 불쑥 소리쳤다.

"그런 것은 저 선비에게나 물어봐야지, 도둑놈 주제에 옳다 그르다 하겠느냐?"

머쓱해진 졸개들은 서로 얼굴을 마주보며 쓴웃음을 짓다가 이내 약용에게 관심을 돌렸다. 그것도 재미있을 것 같다는 표정들이 역력했다. 약용 가까이에 있던 졸개가 그를 잡아채며 이죽거렸다.

"이봐, 각설이. 거지꼴에 그래도 선비랍시고 점잔빼며 창자 곯느니 우리처럼 노닐면서 외간계집이나 훔쳐 재미 보는 게 어떻겠나? 신선이 따로 있나, 이렇게 사는 것이 신선이지. 논밭을 기며 허덕이느니 배고프면 칼 차고 나가 양반들 후려내는 재미도 수월찮다네. 우리 그리 살면 어떻겠나?"

술이 거나해진 졸개 놈은 가락까지 섞어가며 약용을 희롱했다. 다른 놈들도 박장대소하며 '얼씨구 좋다!'라고 추임새까지 넣었다.

포박을 당한 채 꿇어 앉은 약용은 몹시 팔다리가 저렸지만 태연한 표정을 짓고 있었는데 함부로 몸을 건들며 농을 걸어오자 참았던 화가 폭발했다.

"네 이 무례한 놈! 당장 손을 거두지 못할까?"

눈을 부릅뜨고 좌중을 한 바퀴 둘러본 그는 다시 언성을 높여 소리쳤다.

"신선놀음이면 무엇하느냐, 언제까지나 심심산골에 숨어 살아야 할 것을. 네놈들이 비록 민가에 있을 때 토색질을 당하는 고초를 겪은 모양이다만 그렇다고 길 가는 행인들을 터는 네놈들의 소행이 덮어질 줄 아느냐? 살기가 어려우면 네놈들만 어렵다더냐. 너나 할 것 없이 다 힘든 터에 선량하게 애쓰고 살아보려는 백성들 등쳐먹는 죄를 벗지 못하리라. 만일 아낙네들까지 납치해 온다면 강도질한 죄목에 부녀자 납치죄까지 더할 것인즉 이 산속에 숨어 산다 해도 네놈들을 보호해줄 것은 아무것도 없으리라!"

"아니, 이놈이 보자 보자 하니 예가 제 집 안방인 줄 아나?"

노기 띤 나무람이 끝나자마자 선뜻 일어선 졸개 하나가 약용의 뺨을 후려치더니 발을 들어 짓밟으려 들었다. 그때 두목이 나서서 얼른 제지했다.

"그만두고 그놈을 끌어다 상머리에 앉혀라. 아는 것이 많은 데다 간 또한 큰놈이니 술이 들어가면 또 어떤 소리를 지껄이 는지 두고 보자."

두목의 명령에 따라 졸개 두 놈이 약용을 술상 가까이 끌어 다 앉혔다. 그리고 억지로 술을 먹이려 들었다. 약용은 도리질 을 하며 버텼다.

"나도 손이 있으니 내 손으로 먹겠다."

다시 그를 풀어주라고 명령한 두목은 연신 혼자서 술을 따 라 마시며 약용에게도 술을 권했다. 그 모양을 지켜보던 졸개 하나가 불만을 토했다.

"아까운 술을 거지 놈에게까지 줄 게 뭡니까?"

"닥치고 있어!"

외침과 동시에 두목의 손에 들린 술이 졸개의 얼굴에 흩뿌려 졌다. 그 동작이 어찌나 재빠르던지 칼 쓰는 솜씨를 능히 짐작 하고도 남았다. 얼굴을 닦으며 씨근덕거리던 졸개가 약용을 향해 부아를 터뜨렸다.

"그래, 입만 살아서 잘도 주워섬기는 비렁뱅이 선비. 술 한잔 퍼뜩 처넣고 묻는 말에 대답이나 하시지. 어디 사는 누구기에 산적 소굴까지 끌려와서도 겁 없이 주둥이를 놀리는가? 껍데 기 베끼고 샅샅이 뒤지면 호패 정도는 나올 터지만 그러기 전에 순순히 대답해 보라고."

"나는 한양 회현방에 사는 정약용이란 사람이다."

"정약용……."

머리를 갸웃거리던 두목이 모르겠다는 듯 고개를 흔들며 직접 나서서 무엇을 하던 사람이냐고 물었다. 그러는 동안에도 그는 쉬지 않고 술을 마셔댔다. 약용 또한 지지 않겠다는 뱃심으로 마실 줄도 모르는 술을 따라주는 대로 마시면서 담담하게 대꾸했다.

"과거에 낙방하고 다시 시험을 보려고 준비하는 서생이다."

"농사는 지어 봤는가?"

약용의 대꾸가 떨어지기 무섭게 두목은 다시 다그쳤다. 약용은 두어 번 고개를 끄덕이는 것으로 대답을 대신했다. 그러자 두목이 다시 입을 뗐다.

"땅 부쳐 먹는 일이 쉽지 않은 것도 알겠구먼. 악질 사또에게 식량을 빼앗긴 적은 없었는가? 갖가지 명목으로 거두는 세 말이야."

"있었지. 우리 집도 끼니를 잇기 어려울 만큼 양식이 부족한 적이 많았소."

"그런데도 흡사 고을 수령이나 되는 듯 당당하게 큰소리야?"

어이없다는 듯 이죽거리는 두목의 얼굴에는 웬일인지 비감이 서려 있었다.

"당신은 그 꼴이래도 과거를 본다는 희망이라도 있지. 농사

짓는 것밖에는 아무것도 모르는, 우리같이 무식한 백성들은 무엇에 희망을 걸겠소? 땅뙈기 몇 마지기에 온 식구가 매달려서 사는 처지에 그 소득마저 빼앗기면 어떻게 살아갈 수 있겠소. 그래도 우리더러 죄니 뭐니 하며 할 말이 있소?"

"……."

할말이 있으면 다 해보라는 생각으로 약용은 묵묵히 침묵을 지켰다. 혼자서 연신 술을 들이켜던 두목도 어지간히 취한 듯 눈자위가 붉었다.

"흠, 할 말이 없겠지. 임금인지 능금인지 하는 자가 눈이 외로 박혀 사람을 잘못 쓰니 이 지경이 된 게 아니야."

눈을 내리깐 채 침묵을 지키던 약용의 귀가 번쩍 뜨였다.

"그건 또 무슨 소린가?"

한참 동안 술잔을 빙글빙글 돌리며 말을 아끼던 두목이 약용의 얼굴을 정면으로 주시했다.

"한양 물을 먹었다면 혹 김양직이란 놈을 아시오?"

물론 약용은 그를 알고 있었다. 그는 본래 지관(地官)이었는데 수원성을 축조할 때 공을 세운 덕에 연천현감으로 임용된 자로 그 후 지금까지 5년째 그 자리를 지키고 있었다. 그러나 약용은 선뜻 그를 안다고 대답하지 못했다. 이름만을 알고 있을 뿐 그 위인 됨을 알지 못하는 까닭도 있었지만 섣불리 알고 있다고 했다가 두목이 입을 봉해 버릴지도 모르기 때문이었다. 약용의 대답이 없자 두목은 다시 혼잣말처럼 뇌까렸다.

"임금이 그런 놈을 사또로 앉혀 놓았으니 눈이 외로 박혔다 할밖에……."

힘없는 목소리와 달리 술잔을 움켜쥔 그의 손이 부들부들 떨리고 있었다. 허공을 쏘아보는 그의 두 눈이 분노로 붉게 충혈되었다.

갑자기 두목이 손바닥으로 상을 내리쳤다. 상머리에 놓였던 잔과 그릇들이 튀어 올라 음식물들이 사방으로 흩어졌다. 두목은 두 주먹을 불끈 쥐어 올리며 이를 갈았다.

"김양직, 네 이놈. 천벌을 받을 놈아! 내가 갈 때까지 제발 죽지 말고 기다리거라. 네놈을 처치하지 않고는 내 혼백이 옳게 이승을 뜨지 못하리라."

맹수가 포효하듯 원한에 사무쳐 소리를 질러대더니 그대로 술상 위로 엎어지며 통곡을 하기 시작했다. 이 모양을 본 졸개들이 하나둘 자리를 털고 일어났다.

"또 시작이군. 내 참, 술만 들어가면 저러니……."

"내버려두세. 오죽하면 그러겠나. 며칠째 엽전 한 닢 못 털었으니 이래저래 복장도 터지겠지. 술이나 실컷 마시고 풀어야지 어쩌겠나."

방 안을 가득 채웠던 산적들이 다 빠져나가고 마지막으로 방문을 나서던 놈이 약용을 돌아보며 을러댔다.

"이봐, 서툰 짓 하면 용서 없어! 술이 무지 취했어도 네깟 놈 하나 처치하기는 쥐새끼 잡듯 할 수 있는 양반이니까."

두목의 감정이 가라앉기를 기다렸으나 통곡 소리는 더욱 심장을 찌르듯 높아갔다. 그는 소리를 지르며 잡히는 대로 잔이나 그릇을 던져 깨부쉈다. 벽에 부딪히며 부서진 그릇 파편이 뺨을 긋고 떨어지는 바람에 약용의 얼굴에서 피가 흘렀다. 상한 짐승처럼 날뛰는 두목을 보며 약용은 그의 고통에 담겨 있을 사연을 상상해 보았다.

'무엇이 그를 이처럼 분노에 차게 만들었을까? 김양직이란 위인은 또 어떤 인물일까? 선량한 농민들이 산으로 들어와 비적질을 할 수밖에 없는 까닭에는 나 같은 관리들의 허물이 클 것이다.'

통곡을 하다가는 저주를 퍼붓고 그릇들을 내던지던 두목은 어느새 잠이 들었는지 방 안이 고요했다. 약용은 난장판이 된 방 한가운데에 앉아 잔에 남은 술을 기울였다. 한겨울 칼바람 속에 있는 듯 마음이 한없이 시려 왔다.

많고 많은 백성들 태어나서는
여위고 말라서 도탄에 빠졌으니
갈대처럼 마른 몸을 가누지 못해
거리마다 만나느니 유랑민뿐이로세

이고 지고 나섰으나 향할 곳 바이 없어
어디로 가야 할지 아득하기만

부모자식 부양도 제대로 못 해
곤궁한 나머지 천륜마저 끊기겠네

얼마나 지났을까, 산적 졸개들은 또 비적질을 나갔는지 사방은 괴괴하게 가라앉았고 곯아떨어졌던 두목이 꿈틀거리며 일어났다. 그는 몽롱한 눈을 들어 사방을 둘러보다가 약용을 보고 눈을 끔벅거렸다.

"다들 나간 지 벌써 한참 되었소."

약용의 말에 정신이 든 두목이 매서운 눈초리로 쏘아보았다.

"헌데, 왜 달아나지 않았소?"

"달아날 까닭이 어디 있소? 난 잘못한 것이 없는데. 가고 싶으면 언제라도 스스로 가는 것이지 달아나는 게 아니오."

"꽤나 잘난 체하시는구려, 정 선비."

두목은 다 귀찮다는 듯한 표정으로 털썩 몸을 부려 벽에 기대더니 한층 기세가 꺾인 태도로 약용의 기색을 훔쳐보았다.

"그나저나 내가 무슨 말을 했소? 또 한바탕 한 모양인데 헛소리나 떠들어대지 않았는지."

사실 약용을 처음 대하는 순간 뭔가 심상찮은 인상에 산채까지 그를 데려왔던 터였다. 귀골에 배짱마저 두둑한 것을 보고 더욱 그를 함부로 할 수 없겠다는 생각으로 두목은 위압감마저 느끼고 있었다.

두목으로부터 사연을 듣기 위해 약용은 넌지시 일러주었다.

"김양직이란 자에게 복수하겠다는 소리를 한 것 같던데, 대체 그가 당신에게 무슨 짓을 하였소?"

"그는 도둑이오. 나는 어쩔 수 없어 이 짓을 하지만 그는 본래가 도둑이란 말이오."

"……."

"다 빼앗겼소, 그놈의 아귀 같은 아가리에. 별의별 명목을 다 붙여서 식량까지 앗아갔소. 차라리 그냥이나 빼앗아갔으면 그래도 좀 덜 미웠을 게요. 허를 차고 굴러도 시원찮을, 별 괴상한 세를 다 거둬 가더구면."

눈을 내리뜬 채 허탈한 표정으로 말을 이어가던 두목은 잠깐 말을 멈추고 술병을 들어 거꾸로 세웠다. 그러나 술병에는 한 방울의 술도 남아 있지 않았다. 그는 몇 번 흔들어대다가 그것을 벽 쪽으로 던져버렸다.

"당장 저녁 먹을 끼니를 몰수해 가는 데는 그만 눈이 뒤집히더군. 씨름장에서 간혹 소도 타온 씨름쟁이가 그 꼴을 당하고 보니 가만 배겨날 수 없었소. 아전 두 놈의 목덜미를 추켜세우고 늘씬하게 패주었지. 그런 뒤 그 길로 마을 사람들을 선동해서 관가로 몰려갔소. 그때 생각 같아선 사또를 잡아 죽여도 시원찮았소."

"그래서요?"

"사또하고 이방이란 자가 짜고는 곡식을 돌려줄 터이니 차례대로 동헌 안에 있는 창고로 들어오라 했소. 그러고는 들어가는 족족 결박을 지운 다음 옥에 처넣었소. 나 역시 그 꼴을 당했지요. 이튿날 아침 다른 사람들은 다 풀려난 눈친데 나만 사또 앞으로 끌려갔소. 관원 둘을 상하게 하고 고을민들을 선동했다 하여 곤장 백 대를 맞고 다시 옥에 갇혔소. 아무래도 그대로 있다가는 죽을 것 같아 틈을 보아 탈주하여 산속으로 숨어들었지요."

"그래서 지금까지 이렇게 살고 있는 거요?"

"더 들어보시오. 혼자서 산속에 들어오고 보니 당장 짐승에 쫓기고 굶주려서 한 달을 채 못 견디고 나갔소. 그러나 그보다 더 괴로운 것은 아이들과 마누라가 보고 싶은 것이었소. 야밤을 타고 마을로 숨어들어 내 살던 집에 가보니……."

그는 잠시 말을 멈췄는데, 우악스런 두 눈에 물기가 어려 있었다. 목이 메는지 한동안 큼큼거리던 그는 잠시 후에야 다시 말을 이었다.

"집은 까맣게 불에 타서 잿더미만 남아 있었소. 나는 눈이 뒤집혀 옆집으로 내달았소. 이웃 아낙의 말로는 내가 달아난 다음 날 포졸들이 들이닥쳐 처와 어린 것들을 압송해다가 모두 죽였다는 것이었소. 이웃 친지들이 시신만이라도 거두게 해달라고 해서 산에 묻었다 하더이다. 집도 가산을 압령한 후에 곧 불 질러 버렸다고 했소. 그 길로 동헌으로 달려가려고 했지만 전날처럼 잡혀서 개죽음을 당하느니 이판사판 산속에 숨어 원수 갚을 날을 기다리자고 생각을 고쳐먹었소."

그의 두 눈에서 마침내 눈물방울이 떨어져 내렸다. 쉴 새 없이 흘러내리는 눈물은 더부룩한 수염을 거쳐 그의 옷깃을 적셨다. 그는 그 순간만큼은 산적이 아닌, 사랑하는 가족을 잃은 고통으로 눈물을 흘리고 있는 나약한 인간일 뿐이었다.

한때는 선량했던 양민이 산적으로 전락해간 내역을 들으며 약용의 마음은 더없이 착잡했다. 산속에 숨어서 길 가는 양민을 노리는 그의 행위를 어느 누가 당당하게 죄악이라고 말할 수 있을지 의심스러웠다. 굳이 그 책임을 묻자면 토색질을 일삼는 고을 수령이거나, 아니면 그 수령을 임명한 임금이거나, 그것도 아니면 임금을 올바로 보필하지 못한 조정 대신들이라고나 할까.

"산속에는 나처럼 유랑민이 되어 초근목피로 연명해가는 자들이 있더이다. 처지가 비슷한 사람들이 모여들자 입에 풀칠할 일이 걱정이었소. 다들 집으로 돌아가 봐야 더 흉한 꼴을 당할 처지라 차라리 산속에서 굶어 죽는 한이 있어도 버티기로 했소. 그러자니 결국 이 짓을 하게 됐고. 내가 잘했다는 것은 아니요 만 땅꾼이면 땅꾼다운 일이나 시킬 일이지, 그런 천하의 도둑놈을 어쩌자고 고을 사또를 하게 한단 말이오. 임금이 원망스럽소."

당시 농사를 짓는 사람들에게 세금으로 붙는 것이 무려 마흔세 가지가 되었다. 본래 토지 결당 전세(田稅)가 4~6두로 비교적 낮은 편이었으나 이것에 붙는 부가세가 엄청났던 것이다. 우선 국납(國納)이라하여 중앙 정부에 내는 부가세로 11종이 있었다. 또 지방에서 중앙으로 운반하는 비용까지 농민들이 부담했는데, 이것이 4종이나 되었다.

여기에다 지방 관청을 유지, 운영하는 비용까지 농민이 냈으니 이것이 바로 지방세로 각종 명목을 붙여 28종이나 되었다.

여기에 능전(陵田)이니, 궁방전(宮房田)이니 하는 면세전이 계속 증가했다. 게다가 전세 외에 군정과 환곡이 겹치고 아전이나 수령의 농간질까지 한몫을 담당했으니 농민들이 버틸 재간은 전혀 없었다. 이른바 삼정의 문란이 극에 달해 있었던 것이다.

"임금님을 원망 마오. 할 일이 너무 많아 지방 골골까지 돌아보질 못하실게요. 일개 수령의 잘잘못을 가리기에는 미처 손이 닿질 않는 것이오. 그러기에 팔도에 암행어사를 보내는 게 아니오."

"연천현감 같은 자는 5년째나 토색질을 일삼고 있는데 암행어사가 나왔단 소린 들질 못했소. 이름만 있는 암행어사 무엇에 쓸 것이오."

약용은 그만 말문이 막혔다. 그 어떤 말로도 산적 두목의 처지를 위로하기란 궁한 것이었다. 관복을 입은 도적떼들은 엄연히 활보를 하고 있고 불쌍한 백성들은 추위와 굶주림에 시달리다 못해 죄인 아닌 죄인의 길을 걷는 것이 현실이었다.

약용은 이들을 계도할 결심을 했다. 솔직히 처음에는 계략을 써서라도 이들을 모두 압령할 생각이었으나 그의 말을 듣고 나자 생각이 바뀌었다.

"당신 말도 일리는 있소. 그렇다고 도둑질한 행위가 정당화될 수는 없는 것이오. 만일 모든 사람이 억울한 사연을 핑계로 도둑질을 하거나 살생을 한다면 이 세상이 어떻게 되겠소. 나라에 법이 있으니 법을 따라 잘못된 것을 시정하는 것이 백성된 도리가 아니겠소."

"그런 얘기는 김양직 같은 놈에게나 하시오."

"물론 그는 법에 따라 심문을 받을 것이오. 그보다 당신 자신이 어찌할 것인가를 생각해 보도록 하시오."

단호하게 잘라 말하는 약용을 그는 빤히 쳐다보았다. 그의 표정에는 의아한 빛이 확연했다.

"대체 당신은 누구요? 처음 봤을 때부터 범인(凡人)은 아니라고 느꼈소만, 자 이제 신분을 밝히시오. 누구기에 김양직 같은 놈이 심문을 당할 거라고 하는 거요?"

"내 신분을 밝히기 전에 먼저 당신의 거처를 정하시오. 에서 계속 약탈을 일삼을 거요, 아니면 마음을 달리 먹고 고향으로 돌아가 전처럼 농시를 짓는 선량한 양민으로 귀의하겠소?"

엄한 어조로 약용은 다그쳤다. 그러나 그의 태도에는 온화함이 깃들여 있어 상대방을 위협하거나 위압감을 주지는 않았다.

"연천으로 돌아간다 한들 살고 싶은 생각도 없소. 집도 절도 없고 날 기다리는 가족도 없으니 무엇에 마음을 붙이겠소. 소실된 집터를 보면 환장을 하여 혀를 깨물고 죽을 지경이오. 그리고 무엇보다도 김양직 그놈을 내 손으로 죽여야만 살아 있다 할 뜻이 있소."

다시 치미는 분노를 어찌할 수 없다는 듯이 두목은 거칠게 이를 갈았다. 약용은 다시 침착한 태도로 입을 열었다.

"좋소. 그렇다면 이 산채를 떠나지 않고 계속 산적 노릇을 하겠단 말이지요?"

두목 역시 완강한 태도로 눈을 가늘게 뜨고 주시했다.

"그렇소이다."

그의 마음을 회유할 별다른 방도가 없음을 안 약용은 허리춤 깊숙이 숨겨둔 마패를 꺼내 높이 들었다.

"나는 주상 전하의 어명을 받들어 연천 고을로 잠행을 나온 암행어사요."

두목은 엉거주춤한 자세로 다가와 마패를 들여다보았다. 그리고는 약용의 얼굴과 마패를 번갈아 쳐다보더니 어쩔 줄을 몰라 하며 그 자리에 엎드렸다.

"아이구, 어사또님. 몰라 뵙고 무례한 짓을 하여 죽을죄를 졌습니다요."

이마를 땅에 짓찧으며 그는 섧게 통곡을 하기까지 했다. 약용은 가볍게 혀를 차며 그를 일으켜 세웠다.

"이제 그만하시오. 덩치에 비해 너무 눈물이 헤프질 않소. 자, 일어나 앉아서 내 말을 마저 들으시오."

마지못해 하며 일어나 앉는 그를 향해 약용은 다시 말을 이었다.

"우선 당신의 이름은 무엇이오?"

"송구스럽습니다요. 제 놈의 이름은 박만덕이라고 불립지요."

"보아하니 당신은 본래 선량한 사람이었던 것 같소. 고약한 수령을 만나 비운을 겪었으나 마음속으로는 누구보다 이 생활을 청산하고 싶을 게요. 내가 마침 연천으로 잠행을 가는 길이니 함께 길을 떠나 김양직에 대한 처벌이 공정한지 한번 지켜보구려. 내가 그를 심문할 때 당신을 입회시킬 것이니 이 기회에 원한을 풀고 새 출발을 하도록 하시오."

시커먼 박만덕의 얼굴이 갑자기 환해졌다.

"아니, 그것이 참말이옵니까? 이게 웬 꿈인고, 생신고……."

"내 말대로 따르겠소?"

약용이 재차 확인을 했다.

"하구말굽쇼. 소인도 이 생활이 진저리가 나던 차였습니다요. 오늘은 여느 때보다 더욱 마음이 울적해서 바깥세상 이야기나 들어보려고 어사또님을 끌고 왔던 것입니다요."

하며 좋아하던 박만덕이 갑자기 근심스런 표정을 지으며 조심스레 입을 열었다.

"헌데, 어사또님. 소인 놈이 그동안 산적질 한 것도 심문하시렵니까?"

"글세, 양민들을 약탈한 죄는 면할 수 없겠지. 그러나 자네는 어쩔 수 없이 그 짓을 했으니 내 힘이 닿는 한 가벼운 처벌을 내리도록 하겠네. 그 대신 부하들은 모두 집으로 돌려보내도록 하게."

"알겠습니다요. 어사또님이 내리시는 벌이라면 달게 받겠습니다요. 이젠 숨어서 도적질하는 것도 신물이 납니다요."

"또 한 가지. 김양직을 스스로 단죄하겠다는 생각은 버려야하네. 만일 내가 내리는 처벌이 공정하지 않다고 여겨지면 내게 와서 그 이유를 말하게. 자네의 말이 옳으면 그것을 수렴하고 내 설명이 옳으면 자네가 납득해야 하네. 어떤가?"

"그놈을 처벌할 수 있다는 것만으로도 고맙기 한량없습니다. 소인은 허구한 날 이를 갈았지만 놈을 처치할 뾰족한 수가 없어 술로 제 몸만 축내면서 세월을 보내왔습니다요. 헌데 천지신명께서 어사또님을 보내주셔서 이놈의 애간장 녹는 것을 후련히 해주셨으니 그것만으로도 감읍할 따름입니다요."

제 손으로 처치하겠다던 때와는 달리 그는 고분고분한 태도로 약용의 처사에 따르겠다는 약조를 했다.

저녁 늦게야 산적들은 박만덕과 약용의 설복에 거의가 마음을 돌이켰다. 고향에 돌아가도 살아갈 방도가 전혀 없다는 몇명만이 주저했으나 생업을 마련해 주겠다는 약용의 약조에 그들은 고개를 끄덕였다.

　다음 날 아침, 산채를 불사르고 작별의 인사를 나눈 뒤 약용과 박만덕을 제외한 사람들은 뿔뿔이 흩어져 갔고 약용은 박만덕을 동반하고 연천으로 향했다.

　지관이란 산수지리에 따라 묏자리를 보고 집터를 잡아주는 것을 본업으로 삼는 사람을 이른다. 화성성에 입지를 잡아준 것이 인연이 되어 지방 수령이 된 김양직은 원래 지관이었으나 제대로 현감 노릇을 했을 리가 만무했다. 과거에 급제하여 벼슬아치가 된 게 아니라 하더라도 그의 탐욕은 도가 넘었다. 전정, 군정, 환곡의 삼정에 갖가지 명목을 붙여 백성들의 피와 눈물을 수탈했다. 세금의 가짓수를 헤아릴 수 없었고 이에 따르는 부가세 역시 줄을 이었다. 산채에서 들은 정보는 거의 틀림이 없어 주막에 앉아 요기를 하는 약용의 귀에 들리느니 원성이요 탄식 투성이었다.

　어사또의 출현으로 동헌 안이 발칵 뒤집혔다. 마침 동헌 마당에 양민들을 붙들어 매놓고 곤장질을 하던 참이었다. 사또를 비롯한 이방, 형방 등과 사령들이 어사또 앞에 무릎을 꿇고 엎드렸다.

　"잠시 형을 멈추고 모든 장부를 가져오라!"

　형방이 가져온 장부들은 엉망진창이었다. 아무리 훑어보아도 내역을 알 수 없는데, 세금으로 거둬들인 명목들은 거의가

다 생전 처음 들어보는 것들이었다. 그뿐만 아니라 장부에는 없는 쌀이 관고에 가득 차 있었다.

"사또, 이 양곡은 무슨 명목으로 거둬들인 것이오?"

"이 양곡은 환곡의 모조(耗條)입니다."

"환곡은 얼마요?"

"3천 5백 석입니다."

"그러면 모조는 350석이어야 하는데 왜 이 창고에 751석이 들어 있는 게요?"

모조란 환수할 때 손실 부분을 감안하여 1할씩 더 받는 제도로 모든 손해를 농민에게 씌우는 대표적인 예였다.

창고의 구석구석에 쌓인 물품들은 장부의 수치와 맞는 것이 하나도 없었다. 장부상에 누락된 것이 많았고 설사 있다 하더라도 넘치거나 부족한 것이 대부분이었다. 또 다른 장부를 훑어보던 약용은 표정을 일그러뜨리며 호방을 불렀다. 이상한 암호처럼 씌어진 글자들을 납득할 수 없었던 것이다.

"이것들이 무엇인지 말하라."

흘끗 장부를 넘겨다본 호방은 고개를 푹 수그리더니 입을 꼭 다문 채 다시는 고개를 들지 못했다.

"어찌된 내역인지 말하지 못할까!"

약용의 호령이 재차 떨어졌다. 그러나 호방은 쩔쩔매기만 할 뿐 여전히 입을 열지 않았다.

"사령은 듣거라! 이놈이 입을 열 때까지 매우 쳐라!"

사령들이 다투어 호방을 잡아채자 사색이 된 그는 땅바닥에 털썩 주저앉으며 싹싹 빌었다.

"말하겠습니다요, 어사또. 목숨만 살려주십시오."

약용의 눈짓으로 사령들이 물러나자 호방은 벌벌 기면서 다가와 장부에 씌어진 글자들을 가리켰다.

"이것은 노비를 풀어주고 받은 돈을 기재한 숫자이옵니다. 그다음은 군악을 면제시켜 주고 거둬들인 뇌물 내역입니다."

"그다음은 또 뭐냐?"

약용은 자꾸만 미적거리는 호방을 다그쳐 조목조목 따지고 들었다.

"향임(鄕任)을 팔고 받은 돈입니다요. 어이구, 어사또. 목숨만 살려주십시오."

"향임은 관리도 아니고 동리의 심부름꾼에 불과한데 어찌하여 이것을 사고파는 게냐?"

"그것이 좀……."

"어서 말하지 못할까!"

"예, 예, 어찌해서 그리 되었는가 하면, 한 사람이 향임에 오르면 구족이 역을 면제받게 됩니다. 그래서 서로 하려고 아우성입지요."

부유한 백성이 돈으로 양반의 명색을 얻고 군적에서 이름을 삭제 받는 일이 비일비재한 것이 현실이었다. 백성들의 눈물과 한숨이 눈에 보이는 듯하여 약용은 그만 장부를 덮고 말았다.

"옥 안에 있는 사람들을 모두 끌어내라."

금세 동헌 마당은 옥에서 끌려나온 사람들로 가득 찼다. 그는 한 사람씩 불러 세워놓고 끌려온 죄목을 물었다.

"이름은?"

"김천득이옵니다."

"무슨 일로 끌려 왔느냐?"

"억울하옵니다, 어사또 나으리. 소인 놈의 억울함을 풀어주십시오. 소인은 나이 40에 땅뙈기 하나 없이 남의 땅을 부쳐 먹고 사는 처지이온데 지난 춘궁기에 굶기를 밥 먹듯 하다가 여북하여 보리쌀 두 말을 관가에서 빌렸습죠. 헌데 수확을 하여 갚으려고 했더니만 쌀 열 말로 둔갑을 했더란 말입니다요. 게다가 콩과 조는 빌려간 일도 없는데 빌려갔다고 하니 소인 놈은 이 억울함을 어디다 호소를 해야 합니까요."

김천득의 하소연이 끝나자마자 김양직이 불쑥 살쾡이 같은 표정으로 으르렁댔다.

"네 이놈! 닥치지 못할까! 천하에 도둑놈 같으니라고."

그는 다시 약용에게 고개를 주억거리며 사설을 늘어놓았다.

"어사또 어른, 저놈의 말을 듣지 마시옵소서. 비렁뱅이 소작 놈이라 거짓말을 밥 먹듯 합니다요."

"연천현감 김양직은 입을 다무시오. 판단은 내가 할 것이며 그러기 위해 저들의 사연을 일일이 들어보려는 것인즉 잠자코 있으시오."

엄히 꾸짖고 나서 약용은 김천득에게 잠시 기다리라 이르고 다음 사람을 불렀다.

"어사또 나으리. 세상에 이런 일이 또 어디 있습니까요. 소인의 아버님은 작년에 돌아가셨는데 군포를 물라는 것입니다요. 또 소인의 일가친척 중에 살기가 어려워 타지로 이사를 한 자가 있는데 그 사람의 군포까지 저보고 내라는 것입니다요. 너무나 억울하고 또 더 이상 낼 것도 없어 못 낸다고 했더니 개 끌 듯 이리로 끌어왔습니다요."

모두가 다 그런 식이었다. 탐관오리 김양직의 비리와 가렴주구는 끝도 없었다.

'이런 짓을 하는 관리가 어디 김양직뿐이랴.'

약용은 하늘을 우러러 탄식했다. 하늘에는 무심한 구름만 한가로이 떠서 어디론가 흘러가고 있었다. 차라리 그 구름과 함께 모든 것을 잊고 주유(周遊)하고 싶은 충동에 그는 맥을 놓아 버렸다. 파고들면 들수록 악취 나는 더러운 행각이 꼬리를 물고 사방에서 터져 나오니 어디서부터 갈피를 잡고 처리해야 할지 알 수 없었다.

끌려온 사람들의 사연을 듣는 데에도 이미 밤이 깊었다. 약용은 동헌 뜨락에 횃불을 밝히게 하고 심문을 계속했다. 모든 사건의 물증과 증인들을 수소문하여 김양직의 입에서 이실직고가 나오도록 조처했다. 창고에 쌓인 양곡들 역시 증인을 모으고 장부와 대조하여 강제로 빼앗긴 자들에게 되돌려주었다.

이틀 밤을 꼬박 새워가며 모든 조사를 끝내고 공무를 마친 약용은 사령들을 시켜 불타 버린 박만덕의 집을 새로 짓게 하는 한편 농토를 얻어 소작이나마 짓도록 배려했다. 물론 그의 죄는 가볍게 처벌하여 곤장 열 대로 대속하도록 했다.

"어사또 나으리. 헤아릴 수 없는 은혜를 입었습니다요."

"세상에는 눈에 보이지 않는 이치, 법도라는 것이 있네. 악한 일을 당하고서도 악으로 갚지 않고 억울함을 당하더라도 참고 선을 행하면 그 대가는 하늘이 내릴 것이네. 자네의 개과천선이 어떤 이유로도 변질되지 않도록 하게."

박만덕의 배웅을 받으며 약용은 쉴 틈도 없이 다시 이웃 고을인 삭령(朔寧)을 향해 길을 재촉했다. 소문이 나돌기 전에 임무를 수행해야 하기 때문이었다.

삭령 고을에 들어서자 연천보다 한층 더 인심이 흉흉했다. 불어오는 바람의 느낌만으로도 금세 알 수 있었다.

삭령군수 강명길은 혜경궁 홍씨의 전의였던 까닭으로 효성 지극한 정조대왕의 성은을 입어 부사가 된 자였다. 그러나 그는 흡사 탐관오리의 표본과 같은 인물이었다. 그에게 있어 소송이나 관무는 손댈 가치가 없는 것이며 오직 축재와 부당 이익만이 군수의 자리를 지키는 목적이었다. 그는 백성의 주머니를 터는 것도 부족하여 관리인 아전들의 식비까지 털어냈다.

위에서 당한 아전과 사령들은 애꿎은 백성에게서 손실을 보충했다. 수령과 아전들에게 이중으로 뜯기다 못 한 백성은 태반이 집과 고향을 등졌다. 하여 고을 안은 흡사 사람이 살지 않는 마을처럼 황폐하여 적막하고 음산했으며, 간혹 마주치는 사람들은 경계심과 증오의 눈초리를 보낼 정도였다.

삭령에서는 화전민에게도 세금을 매겨 포탈했다. 아녀자들의 겁탈도 공공연히 행해지고 있었다. 황구첨정(黃口簽丁:젖먹이를 군적에 올려 세금을 징수하는 것)과 백골징포(白骨徵布:죽은 사람에게도 세금을 징수하는 것) 등의 짓거리는 차라리 양반에 속했다. 아예 법도라는 것이 없는 상태로 수령의 명령이 곧 법이요 원칙이었다.

약용은 암행에 나선 것을 피가 맺히게 후회했다. 눈으로 보고 귀로 듣지 않았다면 그토록 괴롭지는 않을 터였다. 임금의 그늘 밑에서 특별한 공로가 있다는 이유로 신임을 받아 나온 관리들이 백성들을 핍박하고 임금을 욕되게 한다는 사실이 참을 수 없었다.

그러나 조정은 그런 내막을 알고도 상께 보고하기를 꺼리는 사람들로 꽉 차 있었다. 왕의 특별한 신임을 받고 있는 자들의 비리를 들춰냈다가 혹시 신상에 이롭지 않을까 하는 우려 때문이었다.

정약용 역시 주저하지 않을 수 없었다. 특별히 신임을 하여 벼슬을 내린 수령들이 탐욕으로 비리와 적악(積惡)을 일삼는 사실을 알고 노여워할 임금을 생각하면 차마 마음이 내키지 않았다. 하지만 신하된 자로서 임금을 속이는 일은 더욱 도리가 아니었다. 그는 결국 연천과 삭령에서 일어났던 모든 일들을 장계로 꾸며 보고했다.

또 한 가지 께름칙하게 남아서 약용의 뇌리에서 사라지지 않는 것이 있었다. 그것은 탐관오리들의 태도였다. 비리를 조사받는 그들의 태도에는 죄의식이란 흔적도 없고 하나같이 태연자약했다.

그들은 지방 수령이 되면 당연히 재산을 모아야 한다고 생각하는 부류였다. 그렇게 모은 재산 중의 일부는 다시 상관에게 뇌물로 바쳐져서 지위를 공고히 하는 데 사용되었다.

그보다도 문제는 지방 수령들의 수탈이 암암리에 묵인되고 있다는 사실이었다. 정조가 윤선도의 후손인 윤지범을 임천군수로 임명했을 때 한 말을 보면 그것이 확연해진다.

"너희 집이 가난하고 어버이는 노쇠하였으니 네게 지방 수령을 제수한다."

또 이기양을 의주부윤으로 보낼 때도 그와 비슷한 말을 했다. 그렇게 해서 관리가 봉록에 의지하여 살기보다는 가외의 이득도 취할 길을 터주는 셈이었다. 일종의 합법적인 도둑을 만든다고나 할까. 국가관이 확실하고 청렴결백을 신조로 삼지 않은 사람이면 얼마든지 도둑으로 변할 가능성이 많았다. 이 모든 폐해는 백성들에게 돌아가 결국 민란으로 번졌다.

바람결이 한층 매서워졌다.

연천과 삭령의 암행을 마치고 돌아오는 약용의 심경은 복잡했다. 온몸을 때리는 바람처럼 마음속이 춥고 서글펐다. 부정의 온상은 어디에나 만연했고 거리마다 백성들의 원성과 눈물이 가득했다.

남편은 나무하러 산으로 가고
아내는 이웃에 방아품 팔러 가
대낮에도 사립 닫힌 그 모습 참담하다
점심밥은 거르고 밤께 와서 밥을 짓고
여름에는 갖옷 한 벌 겨울엔 삼베 적삼
땅이나 녹아야 들냉이 싹날 테고
이웃집 술 익어야 찌꺼기라도 얻어먹지
지난봄에 꾸어온 환자미가 닷 말인데
금년도 이 꼴이니 무슨 수로 산단 말인가
나졸 놈들 오는 것만 겁날 뿐이지
관가 곤장 맞을 일 두려워 않네
오호라 이런 집이 천지에 가득한데
구중궁궐 깊고 멀어 어찌 다 살펴보랴

'나라의 주인은 바로 백성인데……'
약용은 그 생각을 머릿속에서 지울 수 없었다. 그는 그 생각을 바탕으로 그간 염찰한 결과를 보고하는 장계를 작성하고, 그 결과를 타계할 대안까지 마련해 덧붙였다. 그리고 말미에는, 각 지역에 공통적인 백성들의 아픔과 탐관오리의 부패를 밝혀 그 해결책을 국가적으로 마련해야 한다는 건의사항을 올렸다.

'한 사람이 향임에 오르면 그 집안 전체가 신역을 면제받기 때문에 향임을 재물로 교환하기 시작한 이래, 넉넉하고 부유한 백성은 유자의 옷을 입고 군적에서 이름을 제거하지만, 가난한 사람은 굶어 죽어 땅속에 묻히지도 못하는 폐단이 온 고을에 가득 찼습니다. 이 점은 어느 지역이나 공통된 폐해로써 큰 고을은 그런대로 변통하는 일이 있으나 작은 고을은 더욱 꼼짝할 수가 없었습니다. 그래서 신이 출도한 날 즉시, 본관으로 하여금 부동산에 관해 처분한 증명서를 작성해 내도록 하여, 뇌물을 바치고 하리에 임명된 자는 모조리 임명장을 거두어 불에 태워 버리고 그 본인 및 친족을 막론하고 결원이 생기는 대로 병정에 뽑도록 하였습니다. 한편으로는 부자가 뇌물로 벼슬하는 교활한 풍습을 징계하고, 한편으로는 황구첨정과 백골징포의 고질적 폐단을 제거하였으되, 환곡 사항에 이르러서는 신이 감히 독단할 문제가 아니었으므로, 백성들이 호소하여 길을 막고 간청했으나, 신이 돌아가 임금께 아뢰어 국가적으로 해결책을 강구하겠노라고 답변했사옵니다.'

한강 이남의 암행을 마치고 장계 작성을 마친 약용은 쓴 입을 축이기 위해 광주의 한 주막에 들렀다.

"주모, 따끈한 국밥이나 한 그릇 말아주오."

뒷마루에 걸터앉은 약용은 분주히 움직이는 주모의 뒷모습을 좇다가 하릴없이 말을 건넸다.

"요즘 지내기가 어떻소."

"세상 살기가 어디 그리 쉽습니까요."

주모의 대꾸는 퉁명스럽기까지 했다. 묻지 않아도 훤한 일을 왜 귀찮게 묻느냐는 태도였다. 그때 네댓 명의 장정들이 우르르 안으로 밀려들었다. 그들은 앉자마자 주모를 향해 버럭 소리를 질렀다.

"사람이 들어왔으면 퍼뜩 달려올 일이지 뭘 꾸물대는 거야? 사람이 사람같이 안 보여?"

"아니, 이 양반들이 어디 와서 시비야. 당신네들은 그래 뒤통수에도 눈을 달고 사우?"

"이년 봐라. 너까지 괄시하기로 작정했냐?"

"흥, 보아하니 동쪽에서 따귀 맞고 서쪽에서 분풀이를 하려는 모양인데, 네깟 놈들에게 팔 술은 없으니 썩 꺼지거라!"

주모는 생각보다 억센 아낙이었다. 주모는 포악스레 소리를 지르며 삿대질을 해댔다.

"안 그래도 창자가 뒤집히려는 판인데 네년까지 무슨 원수졌다고 괄시하면서 대드는 것이야?"

"네놈이야 환장을 하던 쓸개를 빼던 맘대로 해라마는 어째 남의 장사 집에 뛰어들어 난동을 부리는 게야?"

악에 받친 주모는 장정들의 말에 한마디도 지지 않고 대거리를 해댔다. 오히려 한술 더 뜨는 폭이었다.

"거 시끄럽소. 그만들 두시오. 술맛 떨어지니……."

다른 손님들의 핀잔이 쏟아지고 나서야 그들은 누그러졌다.

"이보게, 주모. 한두 번 본 사이도 아닌데 오늘따라 왜 그리 속을 뒤집는가?"

"관찰산지 뭔지 하는 벼슬아치가 한 냥이면 살 수 있는 쌀을 닷 푼이나 더 받질 않겠소. 장사도 시원치 않은데 눈 시퍼렇게 뜨고 코를 베어가니 나라고 맘이 편하겠소?"

"자네도 당했는가?"

"그렇잖고. 더군다나 다섯 섬을 사야 한다고 강매를 하지 않소."

"이거 원, 어디 사람이 살겠는가."

장정들은 땅이 꺼져라 한숨을 내뿜었다. 주모도 복장이 터지는지 술을 호리병째 마셔댔다.

"관찰사 놈도 얄밉지만 임금님께서도 무심하시지 뭐요."

"그러게나 말일세. 효도한답시고 수원성을 짓는다 하여 그러잖아도 살기 힘든 백성들 아예 피를 말리더니……."

"효자 아닌 사람이 세상에 어디 있다고."

"세금을 10년씩이나 앞당겨 거두질 않나. 꼴뚜기가 뛰면 망 둥이도 뛴다고 부사고 관찰사고 할 것 없이 백성들에게만 종 주먹을 대니 피눈물을 토하고 죽어도 시원치 않소."

임금과 세상을 탓하면서 주거니 받거니 하는 소리가 끝없이 이어졌다. 주모가 술을 더 뜨러 일어난 사이 약용이 불렀다.

"본의 아니게 엿듣게 돼서 미안하네만 그 관찰사라는 자의 이름을 아는가?"

"그자요? 서 뭣이라고 하던데……. 이름자는 잘 모르지만 좌우지간 그자가 임금님 수원 나들이하시는 길을 고친답시고 쌀을 시가에 몇 배를 붙여 강매를 하지 뭡니까요. 아무래도 살 기 어려운 지경에 지나친 처사가 아닙니까?"

그 순간 약용의 머리에 서용보라는 위인이 떠올랐다.

주막을 나선 약용은 사실을 확인하고자 일곱 개 읍을 돌며 증거를 잡았다. 더구나 마전에서는 서용보가 향교 땅을 가로 챈 사건으로 시끄러웠다. 향교가 들어 있는 땅을 묘지로 삼고 자 명륜당을 헐어버린 것이다. 암행을 나선 이후 가장 엄청난 비리였다. 약용은 이 모든 사실을 모두 적어 보고했는데, 이것 이 훗날 그의 정치 생명에 결정적인 타격을 입힌 원인이 되었다.

서용보는 능란한 처세술을 지닌 자로 현직 관찰사에다 벽 파의 거두서 그의 행적이 얼마든지 덮어질 수 있었다. 화를 입은 것은 오히려 이쪽이었다. 그들은 일개 서생과도 같은 약 용의 당돌한 행위에 두고두고 보복을 가함으로써 암행을 나가는 자들에게 교훈을 보여줬다.

　7년 후인 신유년의 대사옥 때 약용은 이렇다 할 죄가 없었다. 따라서 여러 대신들이 그의 무죄를 인정했으나 유독 서용보만이 끝까지 고집을 하여 18년이라는 장구한 세월을 유배지에서 보내게 했다. 그로부터 2년 후, 정순왕후가 특은을 베풀어 강진에서 유배 생활을 하고 있는 약용의 해배를 명했으나 이때에도 서용보의 방해로 무산되고 말았다.

　18년의 유배 생활을 마치고 고향에 돌아왔을 때였다. 당시 조정에서는 실학의 거두로 지목받던 정약용을 추천하여 쓰기로 했다. 그의 목민심서가 완성되어 평판이 좋았던 것이다. 그러나 정승인 서용보가 극력 저지하고 나서는 바람에 허사가 되었다. 이때 만일 정약용이 등용되었다면 나라에 큰 이득이 있었을 것이다. 그러나 벽파의 거두 서용보는 재상의 자리에 버티고 앉아 사사건건 약용을 밀어내고 복수를 획책했다. 개인적인 감정으로 나라의 대사를 그르친 가장 큰 본보기였다.

9
화산에 피는 꽃

　윤유일이 두 번이나 연경에 드나들면서 교섭을 벌였으나 선교사 파송은 마냥 늦어지고 있었다. 그러는 가운데 조선에서는 천주교가 요원의 불처럼 번져갔다. 당쟁으로 민심을 살피지 않는 정치에다 하급 관리들의 수탈과 삼정의 문란으로 봉건군주제의 말로를 그대로 드러내고 있는 사회에서 어느 한 곳 의지할 데 없어진 백성들은 천주교를 피난처로 삼았다.

　천주교는 암흑 속에 갇혀 헤매는 그들에게 빛이요, 희망이었다. 미움과 시기와 가난이 없는 곳. 그런 곳이 있다는 생각만으로도 그들은 살아갈 용기와 희망을 얻었던 것이다.

　이 무렵 북경 교구에는 세 부류의 선교사단이 있었다. 하나는 로마 교황청 직속의 포교성 휘하에 있는 선교사단이었고, 또 하나는 포르투갈 선교사단이었으며, 나머지 하나는 불란서인 선교사단이었다.

　처음 교황청 직속의 구베아 주교는 조선에 오 신부를 파견하고자 했다.

"조선에 가서서 성도들의 영혼 생활을 지도해 주셨으면 하오. 하느님의 뜻이 있어 많은 성도가 생겼으나 목자가 없어 흩어지기 쉬우니 이제 조선에 가서서 그들을 인도한다면 천주의 크신 은혜와 축복이 있을 것이오."

"기꺼이 천주님의 뜻을 받들고자 합니다. 조선에 가서 성도들에게 주의 진리를 전할 수 있다면 제게 그 이상의 큰 기쁨과 보람이 없을 것입니다."

"확답을 해주니 고맙소."

"아닙니다. 소명에 순종할 뿐입니다."

국경에서 윤유일 등과 만나기로 약속한 오 신부는 길을 떠났다. 그러나 그는 약속한 장소에서 윤유일을 만나지 못했다.

'단신으로 국경을 넘어볼까.'

안타까운 나머지 그런 생각을 안 해본 것은 아니지만 지리도 전혀 모르는 판국에 외모마저 양인인 그로서는 아무래도 무리한 짓이었다. 그는 하는 수 없이 북경으로 되돌아갔다.

그해 구베아 주교는 이미 조선 교회에 관하여 로마교황청에 보고하면서 선교사 한 명을 파송한다는 사실도 알렸었다.

조선에서는 성직자도 없이 우연히 전해진 서적만으로 신자가 발생하여 이미 신도가 4천여 명이 넘고 있습니다. 천주의 뜻이 이렇게도 분명한데 더 이상 지체할 수 없어 선교사 한 명을 파견하기로 결정을 내렸습니다.

그런데 오 신부가 북경으로 되돌아감으로써 선교사 파송이 또다시 늦어지게 되었다.

그즈음 조선의 천주교세는 증가일로에 있기는 했으나 신해년의 박해로 이승훈, 권일신 등 중심인물들이 배교를 해 허점이 있는 상태였다. 사태가 변하자 그들이 만든 빈 곳을 신심 깊은 중인들이 채웠다. 천주교의 주도권이 양반에서 중인에게로 넘어가게 된 것이다. 이때 지도급의 중인으로는 최창현, 최인길, 지황 등이 있었다. 그들은 명성도 없었고 가문도 보잘 것 없었다.

그러나 그들에게는 천주에 대한 깊은 믿음이 있었다. 믿음 안에서는 반상의 구별이 있을 수 없었다. 아니, 오히려 중인이라고 멸시와 천대, 차별만 받아오던 터였기에 그들의 믿음은 더 순수하고 깊은 것이었다.

천주교는 학문이 아니었다. 그것은 곧 삶이었고, 실천이었고, 살아 움직이는 행동이었다. 그리고 내부로부터 변화를 일으키는 원동력이었다.

중인들이 천주교의 지도자가 된 뒤부터 선교사의 필요성이 더 절실해졌다.

"아무래도 이대로는 안 되겠네. 신부님 없이는 도저히 신도들을 더 이상 지도할 수 없네."

"그렇지만 어찌하겠나. 지난번에도 국경에서 만나지 못해 다된 일을 그르쳤는데⋯⋯."

"안 되면 두 번 세 번 시도해 봐야지, 가만 주저앉아 있는 것은 천주님의 뜻이 아닐 걸세."

"그러면 어떻게 했으면 좋겠는가."

"이번에는 길이 어긋나지 않도록 우리가 직접 가서 북경에서부터 아예 모시고 오세."

"허지만 또 누굴 보낸다지?"

"내가 가겠네."

서슴없이 나선 사람은 윤유일이었다.

"자네가 또 갈 수 있겠나?"

"염려 없네. 북경 지리를 아는 자로는 나를 따를 사람이 없을 걸세. 내가 가지 않으면 아무래도 또 하찮은 일로 문제가 생길지 모르잖나."

"그럼 저도 가겠습니다."

윤유일의 비장한 결심에 덩달아 나선 사람이 있었다. 지황이었다.

두 사람은 이전과 마찬가지로 동지사 행렬을 따라 북경으로 떠났다. 구베아 주교는 신부를 모시러 다시 찾아간 그들에게 슬픈 소식을 전했다.

"오 신부는 천주님 곁으로 가셨습니다."

갖은 고초 끝에 북경에 도착한 두 사람의 실망은 이만저만이 아니었다.

"주교님, 도와주십시오. 조선의 사정은 한시도 지체할 수 없습니다. 온 신도들의 열망이 신부님 뵈옵기만을 간절히 소망하는 그 하나에로 모아지고 있습니다. 천주의 어린 양들을 보살펴 주십시오."

구베아 주교는 맑고 푸른 눈을 들어 두 사람을 번갈아 쳐다보았다.

"잘 알고 있습니다. 천주께서 조선의 신도들을 위해 특별히 준비시켜 둔 목자가 반드시 있으을 겁니다."

북경 교구는 조선에 파견할 신부로 중국인 사제 주문모를 결정했다. 그토록 요원해 보이던 신부 파송이 드디어 이뤄지게 된 것이다.

조정에서는 날로 시파가 몰리고 있었다. 벽파들은 특히 정약용을 목표로 삼았다. 그 이유는 한 가지, 그가 벽파 측에 위협을 줄 만큼 출중하고 정조의 신임과 사랑을 한몸에 받고 있다는 것이었다. 따라서 약용은 계속 대교, 직각 등을 맴돌았다. 보다 못한 정조가 대신들에게 호소를 했다.

"우상, 정약용은 본래가 한림 출신인데 어찌하여 내각에 등용하지 않소? 뛰어난 인재를 키울 수 있도록 품계를 올려주시오."

정조는 내심으로 그를 성균관 대사성이나 홍문관 부제학에 제수했으면 하고 바랐다. 정조의 뜻이 워낙 강했으므로 약용은 경모궁(景慕宮)의 존호(尊號) 추존시 도청(都廳)에 임명되었다. 경모궁은 정조의 아버지 장헌세자를 장조(莊祖)로 추존하기 전에 신위를 모시던 궁이었다.

1795년은 장헌세자의 육순이 되는 해였다. 정조는 이 해에 장헌세자에게 휘호를 올리고 또 할머니 태비, 어머니 혜빈에게 도 호를 올리고자 했다. 그런 연고로 예조에 도감을 설치하여 도제조에 영의정 채제공을 임명하고 정약용을 도청랑(都廳郎)으로 삼았던 것이다.

어떻게 생각하면 호를 지어 올리는 일은 효성을 나타내기 위해서 거치는 절차에 불과했다. 그리 대단한 일이 아닌 것이다. 그런데도 이 문제에서조차 벽파와 시파 간에는 대립이 상존했다. 서로의 입장이 달랐던 것이다.

벽파 측에서 볼 때는 과거 자신들의 선대나 조상이 죽이고자 도모했던 사도세자를 위한 일이었다. 결코, 호락호락할 수 없는 문제였다. 따라서 대제학 서유신이 옥책문(玉册文)을 지을 때도 그랬듯이 사사건건 은근한 저항을 그치지 않았다. 그럴 때마다 정약용이 나서서 바른 소리를 하려고 했지만 채제공이 뒤에서 제동을 걸었다.

"조정에 시파가 희귀하네. 말과 행동에 각별히 주의하시게. 자네에게 해가 미치는 경우 시파 전체가 받는 타격을 염두에 두게."

개인의 문제가 아닌 파당의 문제로 확대되니 옳은 소리를 하는 것도 마음대로 될 일이 아니었다. 약용은 쓸쓸한 마음을 가누며 나름대로 정성껏 존호를 지어 올리는 일에 참예했다.

우여곡절 끝에 지어진 존호는 정조의 마음을 흡족하게 했다.

"정약용을 문관부교리에 제수한다."

이로써 약용은 다시 옥당에 들어가게 됐다.

이듬해는 장헌세자의 환갑년이 되는 해였다. 이때 정약용은 34세였는데 벼슬이 오르는 행운의 해이기도 헸다. 처음에는 사간원 사간에 제수되고 품계가 통정대부에 오른 뒤 다시 동부승지가 되었다.

동부승지는 정3품으로 왕명을 출납하는 자리였다. 공식적으로 그가 정조 밑에서 지낸 최고의 벼슬이었다. 끝내 그는 그 이상은 올라가지 못하고 좌절해야 했다.

그에게 쏟아지는 질시의 화살은 조금이라도 그가 벼슬이 올라가면 집중적으로 날아들었다. 또한, 동부승지라는 자리는 화살의 과녁이 되기에 충분했다.

"아무리 도감을 해냈다지만 갑작스레 동부승지에 임명한다는 게 어디 있을 법이나 한 노릇인가."

"잘라야지. 잘라야 해. 가만 놔두면 눈 깜빡할 사이에 내각에 들어와 큰소리를 치게 될 게야."

"애초에 싹부터 근절을 시켜야 하네. 자라서 호랑이가 되면 그때는 우리가 먹히게 될 걸세."

"아무렴. 동부승지가 어디 예사 자린가. 주상 전하와는 밤이나 낮이나 코를 맞대고 있는 자리 아닌가. 아마 곧 영상의 자리도 요원하지 않을 걸세."

당파 싸움에는 이론이나 논리라는 것이 없었다. 모든 것이 감정과 이해관계에 따라 좌우되었다. 사람됨이나 재능 따위가 끼어들 여지도 없었다. 갈아 치우면 대신할 사람은 얼마든지 있는 것이다.

장헌세자의 존호를 지어 그 영전에 바친 정조는 마음이 한결 가뿐했다. 그는 그 소식을 아버지께 고하고 싶어 성묘 행을 생각했다. 약용에게 특별히 병조참의의 임시직을 제수하고 성묘 행차를 시위하여 따르도록 했다.

성묘 행차에는 혜빈 홍씨와 정조의 두 누이, 청연군주와 청선군주도 동행했다. 오랜만의 일가 나들이였다. 혜빈 홍씨는 어느덧 회갑의 나이에 접어들었고 정조는 44세, 지존으로서 황금기였으며 두 군주는 두 살 터울이었다.

"어마마마, 이렇게 더불어 성묫길에 나서니 아바마마께서도 몹시 즐거워하실 것이옵니다."

"그보다도 주상께서 시호를 지어 올리신 일을 더 기뻐하실 겝니다. 나는 지어미로서 한 일이 없지만 주상의 효성이 지극하시니 지하에서도 편히 눈을 감으셨을 겝니다."

"과분하신 말씀이옵니다."

"허나 지존이심을 항상 염두에 두시고 정무와 옥체를 생각하시어 너무 잦은 행차는 삼가토록 하시오."

정조는 겸허하게 응대했다.

"유념하겠사옵니다. 하오나 나랏일에 시달리다 보면 마음이 허전하고 괴로울 때가 많사옵니다. 그럴 때에는 화성에 가서 아버님을 뵙고 바람도 쏘이고 나면 한결 개운해지곤 하옵니다."

"그 마음은 잘 알고 있어요. 그러나 임금의 행차는 백성들을 번거롭게 하는 민폐의 위험도 있으니 조심하셔야 합니다."

"명심하겠사옵니다."

그날따라 화성의 경치는 유달리 아름다웠다.

"어마마마, 화성의 경개는 언제 봐도 아담하고 수려한 것이 꽃이 핀 듯 화사하옵니다."

청연군주가 탄성을 발하며 정신없이 경치에 빠져들었다.

"그러니 산 이름이 화산이 아닌가."

"꽃이라면 이 산은 꼭 백합을 연상시키곤 합니다. 은은하고, 향기가 짙은 백합이 제격이옵니다."

청선군주가 덧붙이자 혜빈의 웃음소리가 높아졌다.

"아바마마의 마음을 뵈옵는 듯하옵니다. 명당에 묘를 옮긴 데다가 수성까지 지어 놓으셨으니 기쁨이 크실 것이옵니다."

청선군주의 울먹이는 듯한 소리에 혜빈 홍씨의 눈에서 한 줄기 눈물이 흘러내렸다. 정조가 이를 보고 염려하자 혜빈은 더욱 눈물을 흘리며 말했다.

"놔두세요. 너무 기뻐서 그런 것 아니겠소. 이렇게 주상과 함께 성묘를 가다 보니 옛 시절이 생각나는구려."

혜빈은 흐르는 눈물을 닦을 염도 없이 먼데 시선을 두고 생각에 잠기는 눈치였다.

"아바마마의 회한을 풀어드리고자 소자는 일생 유념하면서 지내고 있사옵니다. 심기를 편히 하시옵소서."

"알고 있소. 주상의 효성이야 세상이 다 아는 일이 아니오. 허나 마음에 한 가지 풀리지 않는 한이 있다면, 어린 나이로 돌아가신 효장세자는 진종으로 추존되었는데 대행왕까지 지내신 아바마마는 아직까지 세자의 칭호를 벗지 못하시니 그것이 슬플 따름이오. 그러나 이만한 것도 천지신명께 감읍해야겠지요."

"어마마마, 소자가 애를 쓰고 있사옵니다. 워낙 대신들의 반대가 심한 까닭에 시일이 걸릴 뿐이옵니다."

"고맙습니다, 상감. 아바마마가 돌아가신 지 이제 꼭 서른 네 해가 되는구려."

"금년이 환갑이시니 그렇사옵니다."

두 군주의 눈에도 어느덧 물기가 서렸다. 아버지를 생각하는 마음은 모두가 하나같았다.

사도세자가 죽을 당시 정조의 나이 11세였으니 두 군주의 연령은 그보다도 어렸다. 그러나 어머니와 오빠의 통곡하는 모습을 보고 그들도 같이 울었었다. 아버지의 죽음이 무엇을 의미하는지도 분명히 알지 못한 채였다.

그러나 정조는 그때의 기억을 생생하게 지니고 있었다.

"아바마마를 살려주소서. 살려주옵소서."

영조에게 매달려 울부짖던 그 순간이 바로 어제와 같았다. 그만큼 그 기억은 정조의 뇌리에 일생 잊을 수 없는 낙인을 찍어 놓았던 것이다.

정조의 시선이 문득 옆에 서 있는 약용에게 던져졌다. 그와 동시에 마치 약속이라도 한 듯 약용은 부정(父情)을 향한 어안의 애틋한 심정을 눈빛으로 받았다.

'그대는 내 마음을 아는가?'

어의를 읽은 약용이 황송해하며 고개를 숙였다.

약용 역시 정조의 마음을 헤아렸는지라 한으로 뿌리박힌 기나긴 풍상의 세월을 몸소 겪은 듯한 회한에 젖어 있던 터였다.

"부디 성군이 되시옵소서."

약용이 황송해하는 몸짓을 지그시 바라보던 정조의 표정에 한 줄기 바람처럼 어두운 그늘이 스쳐갔다.

자신의 그 가없이 아린 운명의 실타래에 아버지 사도세자와 함께 약용이 휩싸여 있는 것만 같았다.

걱정스러웠다.

'성군의 길은 무엇이고 현신(賢臣)의 길은 무엇인고. 언제까지고 정녕 그대와 더불어 정도(正道)를 걸을 수는 없는 것인가?'

두려웠다. 정조는 이윽고 생각을 떨쳐버리려는 듯 시선을 돌려버렸다.

악용에게 시시각각 닥쳐오는 불길한 징조들을 정조는 능히 감지하고 있었다. 그리고 그것이 실제로 서서히 그 마각을 드러내기 시작하고 있음도 알고 있었다.

늘 곁에 두고 중용하여 약용의 중심에 한 치의 흠도 허락하지 않으려는 정조의 다짐은, 하지만 점차 거세어지는 벽파의 공세에 어느 날 어느 순간 꺾일지도 모를 일이었다.

이제 아버지 사도세자의 성못길에서 정조는 아비를 살려달라고 애걸하던 그 광경을 떠올리며 한없이 무력했던 자신의 처지를 되돌아보는 것이었다. 어쩌면 자신의 뇌리 속에 깊이깊이 각인되어 있는 그 기막힌 절망감으로 인해 정조는 약용에 대한 그의 아낌없는 사랑에 일말의 불안감을 품게 된 것인지도 몰랐다.

정조는 이내 답답한 가슴을 누르며 눈을 내리감았다. 치연하기만 했던 휘녕전에서의 그 참사가 확연하게 눈앞에 그려졌기 때문이었다. 그것은 다름 아닌 죽음의 그림자였다.

정조의 눈에서도 눈물이 흘러내리기 시작했다. 어머니도 울고, 아들도 울고. 딸들도 울었다. 그들은 말없이 긴 세월을 거슬러 올라가 그 끔찍한 순간을 떠올리며 각자 나름의 몫만큼 회한에 젖었다.

10
침묵의 칼

    궁에 돌아온 정조는 한결 기분이 좋았다. 성묘를 다녀온 뒤면 항상 느끼는 감정이었다.

    약용을 중용해야 겠다는 생각도 굳어졌다. 다만 마음에 걸리는 것은 약용을 반대하는 세력이 또 막아서고 나설 일이었다.

    '좋은 방법이 없을까.'

    정조는 반대파의 입을 막고 탈 없이 약용을 중용할 수 있는 길을 골똘히 생각했다.

    그날 약용은 병조에서 숙직을 하고 있었다. 왕은 갑자기 그 사실을 생각해내고는 승지를 불렀다.

    한밤중에 느닷없이 어명이 떨어졌다.

    "지금 곧 병조에 있는 약용에게로 가서 칠언배율(七言排律) 백운(百韻)으로 시를 지어 올리라고 이르라."

    범인으로선 손도 댈 수 없는 난제였다.

글제도 막연해서 '폐하께서는 만세(萬歲)의 수를 누리시고 신(臣)은 이천 석(二千石)이 되었습니다.'라는 것이었다.

입직 승지가 명을 받들고 병조로 약용을 찾아갔다. 이경(二更)쯤의 야심한 시각이었다.

"정공, 큰일 나셨소."

"무슨 일이십니까?"

"어명이니 전하기는 하오만 날벼락이오."

승지는 대충 내용을 설명하면서,

"어제(御題)에서 의미하고 있는 인물은 전한(前漢) 때의 사람이고 활을 쏘는 데 대한 일이라 하니 두루 조사해보고 새벽 문 열 때까지 써 올리시오."

하고는 홀연히 떠나갔다. 그의 얼굴에는 약용을 동정하는 표정이 역력했다. 벽파에 속하였음에도 불구하고 반대 당인 약용에게 연민을 표할 정도로 지난(至難)한 과제였던 것이다. 몇 날 며칠을 머리 싸매고 매달려도 힘든 일을 단 몇 시간 내로 해내라니 제아무리 재사라 한들 어려우리라고 짐작한 것이었다.

약용은 글제를 앞에 두고 묵묵히 생각에 잠겼다.

드디어 인경이 울리고 돈화문이 열렸다.

어명 때문에 덩달아 밤을 꼬박 새우다시피 한 입직 승지 윤기천은 불면으로 곤두서는 신경을 가라앉히며 병조를 향해 걸었다.

설마 하고 의심하는 윤기천의 눈에 종이를 말아 들고 기다리며 서 있는 약용의 모습이 희끄무레하게 들어왔다.

"정공, 벌써 나와 계셨군요. 아무래도 무리였지요? 전하께 잘 말씀드리겠소."

윤기천이 위로하듯 지레 말을 꺼냈다.

약용은 아무 말 없이 들고 있던 것을 승지에게 내밀었다.

"전하께 올리시오."

입직 승지는 놀라워하는 빛으로 되물었다.

"아니, 그러면 시를 지으셨단 말씀이오?"

"예."

약용은 짧게 대꾸하고는 곧 어둠 속으로 사라져 갔다. 승지는 어이없는 표정으로 고개를 두어 번 흔들고는 정조의 침전으로 걸음을 옮겼다.

정조는 자리에 들지 않고 있었다.

승지를 보자 기다리고 있었던 듯 환히 웃으며 궁금하게 물었다.

"어찌 되었소. 승지?"

"전하, 이것이오니 보시옵소서."

왕은 승지가 내미는 약용의 글을 황급히 받아들었다. 장시(長詩)를 읽어 내려가는 어안에 경이의 빛이 스쳤다. 훌륭한 백운시(百韻詩)였다.

날이 밝아 대조전에 든 정조는 만조백관이 모인 자리에서 약용을 칭찬하였다.

"어젯밤 과인이 몹시 어려운 과제를 약용에게 내었는데 기대에 넘치게 해냈구려. 글 짓는 솜씨가 신속하기 이를 데 없고 지식과 문장 또한 흠잡을 데 없이 완벽하오. 내 이런 인재를 곁에 두고 있으니 마음이 한결 든든하오."

규장각 제학 심환지. 예문각 제학 이병정, 홍문각 제학 민종현 등은 왕의 칭찬에 한껏 맞장구를 쳤다.

"가히 학문의 기재(奇才)라 할 수 있사옵니다."

"정약용의 문장은 정교하기가 이를 데 없어 옥을 다듬고 비단을 짜 놓은 듯합니다."

그들은 진실을 말하고 있었다.

당파와 연령을 초월해서 불세출의 재능을 인정하는 까닭이었다.

정조는 만족스러운 미소를 입가에 담았다. 그의 계획이 맞아떨어졌기 때문이었다. 난제를 매겨서 남이 할 수 없는 일을 해내는 재주를 확인하게 되면 그를 제학이나 내각에 중용하는 데 대하여 더 이상 이의를 제기할 수 없으리라는 계산이 깔려 있었던 것이다.

"약용에게 사슴 가죽을 하사하리라."

정조는 상품까지 내렸다. 그러나 묵묵히 부복하고 있는 만조백관들의 생각 속에 무엇이 일어나고 있는지는 알 수 없는 일이었다. 정조는 약용에 대한 자신의 칭찬에 그들이 동의를 표해준 것만으로 흡족해하고 있었다.

이 무렵, 즉 수원성이 축조되고 정약용이 동부승지로 승진할 무렵 천주교는 신해년의 박해에도 불구하고 꾸준히 전파되고 있었다. 하지만 연경으로부터 신부를 모셔오는 일이 언제나 막중한 과제로 남아 있었다.

갑인년(1794) 이른 봄의 어느 날, 청나라와 조선의 국경 지대인 책문(柵門) 근처에는 초조한 기색으로 주위를 배회하는 조선인 장정 몇 사람이 눈에 띄었다.

이들은 바로 윤유일, 최인길, 권상문 등이었다.

누군가 기다리는 사람이 있는 듯 고개를 빼고 가끔 한쪽 방향을 살피곤 하는 그들의 표정은 긴장 때문인지 바람 때문인지 한껏 굳어 있었다. 초봄이라지만 날씨는 아직 싸늘했다. 국경 지대엔 봄이 멀었다. 초목이나 사람이나 몸을 잔뜩 웅크린 채 깊고 깊은 겨울잠 속에서 여전히 헤어 나오지 못하고 있었다.

그때 눈을 가늘게 뜨고 앞서 나아가 열심히 길 저편을 살피고 있던 윤유일이 반갑게 외쳤다.

"저기 오십니다."

윤유일의 말이 떨어지기가 무섭게 그들은 누가 먼저랄 것도 없이 맞은편을 향해 바쁜 걸음을 옮기기 시작했다.

이쪽으로 다가오고 있는 두 사람은 전형적인 조선인 복장을 하고 있었다. 키가 작은 한 사람은 지황이었고 훤칠한 키에 얼굴 모습이 뚜렷한 또 한 사람은 주문모 신부임에 틀림없었다.

이윽고 다섯 사람이 한곳에 모이자 그들은 감격에 겨워 입을 열지 못하고 서로 바라보기만 했다. 그리고 그들 모두는 속으로 기도했다.

'천주님. 고맙습니다.'

윤유일이 기쁨에 넘쳐 떨리는 음성으로 먼저 인사했다.

"주 탁사님이시지요. 이렇게 뵙고 보니 천주께 감사할 뿐입니다."

주신부의 평온한 눈에도 반가움이 서렸다.

얼마나 애태우며 기다렸던 신부님이었던가. 그 얼마나 모셔 오고자 주야로 간구하였던가. 몽매에도 그리던 일이 이제 이루어지는 순간이었다.

오 신부의 조선 입국이 실패로 돌아간 후 그들이 겪은 절망과 슬픔은 이루 표현할 수 없을 정도로 큰 것이었다. 불쌍한 영혼들을 인도해줄 목자를 기다리는 것은 그들 최고의 염원이었다. 하지만 그 염원이 이루어질 수 있을까 하는 안타까움으로 그들의 심장은 타는 듯 저려왔다. 그들의 희망을 가로막는 완고한 벽의 두께가 너무나 단단하게만 느껴졌었다.

그런데 이제 그 갈증을 씻어줄 단비가 촉촉이 내리고 있었다.

주문모, 주문모 신부가 꿈이 아닌 현실로 그들 앞에 서 있는 것이다.

꿈에 그리던 첫 만남의 감격이 다소 가라앉자 지황은 침착한 태도로 주 신부에게 한 사람씩 일행을 소개해 주었다.

"이쪽은 윤유일, 그리고 최인길, 권상문 형제님입니다. 서로 인사를 나누시지요."

"반갑습니다."

"만나 뵙게 되어 기쁩니다."

평화로운 미소만 띠고 있던 주문모 신부가 조선말로 더듬거리며 인사를 해왔다.

"아니, 우리말을 할 줄 아시는군요."

최인길이 크게 기뻐했다.

주문모 신부는 고개를 한번 끄덕이면서,

"아직은 서투릅니다."

하고 또 처음처럼 더듬거리며 대답을 했다. 주 신부는 인사를 나누면서도 조선 교우들과 포개어 잡은 손을 풀지 않았다. 따뜻한 체온을 통해 그들은 서로의 몸 안에 하나의 피가 흐르고 있음을 느꼈다. 태어나서 첫 대면하는 사이였지만 그들은 오래전부터 그리스도 안에서 한 핏줄, 한 몸의 지체였음을 만나는 순간 확인할 수가 있었다. 언어와 국경과 그리고 또 어떤 장애물로도 막을 수 없는 하나 된 힘이 그들을 두르고 있었다.

"자, 어서 서두릅시다."

지황이 일행을 일깨우자 최인길이 비로소 어두운 얼굴로 입을 열었다.

"어려운 일이 생겼습니다. 예년에 비해 강물이 빨리 녹은 데다 경계가 부쩍 삼엄해져 입국을 다소 늦추어야만 되겠습니다."

주 신부의 얼굴에 보일 듯 말 듯 실망한 빛이 스쳐갔다.

지황도 난감한 표정을 지었다.

"어쩔 수 없지요. 주님께 맡깁시다. 가장 좋은 때를 마련하여 주실 겝니다."

이렇게 하여 주문모 신부의 입국은 그 이듬해 겨울로 다시 미루어져야 했다. 주 신부는 말없이 듣고 있던 보퉁이 하나를 윤유일에게 건네주었다.

"필요하실 것 같아서……. 기도문과 묵주입니다."

윤유일의 얼굴이 다시 환해졌다.

"고맙습니다, 탁사님. 요긴하게 쓰여질 것입니다."

윤유일은 자신의 봇짐을 끌러 정성스레 간직하였다.

이듬해 12월 3일.

예년보다 동지사 일행의 입연(入燕) 시기가 일렀다. 이번에도 동지사 일행에 섞여든 윤유일, 지황은 미리 약조해둔 대로 변문(邊門)까지 와 있던 주 신부를 무사히 만날 수 있었다.

"이번에는 천주님께서 출발을 앞당겨 주셔서 예년보다 일찍 도착하게 되었습니다."

"기도하면서 기다리고 있었습니다. 그동안 조선에 대해 많은 것을 생각하였지요. 천주께서는 조선이 바로 천주께서 제게 맡겨주신 땅임을 분명히 깨닫게 해주셨습니다. 제가 할 일을 준비하고 조선의 교우들을 위해 기도하는 데 꼭 필요한 1년이었습니다. 주님의 안배하심이 놀랍습니다."

주문모 신부는 한층 확신이 깊어진 모습이었다.

"진정 그렇군요. 한데 그동안 조선어 실력에 상당한 진보가 있으신 듯합니다."

"틈틈이 공부했습니다. 아직 많이 부족하지요."

간단한 인사말 정도밖에 하지 못하던 지난봄에 비하면 많은 노력을 기울인 듯했다. 아직 발음이 서투르고 다소 더듬거리기는 했지만 자신의 의사를 충분히 표현하고 있었다.

주 신부는 윤유일의 도움을 받아 상복으로 갈아입었다. 상중인 자에겐 말을 걸지 않는 것이 상례이므로 조선말에 서투른 주문모에게 더없이 좋은 방법이었다.

의주(義州)에서 그들은 동지사 일행과 자연스럽게 헤어졌다. 국경을 넘어서고 나면 누가 어디로 가건 크게 신경을 쓰지 않는 것이 통례였다. 맡은 임무의 비중이 크지 않았기에 일행에서 처지는 것을 의심하는 자는 아무도 없었다.

주로 인적이 드문 산길을 택해 밤낮으로 쉬지 않고 한양까지 오기란 쉬운 일이 아니었다.

그러나 앞으로 닥칠지도 모를 위험과 상상할 수 없는 장애를 생각하면 지금 겪는 육신의 고됨 같은 것은 고통이랄 수도 없는 것이었다. 오히려 인적미답의 산속에 펼쳐진 자연은 하느님께서 지으신 모습을 그대로 간직하고 있어 무언의 대화를 나눌 수 있는 좋은 벗이 되었다. 걷다가 지치면 눈 쌓인 숲 속에서, 빙벽을 이룬 계곡에서 마음껏 천주경을 외울 수 있었고, 바라는 것을 온전히 구할 수 있는 즐거움이 있었다.

살을 에는 동짓달의 한파를 등 뒤로 맞으며 심산유곡의 나뭇가지에 살이 긁히고 찢기는 고달픈 여로를 그들은 기쁨과 감사로 충만 되어 한 걸음 한 걸음 내딛고 있었다.

일행이 한양에 당도했을 때는, 아직 한낮이었다. 기나긴 여행으로 그들의 몰골은 하나같이 말이 아니었다. 그런 행색으로 백주에 거리에 나설 수는 없었다. 남의 시선을 끌 만한 일은 되도록 피해야 했다.

그들은 북악산 기슭에서 해가 지기를 기다렸다가 성문이 닫히기 직전에 정동에 있는 최인길의 집으로 향했다.

어두운 밤하늘에는 별들이 총총히 수를 놓고 있었다. 추위는 낮보다 더 심해졌으나 무사히 한양까지 당도한 기쁨에 취해 그들은 차가운 바람결도 느끼지 못했다. 어디선가 들려오는 개 짖는 소리가 밤하늘을 갈랐다.

최인길은 대문을 열어 놓은 채 주 신부 일행을 기다리고 있었다. 언제 도착할는지는 알 수 없었지만 이제나 저제나 하며 밤이면 대문을 아예 열어 놓고 마당에 서성이는 것이 벌써 몇 날 며칠째였다.

윤유일이 주 신부를 앞세우고 뒤를 이어 들어서자 저만치 서 있던 최인길이 이쪽으로 황급히 달려오는 모습이 보였다.

어둠 속에서도 반가움에 빛나는 최인길의 시선이 주문모 신부를 향하여 멈췄다. 최인길은 말없이 주 신부의 손을 잡았다. 감격과 기쁨에 겨워 온몸을 떠는 최인길의 흥분이 그대로 주 신부에게 전달돼왔다.

그들은 천 마디 말보다 더한 감회를 눈빛과 체온으로 주고받으며 뒤채로 들어갔다.

뒤채에는 이미 기다리고 있는 사람들이 있었다. 최창현, 최인철, 최필공, 정인혁, 권상문 등이 급히 일어나며 신부 일행을 맞았다. 유일한 여인, 강완숙도 끼어 있었다.

주 신부는 한 사람 한 사람씩 소개받는 대로 짧은 수인사를 나눈 뒤, 곧이어 조선의 교우들이 그토록 기다려 왔던 미사를 준비했다. 이 조선 땅에서 최초로 신부가 주재하는 미사가 시작되려는 순간이었다. 신도들로서는 참으로 감동적인 역사적 사건이었다.

미사가 시작되자 뜨거운 눈물이 걷잡을 수 없이 신도들의 뺨을 타고 흘러내렸다. 누구라 할 것도 없이 신부를 모셔오기까지의 그 어렵고 고통스러웠던 순간들을 되새기고 있었다. 살아생전에 과연 신부님을 뫼시고 미사를 볼 수 있을까 하고 누구나 의심하였던 지난날이었다. 솟구치는 벅찬 감격을 가눌 수 없어 그들은 소리를 죽여 가며 하염없이 흐느꼈다.

"하늘에 계신 우리 아버지. 아버지의 이름이 거룩히 빛나시고 그 나라가 임하시며 아버지의 뜻이 하늘에서와 같이 땅에서도 이루어지소서. 오늘 우리에게 일용할 양식을 주옵시고 우리에게 잘못한 이를 우리가 용서하듯이 우리 죄를 용서하옵시고……."

눈물과 감회 속에서 진행되는 미사는 은총 그 자체였다. 그 자리에 함께한 사람들은 누구나 천주께서 자신들과 더불어 계심을 깊이 깨달을 수가 있었다.

주 신부는 그 자리에서 여러 구도자들에게 영세성사(領洗聖事)를 베풀어주었다.

강완숙도 영세를 받는 신자들 중에 끼었다. 주 신부의 온화한 눈빛이 강완숙의 눈과 마주쳤다. 강완숙은 조용히 눈을 감고 자신의 영세명을 되뇌어보았다.

'콜롬바. 콜롬바. 강완숙은 이제 죽었다. 나는 이제부터 영원토록 콜롬바로 살아가야지. 다시 태어난 거야.'

강완숙이 다시 눈을 떴을 때엔 모든 것이 달라져 보였다. 변한 것이라곤 아무것도 없었지만 마음은 순결을 되찾은 기쁨에 무한히 빛나고 있었다.

주 신부가 미사를 마칠 때까지 강완숙은 천상의 평화에 싸여 있었다.

강완숙은 덕산(德山) 홍지영의 후처였다. 신해년 박해 때 끝내 교화시키지 못한 남편을 남겨둔 채 시어머니와 아들 홍필주 등의 가족들을 데리고 한양으로 올라왔다. 지황이 북경을 왕래할 때마다 물심양면으로 그를 뒷받침해 주어 신부를 모셔오기까지 톡톡히 한몫을 담당한 독실한 신자였다.

정조의 서제(庶弟) 가운데 은언군(恩彦君) 인(䄄)이 있었다. 그의 아내 송씨와 며느리 신씨는 양제궁(良娣宮)에서 살고 있었는데 송씨의 아들이자 신씨의 남편인 상계군(常溪君)이 반역죄로 몰려 죽음을 당한 끝이라 죽지 못해 사는 신세였다.

무고로 당한 일인지라 측은하게 여기는 사람은 많았지만 혹시나 있을지도 모를 후환이 두려워 감히 가까이하려는 사람이 없었다. 구중궁궐 깊은 곳에 버려진 듯 외롭게 살고 있는 이 고부(姑婦)에게 접근한 사람이 바로 강완숙이었다. 강완숙은 주위의 시선을 두려워 않고 유폐되다시피 살고 있는 두 여인에게 복음을 전했다.

그렇듯 천주를 공경하는 마음과 애덕지심이 가히 여장부라 할 만큼 진실한 여인이었다. 신심이 깊고 총기가 넘쳐 어려운 일도 척척 해냈을 뿐만 아니라 이후 조선의 천주교 포교에 지대한 역할을 한 인물이었다.

주 신부는 당분간 최인길의 집에 머무르기로 했다. 최인길은 신부를 직접 모시는 기쁨에 정성을 다했으나 한 가지, 음식이 마음에 걸렸다.

주 신부는 입에 맞지 않는 조선 음식을 먹으려 애를 썼으나 마음먹은 대로 잘되질 않는 모양이었다. 얼마간은 번번이 그냥 남겼는데 그럴 때마다 몹시 마음을 쓰는 기색이었다.

"죄송하군요, 형제님. 다음 식사 때부터는 좀 더 먹어 보도록 하겠습니다. 어서 적응을 해야 할 텐데."

주 신부는 미안해서 어쩔 줄 몰라 하였다.

최인길은 이 문제를 강완숙과 의논했다.

"콜롬바 자매님, 걱정입니다. 탁사님이 통 음식을 드시지 못하시니."

"하기는. 처음 오셨을 때보다 많이 여위셨어요. 하지만 요한 형제님 탓이 아니니 염려는 마세요. 청국에선 기름진 음식을 매우 즐겨 먹는다고 들었습니다. 제가 어떻게 좀 준비해 보겠습니다."

재치 있는 강완숙이 돼지고기와 닭고기를 튀겨 양념한 것을 보기에도 먹음직스럽게 담아왔다.

최인길은 몹시 고마워했다.

"방금 해온 것이라 아직 따끈합니다. 탁사님께서 삼종기도 (정오에 올리는 기도)를 마치시면 올려 보십시오."

주 신부는 오랜만에 밥그릇을 깨끗하게 비웠다.

"아주 맛이 좋습니다."

"콜롬바 자매께서 준비한 것입니다. 탁사님께서 맛있게 드신 걸 알면 몹시 기뻐할 것입니다."

"고맙다고 전해주십시오. 그리고 앞으로는 신경 쓰지 않으셔도 된다고 일러주십시오. 어차피 조선 음식에 적응해야 되니까요. 우리나라 음식을 자주 대하게 되면 습관을 버리기가 그만큼 어려워집니다."

주 신부는 포교를 위해 가능하면 모든 습성을 조선의 풍습에 맞추려고 노력하였다. 그중의 하나가 바로 음식이었는데 그것은 그 무엇보다도 고치기 힘든 습성이었다. 그러나 천주께 의지하는 주 신부의 인내는 얼마 후 조선 음식에 맛을 들이게 되었다.

주 신부는 더운밥에 고추장을 넣어 비벼 먹기도 하고 된장에 풋고추를 찍어 베어 먹기도 하며,

"맛이 좋은데요."

하고 싱긋 웃기도 했다.

"천주께서 참 매운 음식도 만드셨군요."

하는 말도 잊지 않았다.

교우들은 언어와 음식, 그리고 습관에서 점차 조선인에 동화되어가는 주 신부를 보면서 더욱 끈끈한 친근감을 느끼게 되었다.

주문모 신부가 조선에 숨어 들어온 이후, 교우들은 전에 없이 활기에 넘쳤다.

영세받기를 간절히 기다리던 신도들은 세례를 받을 수 있었고 성사도 정식으로 치를 수 있었기 때문이다. 또한, 미사도 거르지 않고 드릴 수 있었으며 성체(聖體)도 신부로부터 직접 받을 수 있어 교우들의 기쁨은 너나없이 크기만 했다. 모든 예배 순서와 형식도 교리에 어긋남이 없는 것으로 연경 성당에서 행해지는 바와 똑같았다.

한양에서는 정약종, 황사영, 홍익만 등을 주축으로 포교가 이루어졌고 여주에서는 윤유일이, 전주에서는 유항검이, 그리고 연산(連山)에서는 이보현을 중심으로 전도 체계가 이루어졌다. 주로 양반이 주도 세력이었다.

한 번의 피비린내 나는 박해가 있고 나서 탄압은 다소 느슨해져 있었다. 이제는 괜찮겠지 하는 안도감에서 단속을 주지시키지도 않았고 처음 이상의 관심을 기울이지 않게 되었다. 그래서인지 주 신부는 별다른 어려움 없이 맡은 임무를 다할 수 있었다.

1795년 5월(정조 19년).

주문모 신부가 최인길의 집에서 은밀히 미사를 집전하고 영세를 주기 시작한 지 6개월쯤 지났을 때 뜻밖의 사건이 터졌다.

수표교 근처에 살고 있는 이석의 집에 진사 한영익이 찾아왔다. 두 사람은 전부터 잘 아는 사이였다.

이석은 이 땅에 천주교의 첫 씨앗을 뿌리고 아깝게 죽어간 이벽의 형이었다. 그는 오랜만에 찾아온 지기를 반갑게 맞았다.

"한 진사 아니시오. 오랜만입니다. 어쩐 일로 예까지."

"긴히 상의할 일이 있어서……."

두 사람은 사랑에서 대좌했다.

"무슨 말씀이시온지."

한영익은 입을 열 듯 말 듯 잠시 망설였다. 그러다가 내친걸음이라는 듯 비로소 찾아온 용건을 털어놓았다.

"실은 제가 천주교를 믿고 있습니다."

순간 이석의 표정이 굳어졌다.

"하지만 요즈음에 와서 갑자기 나라에서 금하는 것을 굳이 믿어야 하는가 하는 의문이 일어나기 시작했지요. 이대로 가다가는 필시 무슨 화를 입으리라는 두려움도 크구요."

한영익은 이쯤에서 말을 그치고 이석의 표정을 살폈다. 이석은 드러나게 이맛살을 찌푸리고 눈을 내리깐 채로 듣고 있었다.

"이공께서 당하신 가슴 아픈 일은 뭐라 다 위로할 말이 없습니다만, 저 나름대로 이공을 찾게 된 까닭은 아우께서 훌륭한 천주교 신자이자 지도자로 알려진 분이기에, 뭔가 도움 말씀을 얻을 수 있지 않을까 생각한 탓입니다."

이석은 고개를 들었다. 석고처럼 굳은 얼굴이었다.

"그렇다면 잘못 찾아오셨습니다. 저는 천주교 신자도 아니고 아우와는 달리 천주학에 대해 아는 바도 없습니다. 제가 알고 있는 것은 그 천주학이란 것이 인륜지도를 갈라놓고 사람을 죽이며 미쳐 돌아가게 하는 무서운 사교라는 것입니다."

이석은 아버지와 아우 이벽을 생각하고 있었다. 대들보에 목을 맨 아버지의 끔찍한 모습을 그는 꿈에도 잊을 수 없었다. 그리고 그 후, 영민하고 재능이 있어 집안의 기대를 모았던 아우 이벽이 집을 나가서는 모습조차 알아볼 수 없는 광인이 되어 숨이 끊긴 채 발견되었다. 천주교는 가히 멸문지화를 불러들인 파멸의 근원인 것이 처절하게 증명된 셈이었다. 졸지에 화를 당한 이석은 천주교에 대해 이를 갈았다.

그 분노는 지금에 와서도 조금도 사그라지지 않고 있었다. 그런데 지금 잘 알고 지내는 지기가 찾아와서 천주교를 믿어야 하느냐고 묻고 있는 것이었다. 그는 어이가 없다 못해 기가 막혔다.

'이자가 하필이면 왜 나를 찾아왔을까.'

하고 씁쓸한 기억을 되살려준 데 대하여 짜증까지 났다. 그는 되도록 빨리 한영익을 돌려보내야겠다고 생각했다.

"그 이상 드릴 말씀이 없습니다. 천주교는 부모자식도 없고 형제지간도 모르며 임금을 섬기는 도도 헌신짝처럼 버리는 사교 중의 사교랄 밖에요. 알아서 판단하십시오."

이석은 말을 마치고 고개를 돌렸다. 그러나 한영익은 뭉그적뭉그적 일어날 생각을 않고 있었다. 가만 보니 더욱 갈등이 깊어지는 모양이었다. 얼굴빛이 아까보다 훨씬 어두워져 있었다. 이석의 마음을 눈치 챌 만한 여유조차 없는 것이 분명했다.

"이를 어찌하면 좋을지 도무지 모르겠습니다. 영세까지 받았으니 쉽게 버릴 수도 없고."

무심코 말을 토해내던 한영익이 흠칫 놀라며 재빨리 이석을 살폈다. 영세란 말에 이석은 온 신경을 모으며 한영익을 쏘아보았다.

"영세라니요. 누구에게 영세를 받으셨습니까? 제가 알기로는 탁산지 뭔지 하는 자가 없으면 받을 수 없다던대요."

한영익은 다그쳐 묻는 이석 앞에서 입술을 물며 후회했지만 이미 쏟아진 물이었다. 이석은 해명을 하라는 듯이 뚫어져라 한영익을 바라보았다.

"무슨 사연이 있는 모양이군요. 허나 후회하시게 될 겁니다. 천주학은 집안을 망치고 자신을 망치는 화의 근원입니다."

그는 더 이상 묻지도 않았다.

한영익은 이제는 더더욱 쉽사리 일어설 수가 없었다. 자신이 영세받은 사실까지 털어놓고 말았으니 불안하기 짝이 없었다. 더구나 이석은 철저하게 천주교를 증오하고 있지 않은가.

아닌 게 아니라 그는 바로 이 자리에서 화의 씨앗을 뿌려놓은 셈이었다. 의논을 하러 왔다가 도리어 근심거리를 얻어 가게 된 것이다. 그는 이석이 더 이상 캐어묻지 않는 것조차 마음에 걸렸다.

'왜 더 묻지 않는 것일까. 혹시 이대로 보내 놓고 밀고라도……'

별 상상이 다 일어났다. 어렵게 노력하여 얻은 지금의 지위가 일시에 모두 날아가 버리지는 않을까 하는 두려움에 사로잡혔다. 한영익은 몸을 부르르 떨었다.

'일이 이렇게 된 바에야 차라리 모든 사실을 다 털어놓고 안전하게 천주학을 버리는 것이 낫겠다.'

여기까지 생각이 미친 한영익은 결심이 선 듯 이석을 똑바로 쳐다보았다.

"실은 한양에 청나라 탁사가 와 있습니다. 주문모라고 하지요."

이 말을 들은 이석은 징그러운 벌레라도 본 듯 기겁을 했다.

"지금 무엇이라 하셨습니까? 탁사가 여기에 와 있다는 말씀입니까?"

"예."

이석은 믿어지지 않는다는 표정을 지었다. 신해년의 박해를 기억하고 있었기에 더욱 어이가 없었다.

'이자들이 기어코 나라를 망칠 셈이로구나.'

그는 연이어 일어나는 분노를 가라앉히며 차분하게 채근했다.

"언제 입국하였습니까?"

"아마 한 반년쯤 될 것이오."

한영익은 얼마 전 자신에게 영세를 줄 때 보았던 주문모 신부의 맑은 눈빛을 기억했다. 천주의 평화가 깃들인 듯한 눈망울이었다. 그리고 영세가 끝나자 함께 축복해주러 몰려들던 교우들, 그들의 따뜻한 손의 감촉이 아직도 느껴지는 것만 같았다. 그는 양심의 가책을 느꼈다.

'이렇게 하려던 것은 아니었는데.'

진심으로 후회하는 마음이 들었다.

'이 일을 어쩐다.'

갑자기 통곡이라도 하고 싶은 심정이었다.

"그자는 지금 어디에 있소?"

이석의 질문이 아프게 꽂혀왔다. 후회와 양심의 가책으로 울고 있는 그의 마음을 찌르고 가르는 말이었다.

"그자가 지금 어디에 있느냐니까요?"

아까와 달리 이석은 집요하게 물어왔다. 이제는 어쩔 수 없는 노릇이었다. 이미 다 토설해 놓은 판에 감추는 것은 어리석은 일이었다.

어차피 한양을 다 뒤져서라도 찾아낼 것이 분명했다. 그는 어렵게 어렵게 입을 뗐다.

"정동 최인길의 집에 기거하고 있습니다."

대답을 들은 이석은 비로소 물러나 앉았다.

"큰일이군요. 온 조선이 죄다 곪게 생겼질 않습니까."

이석은 한숨을 쉬었다.

"이찌했으면 좋겠소?"

한영익은 이제 이석의 처분만 기다리는 사람처럼 그에게 의지해왔다. 이석은 한영익에게로 시선을 돌렸다. 아까와는 달리 따뜻한 눈길이었다.

"한 진사께서는 댁에 돌아가 가만히 계십시오. 그리고 오늘 일에 대해서는 아무에게도 발설하지 마십시오."

"예."

그러고도 한영익은 일어나려 하지 않았다. 이석은 다시 덧붙였다.

"염려 마십시오. 한공께서는 안전하실 겁니다. 이후로는 다시 천주학을 가까이 마십시오."

"알겠습니다. 유념하지요."

이석의 확실한 언질을 받고 나서야 한영익은 비로소 자리를 털고 일어났다. 그러나 마음은 여전히 무거웠다. 처음 올 때보다 천근만근 내려앉는 육신을 겨우 추스르며 생각지도 않게 일이 비화된 것을 안타까워했다. 그러나 이제는 도리가 없었다. 이석의 말대로 당분간 몸을 숨겨 근신하고 있을밖에. 그는 이석이 그토록 철저하게 천주학을 배척하는 줄은 모르고 있었다. 의논을 하려다 도리어 덫에 걸리고 만 듯한 느낌이었다.

한영익이 돌아간 뒤 이석은 곰곰이 궁리에 빠졌다.

한참을 그렇게 불상처럼 앉아 있던 그는 외출 준비를 하고는 채제공 대감을 찾아나섰다.

밤이 깊었는지라 채제공은 퇴청해 있었다.

이석은 인사를 올린 뒤 곧바로 본론으로 들어가 한영익에게서 들은 얘기를 모두 털어놓았다. 사려 깊은 채제공도 탁사가 와 있다는 얘기에 미간을 찌푸렸다. 그에게도 역시 천주학은 보통 골치 아픈 문제가 아니었다. 무엇보다 남인들이 연루되어 있다는 것이 큰 고충이었다. 탁사가 들어와 있다면 불원간 또 말썽이 날 일이었다.

"신자 중에 사대부는 얼마나 되는지 알고 있는가?"

"분명히는 모르오나 꽤 많은 것으로 알고 있습니다."

"내 말은 남인이 몇이나 되느냐 하는 말일세."

남인의 영수인 그의 관심은 어디까지나 남인의 연루 상태에 있었다.

"잘 모릅니다."

"그러면 정약전이나 약용이 들어 있다는 소문은 없는가?"

"그런 말은 없고 약종이 끼어 있단 얘긴 들었습니다."

채제공은 일말의 안도감에 다소 마음을 놓으며 다시 생각에 잠겼다.

"대감, 어찌했으면 좋겠습니까?"

"내가 알아서 처리하겠네."

"뿌리를 뽑아야 할 것입니다. 신해년의 일이 있었는데도 탁사를 영입할 만큼 대담한 자들이니 이대로 두면 감당할 수 없이 성하게 될 것입니다."

이서는 한을 풀어내듯 어조를 높여 말했다.

"알겠네."

이튿날, 채제공은 등청하자마자 곧 정조를 알현하였다.

"오, 채공. 어서 오시오."

"전하."

"무슨 일이시오?"

"아뢰옵기 황공하오나 한양에 청나라 탁사가 밀입국하여 포교 활동을 하고 있다 하옵니다."

"청나라 탁사라면 천주교의 사제를 이름이오?"

"그러하옵니다."

정조는 잠시 생각에 잠겼다. 지금까지 천주교는 그의 관심 권 밖에 있었던 까닭에 이 문제가 제기될 때마다 중신들의 의견을 물어 미봉책을 써왔을 뿐이었다.

그러나 그는 한낱 종교의 문제로 참수를 하고 멸문시키는 과격한 정책은 찬성하지 않았다. 정학이 성하면 사학은 자연히 물러간다는 것이 변함없는 믿음이었고, 따라서 강제로 하지 못하게 하는 것보다 스스로 세력을 감추게 하는 것이 더 바람직하다는 생각을 하고 있었던 것이다. 어디까지나 자연스럽게 흘러가는 것을 좋아하는 정조의 성품 탓이었다.

이윽고 언제나처럼 정조는 채제공의 의견을 물었다.

"좌상은 어찌 생각하시오?"

"일단은 체포하여야 하리라고 생각되옵니다."

정조는 곤란한 표정을 지었다.

"그는 청국인이 아니오."

"하오나 포교를 계속하게 되면 여러 가지 문제가 파생되오니 한시라도 빨리 체포하여야 하옵니다. 그런 연후에 청국에 사신을 파견하여 상의하심이 좋을 듯싶사옵니다."

정조의 생각과는 달리 좌의정 채제공은 이 문제를 안이하게 처리할 수 없었다. 천당지옥설을 내세우며 놀라운 기세로 뻗어 가는 교세에 흡수되어 가는 남인 출신 젊은이들을 더 이상 방관만 하고 있을 수 없는 처지였던 것이다. 이미 이벽, 권일신, 이승훈 등 전도가 양양한 아까운 젊은이들이 희생된 데다 정약전, 약용까지 한때 연루된 까닭에 기회만 생기면 벽파들의 과녁이 되는 터였다.

채제공의 심중을 헤아렸는지 정조는 잠시 후 망설임 없이 윤허하였다.

"그렇다면 체포하시오."

"전하, 분부대로 거행하겠나이다."

어전을 물러나온 채제공은 곧 포도대장 조규진을 불렀다. 채제공은 그에게 자세한 상황을 설명해준 뒤 그가 할 일을 지시했다.

"오늘 중으로 모두 잡아들이시오. 실수 없도록 하시오."

"예. 염려 마십시오. 독 안에 든 쥐를 못 잡겠습니까."

그날 저녁. 포도청엔 여느 때와 다른 긴장이 감돌고 있었다. 조규진은 미리 선발해 놓은 포졸 스무 명을 세워 놓고 마지막 당부를 하고 있었다.

"청국인 탁사는 몸을 다치게 해서는 안 된다. 조선말이 서투를 터이니 금세 구별해낼 수 있을 것이다. 만일 벙어리 시늉을 하는 놈이 있으면 일단 의심하도록 하라. 그놈이 틀림없을 것이다. 알겠느냐?"

"예."

"이는 어명이니 한 치의 실수도 없어야 할 것이니라."

"예."

초여름의 해는 길었다. 이미 술시에 접어들었는데도 어둠이 한 겹 정도 밖에 깔리지 않아 어슴푸레하게 밝았다.

포졸들은 어두워질 때까지 좀 더 기다렸다가 움직이기 시작했다.

광화문에서부터 인적이 끊기기 시작한 거리는 포졸들이 정동 근처에까지 왔을 때엔 한적하였다. 열 명이 먼저 바깥을 포위한 다음 나머지 열 명은 안으로 들어가 체포하기로 작전을 세웠다.

한 걸음 두 걸음 포졸들의 발길이 최인길의 집에 가까워질 무렵부터 동네의 개들이 요란하게 짖어대기 시작했다. 소란스런 발소리를 듣고 귀를 곤추세운 모양이었다.

그날은 마침 미사가 없는 날이어서 윤유일, 최인길, 지황, 강완숙 등이 주 신부를 둘러싸고 앉아 선교 활동에 대한 논의를 나누고 있는 중이었다. 한참 의논이 오가던 터에 갑자기 지황이 귀를 모으며 손짓으로 대화를 멈추게 했다.

"이상하군요. 평소에는 개 짖는 소리가 이렇게 요란하지 않았는데."

예민한 지황이 고개를 갸웃거렸다.

"그러고 보니 예사롭지가 않군요."

최인길도 그제야 깨닫고 응수했다.

"개란 동물은 소리에 민감하지요. 여러 사람이 이쪽으로 오고 있는지도 모르겠습니다."

지황은 긴장된 어조로 재빨리 이렇게 말하고 좌중을 둘러보았다.

그와 동시에 함께 앉았던 사람들은 누가 먼저랄 것도 없이 민첩하게 움직이기 시작했다.

윤유일과 최인길은 다급하게 몸을 일으켜 빠른 동작으로 기도서와 교리문답서, 성물들을 눈 깜짝할 사이에 챙겨 담았다. 최인길이 그것들을 비밀 장소에 숨기는 사이, 강완숙은 낮으나 급한 음성으로,

"탁사님, 어서 이쪽으로."

하고 주문모를 인도했다. 그러고는 뒤꼍으로 나가 평소에 눈여겨 살펴 두었던 장소로 종종걸음을 쳤다. 담을 넘어 피신하려는 것이었다.

앞서서 뒤꼍에 도착한 강완숙은 재빨리 몸을 낮췄다. 인기척을 느낀 것이다. 강완숙의 얼굴은 긴장감으로 파리하게 질렸고 가슴은 두방망이질을 해댔다. 담벼락에 바짝 붙어 서서 귀를 곤두세우고 바깥 동정을 살펴보니 한두 사람이 아니었다.

그들은 집을 포위하려는 듯했다. 포졸들의 낌새를 알아챈 강완숙은 멋도 모르고 다가서는 주 신부의 팔을 잡아채듯 다시 안으로 데리고 들어갔다. 바로 그때,

"문 열어라!"

하는 고함소리가 밤공기를 가르며 집 안을 옥죄어왔다. 그와 함께 당장이라도 대문을 부술 듯한 발길질이 이어졌다.

강완숙이 바람처럼 주 신부와 더불어 안채로 몸을 숨기자 비로소 최인길이 뛰쳐나갔다.

"뉘시오."

"빨리 문을 열어라! 어명이다!"

최인길은 말없이 문을 열었다. 육모방망이를 든 포졸들이 최인길의 어깨를 떼밀며 안으로 쏟아져 들어왔다.

안방으로 들어간 강완숙은 재빨리 방 안을 한번 둘러보고는 주 신부를 병풍 뒤에 숨기고 불을 켰다. 바닥에는 아이 둘이 곯아떨어져 세상 모르게 자고 있었다. 강완숙은 다락문을 활짝 열어젖혀 바깥에서 훤히 들여다보이게 해놓고는 비로소 그 자리에 풀썩 쓰러졌다. 그러고는 입술만 달싹이며 기도문을 외웠다.

포졸들이 사랑을 덮쳤을 때는 방 안에 윤유일과 지황만 있을 뿐이었다.

"무슨 일이오?"

윤유일이 웬일이냐는 듯 태연하게 물었다.

"여기 청국인이 있지? 어디 있는지 어서 대라."

"그런 사람 없습니다."

윤유일이 잡아뗐다.

포졸들의 눈이 멀뚱멀뚱 앉아 있는 지황에게로 쏠렸다.

"너는 누구냐?"

지황은 어쩔 줄을 모르고 당황해 하면서 벙어리 흉내를 내었다.

"이놈이다. 이놈을 잡아라."

포졸들은 단숨에 뛰어들어 지황을 포박했다. 윤유일과 최인길도 포승줄에 결박을 당해 마당으로 끌려나왔다.

지황은 일부러 벙어리 흉내를 내서 주문모 신부로 가장을 한 것이었다. 그는 그래도 안방으로 숨어든 주 신부가 못내 염려스러웠다. 어서 집을 빠져나가야 할 터인데 사랑을 뒤진 포졸들은 여기저기 기웃거리며 안채 쪽을 향하고 있었다.

방 안에 있던 강완숙은 기도문을 수없이 외우며 바깥 동정에 온 신경을 모으고 있었다.

바깥에서는 이놈을 잡아라, 어쩌고 하면서 한참 시끄럽더니 이윽고 잠잠해졌다. 그러고는 이쪽으로 몰려오는 소리가 들려왔다. 절체절명의 순간이었다. 방 안을 뒤지는 날에는 끝장이었다.

순간, 강완숙의 머리에 영감이 스쳤다. 황급히 저고리와 속적삼을 풀어헤친 다음 자고 있는 아이들 중에서 조금 더 어린 것을 재빨리 안아 올려 젖을 물렸다. 다행히도 아이는 깨지 않고 몸을 한두 번 뒤채더니 다시 쌔근쌔근 잠이 들었다.

그때였다. 방문이 벌컥 열리고 포졸 두 명이 방 안으로 성큼 들어섰다. 강완숙은 기겁을 하는 시늉을 하며 아이에게 젖을 물린 채 방바닥에 웅크리고는 부들부들 떨었다.

포졸 둘은 서로 얼굴만 마주보며 고개를 한번 갸웃거리더니,

"너는 누구냐? 너도 천주학쟁이가 아니냐?"

하고 버럭 고함을 질렀다.

강완숙은 잔뜩 기가 죽은 척 아이를 껴안고 방바닥으로 기어들며 말했다,

"나으리들, 지는 암것도 모르는구먼유. 지는 아그들 젖어멈인디유. 밥 먹고 젖 주는 것밖에 아는 것이 없는디유."

"이 집이 천주학 소굴인데 젖어멈이라고 신자가 아닐 리 없잖나. 포졸 하나가 날카로운 눈빛으로 강완숙을 노려보았다. 그러고는 무슨 증거라도 잡아내려는 듯 날쌔게 강완숙의 행색을 훑어보았다.

강완숙은 백치 같은 표정을 지으며 사시나무 떨 듯 떨었다.

"어이구머니나. 그라몬 그 천주님 찾으면서 눈감고 중얼중얼 해쌌는 것이 쥔가 부지유? 지는 통 무슨 소릴 하는 것인지 알아먹을 수가 없든디유."

포졸 둘은 서로 얼굴을 마주보았다.

그때 바깥에서 포졸 하나가 급히 뛰어들며,

"아, 뭣들 하고 있는 거야. 빨리 돌아가야 하잖아."

하고 짜증을 냈다. 그러고는 방 안을 들여다보더니 와들와

들 떨고 있는 강완숙을 쳐다보며,

"이 아낙은 누구야?"

하고 물었다.

"제 말로는 이 집 젖어멈이라네."

한 포졸이 대꾸해주자 먼저 들어와 있던 또 한 포졸이 뭔가를 낮은 소리로 일러주었다.

귀엣말을 들은 포졸은 잽싸게 강완숙을 살피고는 건성으로 반쯤 열어젖힌 다락을 흘끗 들여다봤다. 그사이에 먼저 들어왔던 두 포졸은 바깥으로 나가버렸다.

강완숙은 한 손으로 어린애들 부둥켜안고 한 손으로 얼굴을 쥔 채 궁둥이를 하늘로 쳐들고 있었다. 손가락 사이로 두려움에 가득 찬 눈을 잔뜩 굴리고 있는 강완숙을 노려보며 포졸은,

"거 젖통에 눌려 어린애 숨 막혀 죽게 생겼구먼."

하고 피식 웃었다.

강완숙은 기절을 할 듯 놀라며 일어나 앉아 부끄럼도 잊은 듯 앞가슴을 다 드러내고는 어린애가 죽지 않았는지 이리저리 살피며 아이의 코에다 귀를 갖다 대는 둥 수선을 떨었다.

그런 모습을 보고 실없이 히죽 웃던 포졸의 시선이 엉겁결에 강완숙의 젖가슴에 잠시 와 닿았다.

"이봐, 뭐 하고 있나. 빨리 가자니까."

바깥에서는 소란스럽게 재촉하는 소리들이 연달았다. 순간 포졸은 퍼뜩 정신이 든 양,

"알았다니까!"

하고 짜증 섞인 악을 쓰더니 불쑥 벽 쪽에 세워져 있는 병풍을 발길로 걷어찼다.

곁눈질로 포졸의 모든 동태를 살피고 있던 강완숙은 순간 눈을 꽉 감으며,

'천주여, 도우소서!'

하고 속으로 외쳤다.

얼마가 지났을까. 정신을 차리고 보니 포졸들의 모습은 보이지 않고 병풍만 한쪽으로 쓰러져 있는데 한쪽 귀퉁이로 주 신부의 상투 끝이 비어져 나와 있었다. 완숙은 다시 심장이 내려앉았다. 재빨리 어린 애를 내려놓고 병풍을 다시 세워 신부를 가린 다음 바깥 동정을 살폈다. 대문 밖으로 포졸들이 무리를 지어 와글와글 물러나가는 것이 보였다.

강완숙은 비로소 그 자리에 풀썩 쓰러져 엎드린 채,

'천주님, 고맙습니다. 천주님, 고맙습니다.'

하고 같은 말을 수도 없이 되뇌었다.

어린애가 그때까지도 깨어나지 않고 자고 있는 것이 신기했다. 젖을 물리고 숨이 끊어졌나 확인하는 시늉을 하느라 온갖 법석을 다 떨었는데도 아이는 천연덕스럽게 잠만 잘 자고 있던 것이다.

'하느님께서 도와주셨구나.'

강완숙은 바로 곁에 서 계신 듯한 그분의 손길을 느꼈다.

그 와중에서 완숙의 신심은, 천 갈래 만 갈래 유혹과 환난이 파도치는 만경창파 아래 깊숙이 드리운 천주의 변함없는 은총 한가운데로 깊이 뿌리박고 있었다.

강완숙은 눈물을 흘리며 조용히 성호를 그었다.

윤유일과 지황, 최인길 등 세 사람은 단단히 포박된 채 포졸들에게 겹으로 둘러싸여 압송되고 있었다.

어둠이 선뜻 길을 막아서는 밤거리는 깊은 잠에 빠져 더없이 고요했다. 포졸 일행의 발소리만이 유난히 크게 들려왔다. 언제부터인지 잠들었던 개들이 하나 둘 귀를 곤두세우며 요란하게 짖어대고 있었다.

11
암중모색

포도청에 잡혀온 세 사람은 곧 국문을 받게 되었다. 청국인을 생포했다는 득의로 포도청의 분위기는 여유작작했다. 질문과 대답이 오가는 형식만 취할 뿐 고문은 하지 않았다.

특별히 지황은 청나라 사람이라는 생각 때문인지 융숭한 대접을 받았다.

"네가 주문모인가?"

포도대장이 흰 수염을 움직이며 엄숙하게 물었다.

지황은 눈 하나 깜짝 않고,

"쉐."

하고 청국어로 대답을 했다.

그는 역관 출신이라 청국어에 능통했다.

"조선말을 할 줄 아는가?"

"쉐."

"그러면 조선말로 대답하도록 하라."

"네."

"어찌하여 밀입국을 했는가?"

"텬주의 복음을 뎐하고자 왔습니다."

지황은 주문모의 말투를 그대로 흉내 내고 있었다.

"우리나라에서는 금하고 있는 일임을 모르는가?"

"청국에서는 죄가 안 됩니다. 조선에서 금하고 있다는 것을 알았으나 꼭 해야만 될 일이기에 조선에 왔습니다."

지황은 교묘히 위장하여 조선말 반, 청국말 반을 섞어가면서 주문모 신부의 역할을 완벽하게 연출해냈다. 주문모로 자처하고 나서면 주신부에 대한 관심은 완전히 사라질 터였다. 그가 대역을 하는 것으로 더 이상의 주문모는 존재하지 않으니 찾을 리 없었다. 그렇게만 되면 주문모는 마음껏 포교 활동을 할 수 있게 될 것이다. 자신의 한 몸을 바쳐서 이 땅에 천주교를 전파하는 다리가 되고자 하는 살신성인의 마음이었다.

윤유일과 최인길도 포도대장 앞에 끌려나왔다.

포도대장은 윤유일을 보고,

"고연 것. 사대부의 이름이 아깝질 않느냐. 상것들이나 현혹될 만한 천당지옥설에 끌려 가문을 망치고 나라를 망칠 화근을 자청하다니."

하며 혀를 찼다.

"네놈들과 함께 천주학을 믿는 천주학쟁이들의 이름을 대라."

천주학쟁이들을 국문할 때면 으레 하는 요구였지만 마귀의
시험은 예서부터 시작이었다. 처음에는 누구나 입을 열지 않게
마련이지만 물고를 내고 주리를 틀면 신자들은 하나 둘 알고
있는 이름을 댈 수밖에 없었다. 참으로 힘겨운 시련이었다. 그
동안 공경해온 천주에 대한 신앙과 믿음의 열매가 송두리째 발
가벗겨지는 심판과 증명의 시간이기도 했다.

윤유일과 최인길은 물론 입을 열지 않았다.

그들의 저항은 완강했다.

"미사를 드린 사람은 우리뿐이오. 그 외엔 한 사람도 없소."

"닥치거라, 이놈. 너희를 고발한 한영익이 말하기는 수천 명
이 된다는데 바른 대로 대지 못할까."

"나는 모르는 일이오."

"저놈들을 매우 쳐라. 숨이 넘어가지 않을 만큼만 쳐라."

두 사람은 곧 피투성이가 되었다.

최인길은 매에 못 이겨 기절을 했다.

"저놈에게 물을 뿌려라."

정신을 들게 한 뒤 다시 국문을 시작하고, 똑같은 대답이 되
풀이되었다. 다시 고문, 그리고 또다시 국문이 쳇바퀴 돌 듯 이
어졌으나 별 효과가 없었다.

포도대장은 흰 수염에 침을 튀기며 몸서리를 쳤다.

"지독한 놈들."

그 이튿날. 대질심문을 시키기 위해 한영익이 불려왔다. 한

영익은 얼굴이 하얗게 질린 채 무척 수척해 있었다.

그는 고문을 받아 귀신처럼 변해 버린 두 사람을 알아보고는 흠칫 몸을 떨며 뒤로 물러났다. 그리고는 눈으로 주문모를 찾았으나 눈을 씻고 보아도 그의 모습은 보이지 않았다. 듣기로는 분명 신부를 잡았다 하였다.

"한 진사. 어서 오시오. 이들이 탁사까지 불러들여 천주학을 퍼뜨려 놓고도 신도들의 이름을 대지 않고 있으니 수고를 좀 해주셔야겠소."

포도대장은 그에게 나긋한 목소리로 부탁을 했다. 한영익은 희한한 일이라는 듯 어리둥절한 표정으로 포도대장에게 다가가 낮은 소리로 물었다.

"그런데 탁사는 어디에 있습니까?"

순간 아연해진 포도대장의 눈이 의심을 품은 듯 작아졌다. 그리고는 저만치 포박된 채 서 있는 지황을 가리켰다.

"저자가 주문모 아니오?"

한영익은 지황을 한번 흘끗 보더니 고개를 저었다.

"아닙니다. 저자는 지황이라는 역관입니다. 저 세 사람이 전부입니까?"

"그렇소. 탁사는?"

"탁사는 없습니다. 맨 왼쪽에 있는 자는 윤유일, 그 옆이 최인길, 그리고 지황입니다."

"무엇이!"

포도대장은 고함을 치며 앞으로 뛰어나갔다. 그러고는 지황의 멱살을 움켜쥔 채 이를 갈며 다그쳤다.

"네 이놈, 네가 지황이렷다!"

지황은 대꾸가 없었다.

"말하지 못할까!"

포도대장은 잡고 있던 멱살을 있는 힘껏 패대기를 쳤다.

지황은 졸지에 땅바닥에 나동그라졌다. 넘어지는 통에 돌에 찍혔는지 이마에서 피가 흘러내렸다. 화가 잔뜩 오른 포도대장은 다시 지황의 멱살을 잡아 일으켜 세웠다. 그러고는 얼굴을 바짝 갖다 대고 한마디 한마디 씹듯 뱉어냈다.

"네가 지황이 맞지?"

"예."

지황은 낮은 소리로 시인했다.

순간 포도대장은 지황을 뒤로 밀치며,

"이놈을 당장 형틀에 매라!"

하고 명령했다.

청국인으로 오인되어 대접을 받으면서 고문 한번 당하지 않았던 지황이 형틀에 묶였다.

화가 머리끝까지 치솟은 포도대장은 다짜고짜,

"그놈을 매우 쳐라!"

하고 신부를 놓친 분풀이를 대신하려 했다.

끔찍한 곤장 소리가 신음을 가로막으며 포도청 마당에 메

아리쳤다.

포도대장은 분노로 붉게 충혈된 눈을 부라리며 지황을 노려 보았다. 얼마나 지났을까. 살이 터지고 피가 솟구치는데도 매는 멈추지 않았다. 곤장대가 부러져나가고 새로 가져온 새 곤장대로 고문이 다시 계속되었다. 온몸에 피가 엉겨 붙어 차마 볼 수 없는 형상이 되자,

"그만!"

하는 명령이 떨어졌다.

포도대장은 지황에게 다가갔다.

"주문모는 어디 있느냐."

가사 상태에 빠진 지황은 눈을 뜨고는 있었으나 초점이 없어 죽은 자 같았다.

"모릅니다."

원하는 대답을 기대하고 귀를 바짝 갖다 댄 포도대장에게 이런 대답이 들려오자 그는 더욱 길길이 날뛰었다. 윤유일과 최인길에게도 그는 발작하듯 주문모를 놓친 분을 폭발시켰다. 그러나 그들은 한결같이 묻는 족족 모른다는 대꾸뿐이었다. 이제는 신자를 찾는 것이 문제가 아니었다. 신부부터 찾아야 했다.

이튿날에도 무서운 고문이 계속되었다. 신부를 찾아내기 위해서도 그랬지만 속았다는 분노가 고문의 심도를 더하게 했다. 고문은 처절했고 세 사람은 서서히 숨이 끊어져 가고 있었

다.

"주문모를 어디에 숨겼느냐?"

"모, 모른다."

그들 세 사람은 실제로 주 신부의 행방을 알지도 못했다. 그날 밤 포도청으로 끌려온 뒤의 일에 대해서는 전혀 아는 바가 없었다. 다만, 강완숙이 잘 피신시켜 주었기를 빌 뿐이었다.

고문이 심해지면 심해질수록 이들이 기댈 곳은 천주님뿐이었다.

온몸의 감각이 없어지고 눈앞에 환영이 어리기까지 하여 오관을 믿을 수 없게 된 지경이었다. 그런 중에도 기억이 허락하는 대로 기도문을 외우고 천주경, 성모경을 더듬어내다 보면 이상하리만큼 새 힘이 솟았다.

'조금만 더 용기를 내라. 천국이 가까웠도다.'

하는 소리가 들리는 것만 같았다. 더 이상 고통조차 느껴지지 않는 터져나간 살점들이 차라리 고마웠다. 감각이 없어지자 영적인 힘은 더욱 강해지는 느낌이었다.

치도곤을 내던 형리와 포도대장이 오히려 지쳐갔다.

새것, 또 새것으로 부러져나간 곤장대를 바꿔대던 형리가 어느 순간 나무토막을 통해 전달돼온 천주학쟁이의 감각이 수상한지 곤장질을 멈추고 코에 귀를 대보았다. 그러곤 내처 눈자위도 살펴보고 맥도 짚어보더니 곤장대를 던져버리고는 포도대장에게 다가갔다.

"죽었습니다."

그는 마지막 희생자였다. 앞서 두 사람은 이미 치명했던 것이다.

포도대장은 몹시 불쾌한 듯 미간을 잔뜩 찌푸렸다. 신부도 놓치고 신도들도 더 이상 잡아들이지 못하고 만 것이 분해 씩씩거렸다. 어명을 제대로 받들지 못한 셈이었다. 그는 씻을 수 없는 오점을 남겼다고 생각하며 입술을 깨물었다.

윤유일, 최인길, 지황 세 사람의 시신은 찢겨진 살갗 사이로 뼈가 드러나고 피가 엉겨 붙어 모습조차 알아볼 수 없는 지경이 되어서야 형틀에서 내려졌다. 영혼이 떠난 육신은 더 이상 고문의 제물 노릇을 하지 않아도 되었다. 영혼이 자유를 얻은 것처럼 육신도 자유로워진 것이다.

한국 천주교회사상 세 번째의 순교였다.

약용에게서 백운시를 받아낸 이후부터 정조는 약용을 자신의 곁에 두고자 마음먹고 있었다. 하루라도 속히 승진시켜 모든 국사를 그와 더불어 상의해 나가고자 하는 것이 그의 소원이었다.

정조는 이러한 자신의 생각을 대신들에게도 주지시키고자 자주 약용을 칭찬하였다. 그러나 이것이 도리어 역효과를 불러일으켰다.

조정 중신들 간에는 임금의 이러한 노골적인 편애에 대해 점차 말이 많아졌다. 특히 벽파는 임금의 이런 경향에 대하여 신경을 곤두세웠다.

"아무래도 상께서 곧 정약용을 중용하실 듯 하지 않은가."

"그가 내각에 들어오는 날엔 큰일일세. 지금도 저렇게 침이 마르도록 칭찬만 하고 아끼시는데, 내각에 들어오게 되면 각신(閣臣)들은 모조리 허수아비 노릇이나 하게 되고, 상께서는 약용의 말만 듣고 매사를 처리하실 게 뻔하지 않은가."

벽파들은 모이기만 하면 약용을 견제할 궁리를 세웠다. 약용을 대하는 태도도 냉랭하고 경계하는 빛이 뚜렷해졌다. 백운시 사건 이후 조정에서의 약용의 처신은 더욱 어려워지게 되었다.

그럼에도 불구하고 정조는 약용을 초시의 제일소(第一所) 고관으로 임명하기에 이르렀다. 조정 중신들의 질시와 암투 속에서 승급된 약용은 곧 위기를 맞을 수밖에 없었다.

약용이 초시의 고관으로서 초시 응시자들을 심사하는 첫 임무를 행한 지 열흘이 지나서였다.

정조는 약용에 대한 뜻밖의 소문을 듣고 의문에 휩싸였다.

풍문의 내용은, 약용이 임금의 총애를 방패 삼아 사사로운 정에 기울어 초시 응시자 중 남인들을 대거 합격시키는 부정을 저질렀다는 것이었다.

우연히 이런 내용을 듣게 된 정조는 근심에 잠겼다. 그러나 실제로 조정에 떠도는 소문은 더 엄청난 것이었다.

임금은 약용을 이조판서에 등용할 계획을 세우고 있으며 약용은 약용대로 이판이 되면, 관리의 임용권을 한 손에 쥐고 남인들을 우선 등용할 계략을 짜고 있다느니, 혹은 과거 홍국영의 경우처럼 약용이 전권을 쥐고 남인 천하를 만들고자 한다느니 하는 벽파의 존재 자체를 뒤흔드는 소문들이었다. 벽파의 모사꾼들은 일찌감치 위협 세력의 씨를 잘라버리기 위해 자기파를 자극할 수 있는 모든 지혜를 다 동원하였던 것이다.

조정을 중심으로 떠돌던 이런 얘기들은 약용이 시험관으로서 부정을 저질렀다는 소문과 함께 자연 정조의 귀에도 들어가게 되었다.

급기야 정조는 대로하기에 이르렀다. 아끼던 신하에 대한 소문을 듣고 처음에는 진실이 아니겠지 하는 생각으로 눌러버렸으나 곧 그 생각은 진실이 아니기를 바라는 마음으로 변해갔고, 그래도 집요하게 끊이지 않는 소문에 차차 아니 땐 굴뚝에 연기 나랴 하는 생각이 들게끔 되었다. 본래 여러 사람이 일관되게 주장하는 말의 힘은 무서운 괴력을 지니는 것이다.

정조는 고뇌하기 시작했다. 문득문득 홍국영에 대한 기억도 되살아났다. 물론 약용은 홍국영과는 매우 다른 유형의 사람이라는 것을 잘 알고 있었지만 그래도 열 길 물속은 알아도 한 길 사람의 마음은 알 수 없는 것이라는 생각이 들었다.

'약용을 데려다가 자초지종을 물어볼까.'

그러나 그러기에 앞서 한편으로 괘씸한 생각이 고개를 들었다.

'도대체 어찌 처신하였기에 이런 말이 떠돌아 과인을 괴롭게 만드는고.'

자신이 총애하고 아끼는 줄 알고 있으면 더욱 몸조심을 하여 임금 된 자의 입장이 곤란하지 않도록 배려했어야 옳지 않은가 하는 생각이었다. 온후한 성품의 정조는 심려와 배신감 때문에 읽던 책을 덮고 말았다. 글도 눈에 들어오지 않을 만큼 차츰 분이 쌓이고 있었던 것이다.

차라리 소문을 처음 들었을 때 그를 불러서 물어봤더라면 그처럼 증오가 쌓이지는 않았을 터였다. 설마, 설마 하면서 덮어두었던 것이 도리어 화근이었다.

그러나 정조에게는 믿었던 신하에게 그 모든 진상을 물어야 한다는 것이 또 다른 고통이었다. 약용에 대해서는 자신이 알고 있는 것이 전부랄 만큼 깊이 신뢰하고 또 가까운 사이라고 생각했는데 뜻밖에도 소문으로 약용의 일면을 전해 듣게 된 것이 그에게 화를 더욱 돋우고 있었다.

사랑은 급속도로 미움으로 바뀌어갔다. 신뢰했던 만큼 의심도 깊어 갔다. 홍국영의 경우를 거울삼지 못했던 것도 후회되었다.

책을 덮은 정조의 손이 가늘게 떨렸다. 눈앞에 약용의 얼굴이 다가오는 듯하였다.

'내가 너를 그토록 아끼었는데 어찌 그런 짓을 하였느냐. 너

를 밑에 두고자 온갖 애를 다 썼거늘, 이런 실망밖에 줄 것이 없더냐.'

정조의 눈에 이슬이 맺혔다. 약용이 눈앞에 있다면 그 손을 붙들고 울기라도 하고 싶은 심정이었다. 뭐라 표현할 수 없는 슬픔이 그의 마음을 붙들고 놓아주지 않았다. 갈등과 배신감이 극에 달한 정조는 급기야,

"밖에 도승지 없느냐!"

하고 노성을 발했다.

"예, 전하."

"영의정을 부르라."

영의정 홍낙성이 곧 대령하였다.

"영상, 과장(科場)에서 부정이 있었다 함이 사실이오?"

정조의 눈은 예리하게 영상의 표정을 더듬고 있었다. 홍낙성은 허리를 더욱 굽히며 어찌할 바를 모르겠다는 시늉을 했다.

"황공하여이다. 소신은 금시초문이옵니다."

"과인의 귀에까지 들려왔는데 영상이 모른다니 말이 되오?"

정조는 노기를 최대한 억제하고 있었다.

"황공하옵니다, 전하."

정조는 영의정을 노려보며 다시 물었다.

"정약용이 사정(私情)에 얽매여 남인을 많이 합격시켰다는 말이 사실이오?"

홍낙성은 묵묵부답 이마를 땅에 박고 있을 뿐이었다.

"영상, 어찌 대답이 없소."

정조는 답답증이 나서 견딜 수가 없었다.

홍낙성은 정조의 심기를 파악하고 자신의 처신을 잘 요리하는 중이었다. 그러다가 마침내 약용을 견제하기 위한 좋은 기회가 왔다고 판단했다.

"얼핏 소신도 듣기는 하였사오나 소문은 믿을 바가 못 되는 것이라 사료되옵니다. 정약용은 그럴 인물이 아닌 줄로 아옵니다."

영의정은 역으로 공략을 했다. 이 말을 들은 정조는 더욱 흥분했다. 칭찬하는 말 따위 귀에 들어오지도 않았다.

"영상도 들었다면 어찌 모른다 하였소. 영상의 직책이 무엇이오. 사실을 사실대로 과인에게 고하여야 할 것이 아니오."

정조는 좀처럼 보이지 않던 분노를 발하고 있었다. 약용에 대한 사랑이 그만큼 깊었던 탓이었다.

"그래 몇 명이나 합격시켰다 하오? 사실대로 말하시오."

홍낙성은 망설이고 주저하다가,

"소신이 듣기로는 쉰세 명이라 하옵니다."

하고 말했다.

"그렇게 알고 있으면서 어찌 모른다 하였소."

정조는 다시 분노했다.

"황공하옵니다, 전하. 하오나 부정이 있었는지는 알지 못하옵니다."

사실이었다. 실력에 따라 합격을 한 것인지 부정이 있었던 것인지는 알 수 없는 일이었다.

그러나 정조의 귀에는 이미 이 말은 들려오지 않았다. 오직 자신이 특별히 중용하려고 했던 신하가 공정하게 정치를 해주지 않았다는 배신감만이 치밀어 올랐다.

그는 더 이상 생각해볼 겨를도 없이,

"영상, 지금 당장 정약용을 하옥시키시오."

하는 청천벽력 같은 어명을 내렸다.

날벼락이었다. 극은 극으로 통한다는 옛말을 증명이라도 하듯 정조의 총애는 완전한 불신으로 바뀌어 버렸다.

"평생 다시는 시험관을 하지 말라."

하는 명과 동시에,

"다시는 관직을 주지 말라."

하고 이조를 통해 추상같은 명을 전했다.

자신에게 내려진 어명을 들은 약용은 눈앞이 캄캄해져옴을 느꼈다.

'도대체 어찌 된 일일까.'

아무것도 모르고 무조건 하옥된 약용은 옥 안에 앉아서도 사태를 파악하느라 이리저리 짐작을 해보아야만 했다. 그러나 무슨 일인지 도무지 알 도리가 없었다. 옥에 갇히고 관직을 삭탈당할 만큼 죄를 지은 기억이 없었던 것이다.

답답한 일이었다. 국문도 없으니 해명할 길도 없었다.

약용은 어이없이 벌어진 이 모든 사태를 묵묵히 견디며 옥 안 한쪽 벽 위에 높다랗게 매달린 창살 밖으로 보이는 하늘에 눈을 주고 마음을 달랠 뿐이었다.

그때였다. 바깥에서 무료하게 죄수를 지키고 앉았던 옥리가 말을 걸어왔다.

"나으리, 왜 옥 안에 들어오셨는지 아십니까?"

약용은 고개를 돌려 말없이 옥리를 쳐다볼 뿐이었다.

"부정 합격을 시키셨다 하더군요."

약용은 가만히 미간을 모았다.

"그게 무슨 말이냐?"

"나으리께서 남인들을 무더기로 합격시켜 버렸다던 대요. 뇌물을 받고서요."

약용은 입을 다물어 버렸다.

대경실색을 할 일이었으나 그는 침착했다.

옥리는 목소리를 낮추어 속삭이듯 얘기를 계속했다.

"실은 소인도 남인 부스러기에 들지요. 벽파랍시고 으스대는 꼴이라니. 저 같았어도 나으리처럼 해버렸을 겁니다."

약용은 가슴이 철렁 내려앉는 듯했다. 누명도 누명이지만 옥리까지도 자신이 남인 축에 낀다고 서슴없이 털어놓는 게 못내 유감이었다.

'어쩌다가 이 지경이 되었을까.'

이러다가는 온 나라가 완전히 두 쪽으로 쪼개져 싸우게 되지나 않을까 염려스러웠다.

약용은 점차 깊은 생각에 잠겨 갔다. 부정 합격이라는 기가 막힐 죄목으로 옥에 갇혀버린 자신의 처지가, 하고자만 하면 무슨 일이나 할 수 있는 절대 군주의 전능한 권력에 결부되어 생각됐다.

사실을 알릴 방법도 없고 변명의 기회조차 주어지지 않는 것은 왕명이면 무조건으로 합리화되는 봉건군주제의 산물이었다. 사소하게는 자신의 경우와 같은 것을 들 수 있겠지만, 크게는 바로 연산군이나 광해군의 폭정과 같은 비극을 낳는 근원인 것이다.

'전제를 막으려면 제동 장치가 필요하다. 사간원이나 사헌부가 바로 그런 역할을 하는 곳이기는 하나 왕이 언관(言官)의 간하는 말을 듣지 않으면 또 어쩔 수 없는 노릇이 아닌가.'

무엇이든 학문적으로 캐고 드는 성품대로 약용은 자신에게 일어난 사건을 통해 봉건군주의 정치 능력에 대해 회의를 품기 시작했다.

임금이 폭군이라면 언관의 간이 먹혀들 리도 없을뿐더러, 또 이 언관이라는 자의 의견이 대개는 그 사람 개인의 의견인 경우가 많았다. 이제까지의 사적(事蹟)으로 미루어볼 때, 그들은 스스로 옳다고 생각하면 외곬으로 아집을 부리는 습성이 있었다. 이럴 경우 파직되거나, 귀양을 가거나, 혹은 목숨을 잃는 일은 오히려 흔했다. 그러나 언관의 간이 독자적인 것이라 해도 귀양이나 사사 등으로 입을 막아버리는 것은 명백히 잘못된 일이요, 이런 사태가 발생하게 되는 원인이 봉건군주제에 있는 한 역사의 오류는 반복될 수밖에 없는 것이었다.

약용은 이것을 제어할 수 있는 방법을 생각하고 있었다.

'전제군주제는 잘못된 것이다. 전권을 사용할 만한 능력과 인품을 갖추었다 하더라도 절대 권력은 부패의 시작이 된다. 이것은 비단 언관 한 사람이 파직되고 물러나는 데 머무르지 않고 장차는 조정과 백성 전체를 파멸로 몰고 가는 계기가 될 수 있지 않은가.'

약용은 아버지 정재원이 현감으로 일하던 시절 아버지를 따라다니며 직접 체험했던 백성들의 현실이 눈앞에 되살아나는 듯했다.

백성들의 삶은 비참했다. 그러나 나라의 주인은 그들이라는 생각이었다. 봉건군주국의 전권을 왕이 독차지할 것이 아니라 그들에게 많은 부분을 돌려줘야 한다는 것이 약용의 판단이었다. 왕에게 권력을 준 자는 분명 백성들일 터인데 이것이 전도되어 거꾸로 왕이 백성들의 주인이 되어 있었다.

분명한 모순이었다.

이 무렵. 즉, 주문모 신부가 조선에 들어와 전교 활동을 하고 정약용이 34세로 동부승지에 병조참의를 겸직하여 왕의 총애를 한 몸에 받다가 누명을 쓰고 투옥된 1795년경.

아직까지 조선에 알려지지 않은 미지의 나라 불란서는 대

혁명의 열병을 치르고 있었다. 동양의 천재 정약용이 옥에 갇혀 홀로 봉건군주제의 모순을 파악해 내고 있을 때, 불란서의 대다수 민중은 이미 전제군주를 권좌에서 몰아내고 자신들의 권리를 되찾기 위한 구체적인 행동을 실천에 옮기고 있었던 것이다.

민중의 피땀 위에 군림하던 절대군주 루이 16세는 1793년 혁명 군중들의 손에 처형되고, 영화를 누렸던 왕후 마리 앙투아네트도 같은 운명을 더듬었으며, 선조의 덕으로 거들먹거리면서 놀고먹던 귀족들도 한꺼번에 몰락했다. 그리고 잠시 계속된 공포 정치의 수렁을 빠져나온 후 1795년 국민공회를 만들어 비로소 다수 민중의 의견이 정치에 수렴될 수 있는 공식적인 제도가 안착되었던 것이다.

어디에선가는 현실화되고 있는 정치 제도가 약용에게는 한낱 사념에 불과했다.

약용은 자신에게 주어진 기득권에 안주하는 관리가 아니었다. 그토록 왕의 신임과 총애를 누리면서도 권력을 이용할 생각보다는 항상 백성 편에 서서 사고하고 판단할 줄 아는 선각자였다. 그러했기에 정조와 같은 현군에게 발탁되었는지도 모른다.

좁은 감옥은 오히려 그의 천재적인 사고 능력을 자극하여 기존 정치 제도에 안주하는 관리들로서는 상상할 수도 없는 진보적이고도 이상적인 정치 개혁안을 끌어내 주었다. 그러나 그것은 약용 개인의 사념 속에 묻혀 있어야 할 운명이었다.

약용은 사고의 고리를 하나씩 꿰어갈수록 종국에는 황량한 대지에 홀로 나앉은 듯한 자신의 허허로운 모습을 만나곤 했다. 그때마다 사념의 저 한쪽 구석을 비집고 나와 아련하게 떠오르는 것이 있었다. 조금은 치기 어렸던 젊은 날의 기억들, 유년의 시공을 더불어 채색시키며 명멸해 갔던 수많은 사람들, 오랫동안 잊고 지내온 그 추억 속의 잔상들이 냉엄한 현실에 부딪혀 허덕이고 있는 자신에게 이제야 그리움이 되어 다가오고 있었다.

정약용은 어릴 때부터 재치가 있고 두뇌가 명석했다. 형을 따라 다니면서 어깨너머로 주워들은 천자문을 책도 보지 않고 익힐 정도로 영리했다. 약용이 여섯 살 때 아버지 정재원은 연천현감의 벼슬을 얻어 고을살이를 떠나게 되었다.

"어머니, 고을살이를 하니까 좋아요."

"무엇이 그리 좋으냐."

약용의 모친 윤씨가 인자한 미소를 띠며 아들을 바라보았다.

"끼니 걱정 없이 배불리 먹을 수 있지 않아요."

"하루 세 끼도 먹지 못하며 사는 사람이 어디 있겠느냐. 부지런히 일만 하면 다 밥 먹고 살 수는 있는 게야."

"어머니, 그런데 그렇지가 않은 것 같아요."

"그건 또 무슨 소리냐."

"아전들이 얘기하는 걸 들었어요."

"뭐라더냐."

"지금이 보릿고갠데 굶어 죽는 사람이 많다고 하던데요."

"설마 그럴 리가 있느냐."

"정말이라고 그랬어요. 그런데 어머니, 보릿고개가 뭐이지요."

"춘궁기라고 해서 보리가 익기 직전이면 식량이 떨어져 농민들이 고생하는 시기를 그렇게 말한단다."

"왜 그렇게 되는 거지요."

"가을에 거둬들인 쌀은 바닥이 나고 보리는 익지 않아 먹을 것이 없기 때문이란다."

"어머니, 노략질이 뭐이지요."

윤씨는 갑작스런 약용의 질문에 놀라며,

"어디서 들었느냐?"

하고 채근하듯 물었다.

약용은 저잣거리에 나갔다가 들은 얘기를 어머니에게 들려주었다.

봄이 되자 고을 사람들은 식량이 떨어져 관가에서 배급해줄 식량만 기다리고 있었다. 그런데 관가에서는 그나마 배급되는 곡물의 양을 속이거나 모래를 섞어서 주는 등 늘상 비리를 저질러 고을 사람들의 원성을 사고 있던 터였다.

"사또가 바뀌었다 해도 마찬가지일 거라며 관가는 노략질이나 하는 곳이라고 말했어요."

약용의 말을 곰곰이 듣고 있던 윤씨는 아들이 들려준 얘기를 남편에게 숨김없이 전했다. 어린 약용의 호기심 덕에 민심을 쉽게 파악한 정재원은 그해 환곡 때에 부정이 없도록 철저히 단속하여 청빈한 관리로서의 면모를 드러냈다.

약용 일가가 연천에서 머무르고 있을 때 맏형 약현이 혼인하며 처와 함께 인사차 다니러 왔었다. 두 살 때 생모인 의령 남씨를 여읜 약현은 그 후 쭉 외가에서 자라다 계모 윤씨가 안주인으로 들어오면서 친가로 돌아와 윤씨의 손에서 자라났다. 약현은 성질이 담백하고 매사에 서두르는 일이 없었으며 늘 책읽기를 즐겨 하였다. 그의 책 읽는 낭랑한 음성은 낮이고 밤이고 방문을 넘어 마당을 맴돌곤 했다. 윤씨는 친아들 이상으로 약현을 사랑하였고 약현도 친어머니 못지않은 지극한 정성으로 윤씨를 받들어 섬겼다.

그러한 약현이 이제는 가장이 되어 의젓하게 부인 이씨와 동생 약전을 동반하고 벼슬살이를 하러 임지에 나와 있는 부모님께 문안을 드리러 온 것이다.

"왜 약종은 데려오지 않았느냐."

"그 애는 도무지 따라오려 들질 않았습니다."

부친 정재원이 의아해하자 약현이 덧붙였다.

"아무리 가자고 권해도 굳이 집에 있겠다 하였습니다."

옆에 있는 약전이 끼어들었다.

"조그만 애가 어찌나 고집이 센지 저희들이 냇가에서 놀 때도 함께 노는 일이 없는걸요."

약종은 두문불출, 여간해서는 나서지 않는 성품이었다. 비록 한 배에서 난 형제간이라 하여도 다양한 성품을 타고나기 마련인가 보았다.

약현은 이때 18세였으며 부인 이씨는 조선 천주교 포교에 지대한 공헌을 한 이벽의 누님이었다.

연천 임소에서의 생활은 행복했다. 약용 형제는 낮에는 마음껏 책을 읽고 밤에는 윷놀이 등을 하며 소일했다.

여섯 살짜리 약용이 세상을 정확하게 판단할 리는 만무한 일이었지만 세상의 여러 가지 모순된 단면들은 어린 마음에도 온갖 의문을 주게 했다.

'왜 농민들은 저리도 못사는 걸까.'

'왜 관노들은 노략질을 하지 않으면 안 되는 걸까.'

'아전들이 호수(戶數)를 조작한다는데 그래 가지고 무슨 이익이 있을까.'

약용은 이제 어머니에게 모든 걸 다 얘기하지 않았다. 어머니가 대답해줄 수 없는 것도 있다는 것을 알았기 때문이었다. 그는 의문이 나는 문제들을 혼자 해결해 보려고 애를 썼다.

때론 약전에게 함께 저잣거리에 나가보지 않겠느냐고 권해도 약전은 글을 읽는다고 거절하기 일쑤였다.

그래서 약용은 가끔 혼자서 읍내를 돌아다녔다. 들에 나가서 놀다가 나물 캐는 아낙을 도와주기도 했다. 어린 그의 눈으로도 백성들의 사는 형편이 말이 아님을 알게 되었다.

하루는 관아에서 나와 걷고 있는 약용을 또래 사내아이들이 졸졸 따라왔다.

"얘, 너는 누군데 동헌에서 나오니?"

"그러는 너는 누구니?"

약용이 되레 물었다.

"우리 아버지는 아전이야."

"그래?"

"넌 누구냐 말이야?"

"나도 그래."

약용이 시치미를 떼고 대답했다.

"그런데 너는 왜 그렇게 깨끗한 옷을 입고 있니?"

"너도 아버지보고 해 달래지 그러니?"

"그랬으면 좋겠지만…… 사또에게 이것저것 바치고 나면 겨우 먹고살 것도 남지 않는대. 그러니 옷 해 입을 돈이 어디 있냐고 울 엄마가 그러셨어."

그 아이가 입고 있는 옷은 기실 여기저기 헝겊을 대고 기운 자락투성이였다. 아이는 약용과 몇 마디 말을 나누고는 금세 친해져서 약용의 손을 잡아 이끌고 자기 집에 데려갔다.

그런데 대문께에서 만난 아이 엄마는 약용을 보고는 기겁을 했다.

"쓰개 없는 새끼야. 쌀 한 톨이 어디라고 끼니때에 혹을 달고 오느냐."

무안을 당한 약용은 달음질처 집으로 오고 말았다.

일곱 살이 되면서 약용의 학문은 눈에 띄게 진일보하였다. 꾸준히 앉아서 공부만 한 것도 아닌데 그의 재능은 두드러졌다. 한번 흘려들은 것도 잊어버리는 일이 없었다. 게다가 한번 습득한 지식을 곧잘 응용할 줄도 알았다. 이때부터 그는 벌써 시적 재능을 드러내었다. 어린 약용은 시를 지어 사람들을 놀라게 했다.

소산폐대산(小山蔽大山)
원근지부동(遠近地不同)

작은 산이 큰 산을 가리웠다네
멀고 가깝기가 다른 까닭이라네.

그는 차분한 성격에 걸맞게 여러 가지 시를 써서 차곡차곡 모으는 버릇이 있었다.

완성된 시작들은 소중히 간수되어 책을 만들어도 좋을 만큼 늘어갔다. 동시에 세상을 보는 식견 또한 날로 깊어져 갔다.

어머니 윤씨는 그런 약용이 대견하기만 했다.

"아가."

"예."

"너는 장성하면 반드시 큰일을 하게 될 것이다. 공부를 열심히 하여야 하느니라."

"예."

윤씨의 눈에는 어느 모로 보나 네 아들 중에서 약용의 재능이 출중하였다.

약용은 연천에서 천연두에 걸리고 말았다. 몇 날 며칠을 내내 온몸이 불덩이처럼 끓어오르고 사경을 헤매는 지경에 이르게 되었다. 어머니 윤씨는 자리를 뜨지 않고 연일 밤을 낮 삼아 지성으로 아들을 간호하였다. 윤씨의 지성이 효과가 있었던지 앓기 시작한 지 여러 날이 지나자 서서히 열이 가라앉았다. 얼굴에 피었던 꽃도 곱게 아물더니 상처 하나 없이 나았다.

그런데 병치레 뒤 끝에 그만 윤씨가 앓아눕게 되었다. 달포 동안 거의 뜬눈으로 병석에서 지새우다시피 하여 몸에 무리가 온 탓이었다.

"약용아."

"예."

"네가 나아서 다행이다. 하늘이 돌보았는지 상처 하나 없이 말끔하구나."

윤씨가 손끝으로 아들의 얼굴을 쓰다듬으며 기뻐하였다. 천연두를 앓고 나면 곰보가 되는 것이 보통인데 약용은 아무런 흔적도 없었다.

단지 눈썹 사이에 흉터가 하나 생겨 얼른 보면 눈썹이 세 개처럼 보이는 정도였다.

약용은 이것을 표현하여 세 개의 눈썹이란 뜻으로 삼미자라는 호를 짓게 된다.

"어머니, 제 병간호를 하시다가 자리에 눕게 되셨으니 불효를 용서해 주십시오."

"그 무슨 말이냐. 나는 곧 일어날 터이니 물러가 공부나 열심히 하여라."

그러나 윤씨는 종내 자리에서 일어나지 못하고 말았다.

약용 형제의 어머니 윤씨는 고산(孤山) 윤선도의 8대손이요, 공재(恭齋) 윤두서의 손녀가 된다. 양가집 딸로서 정씨 가문에 후처로 들어와 어려운 가세를 지혜롭게 꾸려가며 4형제를 훌륭히 키워낸 후덕한 부인이었다. 윤씨가 첫아들 약전을 가졌을 때는 용이 세 마리나 하늘로 올라가는 태몽을 꾸고 아들의 이름을 삼웅이라 짓기도 했다. 약전 밑으로 두 살 터울의 약종, 약용 3형제가 그의 소생이다.

임종 전에 윤씨는 아들들을 곁으로 불렀다.

"어머니, 어서 쾌차하십시오."

약전이 안타까운 눈물을 보이며 윤씨의 손을 붙들고 말했다.

"이젠 틀렸다."

"아니 됩니다. 기운을 차리세요, 어머니."

윤씨는 내리감고 있던 눈을 힘겹게 뜨고 약용을 불렀다.

"약용아."

"예."

"내가 이상한 꿈을 꾸었다."

"말씀해 주십시오."

"만일 네가 벼슬길에 오르더라도 40이 되면 곧 그만두어야 하느니라."

윤씨는 별스런 다짐을 주었다. 약용은 한마디도 묻지 않고 슬픔을 참으며 선선히 대답했다.

"명심하겠습니다."

대답을 듣고 난 윤씨는 자는 듯 눈을 감았다.

정재원이 42세, 약용이 9세 되던 해, 3년여를 병석에서 앓던 윤씨는 남편과 세 아들을 남겨둔 채 운명하고 말았다.

그로부터 오래지 않아 정재원은 연천현감을 그만두고 마현으로 다시 낙향하였다.

이때부터 약용은 부친 정재원을 스승 삼아 정식으로 글공부를 하게 되었다. 약용의 실력은 일진월보(日進月步)하였다.

약용은 이미 삼미집(三眉集)이란 시서(詩書)를 써낼 정도로 학문이 상당한 수준에 올라 있었다. 열 살 때까지 쓴 글을 모두 모으면 제 키를 넘어설 만하였다.

이즈음 약용의 비범한 성품이 주위에 드러나기 시작하였다. 온화하고도 치밀한 성품은 무엇이든 한 가지를 생각하면 사리가 분명해질 때까지 파고들었다. 의문 나는 점을 그냥 넘기는 일이 없었고 기어이 해결해 내고야 마는 집요한 기질이 있었다. 그러기에 그 나이로서는 믿어지지 않을 만큼 풍부한 지식을 암기했고 또 그것을 이해할 수 있었다. 집에 있던 책들을 샅샅이 독파한 약용은 이웃 동네로 책을 구하러 나서기에 이르렀다.

십리가 넘는 강 건너 동네에서 책을 빌려가지고 돌아오던 어느 날이었다. 나룻배를 탔는데 뱃머리에 앉아 있던 선비 하나가 흘금흘금 약용을 쳐다보았다. 무슨 보물단지를 감추듯 소중히 책을 싸안은 어린 소년의 모양새가 신기한 듯했다.

선비는 무료했던지 약용 곁으로 다가왔다. 손님을 기다리느라 배는 출발하지 않고 있었다.

"아가야."

"예."

"어디 심부름 갔다 오는 것이냐."

"예."

약용도 선비를 흘금 쳐다보았다.

"선비님은 어디 가십니까."

"과거를 보러 서울 가는 길이다."

"공부 많이 하셨겠네요."

"하느라고는 했다만……."

두 사람은 금세 대화를 텄다.

"네가 가지고 있는 책들은 너의 부친께서 보실 책이냐."

"아니요. 제가 보려구요."

뜻밖의 대답에 선비는 깜짝 놀랐다. 약용이 가지고 있는 책은 소학이니 대학이니 하는 책이 아니고 시경, 장자, 노자 등 어른도 이해하기 어려운 책들이었기 때문이다. 선비는 장난기가 동했다.

"어린아이가 벌써 과거를 보려고 하느냐. 나랑 같이 가보자."

"제가 감히 어떻게. 저는 학문이 익으려면 아직 멀었습니다."

"그러면 공부를 더 하겠다는 것이냐."

"예."

선비는 대견한 듯 약용을 바라보았다.

"어디에 살고 있느냐."

"건넛마을 마재에 삽니다. 선비님은요?"

"나는 멀리 여주에서 올라오는 길이다."

"과거는 이번이 초행길이십니까."

선비는 대꾸없이 빙그레 웃기만 했다. 왠지 허탈한 표정이었다.

"10년째 시험을 보고 있다."

선비는 웃음을 거두고 심각한 얼굴로 대꾸했다.

"그렇게 어려운가요."

"초시에는 금방 합격하였다마는 대과에 합격하기가 어지간히 어렵구나."

얼굴을 보니 서른은 족히 넘었을 것 같았다. 4년마다 시험이 있으니 서너 번 낙방한 것이 틀림없었다.

"금년에는 꼭 되어야겠는데……."

선비는 말꼬리를 흐렸다.

약용은 선비의 참담한 심경이 전해져 오는 듯했다.

"너는 언제부터 공부를 하였느냐."

"어깨너머로 조금 익힌 것뿐입니다."

선비는 너털웃음을 웃었다.

"내가 시험을 한번 칠 터이니 해보겠느냐."

"예."

"혹 부모님께 효도를 하도록 이르는 문구를 알고 있느냐."

"나뭇가지 흔들리려 하지 않아도 바람 자지 않네. 자식 부모에게 효도하려 해도 기다려 주시지 않네."

약용은 서슴없이 읊었다.

"음. 잘 알고 있구나. 그렇다면 시경을 알고 있느냐."

"조금은요."

"내가 한 번 외워보마."

크게 자라난 나물은

나물이 아니라 다북쑥이었네
오오 우리 부모
날 기르시느라 얼마나 수고하셨나

크게 자라난 나물은
나물이 아니라 제비쑥이었네
오오 우리 부모
날 기르시느라 얼마나 수고하셨나

"이런 시가 시경에 있단다. 부모님이 자식을 낳아 기르시느라 얼마나 많은 수고와 고생을 참으시는지 자식은 다 헤아릴수 없느니라."

말을 마친 선비의 눈시울이 젖어들었다. 약용은 뭐라 위로의 말을 찾지 못하고 조심스레 여쭈었다.

"부모님이 안 계신가요."

선비는 아무 말이 없었다. 눈물이 뺨 위를 타고 내렸다. 얼마 후 감정을 추스른 선비가 입을 열었다.

"내 신세가 한탄스럽구나. 부모님께서는 내가 과거에 합격하기만을 소원하셨단다. 이제나 저제나 될까 하여 밤낮 고달픈 뒤치다꺼리만 하시다가 돌아가셨지."

약용은 잠시 돌아가신 어머니를 떠올렸다. 천연두로 인한 열 때문에 가물거리던 의식 속에서도 머리맡을 지키고 앉아 계신 어머니의 얼굴을 볼 때마다 마음이 놓이곤 했던 기억이 났다.

"너도 기왕에 과거를 볼 미음을 먹었거든 일찌감치 합격을 하던가 아니면 진작에 그만두거라. 공연히 애꿎은 부모님 마음만 타게 하여 드리지 말고."

약용은 알았노라고 고개를 끄덕였다.

"그런데 나으리, 그 시가 시경의 어느 대목에 있는지 기억하십니까."

갑작스런 소년의 질문에 선비는 당황하며 생각을 모으느라 이맛살을 찌푸렸다.

"어디에 있더라……."

기억을 더듬던 선비는 난처해하며 얼굴을 붉혔다.

"어른이 말하면 그런가 보다 하고 듣고 있을 일이지 엉뚱한 소리는 왜 하느냐."

선비가 무안한 걸 감추지 못하고 얼버무리자 약용이 입가에 웃음을 담았다.

"나으리, 시경의 소아(小雅)편에 들어 있습니다. 한 구절을 빠뜨리셨네요. 제가 마지막을 채우지요."

남산은 굽이굽이
모진 바람 몰아쳐 불고
사람들은 모두 삶을 기다리는데

나 홀로 부모 봉양 못하는구나

선비는 고개를 숙였다. 생각에 깊이 잠긴 모습이었다.

배는 아직도 떠날 양을 하지 않았다. 사공은 먼 산만 바라보며 한가롭게 손님이 더 모이길 기다리고 있었다. 갑자기 선비가 자리에서 일어났다. 약용은 저도 모르게 따라 일어섰다.

"나으리, 어디 가세요."

"고향으로 가야겠다."

선비의 목소리가 떨리고 있었다. 강바람 때문만은 아니었다.

"왜요."

약용이 놀라서 물었다.

"나는 농사나 지으면서 사는 것이 격에 맞는 것 같다."

선비는 힘없이 돌아서서 왔던 길로 되돌아갔다. 축 처진 어깨가 더없이 처량했다.

약용의 집안 형편은 어려웠다. 아버지가 벼슬까지 살았지만, 본래 청렴결백한 성품이라 가산을 모으지 못하였다. 땅이라고 있는 것이 손바닥만 해서 식량도 늘 모자라는 형편이었다. 더욱이 안주인이 없으니 가세가 더욱 말이 아니었다.

윤씨와 사별한 이듬해 정재원은 황씨와 재혼했다. 그러나 황씨도 얼마 못 가서 세상을 뜨고, 3년이 지나서 다시 김씨와 재혼하였다. 서모(庶母) 김씨는 정3품 당상관인 사역원정(司譯

院正)을 지낸 김의택의 따님으로 잠성(岑城) 김씨였다.

이때 김씨의 나이 20세 정재원은 45세였다. 또 약용이 12세였고 맏형 약현은 서모보다 연상인 24세였다.

이렇게 어려운 관계로 정씨 집안에 들어온 김씨였으나 묵묵히 남편과 전실 자식들을 돌보아 온 집안의 사랑과 존경을 얻어갔다.

김씨는 말수는 적은 데다 영민했다. 구차한 살림을 아무 불평 없이 즐겁게 해냈기에 넉넉잖은 형편에서도 화목을 유지할 수 있었다.

나이 차이 때문에 서모는 제일 먼저 약용과 가까워졌다. 약용은 처음에는 어머니라고 부르기조차 거북해했으나 차츰 헌신적인 사랑을 베푸는 김씨에게 마음을 의지하게끔 되었다. 입 안에서만 맴돌던 어머니 소리도 자연스럽게 흘러나왔다.

"약용아, 이리 온."

김씨는 선머슴 같은 약용을 불러다가 무릎에 눕히고 이나 서캐를 잡아주었다. 약용의 어설픈 외양은 어머니 없이 자란 아이의 모습 그대로였다. 여기저기 뜯어지고 상한 옷은 기우지 않아 바람이 멋대로 들락거렸다. 김씨는 살림살이에 쉴 틈도 없는 사이사이 약용의 옷을 곱게 빨아서 정성을 들여 기워 입혔다. 머리에 난 부스럼에도 약을 발라주었다.

"손과 발은 매일 닦아라."

학문에는 어른 못지않은 실력을 갖추었으나 아직 애티를 못

벗은 장난꾸러기 약용에게 김씨는 온갖 정성을 다 기울였다.

"어머니, 배고파요."

가난한 집안 형편인지라 한창 먹성이 좋은 아이를 배불리 먹일 수가 없었다. 김씨는 누룽지를 따로 두었다가 약용에게 건네주곤 했다.

약용은 이런 김씨를 잘 따랐다.

짓궂어 보이던 약용의 모습이 차츰 단정하고 말쑥해져 갔다. 손발에서 냄새가 나는 일도 없어지고 머리의 버짐도 다 나았다. 이도 말끔히 없어졌다. 김씨는 집안 분위기에 익숙해지면서 차츰 약종, 약전에게도 사랑과 관심을 더해갔다. 야생마처럼 돌아다니며 제멋대로 크던 삼 형제가 안정을 찾기 시작했다. 가정의 틀이 잡혀가니 삼 형제의 학문도 날로 향상되었다.

20여 년이나 나이 차이가 나는 젊은 아내의 지혜로움에 정재원은 감탄하였다.

"부인, 고생이 많구려."

때때로 마음속의 감사함을 이렇게 표현할 따름이었다.

"아이들이 저를 따라주니 고마울 뿐이에요. 고된 줄도 모르겠어요."

"고맙소."

비록 가난하기는 하였지만 약용 일가는 남부럽지 않은 단란한 생활을 하였다. 그 모두는 어린 나이에 큰살림을 맡아 다부지게 꾸려가는 서모 김씨의 덕이었다. 그는 남편을 지성으로 보필하는 것은 물론, 삼 형제가 공부에 몰두할 수 있도록 살림을 안정시키는 데 큰 역할을 하였다.

한가한 오후 시간, 툇마루에 앉아 찬거리를 손질하고 있을라치면, 약용이 제가 지은 시를 들고 와 읽어주기도 하였다. 두보를 흉내 낸 약용의 시는 시를 잘 모르는 김씨가 듣기에도 놀랍기만 하였다.

"어떻게 그런 글을 다 지을 줄 안다지. 저녁에 맛있는 것 해 줄 터이니 한 수 더 지어보렴."

그러면 약용은 신이 나서 들에 나가 앉아 시구를 떠올리느라 명상에 잠기곤 하였다. 약용은 어머니께 칭찬을 듣는 것이 무엇보다 즐거웠다. 서모 김씨는 가난하고 스산하던 정씨 집안에 따뜻한 봄빛을 가져다준 존재였다.

김씨를 새어머니로 맞은 지 3년, 마현의 정씨 집안에는 큰 경사가 났다. 정재원이 호조좌랑이라는 관직을 얻게 되어 온 가족이 한양으로 이사를 하게 된 것이다.

게다가 이해에는 또 하나의 경사가 겹쳤다. 약용이 백년가약을 맺게 되었다. 홍화보의 딸 풍산(豊山) 홍씨가 약용의 아내 될 사람이었다. 서모 김씨는 장가를 들게 된 약용을 보고 깔깔 웃었다.

"코흘리개 총각이 어찌 장가를 들지."

약용은 부끄럼을 애써 감추며 고개를 세웠다.

"왜 못 가요!"

"장가는 가고 싶나 보네. 저런 말을 하는 것을 보니."

"자꾸 놀리면 안 갈 터예요."

"놀리는 것이 아니라 하도 신통해서 하는 말이네. 엊그제까지 코를 흘리면서 더벅머리를 하고 다녔었는데."

김씨는 기쁨을 금치 못했다. 처음 시집왔을 때 본 약용의 모습이 눈에 선했다. 머리의 이와 서캐를 잡아주던 생각, 누룽지 긁어주던 생각을 하며 김씨는 눈시울을 적시었다.

"어머니, 왜 그러세요."

약용이 놀라서 물었다. 김씨는 아무 말 없이 대견한 듯 약용을 바라보았다.

"어머니, 고생이 많으셨지요."

김씨는 약용의 이 말에 고개를 저었다. 온갖 시름이 다 사라지는 듯하였다. 전실 자식이건만 자식 키우는 보람을 느낄 수 있는 순간이었다.

사모관대를 쓰고 나선 약용은 의젓하였다. 언제나 천진한 소년의 모습 그대로일 것만 같던 그가 어느새 15세의 신랑이 되어 있었다.

장가들고 난 이듬해 약용은 자기의 일생을 방향 지어준 큰 사건과 만나게 된다.

우연은 아니었지만 그의 학문에 엄청난 영향을 끼친 성호 이익의 학문을 접하게 된 것이다. 실학과의 첫 대면이었다.

약용은 자형 이승훈에게서 성호사설이란 책을 얻어 와 밤을 새워 읽었다.

이 책은 완전히 색다른 학문을 소개하고 있었다. 약용은 별안간 눈을 뜨게 된 기분이었다. 어제까지 배운 모든 것은 빙산의 일각에 불과했다. 성호사설. 이 책에는 세상의 온갖 이치가 담겨 있었다. 두꺼운 벽처럼 가려져 있던 진리들이 약용 앞에 선명하게 드러났다. 약용은 무릎을 쳤다. 그는 그 이후부터 일생을 통해 성호의 학설을 연구하고 또 연구하였다.

성호사설은 일종의 백과사전으로 천지문(天地門) 3권, 만물문(萬物門) 3권, 인사문(人事門) 11권, 경사문(經史門) 10권, 시문문(詩文門) 3권 등 도합 30권으로 되어 있다.

성호 이익이 약용에게 끼친 영향을 이루 다 헤아릴 길은 없다.

그러나 약용이 조선의 실학을 집대성할 수 있는 기초가 되었음은 물론, 학문을 지향하고 비판케 하는 데 초석이 된 것만은 분명한 사실이다. 약용은 성호의 학설에 매료되면 될수록,

'성호 선생을 한번 만나볼 수 있었다면 좋으련만.'

하고 아쉬워하였다.

그러나 이익은 약용이 겨우 두 살 때에 타계했다.

약용이 그토록 다방면에 골고루 관심을 쏟을 수 있었던 원인도 성호의 영향이었다. 또한, 그의 천재적인 박식함도 성호 연구에서 비롯되었음을 짐작할 수 있다.

그 당시 실학의 흐름은 해남 윤씨, 여흥 이씨, 청송 심씨의

세 집안이 주도권을 잡고 선구적 역할을 하였는데 우연히도 이세 집안은 인척 관계로 맺어져 있었다.

해남 윤씨 집안에서는 윤선도의 증손이 되는 윤흥서, 윤두서가 실학에 몰두하고 있었는데 윤두서는 약용의 외증조부가 되는 분으로 당시에 조선 지도를 완성하기도 하였다.

청송 심씨 가문에서는 심단과 그의 아들 심득경, 심득천 등이 실학에 관심을 가지고 전념하였다. 심단은 윤선도의 외손이며 남인으로서 이조판서에까지 오른 분이다.

여흥 이씨 집안은 바로 성호 이익을 낸 가문이다. 이익은 조선 실학을 중흥한 장본인이며, 병휴, 맹휴, 용휴, 철환, 삼환, 구환, 가환 등 그 자손들이 실학의 큰 별들로 떠오른 유명한 집안이다.

정약용은 세 집안과 인척 관계에 있는 입장에서 성호의 학문을 대함으로써 조선의 실학을 고루 맛볼 수 있었다. 이것이 그가 실학을 집대성하는 계기가 되었을 것이다. 실학을 주도했던 사람들은 조선 후기의 역사적 모순을 정확하게 파악한 지식인들이었다.

약용은 당대 최고의 문사들로 일컬어지는 도합 열세 명의 인물들과 함께 고담준론을 펴며 학문과 도를 논하는 서암강학기를 열기도 하였다. 열셋의 인물들은 각각 이삼환, 이광교, 이재위, 박효긍, 강이인, 이유석, 심로, 강이중, 권기, 강이오, 이명환으로 그들 모두 재기 발랄한데다, 시 잘 짓고 글 잘하던 선비들이라 뜻이 맞았다. 게다가 모두 남인의 알아주던 집안의 후예들로 관계에서 소외된 계층이어서 나름대로 욕구를 분출할 기회이기도 했다. 그들은 장장 열흘 동안 성호 이익의 '성호학' 강론을 펼치기도 하고 그 밖의 다양한 주제로 토론회를 열었는데, 약용에게는 성호를 이해할 더욱 뜻 깊은 자리가 되었다.

이렇듯 실학 사상이 도입되고 나서부터 조선의 지식인들은 학문하는 태도를 달리했다. 실학이란 문자 그대로 개혁 사상이었기 때문이다.

당시 사대부들의 꿈이란 성리학을 공부해서 입신출세하는 것이 고작이었다. 이러한 체제 지향적인 분위기 속에서 실학을 연구한다는 것은 학문의 세계에서나 사대부 사회에서의 고립을 의미하는 것이었다.

가히 혁명적인 일이 아닐 수 없었다. 그것은 자신의 출세와 입신양명보다 고통 받는 백성을 먼저 생각하는 사람이 아니면 감히 범접할 수 없는 일이었다.

16세에 성호 이익의 유고를 대한 약용은 환희하였다. 물을 만난 고기처럼 그는 비로소 학문의 방향을 잡을 수 있었다. 약용과 성호의 만남은 실학의 입장에서는 다행한 일이라 아니할 수 없다.

한양서 호조좌랑을 지내던 정재원은 다시 화순현감으로 전보 발령을 받았다.

"약용아."

"예. 아버님."

"너도 화순에 따라가지 않으련."

"한양에 남아 공부하였으면 싶습니다."

"음, 그래. 공부를 서두르는 듯하구나. 내 보기에는 많은 발전이 있다 싶다만."

"과거에 합격하는 것이 우선이라 생각합니다."

가만히 생각하던 정재원은 고개를 설레설레 흔들었다.

"약용아."

"예."

"내 말 명심해서 듣거라."

"예."

"학문을 출세의 수단으로 삼는 것은 사대부의 행실이 아니다. 또 학문이란 것이 책에 씌어진 것만으로 되는 것이 아님을 유념하거라. 지식에 세상 경륜이 더하여져야 온전한 학문이 되느니라."

"명심하겠습니다."

"편협한 마음가짐으로는 큰일을 할 수 없다는 것도 잊지 말거라."

"알겠습니다, 아버님."

서모 김씨가 옆에서 말을 거들었다.

"아버님 뜻이 저러하시니 화순에 동행하는 게 좋겠다."

"예."

약용이 혼인한 다음 해, 그는 부인 홍씨를 동반하고 정재원을 따라 화순 임지로 떠났다.

임소에서의 생활은 행복했다. 여전히 책을 가까이하면서 가끔 인근의 풍광이 수려한 곳을 찾아 여행을 떠나기도 하였다. 화순의 산세는 오밀조밀하면서도 화려했다. 화순 쪽에서 바라다 보이는 서석산(지금의 무등산)의 웅장한 외양은 매우 빼어났다.

이듬 해에 약전이 부인 김씨를 대동하고 화순에 내려왔다.

"형님, 반갑습니다."

"오래간만이다."

"심심해서 혼났습니다."

"공부에 열중하느라 심심할 새가 없었을 터인데 열심히 하지."

둘은 시간 가는 줄 모르고 그간의 정담을 나누었다.

"형님. 중형은 어찌 오시지 않았습니까."

약종이 왔으면 삼 형제가 한자리에 모일 수 있었음을 아쉬워해서였다.

"그 애는 본래 어울리는 것을 달가워하지 않지 않더냐."

약종은 연천에도 가지 않았을 뿐 아니라 곧잘 경쟁이 붙곤 하는 형제간의 공부에도 참여하는 일이 없었다. 과거에는 도무지 관심이 없는 듯하였다.

그러나 약전, 약용 두 형제는 곧잘 죽이 맞았다. 세상사를 토론하기도 하고 함께 공부하기를 즐겼다.

"형님, 동림사(東林寺)의 겨울 풍광이 뛰어나다고 합니다. 함께 가보고 싶습니다."

"좋은 생각이다. 눈에 잠긴 깊은 산사에서 연작시를 주고받는 것도 괜찮을 듯싶구나."

두 사람은 마음이 맞아 동림사로 떠났다. 동림사는 화순 북쪽의 한적한 곳에 있었다. 두 사람은 그곳에서 당대의 학승이자 선승 연담 유일 대사를 만나게 되는데, 그가 훗날 약용의 절친한 벗이 되는 혜장의 스승이었다. 유일 대사는 본디 화순 출신으로 그 무렵 고향에 돌아와 있던 터였다. 약용은 우연찮게 조우한 훌륭한 도승의 높은 덕에 감복하였다. 33년간 산 문밖을 나오지 않고 불도만 닦았다는 그의 탁월한 법역에 더 놀랄 수 없을 만큼 놀랐던 것이다. 약용은 유일을 보며 지리산 승가라는 시를 한 편 지었다.

서른세 해에 산을 내려오지 않았으니
세상 사람 그 누가 그 얼굴 기억하리
피고 지는 꽃잎일랑 전혀 보지 않고
가고 오는 구름처럼 한가롭기만

약용의 나이 고작 17세로 59세의 고승과 나이 차가 한참이었으나, 학문을 향한 열의만큼은 그 누구에게도 뒤지지 않았다. 유일과의 뜻 깊은 만남 후, 그들은 산중턱에서 얼어붙은 계곡을 만났다. 고요 속에 싸인 얼음 계곡 위로 절묘하게 깎아지른 바위들이 아름다웠다.

약전은 책을 싼 괴나리봇짐을 던지고 털썩 주저앉았다.

"약용아."

"예."

"우리 예서 얼음이나 지쳐볼까."

약용이 웃었다. 어린 시절 일이 떠올라서였다.

"썰매를 준비해 올 것을 그랬군요."

동림사에서의 한겨울은 유익하였다. 두 사람은 열흘씩 제한을 두고 논어와 맹자, 중용을 한 권씩 독파하기로 약조를 했다. 시간이 부족하면 밤을 새워서라도 마치도록 했다.

정신을 차리기 위해서 새벽이면 얼음을 깨고 세수를 했다.

"아이고 추워."

"고행 끝에 낙이 있느니라."

추위에 떨면서도 형제는 뜨거운 경쟁을 하였다. 처음에는 좀 진척이 느렸으나 차차 예정했던 대로 독서를 끝낼 수 있게 되었다.

목탁 소리만 간간이 들려오는 겨울 산사에서 학문에 몰입하는 것은 두 형제에게 다시없는 기쁨이었다.

동림사에서 돌아온 두 형제는 다시 물염정(勿染亭)과 서석산을 유람하였다.

정재원은 선정을 베풀어 가족들과 백성이 다 같이 평안함을 누릴 수 있었다. 3년 후, 정재원은 다시 예천군수로 전근이 되었다.

약용도 아버지를 따라갔다. 예천의 반학정(伴鶴亭)은 약용이 즐겨 글을 읽는 곳이 되었다.

아버지의 임지를 따라 옮겨 다니면서 세상의 여러 가지 단면을 대한 약용은 한층 성숙한 시각을 키울 수 있었다. 어린 시절 약용은 아전들의 못된 행각에 곧잘 분노하였다. 어머니에게 그들의 소행을 이른 것은 까닭 모를 모순이 한없이 답답해서였다.

그러나 이제 화순과 예천에서 만난 아전들의 모습은 예전과는 다르게 비쳐졌다. 그들도 백성들의 입장과 크게 다를 바 없는 존재였다.

아버지 정재원은 노략질과는 거리가 먼 청백리였기에 지방 수령으로 이리저리 밀려다녀야 했지만, 대부분의 관리들은 윗사람에게 뇌물을 바치고 외지를 전전하는 고달픔을 면하려 하였던 것이다. 어쩌면 그것이 당연할 수도 있었다. 이해할 수 없는 일도 아니었다. 그러나 결국 그 틈바구니에서 희생되는 것은 백성이었다.

'무엇이 잘못돼 있을까.'

'어디에 모순이 있을까.'

약용은 착잡한 생각에 사로잡히곤 하였다. 아무에게도 잘못은 없는데 희생되는 사람들은 분명 존재하고 있었다.

'요순 시대의 평화는 다시 올 수 없는가.'

'모든 사람이 억울함을 당하지 않고 공정하게 잘살 수 있는 방법은 없을까.'

약용은 깊이깊이 생각하였다. 하지만 아무리 생각의 줄기를 달리 잡아도 백성이 잘살아야 하는 것만은 분명하였다.

'제도 자체가 나쁘다.'

그는 결론을 내렸다. 그러나 국가의 제도에 손을 대는 일이 얼마나 어려운 과제인가를 모르는 것은 아니었다.

젊은 약용은 어려움보다는 가능성에 기대를 걸었다. 그는 패기에 차 있었다.

약용은 제도를 바꾸려면 그 속으로 뛰어들어 가야 한다고 다짐했다. 비로소 과거에 대한 분명한 소신이 생겨났다. 자신의 의지를 펼치려면 과거가 첫 번째 관문이었다. 약용은 뛰어난 정치로 백성들의 생활을 개선하고 관리들의 비리가 더 이상 세력을 뻗지 못하도록 막아볼 생각을 하였다.

정재원은 약용이 사고에 깊이 골몰하여 열중하던 공부에서 손을 놓자 약용을 불렀다.

"요즈음 얼굴빛이 좋질 않구나. 무슨 염려되는 일이 있느냐."

"아니옵니다."

"예까지 따라왔는데 영남 제일의 명소인 진주를 들르지 않아서야 되겠느냐. 너의 장인께서도 그곳에 계시니 근친의 예를 지키고 촉석루도 볼 겸해서 남강이나 유람하고 오너라."

약용은 아버지의 말을 따라, 부인 홍씨와 진주로 향하였다. 그곳에는 장인 홍화보가 경상우도 병마절도사로 진주 병영에서 근무하고 있던 터였다. 약용과 홍씨는 장인의 배려로 배 위에서 선유를 즐기고 강산을 구경하였다. 그리고 약용은 그곳에서 나라와 군주를 향한 충심에 대해 깊은 깨달음을 얻게 되었다.

"논개의 이야기를 아는가."

배를 타고 유유하던 중 장인 홍화보가 입을 열었다.

"일전에 들어 알고 있사옵니다. 왜병들이 진주성을 침략했을 때, 열 손가락에 가락지를 끼고 왜장과 함께 분연히 사라진 기생이 아니옵니까."

"그렇다네. 그런 것을 보면, 나라를 향한 마음에 관하여는 지위나 신분의 고하가 따로 없었던 것 같으이."

홍화보와의 이야기는 약용에게 깊은 깨달음을 주었다. 백성들이 스스로 충심을 갖게 되는 나라를 만드는 것. 약용은 논개의 일화를 다시금 곱씹으며 시를 한 수 지었다.

1.

임진왜란이 일어나 왜병들이 진주성을 침략했을 때 '의랑'이

라는 기생이 있었으니, 왜놈의 대장에게 끌려서 강 한가운데
바위 위에서 마주 잡고 춤을 추었다. 춤이 한창 어우러지자
왜장을 꺼안고 강물에 투신하여 죽었다. 이곳이 바로 그의
사당이다. 아아! 얼마나 열렬하고 어진 부인이냐.

2.
너 이제 젊은 나이로 기예 절묘하니
옛날 일컫던 여중 호걸 이제야 보았노라
몇 사람이나 너 때문에 애간장 녹였을까
미칠 것 같은 분위기 벌써 장막 안에 차누나

느린 박자에 따라 사뿐사뿐 종종걸음
처연히 가다가는 기쁜 듯 돌아오네
나는 선녀처럼 살짝 내려앉으니
발밑에선 번쩍번쩍 가을 연꽃 피어난다

약용은 막막하던 어둠이 걷힌 듯, 하나 둘 새로운 깨달음을
얻어 다시 아버지가 계시는 예천으로 돌아갔다. 그러나 그가
예천으로 돌아왔을 때는 늘 염려하던 일이 또다시 그를 기다리
고 있었다. 평생 윗사람에게 뇌물을 바칠 줄 모르는 정재원이
고을원 자리를 빼앗겨 버린 것이었다.
약용은 아버지를 모시고 마현으로 돌아왔다. 다시 가난한

생활이 시작되었다.

약용은 앞서의 뚜렷한 목적을 가지고 공부를 계속했다. 자신의 뜻을 펼 수 있는 길은 등과하는 길밖에 없다는 것을 절감했다. 선량한 사람이 잘살 수 있는 세상을 만들어 보겠다는 의지가 공부에 더욱 불을 붙였다. 그는 아버지를 따라 각지를 따라다녔던 것과, 자신이 보고 듣고 느꼈던 것을 바탕으로 어떤 학문을 할 것인지에 대한 갈피를 잡아 보았다.

소년 시절 한양에서 노닐 때
교제하는 수준이 낮지 않았네
속기 벗은 운치가 있기만 하면
충분히 속마음을 통했네
힘껏 공자 맹자의 학문으로 돌아와
두 번 다시 시속에 맞음 묻지 않았네
예의는 잠시나마 새로워졌으나
탓 듣고 후회할 일 이로부터 나왔네
지닌 뜻 확고하지 않다면
가는 이 길 그 어찌 순탄하리오
중도에 가는 길 바뀌어 버려
길이 뭇사람의 비웃음 받을까 걱정이네

슬프다 우리나라 사람들

주머니 속에 갇혀 사는 듯

삼면은 바다로 에워싸였고

북방은 높고 큰 산이 굽이쳐 있네

사지 삭신 언제나 움츠러서

기상과 큰 뜻 어떻게 채워 보리

성현(공자와 맹자)은 만 리 밖에 있는데

누가 이 용맹함 열어 줄까

머리들어 인간 세상 바라보아도

보이는 사람 없고 정신은 흐리멍텅

남의 것 모방하기 급급해

정밀하게 숙달함을 가릴 겨를 없구나

뭇 바보들 바보 같은 한 사람 받들면서

와자지껄 모두 함께 받들게 하네

순박한 옛 풍속을 지녔던

단군 세상만도 못한 것 같네

　스물 청년의 입장 표명이자 앞으로의 학문적 방향에 대한 대 선언인 셈이었다. 약용은 그때의 열의와 패기를 떠올리며 깊은 생각의 미로를 더듬다가 무슨 소리를 듣고 갑자기 정신이 들었다.

　고개를 들고 보니 옥리가 옥문을 열고 있었다. 그러더니,

　"석방이오. 어서 나오시오."

하는 것이 아닌가.

약용은 영문도 모르고 갇혔다가 다시 까닭 모를 석방 소식을 접하고는 착잡한 심경에 사로잡혔다.

이튿날에는 과거시험의 대독관(對讀官)에 재임명한다는 교지를 받았다. 앉아서 날벼락을 맞은 지 꼬박 열이틀만의 일이었다.

원망도 기쁨도 없이 잿빛 회의만이 머릿속을 뱅뱅 돌고 있던 약용에게 채제공의 아들 채이숙이 찾아왔다. 평생을 지기로 지내온 다정한 사람이었다.

"고생 많이 했네."

채이숙은 진심으로 마음이 아팠던 심경을 토로하며 위로했다.

약용은 불쾌하거나 괴로운 빛도 없이 잔잔한 표정으로,

"어찌 된 영문인가?"

하고 물었다.

"뒤늦게야 상께서 자네에게 아무 잘못도 없다는 것을 아시게 되셨네."

약용은 고개를 숙였다. 모함이었구나 하는 생각이 머리를 스쳤다.

"초시에 통틀어서 53명의 남인이 합격하질 않았는가. 이것을 자네가 사사로이 합격시킨 것으로 벽파 측에서 소문을 퍼뜨렸네. 상께서도 이 소문을 들으셨던가 보네. 대로하셔서 자네를 투옥시킨 후 자세히 알아보니 자네가 맡은 제일소에서는 남인 합격자가 세 명에 불과했고, 제이소에서 50명의 합격자를 낸 사실이 밝혀졌네."

두 사람은 더 이상 아무 말이 없었다

약용은 자신의 험난한 앞날이 눈에 보이는 듯했다. 그것은 험준한 산맥처럼 길이 보이지 않는 험로였다. 모함과 오해, 권력과 세력 다툼 속에 여기저기에서 맥이 끊기고 막혀버린 힘겨운 암중모색이었다. 바른 데로 가자고 해도 마음대로 갈 수 없는 것이 벼슬길이었으나 약용은 그 방법을 선택한 것이었다. 이제는 돌이킬 수 없는 현실이었다.

우습구나 내 인생 머리도 희기 전에
태행산(太行山) 올라가는 수레 신세 되었다니
천 권 책 독파하여 금궐(金闕)에 들었으나
푸른 산에 집 한 칸은 장만해 두었다네
외로운 몸 혼자서 바닷가 찾았는데
비방은 명성 따라 온 세상에 가득 찼네
비를 만나 누각 위에 높다랗게 누워보니
역부들 종일토록 한가함과 같을시고

대과가 끝나자 정조는 약용에게 정리통고(整理通攷)를 찬술하라는 명을 내렸다. 정리통고란 화성의 역사를 상세히 기록한 책이다.

이 역사에는 이가환, 이만수, 김이교 등 뛰어난 인재들만 참여했고 그중에서도 중요한 부분은 거의 약용이 도맡다시피 했다.

종묘, 침원(寢園 : 임금의 산소), 용주사(龍珠寺), 그 밖에 능 주위의 지리와 수원성의 규모 및 제도가 상세히 기록되었다.

약용은 정조의 부름을 받았다.

정조는 이마를 숙이고 부복해 있는 약용에게 고개를 들라고 명했다. 약용이 얼굴을 들자 언제나처럼 변함없이 온후한 정조의 어안과 마주쳤다.

"지난번의 일은 과인의 실수였소. 경을 신뢰하는 만큼 그런 소문을 듣고 보니 노기를 자제할 수 없었던 것이오. 하니 경은 과인의 실수를 용납하고 마음에 맺힌 것을 풀도록 하오."

"황공하옵니다, 전하."

정조는 진심으로 미안한 기색이었다. 다시 과거와 같은 관계로 돌아가기 위해 배려하는 모습이 역력했다.

"화성정리통고를 잘 정리해 주시오. 과인의 사후에는 화산 아버님 능 곁에 묻힐 생각이오."

정조는 이렇게 그 작업이 중요한 이유를 특히 강조하였다. 정조는 아버지 사도세자에 한해서는 감상적이고 심약하기까지 한 임금이었다. 죽어서까지도 아버지 곁을 지키겠다는 일편단심은 후일에 결국 현실로 이루어졌다.

화성 용주사 옆에 있는 융건릉(隆健陵)이 그것으로 융릉은 사도세자의 능이고 옆에 있는 건릉은 정조의 능이다.

정조는 약용에게 식목부(植木簿)를 내주었다. 7년 동안 사도세자 묘소 주위에 심은 묘목의 수를 기록한 것이다. 8개 읍에 걸쳐 많은 식목을 해놓았다.

"식목수를 기록한 장부를 수레에 실으면 소가 땀을 흘릴 만큼 많으나 누가 얼마나 공을 세웠는지, 심은 나무가 몇 그루나 되는지 찾아보고 싶어도 한나절이 걸릴 판이오. 너무 번잡한 내용은 삭제하고 간략하게 하기를 힘쓸 것이며, 명백한 점만 따라 한 권이 넘지 않게 경이 잘 정리해 보시오."

약용은 물러나오자마자 곧 식목부를 정리하기 시작했다.

우선 표를 만들기로 했다. 가로로 열두 칸(7년 동안 열두 번 식목을 하였음), 세로로 여덟 칸(8개 읍에 심었음)을 정하여 식목한 수와 식목 장소를 연결시켜 산더미만큼 쌓인 장부를 일목요연하게 정리했다.

총합계를 내보니 소나무, 홰나무, 상수리나무 등 주종을 이루는 것을 포함하여 도합 1,200만 9,772그루나 되었다.

정조는 약용이 정리한 표를 보고 크게 기뻐하였다.

"책 한 권 정도의 분량이 아니면 자세히 할 수 없을 것이라 생각했는데 그 많은 장부를 종이 한 장에 다 기록해 넣다니 참으로 가상하오. 그대의 능력은 종횡무진 어느 곳 하나 허술한 데가 없구려. 할 줄 모르는 것이 무엇이오."

이렇게 농 삼아 묻기까지 했다. 그러고는 갑자기 생각이 난 듯,

"참, 그대는 술을 못하지. 허나 그대와 같은 학자에게는 오히려 어울리는 일이오."

하고는 그으한 미소로 약용을 건너다보았다. 요령을 피우는 법이 없고 술을 즐기지 않는 고고한 선비의 기품을 대하는 것은 언제나 즐거운 일이었다.

경원으로 귀양을 갔던 이기경이 해배되어 돌아왔다.

그는 많이 수척해 있었다. 질투와 소외감으로 절친했던 이승훈, 정약용을 모략했다가 된서리를 맞고 이제 지칠 대로 지쳐서 돌아온 것이다. 5년 만에 돌아온 집은 형편없이 가세가 기울어져 그의 마음을 더욱 초라하게 만들었다.

이기경이 해배되어 돌아왔다는 소식을 듣고 목만중과 홍낙안이 찾아왔다.

"이공, 고생이 많았네."

홍낙안이 인사치레를 했다.

이기경은 고개를 꺾었다.

"나는 처음부터 이 일에 끼어들지 않겠다고 하질 않았나. 안사람과 아이들 꼴이 말이 아니네."

이기경은 은근히 원망의 뜻을 드러냈다.

"자네 마음은 알고도 남음이 있네. 그래, 얼마나 고달프고

외로웠겠나. 그러나 모든 것은 이제부터 우리하기에 달렸네. 말직이라도 건지기만 하면 적어도 벽파들이 우리를 쫓아내려고 하지는 않을 걸세. 하니 자리 보존은 된 셈 아닌가."

이 말에 이기경은 홍낙안을 쏘아보며 버럭 언성을 높였다.

"그래, 겨우 그것을 얻기 위해서 악인이란 낙인이 찍혀야 하는가."

"그렇지 않다는데도 그러는구먼, 이 사람. 자, 들어보게. 자네도 위로할 겸 좋은 소식을 가져왔네."

이기경은 마음을 풀지 않은 채 여전히 홍낙안을 노려보고 있었다.

"또 무슨 소릴 하려는 겐가?"

"우리가 서용보 대감에게 잘 애기해서 자네 자리를 마련해 놓았네. 이미 약조가 된 일이니 조만간 이루어질 것일세."

"그런가. 허나 만일 복직이 되더라도 자네들 일에는 협력하지 않겠네."

이기경은 단호히 말했다.

위로하고 달래던 홍낙안의 표정이 순간 얼음처럼 냉랭해졌다.

"그렇다면 자넨 죽을 때까지 복직이 되는 일은 없을 걸세. 어떤가. 형편은 지금보다 도리어 나빠질 걸세. 명색이 양반이니 장사를 할 수도 없을 게고 기술이 없으니 쟁이 노릇도 못 해먹을 게 아닌가. 일을 안 해봤으니 농사도 못 지을 터이고. 어떻게 입에 거미줄 치지 않고 살 도리가 있겠는가."

무서운 협박이었다. 그리고 모조리 맞는 말이었다. 이기경은 이 악의에 찬 반박에 허를 찔렸다. 가장 취약한 데를 공략당한 것이다.

귀양살이 5년은 결코 짧은 세월이 아니었다. 심신의 질곡을 뼈아프게 겪고 돌아온 터였으나 집에 와보니 괴로움이 더하였다.

어디에도 자신의 자리는 남아 있지 않았다. 아내는 입에 풀칠하기 바빠 얼굴엔 핏기가 전혀 없었다. 부부 사이의 옛정을 나눌 새도 없었고 자녀들에게는 귀양살이에서 겨우 돌아온 낯설고 못난 애비에 불과했다. 관직도 다시 얻을 길이 묘연하였다. 좌충우돌 미움을 사고 귀양을 떠난 터라 발붙일 곳이 없는 서러운 신세였다. 그는 자고 새면 살아갈 걱정을 하고 있었다. 그러니 홍낙안의 말은 정곡을 찌른 셈이었다.

그러나 한편으로는 약용을 생각하면 도저히 그럴 수는 없는 일이었다. 양심이 살아 있는 한 굶어 죽는 변이 생기더라도 다시 가담한다는 것은 있을 수 없었다. 자신이 귀양에서 풀려나게 된 동기를 들어 알고 있었던 까닭이다.

들려온 바로는 1795년 봄, 사도세자의 회갑을 맞아 베푼 대사면 때 많은 죄인이 풀려났으나 자신만은 제외되었다 했다. 정조의 미움이 아직 풀리지 않은 탓이었다. 그런데 대사면 후 얼마 되지 않아 곧 해배가 된 것은 바로 약용이 힘을 쓴 결과였다.

약용은 당시 기경이 사면에서 제외된 것을 알고는 대사간 이익운을 찾아갔다.

"대감, 부탁이 있어서 찾아왔습니다."

"무엇이오?"

"이기경은 저의 옛 친구입니다. 비록 그 때문에 해미까지 귀양 가서 바다 구경도 하고 오긴 했지만 일전에 그의 집엘 들러보니 그 가속들의 형편이 말이 아니었습니다."

이익운은 고개를 끄덕였다. 수긍이 간다는 표정이었다.

"게다가 그의 송사는 당해낼 사람이 없습니다. 해배에서 제외시키는 것이 일시적으로는 통쾌한 듯하나 또 다른 화가 시작될까 두렵습니다. 상께 고하여 풀어주시기를 부탁드립니다."

"옳은 말씀이시오."

이익운은 선뜻 응했다. 그는 곧 정조에게 이 일을 간하여 이기경을 해배시키기에 이른 것이었다.

이기경이 집에 돌아왔을 때, 그의 처와 자식들이 그에게 진상을 알려주었다.

"아버님께서 무사히 귀향하시게 된 것은 정약용 나으리 덕분이라고 듣고 있습니다."

"나으리께서 해배해 주시도록 주선하셨다 합니다."

이기경은 양심의 가책을 느꼈다. 가족들은 더더욱 뜻밖의 소식을 전했다.

"그분께서는 철마다 때마다 오셔서 살림을 보살펴 주시고 할머니 대소상 때도 들르셔서는 많은 보탬을 주셨습니다."

이기경은 뼈아픈 가책을 느끼며 양심이 휘두르는 회초리에 말없이 몸을 맡긴 채 듣고 있었다. 사무치도록 고마운 일이었다. 자신이 공기인 하였던 사람이 자신에게 인기인 하였던 것이다. 원수를 은혜로 갚는 좋은 친구였음을 인정치 않을 수 없었다.

그런데 이제 홍낙안과 목만중이 찾아와서 권하는 것이 무엇인가.

자신의 궁핍한 처지를 미끼 삼아 은혜를 원수로 갚는 짓을 다시금 충동질하고 있는 것이다.

'아니야. 절대로 그래선 아니된다.'

하고 생각하는데 목만중이 다시 나섰다.

"이제 자네가 복직이 되면 탄탄대로를 가게 될 걸세. 다시는 가로막을 것이 없단 말이네. 또 한 가지 기쁜 소식은 남인들이 다수 연루된 천주교도들의 끔찍한 죄상이 드러나고 있다는 것이네."

이기경이 목만중의 말끝에 고개를 들었다.

"무엇입니까?"

"그들이 청국인 탁사를 숨겨두고 있네. 밀고자가 있어 숨어 있던 곳을 급습했으나 탁사는 달아나고 추종자만 세 사람을 잡아온 모양인데 곧 죽어 버렸다네."

이기경은 이 말을 듣고는 눈을 크게 뜨고 물었다.

"그런데 그 사건이 정약용과 무슨 관계라도 있습니까?"

이기경은 염려가 섞인 표정이었다.

목만중은 고개를 저었다.

"아무 관계도 없는 듯해."

적이 안심한 빛으로 이기경은 목만중에게서 시선을 돌렸다.

"약용과 관계있는 일에는 가담 않습니다."

이기경은 자르듯 말했다.

홍낙안이 이 말을 듣고는 보일 듯 말듯한 미소를 지었다.

"알겠네. 허나 이번 기회는 소중하네. 천주교도들에 관한 문제니 만큼 우리가 나설 차례네. 사교인 천주교를 공격할 건더기는 얼마든지 있고 우리가 언성을 높이면 자연 설 자리를 얻게 될 것이네. 또한, 발언권이 높아진 만큼의 반대급부도 돌아올 걸세. 자네도 고생한 대가를 찾을 수 있을 것이고 우리의 앞날은 보장되는 것이지."

이기경은 잠자코 있다가 짧은 한숨을 내쉬었다.

"여하튼 약용이 관계되는 일에는 손을 떼겠네."

이기경은 몇 번이고 못을 박았다.

다시 만날 것을 약속하고 헤어져 돌아오는 길에 두 사람은 밀담을 계속했다.

"이공이 꽤 지쳐 있구먼."

"5년이나 귀양을 살았으니 마음이 약해질 법도 하지요."

"우리 일에 가담할까."

홍낙안은 매서운 눈초리를 빛내며 대꾸했다.

"제까짓 게 안 하고 배길 수 있습니까. 개밥에 도토리 신세가 다 되었는 걸요. 만일 떨어져나가게 되면 곧 밧줄을 끊어버리지요."

어둠 속에서 홍낙안의 대꾸는 잔인한 여운을 남겼다.

두 방문객을 보내고 나서 이기경은 착잡한 심경에 사로 잡혔다. 홍낙안의 집념을 잘 알고 있는 터였기에 또다시 그의 손아귀에 말려들 것만 같아 두려웠다. 자신이 귀양 가 있던 5년의 세월 동안 목만중은 완전히 홍낙안의 수족이 되어 있었다. 아무 소득이 없었으면서 홍낙안처럼 고발하려는 집념에 불타고 있는 것을 보니 섬뜩한 기분이 가시질 않았다.

이기경은 자신의 복직이 그들 손에 달려 있으리라고는 미처 생각지 못하고 있었다. 그런데 그들은 미끼를 척 던져놓고 기다리는 낚시꾼과 같았다. 5년 동안 피골이 상접하도록 고생한 처자식을 굶겨 죽일 수도 없는 노릇이었다. 마음이 허약해질 대로 허약해진 이기경은 생존과 양심 사이에서 갈등하고 또 갈등하였다.

며칠 뒤 상소 한 장이 올라왔다. 홍낙안의 오른팔이 된 목민중이 부사직(副司直) 박장설을 설득하여 소를 올리도록 한 것이다.

박장설은 자칭 기려지신(羈旅之臣 : 왜나 유구 출신으로 우리나라에 귀화해서 벼슬을 한 사람)이라고 하면서 음모가 깔린 천주교 공박의 논리를 폈다.

첫째, 천주교가 무서운 속도로 번지고 있는 이때 독 안에 든 쥐인 청나라 탁사를 놓쳐 버리고, 잡혀온 천주학의 괴수들을 그토록 황급히 때려죽인 것은 반드시 뒤가 구린 사정이 있는 것이다. 많은 정보를 갖고 있는 세 명의 천주학쟁이들을 재빨리 죽여 없앰으로써 이들의 입을 막고자 했음이 틀림없으니 포도청 안을 조사해서 천주교 신자들을 잡아내야 한다.

둘째, 이잠의 자손 이가환은 대과의 시험관으로서 정약전이 답안에 서양인의 설(說)을 썼는데도 이를 묵과하고 그를 합격시켰다. 더구나 이가환은 관리로서 서학을 연구하는 자이니 마땅히 처벌해야 한다.

상소를 읽은 정조는 대로했다. 정약전을 핑계로 하여 이가환과 정약용을 한꺼번에 매장시켜 버리고자 하는 음모인 것을 단번에 간파하였다.

"과인이 답안지를 재차 읽어 보니 분명코 오행설(五行說)을 주장하고 있는데 어찌 양인들이 주장하는 사행설(四行說)이라는 것이오."

상소의 부당성을 지적하는 정조의 말에 부복하고 있던 대신들은,

"지당하오신 말씀이옵니다."

하고 대답했다.

"더욱이 서학이 이 나라에 들어온 지는 이미 수백여 년이 되질 않았소. 옥당의 서고에도 수십 권의 책이 있는 것으로 알고 있는데 이 무슨 어리석은 주장이오. 서학을 했던 사람이 모조리 죄인이 된다면 조정에 있는 중신들이 모두 다 귀양을 가야하질 않소."

"황공하여이다."

"이 무리들이 이잠을 핑계 대어 이가환을 모함하려 하나 그 집안에는 이잠의 형 이서와 같은 사람도 있었소. 그의 시에 '오랑캐가 이학을 전하니 도덕이 무너질까 두렵다.'라는 구절도 있지 않았소. 같은 형제지간이라도 서학을 하는 사람이 있고 두려워 피하는 사람이 있는 법이오. 서학을 하였다는 것만으로는 죄가 될 리 없는 것이오."

이잠과 이서는 이가환의 종조부 되는 사람들로 그중 이잠은 서인들에 의해 맞아 죽었다.

"더욱이 천주교 신자들을 죽였다 하여 포도청까지 의심하는 것은 어불성설이오. 당장에 부사직 박장설을 부르시오."

박장설이 불려왔다.

정조는 대로하고 있었다.

"네가 나라의 기강을 어찌 여기고 이런 상소를 올렸느냐. 게다가 유구에서 귀화한 무리도 아닌데 어찌하여 함부로 기려란 말을 쓰느냐."

"황공하여이다."

"과인은 너에게 그 말에 합당한 벌을 내릴 것이다. 두만강까지 갔다가 동래로 돌아와 다시 제주도로 갔다가 마지막에 압록강까지 돌아다녀 오너라."

박장설은 목만중의 사주를 받고 소를 올렸다가 된서리를 맞았다. 한번 헛소문에 속아 죄도 없는 약용을 처벌한 기억 때문에 정조는 정약용이나 이가환 등을 보호하려고 하였다. 그렇기에 서학을 변명하고 조부까지 들먹이며 대신들을 설득하고자 했던 것이다.

그러나 목만중과 홍낙안 등은 여기서 물러서지 않았다. 끈기 있게 새로운 모략을 짜냈다. 목적을 위해서는 수단 방법을 가리지 않고 집요하게 달려드는 것이 홍낙안의 성품이었기에 그의 모략에 걸린 남인들은 끊임없이 시달려야 했다.

소문은 날이 갈수록 위험한 것이 되어갔다. 약용이 청인 탁사에게서 영세를 받았다거나 이가환, 약용 형제들이 천주교 전파를 위해 주위 사람들을 모두 끌어들이고 있다는 등의 개인적인 모략에서부터 대박을 끌어들여 한양에 양인들이 쳐들어오게끔 계획을 짜고 있다는 식의 국가적인 위협을 주는 모함에까지 이르러 위기감을 자꾸 불러일으켰다.

이런 말들은 시중에 흉흉하게 떠돌았고 자연히 궁중에도 흘러들어오게 되었다.

"코가 한 자나 되게 크고 머리와 눈이 짐승처럼 노란 양인들이 쳐들어온다면서요?"

"아니, 그럼 그런 소문이 정말이오? 그러면 우리는 어디로 피신을 가야 하지요."

"글쎄 말입니다. 정말 큰일이지 않습니까."

인심은 크게 부화뇌동했다. 무식한 서민이나 궁녀들만 두려워하는 것이 아니라 궁중에 있는 관속들조차 소문의 노예가 되어갔다.

"대박에는 대포가 수십 문이나 있다고 합디다."

"아니, 그 대포 한 방만 쏘면 남대문이 눈깜박 할 사이에 날아간다는 게 사실이오?"

"그렇다니까요. 그러니까 네 방만 쏘면 사대문이 모조리 날아가 버리는 것이지요."

"아무래도 그 천주학인지 뭔지 때문에 우리나라는 망하게 생겼소."

"아니, 어찌해서 공부 많이 한 사대부까지 그런 사교를 믿게 된다지요?"

"아편처럼 사람을 홀리는 마력이 있다는가 봐요."

온갖 소문이 흉흉하게 나돌아 민심을 자극하고 있을 때, 정조는 삼정승을 불렀다. 영의정 홍낙성과 우의정 채제공, 좌의정 유언호가 나란히 입시하였다. 이때 채제공은 잠깐 쉬고 있다가 다시 우의정에 기용되었다.

정조의 어안에는 근심의 빛이 서려 있었다.

"경들도 소문을 들으셨소?"

"예. 전하."

"어찌 생각하시오?"

"소문이 좋지 않사옵니다."

영의정이 대답하자 좌의정이 뒤이어 의견을 말했다.

"소문에 의하면 양인들이 당장이라도 쳐들어올 듯 심각하옵니다. 사실 여부는 고사하고 우선 민심을 수습하는 것이 가장 중요한 일인 듯싶사옵니다."

"우상의 의견은 어떻소?"

채제공은 이런 때에 제일 난처한 입장이 되곤 하였다.

"아뢰옵기 황공하오나 이것은 어디까지나 소문에 불과한 것으로 사실이 아니라 사료되옵니다. 유배에서 풀린 이기경 등의 무리가 유포한 풍문이니 무시해 버리는 것이 상책이라 생각되옵니다."

채제공은 이가환이나 정약용이 자칫 억울하게 또 속죄양이 되는 불상사를 막기 위해 소문을 무시해 버릴 것을 주장했다.

그러나 영의정은 다른 의견을 내놓았다. 바로 채제공이 걱정하던 바였다.

"전하, 소문의 근원은 어찌되었든지 간에 민심을 수습하여야 하옵니다. 생각건대 이번 일은 이가환과 정약용을 겨냥하여 벌어진 사태이온 듯하옵니다. 하오니 소문을 불식시키고 민심을 수습하려면 이 두 사람을 유배시키는 것이 알맞은 방법이라 사료되옵니다."

정조는 마음이 쓰렸다. 이제 이 두 사람을 자신의 곁에 두고 크게 중용하려던 참이었는데 항상 구설에 올라 이리저리 밀리고 있으니 안타까운 노릇이었다. 민심 수습이라는 미명하에 이 두 사람을 또다시 속죄양으로 만드는 수밖에 없었다.

정조는 먼젓번의 무고 사건도 있어 약용에 대한 처벌을 쉬 결정할 수 없었다. 아무리 묘안을 강구하려 해도 유배 이외에는 다른 방도가 없는 듯했다. 참으로 어처구니없는 일이었다. 생각다 못한 정조가 단안을 내렸다.

"정약용은 금정찰방으로 내보내고, 이가환을 충주목사로 내보내라."

정조는 못내 가슴이 쓰려 명을 내린 후 한동안 말이 없었다.

채제공은 이 와중에도 다소 안도했다. 귀양이 아닌 것만 해도 천만다행이었다.

이가환은 정조가 유달리 아끼고 사랑하는 신하였다. 그러나 그에게는 두 가지 사건이 문신처럼 붙어 다니며 그를 괴롭히고 때론 난처하게까지 만들었다. 그것은 그가 서학쟁이라는 것과 그의 증조부인 이잠의 상소 사건이다.

갑술옥사(甲戌獄事)로 남인들이 완전히 몰락한 뒤 서인인 노론과 소론이 벼슬을 나누어 집권하고 있을 때였다. 남인의 후예인 포의서생(布衣書生 : 과거를 보지 않고 일생을 마친 사람) 이잠이 노론에게 불리한 상소문을 올려 장살된 일이 있었다.

장 희빈께오서 무엇을 잘못하셨기에 죽음까지 당하셔야 했단 말씀이옵니까. 왕세자를 낳으신 희빈께오서 어찌 죄인이란 말씀이옵니까. 금상(숙종)께오서는 애초에 인경왕후 김씨와 대례를 치르셨사오나 왕자를 생산하지 못한 채 돌아가셨고, 인현왕후 민씨 또한 그러하였사옵니다. 그러하옵고 현 중전께오서도 아직 손이 없으시옵니다. 이렇게 정실에게서는 손을 얻지 못하시었음에도 불구하고 희빈을 죽인 이유는 왕세자의 우익을 없애려는 음모의 소산으로서 이에 성공한 노론들은 다음엔 동궁을 해하려는 계략을 꾸밀 것이오며 김춘택, 이이명 등이 이 일의 주모자들이옵니다. 전하, 바라옵건대 국기를 튼튼히 하시려거든 부디 동궁을 모해하려는 노론 무리들을 벌하여 주시옵소서.

이잠은 이 상소문을 올린 후 맞아 죽었다.

장 희빈의 소생인 경종을 옹호하고 두둔하는 입장인 남인과 이해관계로 노론에서 떨어져 나온 소론은 이잠이 옳다 하였고,

노론은 그를 원수로 여겨 정권이 갈릴 때마다 그 향방에 따라 시비가 엇갈리고 당쟁의 초점이 되었다.

영조와 정조는 탕평책을 펴 당쟁을 없애려고 무진 애를 썼지만 큰 효과를 거두지는 못했다.

노론의 벽파들이 그토록 남인인 이가환을 공격하는 이유는 이잠의 사건까지 거슬러 올라가야 그 까닭을 알 수 있다.

약 1백여 년 전에 있었던 선조들의 허물을 가지고 이제 와서 왈가왈부하며 애를 먹였으니 참으로 딱한 일이었다.

그야말로 공맹이나 외우며 백성의 실제 이익이나 사회의 발전은 아랑곳하지 않던 때의 일이다.

12
금정찰방

목만중의 사주를 받아 남인들을 모함하는 상소를 올린 부사직 박장설은 정조의 노여움을 사 조선의 변방 동서남북 끄트머리를 돌고 있었다. 박장설을 희생양으로 삼은 이 상소는 결국 조정의 두 거목을 쓰러뜨림으로써 목만중 일파가 노렸던 소기의 목적을 이루게 해준 셈이었다.

목만중과 홍낙안은 회심의 미소를 지으면서 좌천되어 가는 이가환과 정약용을 바라보고 있었다. 공조판서 자리에 있던 이가환은 충주목사로, 동부승지였던 정약용은 금정찰방으로 각각 쫓겨 갔다.

"홍공, 아쉬운 생각이 드는구먼. 아예 파직을 시켜 귀양을 보냈어야 하는 것인데 고작 좌천에 머물렀으니 어쩐지 떨떠름하구먼. 아무리 해도 뿌리가 뽑히질 않으니 답답허이."

"한 방울씩 떨어지는 물방울이 바위를 뚫는다지 않습니까. 기회는 또 올 것입니다. 단김에 쇠뿔을 뽑으려 하는 것보다는 오는 기회를 놓치지 않는 것이 더 중요합니다."

목만중은 못마땅한 듯 이맛살을 찌푸리며,

"임금의 신임이 저리 두터우니 앞으로도 우리가 생각하는 것만큼 쉽진 않을걸세."

하고 푸념하였다. 늦게 배운 도둑질이 날 새는 줄 모른다고 그는 이제 홍낙안보다 한 술 더 뜨고 있었다. 그러나 홍낙안은 결코 결과에 매달리지 않았다. 그에게는 오직 목적을 달성하는 것만이 유일한 관심사였다. 그는 뒤를 돌아보지 않는 성미였다. 쓰러질 것 같지 않은 거목의 허리에 한번 도끼날을 휘두르면서 그의 확신은 쌓여갔다.

오동통 살이 오른 뺨에 번지는 미묘한 그의 미소는 분명한 만족을 담고 있었다.

"잘된 것입니다. 곧바로 다음 목표를 세워야지요."

세모진 그의 눈이 계략을 짜느라 비수처럼 빛을 발했다. 목만중이 그제야 미간을 펴고 홍낙안의 말에 대꾸를 했다.

"다음 목표는 누구인가."

홍낙안은 목만중을 똑바로 쳐다보았다.

"모르시겠습니까? 이가환과 정약용이 없는 이 마당에 조정에 남은 남인이라면……."

홍낙안은 말을 그쳤다. 이만 하면 알아챘으리라고 생각했던 것이다. 목만중은 의심쩍은 얼굴을 했다.

"채 대감 말인가? 그는 재상이 아닌가? 게다가 상께서는……."

"물론 상께서는 누구보다도 그를 신임하고 계시지요. 그러나 이번 목표는 그가 되어야 합니다. 어떤 희생을 치르더라도 그를 잘라내야 합니다. 그를 제거함으로써 남인의 종자는 씨도 남지 않도록 만들어야지요."

홍낙안의 집념이 다시 불타올랐다. 그들이 말하는 남인은 거목이 될 수 있는 사람을 이른 것이다.

상대를 바꾸어가며 던지는 올가미는 이제 우의정 채제공을 목표로 하여 공중에서 빙빙 선회하고 있었다. 목만중은 검버섯이 오르기 시작한 얼굴에 한 가닥 회의를 담으면서,

"이쪽이 오히려 화를 당할까 두렵네."

하고 한 발짝 물러났다. 그에게는 벼슬은 못 얻었다 하나 연륜이 남겨준 조심스러움이 있었다. 게다가 호의호식은 못 시켰을망정 처자식이 있었다.

이제까지의 경험으로 보아 얻는 것이 있으면 반드시 잃는 것이 있었다. 그런데 채제공이란 인물에게 손을 댄다는 것은 어쩐지 계란으로 바위를 치는 격일 것만 같았다. 채제공은 사실 얻는 것보다는 잃는 것이 많을 것 같은 거물 중의 거물이었다. 자칫하면 벌집을 쑤실 위험이 있었다.

그러나 홍낙안은 어디까지나 여유가 있었다. 그는 목만중의 염려를 미소로 간단히 묵살해 버렸다. 마치 기름처럼, 그는 어느 구석에나 파고들어 걱정 근심과 의심하는 마음을 녹여 버

리고 분쇄해 버렸다. 무슨 묘수라도 숨겨 놓은 듯한 그의 자신 있는 얼굴을 쳐다보노라면 불가능하게 생각되던 일도 어쩐지 스스로 매듭이 풀리는 것만 같았다.

"팔다리가 다 잘린 허수아비나 마찬가집니다. 재상이면 뭘 합니까. 바람막이 하나 없는데요. 나으리하고 저하고 힘을 합하여 한번 후, 하고 불어제치면 날아가 버릴 종이호랑입니다. 설사 한번에는 날아가지 않는다 해도 두 번 세 번 불면 틀림없습니다."

목만중은 어느덧 홍낙안 특유의 최면술에 걸려들고 있었다.

자기 힘으로는 아무래도 믿기지 않았던 것을 어느 결엔가 확신하고 있었다. 여기에다 홍낙안은 마지막 못을 박아 넣었다.

"그 후에는 나으리의 관직 진출만이 남게 되는 셈입니다."

목만중에게는 이 말처럼 반가운 것이 없었다. 사대부의 신분으로 태어나 마땅히 해야 할 일을 꿈도 꿔보지 못한 채 회한과 동경으로 황혼을 보내고 있는 그였다. 긴가민가하면서도 그는 결국 언제나 홍낙안의 말을 믿었다. 그것이 바로 그가 가장 바라던 바였기 때문이다.

"벽파들이 나를 도와줄까?"

반가운 기색을 애써 감추며 그는 다시 한 번 홍낙안의 확신을 받아내고자 했다.

"이르다 뿐입니까. 소원을 이루어준 셈인데요. 귀찮아서라

401

도 큰 자리를 내줄 것입니다."

"예끼 사람, 말을 함부로 하는군."

핀잔하듯 한마디 던졌지만 표정은 흡족해하고 있었다. 홍낙안은 그런 그의 속을 훤히 들여다보는 듯한 표정으로 능글능글 웃고 있었다.

홍낙안의 예측대로 박장설의 상소 건은 이들의 목적을 상당 부분 달성해 주었다.

한편 벽파의 입장에서 볼 때도 이 새로운 협조자들의 등장은 꽤 많은 이익을 안겨주는 것이었다. 그들이 직접 손에 피를 묻혀야 할 일을 대신 나서서 해주고 있었다. 서로 물고 물리는 가운데 필연적으로 귀결될 피해와 번거로움이 자연스럽게 해결된 셈이었다.

더구나 이가환이라는 시파의 영재는 정약용 이상으로 눈엣가시였다. 그는 두뇌가 기민한 데다 박식하여 정조의 총애를 받고 있었다. 가히 재상감이었다. 벽파들 사이에서는 그가 장차 채제공의 뒤를 이어 능히 재상의 자리에 오를 만한 인물로 비춰지고 있었던 것이다.

이가환은 정조의 등극과 때를 맞춘 등극 경축 증광고시에 급제한 이후 순탄하게 관직의 길을 걸어왔다. 낭(郎)을 거치고 지평을 거쳐 정주 목사를 지내고 성균관 대사성, 개성유수를 거쳐 공조판서에까지 이르러 있었다.

정조는 채제공을 대할 때마다,

"채공, 그간 과인을 잘 보필해 주었소. 이제 많이 연로하였으나 내 곁에 오래오래 남아주시오. 채공이 했듯이 나와 채공을 도와줄 이가환이 곁에 있어 마음 든든하구려."

하고 이르곤 할 만큼 그를 신임하였다.

그러나 그렇게 아끼는 이가환은 언제나 조상이 지워준 멍에에 끌려다녔다. 성호 이익의 후예인 그는 명철한 실학자였다. 천문과 지리에 밝고 모든 학문에 두루 통달한 귀재인 그는 철저한 남인이었던 종조부 이익의 형 이잠의 사건으로 인하여 벽파의 가장 큰 적으로 지목되고 있었다.

초여름의 산야는 무르익은 듯한 초록색 바람을 날려 보내고 있었다. 동소문을 빠져나온 약용은 느리지도 빠르지도 않은 걸음으로 정릉을 향하고 있었다. 날씨 탓으로 온몸이 땀으로 흠씬 젖었으나 삼각산 골짜기 바람이 간지러울 만치 기분 좋게 겨드랑이의 땀을 식혀주고 있었다.

떡갈나무, 상수리나무 이파리의 향기로움이 바람 속에 살며시 숨어 있었다. 그곳 경치의 수려함은 세상이 다 아는 바였으나, 약용은 안중에도 없다는 듯 눈길 한번 주지 않고 걸음만 재촉하고 있었다.

정릉천을 넘어 바위산을 옆으로 끼고 한참 걷노라니 초가집 한 채가 나타났다. 바깥채, 안채의 단출한 모양새가 아무리 뜯어봐도 가난한 선비네 집이거나 아니면 숯이나 구워 먹고사는 산꾼들의 집 정도로 밖에 보이지 않았다.

"여봐라."

한참 만에 댕기 드린 총각이 나타났다.

"누구시온지."

"대감님 계시느냐."

"아버님은 지금 산에 올라가셨습니다. 곧 돌아오실 때가 되셨사옵니다만."

"나는 정약용이라 하느니라. 대감님을 뵈었으면 한다."

"사랑으로 드셔서 기다리시지요."

안내되어 들어온 사랑채는 아무리 둘러보아도 책밖에는 눈에 띄지 않았다. 일국의 판서를 지낸 이가환의 사랑 같지가 않았다. 약용은 쓸쓸히 웃었다.

'주변 없으시기는…… 집하며 초라한 방하며.'

약용은 자신의 사는 모양은 생각지도 않고 이가환의 모양을 안타까워했다.

한참 만에 기침 소리와 함께 주인이 나타났다.

"어쩐 일인가."

"임지에 부임하시기 전에 인사차 들렀습니다."

"나도 자네를 찾아보려 했네만 궐내에 들어갈 일이 없어서……. 미안하게 되었네. 마음의 여유가 생겼기에 약초를 캐러 갔다 오는 길일세."

두 사람은 대좌했다. 원래 약용이 술을 못하는 것을 아는 이가환은 술상 준비를 시키지 않았다. 두 사람은 서로 마음이 통하는 사이였으나 세파에 시달리고, 궁중에서는 눈치를 보느라고 사적인 얘기 한번 조용히 못 해본 터였다.

"대감, 관직에 나아가 목민한다는 것이 이리 힘들 줄은 몰랐습니다. 이번 일만 해도 그렇습니다."

"나도 그렇게 생각하네."

"저야 또 괜찮습니다만 판서를 격이 다른 충주목으로 좌천시켰기에 드리는 말씀입니다."

"상께서도 생각이 있으셨겠지."

"학문에는 명석하기 이를 데 없으신 상감께서 번번이 벽파에 끌려다니시니 안타깝습니다."

"우리 남인의 힘이 약하니 하는 수 없네만 우리에게도 잘못이 있네."

"무슨 말씀이십니까?"

"쓸 만한 남인들은 모두 천주학에 연루되어 있으니 별도리가 없지 않은가."

허공을 바라보면서 깊은 생각에 잠겨 있던 약용은 얼마 있다가 침묵을 깨뜨렸다.

"대감, 제 소신을 말씀드려 보겠습니다."

"들어보세."

"상감께서는 천주학을 금법으로 여기시지 않으십니다. 그러기에 사건이 일어날 때마다 유화정책을 써오신 겝니다. 정법으

405

로 다스리지 않고 회유하고 구제하려고 애를 쓰신 거지요. 제 경우는 상감께서 말리시고 부친께서 금하시니 하는 수 없이 물러났을 뿐입니다."

"날 설득하려는 겐가?"

"아닙니다. 제가 비록 한 걸음 물러서기는 하였으나 서학이든 한학이든 먼저 가슴을 열고 학문하는 자세로 바라보아야 한다는 마음에는 변함이 없습니다. 그럼에도 단지 남인이라는 이유 하나로 인하여 피해를 입고 있으니……. 더구나 홍낙안, 목만중, 이기경은 남인의 피를 이어받았으면서도 벽파들의 앞잡이가 되어 날뛰고 있지 않습니까."

"이기경은 자네 덕에 해배되고 자네 도움도 많이 받았다는 소문이던데 혹시 자네가 잘못한 일은 없는가."

"무엇을 바라고 베푼 것이 아니니 관여할 바가 못 됩니다. 다만, 학문에 힘을 쏟지 않고 중상과 모략을 일삼아 관직에 오르려는 그들이 안타까울 뿐입니다."

"이미 엎질러진 물 아닌가. 우리 내려가서 고을살이나 잘하세."

이가환은 체념한 빛이 역력했다. 그는 원래 명석하고 사리에 밝은 사람이었으나 마음이 약하고 결단력이 부족하고 끈기가 없는 결점이 있었다.

약용은 그러한 이가환을 보면서 말했다.

"이제 본론을 말씀드리려고 합니다."

약용은 물을 한 모금 마셨다.

"저는 누가 뭐라고 해도 서학은 우리들의 유학보다 앞선다고 생각합니다. 실생활에 필요한 학문이니까요. 대감의 종조부 되시는 성호 선생께서도 서학을 바탕으로 실학을 집대성하시지 않았습니까."

이가환은 눈을 감고 약용의 논리정연한 말을 듣고 있었다.

"실학의 우수함은 임진왜란 때 벌써 증명이 되었습니다. 왜놈들은 조총이란 신무기를 앞세우고 조선 천지를 뒤흔들어 버렸습니다. 그네들은 일찍이 장기(長崎)란 항구를 개방하여 천주학과 서학을 마음대로 공부하게 만들었습니다. 포도아, 이태리, 으란다의 신부들이 들어와 마음 놓고 포교하며 서학과 서교를 전파하게 하였습니다. 그렇기 때문에 의술이 많이 발전하였다고 합니다. 지금부터 3백 년 전 일이니 얼마나 자유스러운 나라입니까."

"그래서 어쩌자는 말인가."

결단력이 부족한 이가환은 입을 다시고 있었다.

"이제라도 늦지 않았으니 천주학을 인정하고 서학을 받아들여야지요. 왜는 물론 이웃 청나라도 받아들였는데 가운데 끼인 조선만 세상의 흐름을 외면하고 있으니 살아남을 수 있겠습니까. 아무리 생각해 봐도 나라의 앞날이 걱정됩니다."

"자네 말이 옳기는 하네만 힘이 없으니 어찌하겠는가."

어느덧 약용의 말에 이끌려온 이가환도 숨겨두었던 생각을 터뜨려 의기투합하였다. 해가 중천에 뜨고 다시 서쪽으로 기울어질 때까지 두 사람은 토론을 계속하였다.

"대감, 고을살이를 잘 마치시고 권토중래하십시오."

"자네도 잘 갔다 오게."

두 사람은 두 손을 꼭 마주잡았다. 그들에게는 아무리 좋은 사상이 있고 특출한 정책이 있어도 보호해줄 울타리가 없었다. 정치란 혼자서 하는 것이 아니었다. 명재상이 생겨나도 그를 잡아 흔드는 간신배가 득실거리면 견뎌내기가 힘든 것이다.

이 무렵, 느닷없이 대사헌 권유의 상소가 올라왔다. 채제공을 치는 상소였다.

우의정 채제공은 사당(私黨)을 옹호하고 있사오며 천주교도들을 은밀히 감싸고 도는 표리부동한 자이오니 엄중이 문책하여 주시옵소서

정조는 씁쓸한 기분으로 상소문을 구겨 쥐었다. 정약용과 이기환을 귀양 보낸 지 얼마나 지났다고 또다시 모함하는 양을 보니 분노를 금할 길이 없었다.

'왕을 어린아이로 아는가.'

너무나도 속이 뻔히 들여다보이는 짓을 하고 있었다. 벽파의 천하를 만들기 위해 한 사람 남은 남인 재상을 기어코 몰아

내려는 수작이었다.

정조는 깊은 한숨을 몰아쉬었다. 임금의 자리가 가시방석이었다.

온화한 그의 성품으로 감당키 어려운 모진 바람이 시도 때도 없이 불어 닥치곤 하였다. 무엇보다 채제공은 세력의 균형을 위해서 필요한 인물이었다.

신하들의 세력이 하나로 결집되어 자신에게 압력을 가하기 시작하는 날엔 걷잡을 수 없이 그들의 손아귀에 휘둘리게 되어 정사를 공정히 판단할 기회를 영영 잃게 될 것이었다. 힘의 균형, 그것이야말로 정치의 생명이었다. 균형이 깨지는 날엔 피차 견제력을 잃게 되어 세력을 잡는 자도, 그리고 잃는 자도 결국에는 피해를 입게 마련이었다. 세력을 잃는 자는 보복을 감수하게 되고 세력을 잡는 자는 자만하여 권력을 얻은 그 순간부터 파멸과 붕괴로 치닫게 되는 것이다. 그 결과, 양자 모두 몰락의 길을 걷게 되는 것이다.

정조는 바로 그 원리를 깨달은 군왕이었다. 의지할 곳도 없고 호소할 곳도 없이 결국에는 모든 판단을 혼자 내려야 하는 왕의 자리는 어렵고도 고된 자리였다. 견제와 균형을 유지하면서 어느 한 사람의 의견에 기울지 않고 다수의 의견을 수렴해서 가장 현명한 판단을 내린다 해도 실수와 실책은 뒤따르게 마련이다.

시름에 잠겨 있던 정조는 채제공을 불렀다. 백발의 노 대신은 언제나 변함없는 낙락장송 같았다.

"신 대령하였사옵니다."

깍듯이 부복하는 그의 태도에서는 임금에 대한 진정한 충성이 흘러넘쳤다.

"어서 오시오. 몸은 건강하시지요."

"성은을 입어 아무 곤란이 없사옵니다."

정조는 흐뭇한 미소를 입가에 드리웠다.

'부디 오래 살아주시오. 경은 내 곁에 있어 주셔야 합니다.'

정조는 속으로 이런 생각을 하며 잠시 사이를 두었다가 말문을 열었다.

"경을 조사하라는 상소가 또 들어왔소."

늙은 대신은 잠깐 허리를 폈다 굽힐 뿐 아무 대꾸도 없었다.

"참으로 가증스런 일이오. 약용과 가환이 과인의 곁을 떠나 그렇잖아도 마음이 허전하던 참이었소. 헌데 저들은 과인을 허수아비로 아는지 무고한 사람에게 또다시 죄를 뒤집어씌우려 드니 언짢은 마음 가눌 길이 없구려."

정조의 부드러운 어안에 깊은 고뇌의 그림자가 드리워졌다.

"전하, 신의 불찰로 심려를 끼쳐 드려 황공하옵니다."

채제공은 한결같은 사람이었다. 왕이 심정을 털어놓고 의지해오는 일이 있을지라도 자신의 자리를 떠난 분수에 넘는 말을 입 밖에 내는 적이 없었다. 정조 자신도 그의 그런 점을 높이 사기는 했으나 어느 때엔 서운하기조차 했다.

할 수 없이 정조는 본론으로 들어가야 했다. 극히 가까운 사이에서만 나눌 수 있는 말을 해도 그에게서 돌아오는 대답은 지극히 일상적인 것뿐이었다.

"사람을 하나 추천해 주시오. 바람을 맞지 않을 인물로 말이오."

"예, 전하."

채제공은 물러갔다가 며칠이 지나서 다시 어전에 나타났다.

"이기양을 추천코자 하옵니다."

"이기양."

정조는 낯선 이름인 듯 잠깐 기억을 더듬어보고,

"어떤 사람이오?"

하고 자세한 설명을 요청했다.

"한음(漢陰) 이덕형의 후손으로 현재는 진산현감을 지내고 있사옵니다."

정조는 고개를 끄덕였다.

"학문은 어떻소?"

"몹시 뛰어난 줄로 이옵니다. 기골이 장대한 풍채에 사리가 밝고 아량이 넓은 재목이옵니다."

정조의 얼굴이 단번에 밝아졌다. 그의 큰 낙(樂)의 하나인 새로운 인재 등용이 또 한 번 이루어지려는 참이었다.

채 정승의 칭송이 그만하다면 틀림없는 인물이라고 그는 생각했다. 채제공의 후임으로 철석같이 의지하던 이가환을 잃은 뒤 또다시 채제공에 대한 모함 상소까지 올라오자 정조는 또 다른 시파의 새 인물로 기둥을 하나 만들고자 했다.

"이기양을 어서 불러오도록 하시오."

정조는 8척 장신에 풍채와 의기가 당당한 이기양을 만나보고 기뻐하였다. 과연 듣던 대로 눈 덮인 산야에 꼿꼿이 선 청솔 가지 푸른 소나무를 연상케 하는 청렴함이 뚝뚝 흘렀다.

정조는 마음이 급한 나머지 그를 태학에서 부(賦) 한 편을 시험해 보고 곧장 특별 과거를 치르게 하여 급제를 시켜 버렸다. 이기양의 나이 52세 때의 일이다. 그 뒤로 곧 이어서 홍문관 부수찬을 시키고 승정원 승지로 오르게 한 다음 의주부윤으로 승급시켰다.

정조는 안도했다. 이기양의 인물됨이 출중하여 매우 흡족했다. 그리고 채제공의 뒤를 잇게 하려면 빠른 승진이 필요했기에 일정한 순서를 무시해 버렸다.

스스로 심은 묘목의 성장을 바라보면서 정조는 만족한 미소를 띠고 채제공에게 말했다.

"채공 덕분에 재상감을 찾았소. 이기양에게 정무를 온전히 맡길 때까지 좀 더 수고해 주시오. 그때에는 경의 공덕을 치하하는 동시에 여생을 편히 보내게 해드리리다."

이렇게 임금의 지대한 관심을 받게 된 이기양은 31세에 진사시를 치러 장원으로 합격하였고 그 후 능참봉에 제수되었다가

문의현령으로 나갔다. 하지만 대쪽 같은 청백리인 데다 백성을 사랑으로 다스리고 돌보는 등 자애로운 정치를 잘 펼친 그도 얼마 가지 않아 모략을 당해 파직되었다. 그 후 이천(利川)의 초옥에서 겨우겨우 이어가는 생계는 구차하기만 했다. 가족들은 살길을 찾아 이리저리 흩어지고 다 쓰러져가는 흙집을 그 혼자 지켰다.

지붕을 못 이어 서까래도 가리지 못하고 울타리가 넘어져 빈집처럼 보이는 이 초옥 앞을, 어느 날 충주를 다녀오던 정약전이 들른 일이 있었다.

때는 여름 장마가 한창이라 장대 같은 빗줄기는 쉬지도 않고 종일 쏟아 붓고 있었다. 약전은 도포자락이 흥건히 젖어 자꾸 무릎 위로 감기는 것을 간신히 떼어 놓으며 조심스레 안을 향해 불러 보았다.

"이공 계십니까."

빗소리에 못 들은 것인지 아무도 없는 건지 별다른 기척이 없었다. 약전은 한껏 목청을 돋웠다.

"아무도 아니 계십니까."

그러자 부엌 앞에 붙어 있는 게딱지만 한 방문이 벌컥 열렸다. 꾀죄죄한 어린 사내아이가 비죽 얼굴을 내밀고는 물에 빠진 생쥐 꼴을 한 약전을 훑어보았다.

"현령 나으리는 아니 계시느냐."

"이웃집에 가셨는디유."

아이는 곧 쪼르르 뛰어나와서 빗속을 달리기 시작했다. 그 뒤를 따라 약전도 허겁지겁 뛰었다. 한참을 그렇게 가다 보니 이기양의 집보다 한 술 더 뜬 헛간 같은 집에 당도했다.

어린아이는 어느 결에 벌써 부엌문에 매달려 안을 들여다보고는 다시 약전이 있는 쪽을 바라보며 빨리 오라는 손짓을 했다. 집 가까이서부터는 진창이 심해 발이 폭폭 빠져드는 바람에 대님을 죄다 버렸다.

간신히 부엌 앞에 이르고 보니 이번에는 안이고 밖이고 홍수가 나 있었다. 어린아이가 왜 대롱대롱 문에 매달렸나 했더니 물에 발을 적시지 않으려고 그런 것이었다. 약전도 같이 매달렸다가는 문이 떨어질 형국이었다. 약전은 기왕 버린 발 어떠랴 싶어 아예 물에다 짚신을 헹구며 부엌 안을 기웃거렸다.

물난리 속에서 이기양은 부뚜막 위에다 뭔가를 올려놓고 불을 지피고 있었다. 약전은 매캐한 연기를 맡고 기침을 쿨룩쿨룩하였다.

"무엇을 하고 계십니까."

약전이 묻자 이기양은 흘끗 이쪽을 일별하고는,

"절하지 말게."

하고 아는 체만 하며 손을 내젓더니 하던 일을 계속했다.

가만 보니 뭘 끓이는지 솥을 올려놓고는 연방 부채질을 해대는데 땔감이 마르지 않은 채여서 타지는 않고 매운 연기만 피우고 있었다.

약전은 시큰해 오는 코를 붙잡고 재채기를 한번 하고는 부엌 안으로 고개를 한 자나 빼고 들여다보았다.

"무슨 음식을 만들고 계십니까."

약전이 묻자 이기양은 여전히 고개를 박은 채,

"미음이네."

하였다. 약전이 꿀 먹은 벙어리처럼 망연히 서서 이 광경을 바라보기를 한참, 이윽고 이기양은 미음 한 그릇을 두 손에 받쳐 들고 방으로 들어갔다.

약전도 비로소 물에서 발을 빼고 그를 따라 들어갔다. 대낮인데도 날씨 때문인지 방 안은 초저녁처럼 어두웠다. 웬 노파 하나가 발가벗은 채 누워 있는 것이 얼핏 눈에 들어왔다. 죽은 듯이 꼼짝도 안 하는 것이 흡사 시체 같아서 소름이 끼쳤다. 게다가 좀 전부터 웬 악취인가 했더니 노파가 자리에다 그대로 변을 배설한 것이 볼썽사납게 방치되어 있었다.

스물을 갓 넘은 싱그러운 젊은 청년 약전은 어리둥절한 표정으로 말뚝처럼 서서 인생 신고의 한 장면과 갑자기 만나고 있었다.

이기양은 미음 그릇을 옆에 내려놓고는 노파를 부축해 일으켰다. 그러고는 몸을 가누지 못하는 노파를 팔로 싸안고.

"할멈, 이걸 좀 마시게."

하고 권하며 수저로 떠 넣어 주었다.

노파는 상을 잔뜩 찌푸리며 입을 오물거리더니 어렵게 한 모금을 받아먹었다. 노파는 또 한참이 지나서야 수저도 안 들어갈 만큼 입을 벌렸다. 그렇게 반 그릇 정도를 비우자 노파가 손을 내저으며 싫다는 표시를 하였다.

"글쎄, 안 된대두. 이걸 마셔야 몸이나 운신을 하지. 자, 기운 내서 조금만 더 들게."

노파는 고집을 부리듯 입을 꾹 다물고 있었다. 그러더니 코를 훌쩍이며 반쯤 감은 두 눈에 눈물을 담았다. 노파의 웅얼대는 신음이 귓전에 짠했다.

약전은 이기양을 따라 진창에 푹푹 빠지는 길을 다시 걸어 초옥으로 돌아왔다. 마음이 울적하고 입도 벌리기 싫은 것이 지겨운 장맛비 탓만은 아니었다. 방 안에 단출히 마주 앉은 두 사람은 잠시 아무 말이 없었다.

혼자 머릿속으로 이리저리 짐작해 보던 약전은 불쑥,

"그 노파는 누구십니까?"

하고 물었다. 아무리 봐도 기양의 육친 같지는 않았다.

"품앗이네."

"품앗이라니요."

"얼마 전에 내가 소갈증으로 반쯤 죽다가 간신히 소생한 일이 있네. 그때 저 노파가 아니었다면 이렇게 자넬 대면할 수도 없었을 걸세. 돌보는 사람도 없이 혼자 사는데 얼마 전 풍에 걸려 자리에 누웠으니 은공을 갚아야잖겠나."

이기양은 멋쩍은 웃음을 지었다. 얼굴은 연기에 그을려 검댕

이 묻은 채 그는 인생살이의 허허로움을 초연히 우려내고 있었다.

현령 시절에도, 사심이라곤 없는 그는 축재를 알지 못했다. 성품이 깊은 물처럼 맑고 자애로워 가히 드물게 보는 선비였다. 그 후 이기양은 다시 관직에 불려가 진산현감으로 제수되었는데, 이제야 비로소 인재를 알아본 명군 정조의 지원을 받고 승승장구하게 된 것이다.

이 무렵 남인의 씨를 말리려고 태풍의 눈처럼 도사리고 있던 목만중 일파는 일이 되어가는 형편에 크게 실망하고 있었다. 채제공을 마저 자르려 하던 판국에 되레 이기양이라는 난데없는 인물이 하나 더 나타난 셈이니 이만저만한 낭패가 아니었다.

대책을 숙의하고 있을 즈음, 이번에는 채제공이 영상에 제수되었다는 날벼락을 맞았다. 권유의 상소가 결정적인 계기가 되었다. 하늘을 모르고 날뛰는 벽파와 목만중 일파의 세력을 견제하고자 하는 정조의 의지였다.

약용은 동부승지 자리에서 밀려나 어이없는 좌천을 당해 금정으로 내려오기는 했으나 별로 원망하는 기색도 없이 담담히 운명을 감수하는 듯하였다.

금정에 당도하자 그는 곧 찰방의 임무를 충실히 수행하기 시작했다. 찰방이란 지금의 역(驛)을 관장하는 벼슬로 운반 수단인 말을 기르고 빌려주는 임무를 맡은 곳이다. 충청도의 해

417

안 쪽에 위치한 금정, 서산, 서천, 보령, 청양, 홍주 등에서 오고 가는 관원들의 말을 관리하는 교통의 요지였다.

당시 홍주 지방을 중심으로 이 일대에 천주교가 성하고 있었다.

일반 백성은 물론 관원들까지 신앙의 깊은 경지에 이르러 학습에 전념하고 있는 이가 많았다.

약용이 금정에 부임하던 첫날, 그는 수소문 끝에 서교의 우두머리를 찾아냈다. 뜻밖에도 역속(驛屬)이었다.

"네가 천주학을 하는 자이냐?"

"예."

담대한 대답이었다.

"얼마나 되었느냐?"

약용도 침착하게 차근차근 물었다.

"2년 되었사옵니다."

"그러면 영세를 받았느냐?"

"아니올습니다."

흡사 담화를 하듯 문답이 오갔다. 분위기는 결코 사나운 것이 아니었다.

"나라에서 금하는 일을 어찌하여 행하느냐?"

이 말을 하면서도 정약용은 몹시 괴로웠다. 그의 양식으로는 금할 필요가 없다고 생각되는 종교였다. 오히려 서양의 문물을 받아들이려면 필요불가결한 수단이라고 생각되었다. 그러나 약용은 그것 때문에 한양에서 쫓겨 왔으며 이렇듯 한직에서 국가의 녹을 먹고 있는 것이다. 모든 관직을 떠나 초야에 묻힐 생각을 얼마나 했는지 모른다. 이번 금정에 내려올 때도 마찬가지였다.

그러나 그에게는 임금에 대한 신하로서의 의리가 따로 있었다. 어릴 때부터 너무나도 아끼고 사랑해 주었던 임금을 배반할 수도 없었다.

정조는 부임 인사를 하는 날 스스럼없이 약용에게 말했다.

"공을 금정으로 보내는 것은 통주 지방에 서학이 급속도로 만연되고 있기 때문이오. 공이 가서 그들을 따뜻이 선도하기 바라오."

약용은 두 얼굴을 가진 사람처럼 고민에 쌓이면서도 관리로서의 길을 걷고 있었다.

역속은 깊은 생각에 잠긴 표정을 지었다. 이유는 여러 가지가 있었지만 가장 절실했던 것은 하나였다.

"입에 풀칠하기가 수월찮사옵니다. 농사짓는 백성들의 살림은 해마다 구차해지고 있습지요. 우리 같은 역속들이야 그보다는 낫다지만 살기 어려운 것은 매한가지입지요. 헌데 미사를 드리다 보면 그 모든 시름이 언제 있기나 했냐 싶게 다 없어져버리고 맙니다. 배운 교리에 따르면 이 세상에서의 삶은 아주 잠깐이라 합니다. 육신의 고난은 우리에게 남아 있는 영생에 비하면 견딜 만한 것입지요. 육신의 삶이 끝나고 나서 천주님의 심판대 앞에 서게 될 때 세상에서 천주님을 믿으며 의인으로 산 사람에게는 구원이라는 축복이 있게 된다 하옵니다. 그것을 생각하니 어려움을 견딜 수 있었사옵니다."

약용은 이해할 수 있었다. 팔대옥당의 명문가 출신이었으나 귀양에 좌천의 모욕을 겪은 터였다. 그러나 그는 굳이 천주학이 아니더라도 명문가의 명성과 지위, 그리고 학문에 의지할 수 있었다. 귀양살이는 도리어 학문하기 좋은 환경이라는 것을 해미에서 깨달았다. 그리고 조상과 아버지 정재원이 물려준 빛나는 가문의 명예가 있었다. 가문의 이름을 지키기 위해서라도 나라에서 금하는 법을 어길 수는 없었다.

그의 고통은 죽은 뒤의 심판에 의지해야 할 만큼 처절한 것이 아니었는지도 모른다. 그는 신앙에 깊이 몰입하기에는 너무나 논리와 이성에 매여 있었고 그가 충실했던 실학의 본질처럼 현실과 실리를 추구하는 성품을 가지고 있었다. 철저하리만큼 객관적이고 사리 분명한 당대의 석학 앞에 천주학이란 한낱 학문으로서의 분석 자료에 지나지 않았으리라. 그리고 그것은 천문지리나 수리학, 역학보다도 좀 뒤떨어지는 비과학적이고 비논리적인 일개 종교의 한 테두리를 차지하고 있는 정도로 비쳤을지 모른다.

어쨌든 그는 이 역속이 내놓은 문제를 지극히 학자적인 태도로 해결하고자 했다. 그것은 역속의 방법과는 확연히 다른 것이었다.

"역속들이 살기 어려운 까닭이 무엇이냐?"

약용은 문제의 핵심을 찔렀다. 역속은 두려움 탓인지 한동안 대답이 없었다.

"뒤탈이 없도록 배려할 터이니 솔직히 고하여라."

잠시 후 역속은 비로소 입을 열었다.

"상납 제도 때문이옵니다."

약용은 아연했다.

"상납이라니, 더 자세히 고하라."

"예. 저희 같은 하급 관속들이 받는 녹이라야 얼마 되지 않습지요. 그저 오가는 파발이나 객들에게 정성껏 친절을 베푼 대가로 한두 푼씩 받는 것으로 생계를 꾸려가고 있는 것이 우리네들 생활입지요. 헌데 그것마저도 송두리째 빼앗기고 나면 산 입에 거미줄을 칠 수도 없고 더 이상 살고자 하는 아무런 의욕도 생기질 않사옵니다."

약용은 고개를 끄떡였다.

"그렇다고 아니 바칠 수도 없는 것이, 대번에 변방으로 쫓겨가거나 파직을 당하게 되니 그나마 참는 것이 낫다 싶은 것이옵지요."

약용은 그 나름대로 문제 해결의 열쇠를 찾았다고 생각했다.

"알겠다. 그만 돌아가 있거라."

"예."

역속에게서 관리들의 부조리를 듣게 된 약용은 그 길로 상납

제도를 없애버렸다. 그러자 역속들의 표정이 단번에 밝아졌다.
그들은 일도 더욱 의욕적으로 하는 것이 눈에 띄었다.

조정의 정략이 암읍(巖邑)을 중히 여겨
촌사람들 곡식 지고 험한 산 넘게 되니
탐욕스런 놈들이 이익을 취하고자
간교한 꾸밈이 이로부터 생겨나네
바닷물 모두다 미려(尾閭)로 새나가고
천금이 용광로서 녹아버리네
관가에서 받을 땐 고봉(高捧)으로 말질하고
정하게 찧은 쌀로 바쳐야 하네
성화 같은 독촉에 기한 어찌 어길소냐
그때마다 사람 사서 운반해 가니
몸은 마치 낟알 끄는 개미 신세요
마음은 다리 잘린 벌과 같도다
집 안은 텅텅 비어 아무것도 없는데
곡식짐 짊어지고 새벽에 길 떠나네
아전 놈들 잔꾀는 어디서나 빈틈없고
백성들 습성은 예부터 공손하여
쥐새끼들 활개 치며 이리저리 날뛰는데
큰 고기는 입만 그저 벌름거린다
칼 있어 내 뼈는 깎을 수 있다지만

내 가슴 적셔줄 술이 없구나

약용은 또 기회가 날 때마다 금정의 관리들을 불러놓고 천주학을 금하는 취지를 설명하곤 했다.

"우리나라 조선은 개국 초부터 유교를 숭상하고 삼강오륜의 덕목을 바탕으로 나라의 윤리 기강을 세운 유교 국가요. 이것은 식자와 무식자를 초탈하여 조선의 백성이라면 누구라도 알 만한 일이며 날 적부터 부모에게, 스승에게 가르침을 받은 것이오. 또한, 돌아가신 부모의 은덕을 기리고 조상에게 마땅한 예모를 갖추기 위해 드리는 제사는 자칫 소홀하기 쉬운 효심을 바로 갖추어 끊어지기 쉬운 선조와 후손 간의 유대를 마련하는 아름다운 양속인데도 서양의 천주학 때문에 버린다면 진실로 나라의 기초를 뿌리째 뒤흔드는 망령된 행실이라 아니 할 수 없을 것이오. 여러분은 이로써 나라에서 천주학을 금하는 까닭을 깨달을 수 있을 것이오. 잘못된 것이 있으면 우리가 가진 윤리 덕목에 비추어 고쳐나가고 개혁해 나가야지 우리의 근원이 아닌 것에 의지할 까닭이 없는 것이오. 어떤 종교를 가지느냐 하는 것이 중요한 것이 아니라 그것을 지키는 사람이 행실을 바르게 하느냐가 중요한 것이오. 즉 유교나 천주교냐 하는 것보다는 자기가 본래 지니고 있던 것을 잘 지키고 행하는 것이 중요하다는 뜻이오. 유교든 천주교든, 다 믿고 행하는 사람 자신에 따라 덕이 드러나고 행실에 진보가 오는 법이오.

이후로 여러분은 이것을 깊이 마음에 새겨두고 외부의 것에 생각을 빼앗기기보다는 이미 가지고 있는 우리의 것을 아끼고 지키시기 바라오."

이러한 약용의 가르침은 점차 효과가 있었다. 홍주 지방에서는 눈에 띄게 신자가 줄어들었고 특히 역속들 중에 서교를 멀리하는 현상이 두드러졌다.

"진즉에 이런 사또가 오셨어야 하는 건데유. 살기가 을매나 편해졌나믄유."

"그렇구 말구유. 아무려면유. 임금님을 모시던 분인데 다르지 않겠시유."

"이제는 살맛 나네유. 상납이 없어져 돈도 빼앗기지 않구 마누라쟁이 근심 덜게 쌀말이라도 사다줄 수 있으니 지아비 구실이나마 하게 되질 않았남유."

금정은 변하기 시작했다. 역속들은 부지런히 일했고 역사(驛舍)는 구석구석 깨끗이 치워져 변화를 실감할 만했다.

지나가던 객들은 눈을 휘둥그레 뜨고,

"워찌 이다지 깨끗하디야."

하고 놀라기 일쑤였다. 그러면 역속은 서슴지 않고 말했다.

"훌륭하신 사또가 오셔서 그렇지유."

객은 또 한 번 입을 벌렸다.

"그라믄 사또가 걸레를 갖고 다닌디야."

"원 참, 멍청한 소리도 다 하네. 사또가 어떻게 걸레질을 하는감. 우리 맴을 잘 알아주는 까닭에 관속들이 열심히 일을 한 탓이지유."

설명을 들은 객은 고개를 연신 끄덕이며 마사(馬舍)나 숙소를 둘러보았다. 먼지 하나 없었다. 게다가 마구나 말먹이에도 옛날처럼 바가지를 씌우는 법이 없었다. 객은 모든 것이 신기한 듯 연방 칭찬을 늘어 놓으며 기분 좋게 발걸음을 돌렸다.

지방의 사령으로는 처음인 약용이 임지에 온지 두 달이 채 못 되어 관아는 완전히 다른 곳이 돼버렸다. 기본적인 질서를 잡아 놓으니 바르게 하는 것은 당연한 일이었다. 약용은 그 자신이 늘 몸가짐을 바르게 하려고 애쓰는 것과 똑같이 사회 질서를 바로잡고자 노력을 기울이곤 하였다.

그러한 그의 삶의 자세는 백 마디 말보다 설득력이 있어 사람들의 마음을 사로잡고 민심을 얻었으며 부조리와 악습을 척결해 내는 힘을 발휘했다.

이 무렵 금정의 관속들은 거의가 천주학에 등을 돌린 상태였는데, 원래 금정에 천주학이 퍼지게 된 이유는 만식이란 역졸이 열심히 전교를 한 탓이었다.

약용이 부임해 오기 훨씬 전 금정의 역속들은 상납 때문에 생계를 잇기 어려운 가난에 시달리고 있었다. 자포자기 상태에서 원망과 증오만 남아 모두가 죽지 못해 사는 심정으로 하루하루를 이어가는 중이었다.

견디다 못한 만식이라는 역졸이 하루는 역속이 되기 전에 모시던 상전을 찾아갔다.

이존창은 선대에 심부름을 하던 옛 가속을 반가이 맞아주었다.

"어떻게 지내는가."

이존창이 따뜻하게 물었다.

"금정에서 역졸을 해먹고 살고 있습지요."

이존창은 고개를 끄덕였다. 잘되었다고 생각한 것이다.

"그래 역졸 노릇은 할 만한가."

만식의 표정이 대번에 흐려졌다.

"하인으로 있을 적보다도 못하구먼유. 그때는 하루 세끼 밥을 굶은 적은 없었는디유, 요즘은 상납하기 바빠 굶기를 밥 먹듯 하지 뭡니까유."

이존창은 만식의 얼굴을 물끄러미 쳐다보고 있었다. 인생의 온갖 무거운 짐을 혼자 다 지고 허덕이는 모습이 눈에 훤히 보였다. 만식이 구차한 사정을 설명을 하기 전에도 대번에 그것을 알 수 있을 정도로 몰골이 말이 아니었다. 고달픔과 원망에 절은 안색하며 축 늘어진 어깨, 무거운 짐에 휘다시피 한 허리, 예까지도 간신히 걸어온 듯한 기운 없는 행동거지, 그 하나하나가 모든 것을 말해주고 있었다. 그 모습은 수년 전 자신의 상태와 똑같았다. 이존창은 감회가 새로웠다.

이존창은 본래 충청도 내포에서 살았었다. 부자라고 하기에는 부족하지만 양반도 아닌 중인의 신분으로 논 1백여 마지기를 소유하고 있었기에 부농 축에 들었다. 그의 부친은 생애를 바쳐 장사해서 모은 돈으로 농사지을 땅을 마련한 다음 아들 이존창에게 논문서와 함께 유언을 남겼다.

"잘 듣거라. 내가 생전에 너를 장사치로 만들고 싶지 않았다. 장사치란 거의 언제나 거짓말을 하고 자기 양심을 판 대가로 먹고살게 마련이니 부모 된 도리로 자식에게 시키고 싶지 않은 것은 인지상정이 아니겠느냐. 장사치로서 사는 것은 내 한 대로 족하니 너는 정직하고 부지런한 농군이 되어 성실하게 살아 주었으면 한다."

1백 마지기의 논이면 당시 가난한 백성들 사이에서는 상상할 수 없을 만큼 큰 재산이었다. 그의 부친은 논과 더불어 농사에 경험이 많은 노련한 집사와 집까지 물려주었다.

생전에 장사하는 법도 배운 적이 없고 농사일도 아는 것이 없어서 자신이 있는 것은 아니었지만 한번 의욕을 가지고 나서볼 만큼 모든 것이 치밀하게 준비된 상태였다. 부친이 작고하자 이존창은 장례를 치른 뒤 유지를 따라 곧 내포로 이사를 했다.

농사일에 능숙한 집사는 백지 상태에 있는 이존창에게 하나하나 농사 지식을 가르쳤다.

"서방님께서는 그저 제가 하라는 대로만 하십시오. 농사란 감농만 잘하면 그런대로 재미도 있는 것입니다."

"알겠네. 그런데 한 마지기라는 것이 무엇인가."

"볍씨 한 말을 못자리에 부었을 때 예서 난 모를 낼 수 있는 논의 면적을 말하는 것입지요."

"그러면 한 마지기에서 추수 때 거둘 수 있는 쌀은 얼마나 되는가?"

"못 돼야 두 섬, 잘되는 논이면 다섯 섬 이상도 거둘 수 있습니다요."

이존창은 가만히 미소를 지었다.

"그도 괜찮군. 50배도 넘는 장사가 되잖는가."

늙은 집사는 이 말을 듣더니 정색을 했다.

"남기고 파실 생각일랑 아예 마십시오. 어른께서 제게도 단단히 당부를 하셨습니다요."

이존창은 얼른 뉘우쳤다.

"알겠네. 잘못된 생각이었네."

"금년에는 서방님께서 아무것도 모르시니 제가 열심히 도와 드리겠습니다요."

이존창은 깜짝 놀라며 물었다.

"그게 무슨 소린가. 나는 농사를 지을 줄 모르네. 자네가 옆에서 봐주지 않는다면 필경 망치고 말 터인데 금년에만 도와주고 말겠다는 소린가."

"돌아가신 쥔어른과도 그렇게 약조를 하였습니다요. 금년 말고도 한 1, 2년은 더 봐드릴 수 있지만 그 뒤에는 저도 고향으로 내려가 제 농사를 지어야 합니다요. 그러니 서방님께서 열심히 배우셔야지요."

이존창은 좀 실망이 되기는 했지만 부지런히 그를 뒤쫓아
다니며 농사 지식을 배웠다. 늙은 집사가 열심히 감농을 한 덕
인지 날씨가 좋았던지 그해에는 풍년이 들었다.

첫해에 농사 재미를 본 이존창은 조금 자신이 생겨 더욱 열
심히 일을 했다. 이듬해에도 일찌감치 논갈이를 하고 못자리를
만들었다. 이존창은 한편으로 집사에게 물어가면서, 한편으
로는 머슴들에게 일일이 지시를 내려가면서 차츰 농사의 원리
를 습득해 갔다. 땀을 흘린 보람이 있기에 흥미도 느낄 수 있었
다.

"금년에도 풍년일 것입니다요."

늙은 집사는 일을 마친 뒤 손으로 땀을 훑어 내리며 말했다.

"어찌 아는가?"

"지난겨울 폭설이 내리질 않았습니까요."

"눈이 많이 오면 풍년이 드는가?"

"그렇지요. 눈이 오면 흙 속에 물이 많이 스며들어 수분이
풍부하게 됩지요."

이존창은 고개를 끄덕였다. 조금씩 깨달아가는 지식이 그
를 기쁘게 했다.

내포에 있는 그의 논에는 주변을 흐르는 실개천과 산기슭에
서 흘러 내리는 시냇물이 풍부하여 조금만 둑을 막아 모으면
물이 논에 가득 차곤 하였다. 언제나 부족함 없이 못자리를 할

수 있었다.

폭설 때문에 풍년이 들 거라던 집사의 예언은 맞아 들었다. 이존창은 올해에도 많은 수확을 거둬들이고는 마음이 흐뭇했다.

"서방님, 저는 이만 물러가겠습니다요. 돌아가신 쥔어른과의 약조도 지킨 터이니 이제 돌아가서 가족을 거두어야겠습니다요."

이존창은 못내 섭섭하였다. 강경에서 수십 년간 쌀장사를 하며 잔뼈가 굵은 선량한 집사는 이제 자신의 농사짓기를 간절히 원하였다.

차마 그를 더는 붙잡을 수가 없었다.

"내가 곤경에 처하게 되면 다시 와서 도와줄 수 있겠는가?"

늙은 집사는 신의 있게 허리를 숙였다.

"여부가 있겠습니까요. 언제든지 연락을 주십지요."

해가 바뀌고 다시 농번기가 시작되었다. 그런데 이번에는 모든 것이 순조롭질 않았다. 집사가 없었던 탓도 있지만 우선 비가 오질 않았다. 못자리에는 물이 마르고 모낼 때가 훨씬 넘었는데도 비는 내리지 않았다.

사람들은 저마다 종종걸음을 치며 못자리에 심은 모에 매일 물을 퍼 대기 바빴으나 모는 자꾸 시들어갈 뿐이었다. 모에 물을 퍼 대던 발길에 힘이 빠지면서 마을 사람들은 하늘을 처다보고 한숨만 푹푹 내쉬었다.

"웬 조화여. 용왕님이 화가 나셨남. 이러다 논바닥이 죄다 갈라지게 생겼잖아유."

"한 2, 3년 풍년 드는 바람에 배부르고 몸 따뜻허니 용왕님께 소홀한 탓이지유."

가뭄은 점점 목을 죄어왔다. 먹을 물조차 말라가는 판국에 쨍쨍하기만 한 하늘에는 먼지가 풀풀 날렸다. 못자리는 굳은 지 이미 오래고 이제는 여기저기서 무섭게 입을 벌리며 쩍쩍 갈라졌다.

약삭빠른 자들은 이 와중에 논에다 메밀을 심어 입에 풀칠이나 했지만 경험이 없는 이존창은 속수무책이었다. 뒷짐을 지고 논두렁만 왔다 갔다 하니 먼지만 일 뿐이었다.

비가 와주지 않는 데에는 별도리가 없었다. 늙은 집사를 부를까도 해보았지만 그도 이 엄청난 한재(旱災) 앞에서는 날고뛰는 재주가 없을 듯하여 그만두었다.

그해는 그렇게 하늘만 쳐다보다가 끔찍한 흉작으로 그쳐버렸다. 여기저기서 굶어 죽는다는 비명이 들려왔다.

그런데 난데없는 가뭄은 이듬해에도 또다시 계속되었다. 이존창의 집에서도 첫해만큼은 견딜 여유가 있었지만 지옥 같은 한해가 두 해째 논밭을 태워버리는 데에는 당할 재간이 없었다.

백성들은 점차 원망을 임금에게 돌리기 시작했다.

"이게 무슨 재앙이여."

"한 해도 아니고 두 해씩이나. 분명 나라님이 잘못하고 있는 거여."

민심은 각박해져 가고 원망은 높아만 갔다.

추수랄 것도 없는 추수를 마치고 난 빈 들녘은 한발이 할퀴고 간 잔해를 그대로 드러내어 여기저기 갈라진 논바닥을 흉하게 내보이고 있었다.

부친의 유언대로 정직하고 성실하게 살아보려고 애를 써온 이존창은 실망하였다. 2년째 계속된 흉년은 그가 농사일을 시작한 후 첫 번째 맞은 시련이었다. 그리고 곧이어 두 번째 시련이 닥쳤다.

가뭄 탓에 세금을 낼 능력이 없는 그에게 아전과 세리들은,

"전세(田稅)와 군세(軍稅)를 내게."

하고 고집했다.

이존창은 양반도 아닌 터라 관속들에게는 좋은 먹이였다.

"흉년이 들질 않았습니까. 형편을 봐가면서 거두서야지요."

"허어, 이것 봐라. 형편 봐가면서 거두는 세금이 어디 있어."

관속들은 막무가내였다.

"1년만 참아주십시오. 명년에는 농사를 지어 모두 갚겠습니다."

이존창이 사정을 하자 세리들은 그냥 돌아갔다.

이듬해에는 풍년이 들었다. 이존창은 곡식을 거두어들인 후 밀린 세금부터 청산하고자 했다. 그러나 세리들은 밀린

세금에 엄청난 복리를 가산했다. 이를 부당하다고 따지는 이존창과 세리들 간에 시비가 일었지만 결국 이존창이 물러서는 수밖에 없었다.

관의 횡포에 갖은 협박을 당한 그는 그해 수확의 대부분과 농토의 일부를 세금이란 명목으로 어이없이 빼앗기고 말았다.

분한 마음을 간신히 누르며 다시 농사를 일군 이듬해 봄이었다. 그에게 또 다른 시련이 닥쳐왔다.

농사를 지으려면 반드시 그가 빼앗긴 땅을 거쳐 물을 대야 하는데 그들은 교묘하게 물을 빼돌려 이존창의 논에는 물 한 방울도 흘러들지 못하게 하였다. 덫을 놓아두고 목표물이 걸려들기를 기다리는 사람처럼 농간을 부린 것이다.

이존창은 분노가 거의 폭발할 지경에 이르러 삽을 들고 무작정 논으로 나갔다. 날이 어스름 밝으려는 새벽이었다. 그는 자기 논의 큰 배미에 물을 대려고 물꼬에 삽질을 했다.

"게 누구냐!"

어둠 속에서 벽력같은 소리를 내지르며 검은 그림자가 이쪽을 향해 날쌔게 달려왔다. 그 그림자는 이존창 앞에 우뚝 서더니,

"누군데 허락도 없이 함부로 물꼬를 트려 하느냐."

하고 윽박질렀다.

이존창도 허리를 펴며 맞섰다.

"이 논 임자다."

"이 빌어먹을 놈 새끼. 윗배미 쥔의 허락을 맡아야 물을 대

는 것이지 네 맘대로 물을 대?"

"윗배미에 물이 남으니까 아랫배미로 물을 대야 하지 않느냐."

"네 눈깔로 봐라. 어디에 물이 남는가."

"남지 않으면 왜 개울로 물을 빼느냐."

"그 논이야 낮은 데 있으니까 물이 넘쳐흐르는 것이지. 윗배미 농사도 못 짓는데 아래 논으로 흘려줄 물이 어디 있어."

그것은 계획적인 농간이었다.

이존창은 참았던 울화가 터졌다.

"누가 시켜서 하는 짓인지는 모른다만 이놈이 누굴 바보로 아느냐. 물이 남아 개천으로 그냥 흘려보내면서 아랫배미에는 물을 대주지 않는 법이 어디에 있느냐."

"이 새끼가 욕까지 내뱉네."

"작년까지만 해도 그 논은 내 것이었다. 네놈이 무리 어떤 놈의 사주를 받아 심부름을 한다 해도 사람의 도리도 모르느냐."

"이 천하 상놈이 아직도 세상 돌아가는 이치를 모르는구먼. 이게 어디서 살다 왔기에 천치 같은 소리만 골라서 하지. 머리통이 바숴져야 헛소리를 그치겠느냐."

사내가 갑자기 이존창의 얼굴에 주먹을 날렸다. 그러자 어디서 왔는지 윗배미를 지키던 다른 자들까지 뛰어와 싸움에 합세를 했다. 싸움이랄 것도 없이 윗배미의 패거리들은 이존창 한 사람을 놓고 실컷 매질을 해댔다.

"이 염병을 하다가 죽을 놈. 어디 실컷 맞아 봐라. 정신이 번쩍 들 터이니."

윗논지기들은 삽으로 이존창의 옆구리를 후려쳤다.

"어이쿠."

외마디 소리를 지르며 이존창은 그 자리에 쓰러졌다. 휘영청 밝은 달이 그의 코와 얼굴에서 흐른 피로 붉게 물든 아랫배미를 덧없이 비추고 있었다.

집으로 옮겨진 이존창은 석 달 동안이나 자리에 누워 지내야 했다. 농사를 망쳐버린 것은 말할 것도 없었다. 그해에 영락없이 또 논을 빼앗겼다. 세금 명목이었다.

마을 사람들 간에는 소문이 퍼지기 시작했다.

"얼마 가지 않아서 그 논을 다 빼앗기게 될 거라메유."

"빤하지 않은가, 말해서 뭘 해. 처음부터 그럴 수작이었는디. 다 이방 놈 짓이여."

"원, 얼마나 억울허까유. 차라리 우리처럼 아예 양반들 소작이나 부쳐 먹는 것이 백 번 낫지유."

"여적도 일어나질 못했다면서."

"그렇다네유. 그 사람도 철이 없지유."

"양반도 아니면서 뭘 믿고 달려든담. 몸이나 건사하질 않구서."

"허기사, 애초부터 상놈인 주제에 논깨나 갖고 있으니 뺏길 것은 빤한 이치지유. 뭣허러 농살 짓겠다고 덤벼 덤비길. 아무

435

나 농사짓남. 밑천 두둑하겠다, 장사나 해먹을 것이지유."

농민들은 도리어 이존창을 비웃었다. 병든 사회에서 혼자만 바르게 살 수는 없는 노릇이었다. 이존창이 부친의 뜻을 지키려 해도 세상이 그대로 두질 않았다.

불과 몇 년 사이에 그는 아버지가 마련해준 재산을 거의 날리고 말았다. 식구들끼리 겨우 연명할 수 있을 정도의 땅뙈기가 조금 남았을 뿐이었다. 그의 아내는 허구한 날 눈물을 비치며 목멘 소리를 했다.

"세상에 이럴 수가. 서방님, 이렇게 억울할 데가 어디 있데유. 어디에 호소라도 해보시어요."

이존창은 자리에 누워 앓을 때부터 말이 없어졌다. 허탈한 표정으로 망연히 있는 것이 습관처럼 돼버렸다. 가엾은 아내가 눈물을 흘리면 가만히 다독거릴 뿐이었다.

"참으시오. 호소할 데가 어디 있겠소. 다 한통속인 것을. 윗물이고 아랫물이고 다 썩었으니 어딜 휘젓고 다니겠소. 공연히 화만 일으킬 뿐이오."

그러나 그는 속으로 쌓이는 울분을 어찌할 수 없었다. 부친이 살아생전에 고생하며 장사하던 모습이 자꾸만 눈앞을 스쳤다. 뼈를 깎는 신고를 겪고 물려준 재산을 너무나 어이없이 잃어버린 것이었다.

'죽어서도 아버님을 뵈올 면목이 없으니 이 노릇을 어쩌야 한단 말인가. 이 못난 자식을 용서해 주십시오.'

그는 앉으나 서나 이렇게 되뇌며 원한의 세월을 삭여 갔다. 날이 갈수록 그는 복수심이 끝없이 샘솟았다. 역졸이고 아전이고 병졸이고 간에 나라의 녹을 먹는 자들만 보면 눈이 뒤집히는 것을 누를 길 없었다.

"부인, 내 근일에 한양을 좀 다녀오리다."

어느 날 그는 갑자기 한양을 향하여 길을 떠났다. 몸도 아직 채 추스르지 못한 터라 말리는 가속들을 뒤로하고 허허롭게 길을 밟았다.

한양 김범우의 집을 찾아가는 길이었다. 김범우라는 역관은 그의 작고한 부친에게 신세를 두둑이 진 일이 있었다. 너무나 억울한 일을 당해 모든 일에 관심을 잃은 터라 세상도 잊을 겸 그를 찾은 것이다.

김범우는 생각지 않은 손을 맞고 기뻐했다. 부친과의 가연 때문이기도 했다.

"한데 자네 몸이 몹시 안 좋은 듯하네. 무슨 일이 있었는가?"

김범우는 대번에 알아보았다. 이존창은 그간의 일을 상세히 털어놓았다. 그러고나자 홀로 썩던 속이 다소 후련해졌다. 모든 이야기를 묵묵히 다 듣고 난 김범우는 깊은 동정의 빛을 표했다.

"고생이 심했네그려."

"앞일이 막연하이. 아버님께서는 농군이 되어 정직하게 살기만을 바라셨는데 이제는 그럴 가망도 없네."

이존창의 이마에는 뼈아픈 시름의 그늘이 드리워졌다. 김범우는 그의 마음을 속속들이 이해할 수 있었다.

한참의 침묵 뒤에 김범우는 입가에 밝은 미소를 띠며 이존창을 바라보았다.

"나도 자네와 별다를 바 없는 처지가 아닌가. 양반이나 관리들에게 당하면서 살기는 매한가지라네. 그러나 내겐 그런 고충을 충분히 이겨낼 힘이 있다네.

이존창은 관심을 보였다.

"나는 이제야 진정한 마음의 평안을 얻고 있네. 이렇게 자넬 대하고 보니 안타깝기 그지없구먼."

"무슨 말인지 자세히 들려주게나."

이존창은 답답한 듯 말했다.

김범우는 그를 조용히 응시하며,

"자네, 비밀을 지켜 주겠는가?"

하고 물었다.

이존창은 약조를 했다.

"나는 천주교 신자가 되었네. 자네는 잘 이해할 수 없을는지도 모르겠네만 천주님을 믿기 전과 믿은 후의 생활이 그렇게 다를 수가 없네. 이제는 어떤 고난이 닥치더라도 마음의 평온을 잃지 않고 지낼 수가 있게 되었네."

이존창은 다소 의아한 빛으로 경청하고 있었다. 천주학이라면 그가 들은 바에 따르더라도 나라에서 금하는 무서운 사학이었다. 중인 역관 출신의 김범우는 열렬한 신자였다. 그의 집은 우리나라 최초의 천주교당이었으며 그는 천주교 때문에 희생된 최초의 순교자이다.

"억울한 일을 당했다 해서 살기를 포기하거나 나쁜 일에 가담하는 것은 죄를 짓는 일이네. 그러나 천주님을 믿고 그분께 모든 것을 의탁하고 살다 보면 비록 말할 수 없는 곤경에 처했다 하더라도 능히 선하게 살 수 있다네. 천주님께서 이길 힘을 주시는 까닭이라네."

이존창은 생전 처음 듣는 천주 교리에 대해 근원을 알 수 없는 묘한 흥미를 느꼈다. 작고한 부친의 가르침도 언제나 선한 생활에 있었다. 당신 자신이 남을 다소라도 속여야 하는 장사치라는 것에 늘 회의를 갖고 있었던 데다 자식에게만은 그런 마음 없이 살도록 해주려고 일생을 노력했던 좋은 아버지였다. 아버지의 그런 생각과 교훈은 늘 그의 마음속에 남아 있었다. 그럼에도 불구하고 모순으로 가득 찬 현실은 그 자신이 지키려 하는 바다 위의 나침반을 망가뜨리려 하고 있었다.

마음속에 어느덧 세상에 대한 원망과 더불어,

'농사나 짓고 살다가는 굶어 죽기 십상이지. 정직한 놈 알아주는 데가 있나.'

하는 생각이 자라고 있었던 것이다. 악에는 전염성이 있다. 악은 복수를 부르고 그러는 가운데 양심의 기운은 차차 메마르게 된다.

그 갈림길에서 이존창은 김범우를 만나고 있었다. 김범우의 얘기를 들으면 들을수록 복수심은 차차 힘을 잃어가고 자칫 사라질 뻔했던 선에 대한 갈망이 차츰 고개를 들었다.

"어떻게 하면 천주님을 믿을 수 있는가? 내 마음을 한번 의지해 보고 싶네."

김범우는 활짝 웃었다. 이존창이 뜻밖에 쉽사리 마음을 여는 것을 보니 여간 반갑지 않았다.

'틀림없이 천주께서 예까지 인도하신 게야. 아버님이 바른 분이셨으니 천주님의 은총을 받은 게지.'

김범우는 이렇게 생각하면서 일렀다.

"훌륭한 어르신이 계시네. 내 자네를 그분께 소개할 터이니 말씀을 배우도록 하게."

이존창은 쾌히 응하였다. 돌아가신 아버님의 뜻을 받드는 길은 이것뿐이라고 생각하였다.

김범우는 이존창을 당시 천주교의 지도급 인사였던 권일신에게 소개하였다. 그는 권철신의 아우로 이벽에게 감화를 받고 천주교에 헌신하고 있었다. 김범우도 중인으로서는 천주교의 핵심 인물로 가장 희생적이고도 중추적인 역할을 기꺼이 감당하고 있던 터였다.

1784년부터 1785년에 걸쳐 천주교가 한창 활발히 번지고 있을 때, 이존창은 김범우, 권일신과 같은 천주교의 헌신자들을 운명처럼 만났던 것이다.

김범우의 집에서 처음으로 상면한 권일신은 김범우와 마찬가지로 지극히 평온한 분위기가 감도는 깨끗한 선비였다. 양반 중에서도 명문가에 속하는 신분이었지만 전혀 권위를 부리지 않는 것이 특이했다. 게다가 꼭꼭 누구에게나 존칭을 썼다.

이존창이 스스로 양반이 아님을 밝히자 그는,

"우리는 한 형제입니다."

하고 겸손하게 이르면서 반상의 개념이 어디가 어떻게 잘못된 것인지 천주 교리에 비추어서 자세히 설명해 나갔다.

이존창은 점차 그의 말에 매료되었다. 앞뒤가 명쾌한 논리, 자명하고도 설득력 있는 천주 교리가 봇물 터지듯 이존창을 사로잡았다. 학문이 깊은 권일신의 분명한 설명도 힘을 더했다.

당시로서는 천주실의가 유일무이한 천주 서적이었으나 보기 드물게 훌륭한 교리서였던 것도 사실이다.

천주실의라는 귀한 교리서를 가지고 독실하고도 헌신적인 권일신을 스승 삼아 천주학을 배운 이존창은 당시의 천주교도들도 부러워할 만큼 좋은 환경 속에서 입문을 한 셈이었다. 그는 날로 신심의 진보를 드러냈다. 가장 큰 변화는 평화가 찾아온 것이었다.

"천주님께 모든 것을 맡기십시오. 당신의 원수에게 직접 복수하려 들지 마십시오. 때가 오면 천주께서 당신의 억울함을 갚아주실 것입니다. 오직 참는 자에게 복이 있으리니 천주님의 지극하신 사랑을 얻을 것입니다.”

이존창은 무엇이든 듣는 말을 다 믿고자 애를 썼다. 그리고 기도하는 법을 배우게 되어 믿기지 않거나 의심이 드는 말씀은 믿게 해달라고 간절히 기도를 바쳤다. 그러면 희한하게도 믿을 수가 있었다. 그는 그런 경험을 통해서 천주님의 실존을 더욱 확신하게 되었다.

권일신은 이존창의 대부가 되었다.

“대부님, 천주님은 어디에 계십니까?”

“우리가 살고 있는 이 세상, 천지와 만물에 충만해 계시네.”

“어떻게 뵐 수가 있습니까?”

“우리의 힘으로는 뵐 수가 없네.”

이존창은 설명을 기다렸다.

“자네 태양을 쳐다본 일이 있겠지.”

“예.”

“태양의 모습을 분명히 볼 수 있었는가?”

“눈이 부셔서 분명하게는 볼 수가 없었습니다.”

“같은 이치이네. 그분은 죄가 전혀 없는 빛, 그 자체이시네. 조물에 과한 태양보다도 훨씬 더 밝은 빛이기에 죄와 어둠에 가려진 우리 눈에는 보이지 않는 분이네. 그러나 성서에 따르면 마음이 깨끗한 자는 하느님을 볼 것이라 하였네. 그분께서는 죄 없는 자에게만 당신을 드러내신다네.”

이존창은 끄덕였다. 마음을 청결히 씻고 죄를 없이 하여 하느님을 뵙고 싶다는 간절한 소망이 그의 마음속에 깊이 자리를 잡았다.

이존창의 신심은 점차 깊어져 주위에 빛처럼 떠올랐다. 권일신과 김범우조차도 그의 변모에 놀라워했다. 그는 중인의 신분을 십분 발휘하여 탁월한 능력과 지혜로 주위 백성들을 천주교로 인도했다. 충청남도 지방의 전교는 대부분 그의 손에 의해 이루어졌다.

그는 바람에 나부끼는 버드나무처럼 때로는 약하게, 때로는 강하게 시류를 잘 헤쳐나가면서 이제는 유일한 삶의 목적이 돼버린 천주교 전파에 헌신하였다.

김범우의 권유로 권일신에게 교리를 배운 그는 호서 지방에서는 유일하게 교두보적인 역할을 했던 사람이다. 돈독한 신심으로 가득 찬 이존창은 몸의 회복과 함께 영적인 능력을 얻어 완전히 다른 사람이 되어 내포로 돌아왔다. 그리고 관의 수탈에 찢기고 긁혀 악만 남은 마을 사람들에게 천주교를 전하기 시작했다. 이렇게 해서 신자가 된 사람들끼리는 없는 식량이나마 서로 나누고 돕기를 꺼리지 않았다.

네 것 내 것 가리지 않고 한마음이 되어 살아가는 생활은 뿔뿔이 틀어져 원망만 하고 지내던 때와는 천양지차였다. 사람들은 희망을 품기 시작했다. 서로 이웃을 살펴주는 기쁨도 컸다. 천주교는 무서운 속도로 파급되었다.

이존창이 회오리바람을 일으킨 것이다. 이미 많은 재산을 빼앗긴 터였으나 아직도 그에게는 가족과 더불어 살아갈 만한 재산은 남아 있었다. 그리고 여러 해 동안 뼈아픈 고생을 한 까닭에 저항할 수 있는 기술과 힘도 얻었다.

집안 식구들과 머슴들까지 모두를 천주교도로 교화시킨 그는 어딘가에서 혼자 외롭게, 혹은 굶주리며 사는 사람이 있다는 소식만 들으면 그 길로 찾아가서 물질적인 도움과 위로를 베풀고 천주교를 전했다. 관에서 박해받은 사람이나 억울하게 수탈을 당한 사람에게도 마찬가지였다. 어찌나 따뜻하게 위로하고 보살펴주는지 천주교에 대해서는 의심을 품는 한이 있어도 이존창에게는 마음을 털어놓고 의지해 왔다. 처음에는 그렇게 사랑을 베푼 후, 천주교를 전하면 대부분 귀를 기울이고 관심을 가졌다.

그가 꾸준히 애쓴 보람이 있어 내포에 많은 천주교 신자가 생기게 되었고 이들은 비밀리에 모여 신도들끼리 성사까지 보게 되었다.

이존창에 대한 소문은 차차 호서 지방 일원으로 퍼져나갔다.

이러던 중에 금정에서 상관들에게 뜯기고 있던 옛 하인 만식이 옛 주인의 소식을 듣고 찾았다.

"윗분들께서 어찌나 괴롭히는지 차라리 옛날처럼 하인으로 살고 싶구먼유. 살림이 이전만 하시온 지를 다시 하인으로 써주실 수는 없는지유."

만식은 애걸을 하듯 소원을 말했다

이존창은 조용히 입을 열었다.

"참으로 잘 찾아왔네. 이제 자네는 하인으로서 살 필요가 없다네. 내 밑에서 당분간 내가 가르쳐주는 것을 배우고 익히면 더 이상 종노릇하며 살지 않아도 되네. 그때는 역졸을 하든 하인을 하든 자유로운 몸이 될 걸세."

만식은 어리둥절한 표정으로 앉아 있었다.

이존창은 만식에게 천주교를 가르쳤다. 그는 뜻밖에 영특한 데가 있어 진전이 빨랐다. 천주교를 믿고 금정으로 돌아간 이후에도 그는 종종 이존창을 찾아와 미흡한 교리를 충분히 배워가곤 했다.

만식은 자신이 배운 천주학을 동료들에게 전하기 시작했다. 술로 세월을 보내던 금정찰방의 역졸들에게 복음이 전파된 것이다. 핍박과 압제 속에서 복음은 무섭게 파급되어 역속들은 너나 할 것 없이 독실한 교인으로 성장해갔다.

비록 굶주림에 지쳐 허덕일망정 어려움을 헤쳐나가는 지혜를 얻었다. 믿음도 놀랍게 성장을 해갔다. 동료들끼리 모이면 천주님 얘기로 꽃을 피웠다.

"어제는 돈을 뜯기고 저녁 땟거리가 없어 굶을 판이었지 뭔가. 마누라가 우는소리 할 생각을 하니 눈앞이 아뜩하더구면. 집에 갈 생각도 없어져 주막에나 들러 술 내놓으라고 우거나 볼 참으로 어슬렁어슬렁 가던 중이었지. 그런데 주막이 가까워

지니 갑자기 서글픈 마음이 들지 뭐겠나. 술 먹으면 뭐 하나, 술 깬 뒤엔 더 괴로울 것을 하는 생각이 드는 게야. 그래서 눈 딱 감고 기도를 했지. 천주님, 오늘 저녁은 온 식구가 다 굶게 생겼는데 제발 마누라쟁이 우는소리 좀 안 듣게 해주소서. 하고 말이네."

그 말을 듣던 역속은 킥킥거리며 웃어댔다.

"그래서."

"들어보게. 천주님께서 정말 내 기도를 들어주셨단 말이네."

"어떻게."

"아, 글쎄 집엘 가니까 마누라가 생긋생긋 웃으며 반기는 것 아닌가. 그걸 보니 마음이 더 아프지 뭔가. 어떻게 말을 꺼낼까 생각하면서 방으로 들어서는데 아, 이게 웬일인가. 흰 쌀밥에 생선, 거기다 술까지 한잔 곁들여서 차려놓았지 않았겠나."

"아니 그게 정말인가."

"그렇다니깐, 그래 눈이 왕방울만 해져 가지고 이게 웬 것이냐고 물으니까 장사하는 처남이 들렀는데 이번에 선 장에서 재미를 톡톡히 봤다고 사다준 거라 하질 않겠나. 공연히 주막에 가 주지도 않는 외상 술을 달라고 씨름을 했더라면 찌꺼기 술 몇 잔에 욕만 잔뜩 얻어먹고 신세타령이나 하다가 한밤중이 되어서야 집엘 가지 않았겠나. 그러니 기도하길 얼마나 잘했는가."

"과연 그러네그려. 이제부턴 나도 기도를 열심히 해야겠구먼."

　이렇게 금정의 역속들을 중심으로 천주교가 뿌리를 내리고 있는 중에 약용이 찰방으로 부임을 해온 것이다.

　부임 초기부터 부조리를 뿌리 뽑고 분위기를 일신시킨 약용 덕분에 더 이상 끼니를 걱정하지 않게 된 역속들은 자연 믿음이 식어가기 시작했다. 게다가 새 사또는 천주교를 버리도록 누차에 걸쳐 당부하고 제사를 옹호하는 등 새로운 영향을 끼쳤다. 버림받고 수탈만 당하던 역속들의 눈에 더없이 훌륭한 인간상으로 비쳤던 약용의 당부와 충고는 효과가 있었다. 그는 당시 하급 관리들이 그리는 이상적인 사또의 모습을 그대로 실행했다.

　금정의 천주교 열기는 차츰 식어갔다. 사람들은 하나씩 천주님의 존재를 잊기 시작했다. 성사를 보러 모이는 사람들도 눈에 띄게 줄어들었다.

　"천주교를 믿을 때는 긴가민가하면서도 천당 갈 생각뿐이었는데 명관 사또가 오셔서 살길을 터주시니 예가 바로 천당일세그려."

　"맞네. 나도 그리 생각하고 있었네."

　"그런데 사또께서 천주교를 믿지 못하게 하는 까닭이 무엇인가?"

　"이 사람. 금령이 떨어지질 않았나. 대쪽 같은 사또께서 나라 법을 지키라고 하시는 걸 모르나."

역졸은 미간을 모으더니 비밀이라도 말하듯 소리를 낮추었다.

"사또께서 그러신다면 우리도 나라의 녹을 먹고 사는 형편에 협조를 해야 옳지 않겠는가."

"무슨 말인가?"

"이존창을 잡아들이세."

"뭐라고? 아니, 무슨 수로."

"어쨌든 나만 따라오게. 우선 사또께 발고부터 하고 보세."

두 역졸은 의논 끝에 약용에게 고하기에 이르렀다.

"아뢰올 말씀이 있사옵니다."

약용은 두 역졸을 바라보았다.

"주위를 모두 물리쳐 주십시오."

약용은 주위를 둘러보고 물러가도록 지시를 내렸다.

"무슨 말이냐?"

"예. 이제 아뢰겠사옵니다. 이 지방에 천주학이 창궐하는 것은 모두 이존창이라는 자 때문이옵니다."

"음."

약용은 그를 알고 있었다. 한양서 들은 이름이었다. 김범우에게 교화를 받고 권일신을 대부로 삼아 진산 사건 때부터 지금에 이르기까지 호서 지방에서 천주학 전교에 맹활약을 하는 천주교의 우두머리로 잘 알려져 있는 터였다.

"그래서."

"그자만 잡아들인다면 나라에서 금하는 사교의 기세를 꺾을 수 있지 않을까 하옵니다."

약용은 미간을 오므리면서 잠시 생각에 잠겼다가 재차 물었다.

"듣기로는 그가 신출귀몰하다는데 어찌 잡을 수 있겠느냐?"

"말미를 좀 주신다면 은밀히 정보를 잡아 그가 있는 곳을 알아내 보겠사옵니다."

망설임 끝에 약용은 허락했다.

평복으로 갈아입은 역졸 두 명은 그날부터 홍성, 내포, 예산 일대를 샅샅이 뒤지기 시작했다. 그러나 허탕이었다. 이존창의 얼굴도 모르는 상태였으니 구름을 잡으러 다니는 것이나 마찬가지였다. 한 가지 희망은 국법을 어긴 거물이니 잡기만 하면 상은 두둑하리라는 것이었다.

이렇게 두 달을 헤매고 다녔으나 별 소득이 없었다. 의욕과 욕심만 앞섰지 별다른 책략을 짜내지 못한 채 소문만 듣고 이리저리 쫓아 다녔던 탓이었다.

"이존창은 대체 어디에 사는 거여."

"집도 팔아 치워버리고 완전히 숨어서 포교만 하고 다니니 사는 곳이 없잖나."

"이럴 것이 아니라 방법을 바꿔 보세."

"어떻게."

"일전에 봐둔 수상쩍은 집이 하나 있네. 내가 그 집에 머슴으로 들어가 염탐을 하는 게 좋겠네."

두 역졸은 머리를 맞대고 계획을 세웠다.

"자네는 엿장수로 가장을 하고 매일 한 번씩 집 바깥에서 외치게. 정보를 얻게 되면 물건을 사러 가는 체하고 나가서 알려줌세."

두 사람은 헤어져 하나는 내포에서 십 리쯤 떨어진 산 뒷마을로 떠났다.

보름 후, 엿장수로 가장한 역졸은 머슴으로 들어간 역졸에게서 정보를 알아내어 곧장 약용에게 고했다.

약용은 즉시 충청감사 유강에게 파발을 내렸다.

천주교도 이존창의 거처를 알아냈소. 적당한 조처를 취해주시오.

이존창은 거물이었다. 당시 충청도 일대의 모든 관찰사나 수령들이 그를 잡으려고 혈안이 되어 있었으나 잡지를 못한 채 전전긍긍하고 있던 터였다.

약용의 친서를 전해 받은 감사 유강은 서찰을 읽자마자 몸소 군졸을 이끌고 금정으로 달려왔다.

"수고가 많으셨소이다. 이번 정보는 틀림이 없겠지요?"

"역졸들이 3개월 동안 염탐해서 알아냈으니 틀림없을 것입니다."

약용은 유강을 확신시켰다.

예정된 날, 예정된 시각에 충청감사 유강의 진두지휘로 마을이 포위되었다. 급습을 당한 천주교도들은 그날도 교리 공부 중이었다. 포졸들이 들이닥치자 올 것이 왔다는 듯 평온한 태도를 잃지 않고 그들은 순순히 포박을 당했다. 그 속에는 물론 이존창도 끼어 있었다.

충청감사 유강은 조정에 이 사실을 보고했다. 그는 공을 혼자 차지하려 하지 않았다.

"호서의 천주교 괴수 이존창을 체포하였사온데 이는 정약용의 공이 매우 크옵니다."

두 역졸들에게도 포상이 내려졌다.

이 무렵 정조는 채제공을 영상으로 임명한 뒤 곧 정약용과 이가환을 다시 중용하고자 생각을 모으고 있던 터였다.

눈의 띄지 않게 끌어올리기 위하여 고심하던 끝에 정조는 우선 약용을 금정찰방에서 용양위(龍驤衛) 부사직으로 옮기도록 조처했다. 벽파 측을 견제해 가면서 순조롭게 중책을 맡기려는 의도였다.

이런 와중에 정조는 약용을 단번에 중용할 수 있는 구실을 하나 찾게 되었다. 구실이란 다름 아닌 이존창 사건이었다.

벽파의 영수인 이조판서 심환지는 약용과 사돈지간이었다. 그가 정조를 알현하여 뜻밖의 소식을 전했다.

"전하, 금정에 찰방으로 나가 있던 정약용은 비록 짧은 기간이었으나 공이 매우 크옵니다. 관리들의 기강을 바로잡은 것은 물론이요, 민심을 많이 얻었사오며 서교도들도 대부분 회유시킨 것으로 들었사옵니다. 그중에서도 충청도 지방에서 서학을 퍼뜨리던 천주학의 우두머리 이존창을 잡은 것은 크게 기려야 할 수훈이라고 사료되옵니다."

말없이 듣고 있던 정조의 입가에 밝은 미소가 번졌다.

"약용이 그런 공을 세웠단 말이오?"

하고 되묻는 그의 머릿속에서는 이미 이 일을 크게 다루어 공을 선전한 후 약용을 중용할 계획이 서 있었다.

정조는 기뻐하면서 승지 이익운을 불러들였다. 이익운은 대사성에서 승지로 올라와 있었다. 그는 약용과는 절친한 사이였다. 또한, 이익운의 형 이정운은 새 충청감사로 내정이 되어 있었다.

"이 승지, 내 말을 잘 듣고서 은밀히 일을 추진해 주시오."

"예, 전하."

"이번 이존창 사건을 전적으로 정약용의 공으로 돌리도록 이정운으로 하여금 장계를 올리게 하시오."

"예."

"이정운이 곧 금백(錦伯 : 충청감사)으로 나가게 될 터이니 그와 잘 상의하여 이 일을 처리토록 하시오."

"황공하옵니다, 전하."

이익운은 어전을 물러나오자 곧 약용을 찾았다. 이때 약용은 용양위 부사직을 제수받고 4개월여 만에 회현방으로 돌아와 있었다. 승지에게서 어지를 전해들은 약용은 뜻밖에도 펄쩍 뛰었다.

"포상이라니요, 그건 있을 수 없는 일입니다."

이익운이 재차 설득했으나 소용이 없었다. 약용은 완강했다.

"만일 이 일이 추진되어 장계가 올라오는 날엔 공의 형과는 절교할 것이니 분명히 전해주시오."

하는 수 없이 이익운은 그냥 물러나왔다. 난감해진 그는 생각다 못해 형을 찾아갔다.

"상께서 은밀히 내리신 어명인데 정작 본인이 받들질 않으니 이를 어찌하면 좋겠습니까?"

"허허. 참 곤란한 일도 다 있구나."

모든 경위를 상세히 듣고 나자 이정운도 역시 난처해하였다.

"내가 처리해 보겠으니 가서 기다리고 있거라."

이정운은 곰곰이 생각한 끝에 이렇게 일렀다. 이익운은 한가닥 안도의 숨을 쉬며,

"알겠습니다, 형님. 전하께오서 누누이 부탁하신 일이오니 잘 처리해 주십시오."

하고 재차 당부하고 물러갔다.

이정운은 마음을 가다듬고 정성을 모아 전하의 뜻을 받들

어달라는 요지의 서찰을 약용에게 보냈다.

그러나 약용의 반응은 냉담하였다.

위로는 임금님의 뜻을 어기고 아래로는 대감의 뜻을 어긴 바
되오니 송구한 마음 금할 길 없사오나 불우하게 사는 한이
있더라도 이런 일로 포상을 받을 수는 없습니다.

그의 답장은 지극히 간단했다. 직분을 다한 것일 뿐, 표창
받을 만한 일이 못 된다는 것이었다. 약용의 심중에는 괴로움
이 있었다. 이율배반적인 행동, 모순을 안고 있는 행위 때문에
상을 받는다는 것에 양심상 마음이 움직이지 않았던 것이다.
오직 신하이고 왕명을 따라야 한다는 관리로서의 입장이 이존
창을 붙잡게 한 것이기 때문이었다.

그는 자신의 양심 앞에 떳떳한 길을 택했던 것이다.

13
천문학 강의

금정찰방에서 용양위 부사직으로 발령을 받은 약용은 곧 상경하였다. 그리고 얼마 되지 않아서 정조는 다시 그에게 우부승지를 제수하였다.

그러나 약용은 감히 이를 거부하였다. 그는 그 자리가 무엇을 의미하는지 잘 알고 있기 때문이었다.

정조는 우선 그를 우부승지에 임명한 후에 이존창 사건을 크게 알릴 심산이었다. 약용의 공을 널리 선전해 부각시킨 다음, 다시 판서로 기용한다면 분명한 명분이 서는 일이었다.

그러나 정조의 의도와 달리 정작 당사자인 약용은 전혀 뜻을 보이지 않았다. 상을 받을 만한 공이 아니라는 외면적인 이유 외에도 약용에게는 나름대로의 또 다른 고민이 있었던 것이다.

그 하나는 천주교의 우두머리를 자신의 손으로 잡았다는 죄책감이었다. 비록 이존창을 잡기 위해 적극적으로 나섰던 것은 아니지만 뒷맛이 쓴 것은 어쩔 수 없었다. 그 자신이 한때 이벽의 영향을 받아 천주교에 열중했던 터에 이것을 공으로 하여 출세한다는 것은 도저히 있을 수 없는 일이었다. 성품이 곧은 약용은 비록 어명이라 할지라도 스스로의 양심이 허락지 않는 바에는 이렇듯 결코 뜻을 굽히는 법이 없었다. 그리고 또 하나, 예측할 수 없는 자신의 운명에 대한 일말의 불안감이었다. 약용은 이제 막 35세의 청청한 나이에 접어들고 있었다. 과거에 합격은 했으되 이렇다 할 관직에 한번 나가보지 못하고 만년 하급관리로 늙는 선비들이 수두룩한 처지였다. 더욱이 대신의 자리까지 나아가려면 못 되어도 50세는 넘어야 한다는 불문율이 있었다. 그런데 이제 겨우 35세라는 새파란 나이로 노대신들과 어깨를 나란히 한다는 것은 기름을 지고 불구덩이로 뛰어드는 격이나 다름없었다. 더구나 지금처럼 남인의 씨를 말리려는 노론의 기세가 등등한 시절에는 어느 결에 피바람을 맞을지 알 수 없는 노릇이었다. 이전투구의 회오리 속에 말려들 것은 빤한 이치였다.

약용은 결과적으로 임금의 마음만 거스르게 되었다. 그러나 그렇다고 해서 일일이 사정을 고해바칠 수도 없는 노릇이었다.

무관직의 자유인이 된 약용은 회현방의 집 뜰을 한가로이 거닐고 있었다. 오랜만에 마음의 평정을 찾은 약용에게 새삼 비어 있던 시간의 무게가 반갑게 다가섰다.

더 넓은 천지에
감싸주고 의지할 곳
높디높은 바로 저 집
어진이들 모이는 데
내 그를 따르려도
그 문을 얻지 못해
집 나가 노닐면서
천지 사방 누볐으나
승냥이, 호랑이 이빨을 드러내고
뾰족한 가시나무 곳곳에 숨겨 있네
무서워 빈 들판을 뒤돌아봐도
허허벌판 집 하나 보이지 않네
수레 돌려 되돌아가
내 집에서 안식하니
책이랑 책상이랑
정답기 그지 없네
자고 일고 하는 사이
세월은 가고
이웃들 언제나
서로 돕고 살아가네
아직도 여기저기
방황하는 사람들아

돌아오라 돌아오라

여기서 편히 쉬라

정신없이 지나온 세월을 되짚어가던 그가 무슨 생각이 들었는지 빙그레 웃음을 지었다.

"여보게, 천 서방. 내 부탁 하나 들어주려는가."

인사차 들른 천 서방은 약용의 모습이 안타깝고 딱해 무슨 말로든 위로하고자 했으나 약용은 아랑곳하지 않았다

"말씀만 하시지요. 소인이 해드릴 수 있는 것이라면 뭐든 다 해드립지요."

"뒤꼍 소나무 옆에 정자를 하나 지어주게나."

"지어 드리구말굽쇼. 모양은 어떻게 하고, 재료는 뭘 쓰면 좋을지 그저 말씀만 해주시지요. 서방님 마음에 쏙 들게끔 만들어 드리겠습니다요."

예나 지금이나 약용을 끔찍이 생각하는 천 서방은 약용의 처지를 조금이라도 위로하고자 애를 썼다. 그는 손재주 하나로 이제는 밑천을 두둑이 잡은 거상이 되어 있었다.

"그것은 자네가 알아서 해주게. 청(請)을 넣는 처지에 굳이 참견할 수 있겠는가."

천 서방은 천만의 말씀이라는 듯 두 팔을 홰홰 내저었다.

"무슨 그런 섭한 말씀이십니까요. 소인은 서방님 맴에 쏙 들게끔 만들고 싶어서 그러는 것입지요. 서방님 좋아하시는 얼굴

뵙는 것이 소인의 낙이 아니겠습니까요."

약용은 천 서방의 너스레에 허 하니 웃었다. 아까부터 순박한 얼굴에 자신을 딱히 여기는 표정을 그대로 드러내 보이고 있는 꼴이 우스웠던 터였다. 그러나 참으로 좋은 사람이었다.

"정이 그렇다면 뼈대만 빼고 나머지는 모두 대나무를 써주게나. 그럴 수 있겠는가."

"여부가 있습니까요. 대나무 향기가 동구 밖까지 흘러나가, 예가 바로 서방님 사시는 곳임을 누구나 알 수 있도록 근사하게 지어 올립지요."

약용은 도리어 그러면 큰일이라고 생각하면서 그 허풍에 빙그레 웃음을 지었다.

천 서방은 오랜만에 자신에게 청(請)을 준 약용이 그저 감사해서 연신 웃음을 날렸다. 그리고는 그날로 당장 정자에 쓰일 목재를 구한다, 인부를 구한다 하며 온 장안을 정신없이 뛰어다녔다.

약용이 다시 금정에 내려가서 뒷정리를 한 후 집으로 돌아와 보니 뒤꼍에는 신선들이나 노닐 듯싶은 대나무 정자 하나가 날아갈 듯, 자리 잡고 있었다. 약용은 안채로 들어갈 생각도 잊은 채 정자에 눈길을 멈추고 먼 여행길에 피곤함도 잊고 넋이 빠진 듯 바라보았다. 무엇에 이끌리듯이 정자 곁으로 다가섰다. 담백하고 날씬한 대나무 이파리를 그대로 달고 한껏 멋과 기품을 드러낸 정자는 속인의 접근을 꺼리는 듯 청정해 보였다.

약용은 천장과 바닥을 잇는 기둥이 멋지게 열을 선 대나무 줄기 하나에 뺨을 대어 보았다. 섬뜩하고 매끄러운 감촉이 정신을 밝게 일구어 냈다. 대나무는 그 분위기가 책(冊)과 흡사했다. 말초적인 감각을 기쁘게 하는 것이라고는 하나도 없었다.

오직 곧고 해맑은 정기와 사욕을 비운 투명한 공동(空洞)만으로 순결무구의 음향을 뽑아낼 뿐이었다. 월광이 잔잔히 드리운 늦은 밤에 흐르는 대나무 소리는 속진을 헤치고 고개 드는 군자의 노래인 것만 같았다.

눈을 뜬 약용은 낮은 소리로 천천히 중얼거렸다.

죽란사(竹欄舍).

이것이 정자의 이름이었다.

이튿날 약용의 상경 소식을 듣고 찾아온 채이숙은 약용을 보자 대뜸 동지를 만난 듯이 반겼다.

"관직에서 밀려난 것은 안 되었네만 그리 된 게 기쁜 것을 억지로 감출 생각은 없네."

채이숙은 유유자적한 세월을 보내고 있었다. 영의정 채제공의 양자인 그는 승지까지 진출했다가 몸 건사하기가 불편하여 스스로 관직에서 물러나고 말았던 터였다. 부친이 영상의 자리에 있으니 전전긍긍, 조심 또 조심해야 하는 것이 영 괴로웠던 것이다.

약용은 읽던 책을 덮고 빙그레 웃었다.

"말 안 해도 자네 얼굴에 다 나타나 있구먼, 자네는 놀고먹는 것이 도리어 약인가 보이. 날이 갈수록 살이 퍼지는 것이 청년으로 되돌아가는 모양일세그려."

주거니 받거니를 한참 하다가, 채이숙은 이 호기를 잡아 팔도 유람이나 하자고 제의를 했다. 약용은 말없이 일어나 채이숙의 소매를 이끌고 뒤뜰로 나갔다.

그의 손에 이끌려 뒷뜰로 간 채이숙은 정자를 보고 눈을 동그랗게 떴다.

"이게 웬 정자야! 어디서 날아왔나, 땅에서 솟았나."

하면서 이리저리 살피느라 부산하게 정자 주위를 맴돌았다.

"늘어지게 술이나 한잔하면 딱 좋겠군. 얼큰하게 취하면 죽향에 가물가물 잠을 청하고 말일세. 꿈에는 틀림없이 신선들과 장기를 두게 될 게야."

"어지러워 죽겠으니 그만 맴돌고 이리 들어와 앉게나."

채이숙은 주춤주춤 정자 안으로 올라왔다.

"여기는 내 공부방일세. 이제부터 실컷 공부를 해볼 양으로 지었단 말이네."

채이숙은 기가 막히다는 표정을 지었다.

"아니 뭐라고! 또 그 공부 타령인가. 지겹지도 않은가. 그리고 이제부터라니, 그러면 그동안에는 공부를 하지 않고 무얼 했단 말인가?"

"지금까지는 나라에서 시키는 것이나 했지만 이제부터는 진짜 공부를 해볼 참이네. 내가 늘 하고 싶던 공부 말일세."

이렇게 말하는 약용의 눈은 약관 20여 세의 나이로 과거를 준비하던 그 시절의 초롱초롱함으로 빛났다. 스스로 원하는 것을 한다는 데 대한 기대와 의지는 감히 어떤 장애물도 막을 수 없다는 결연함을 담고 있었다.

채이숙은 약용과는 허물없이 절친한 사이였지만 대체 학문에 대한 그의 그런 집착이 어디서 나오는지 못내 궁금하기만 하였다.

"공부 귀신이 붙었나."

약용의 불타는 눈을 멍청히 바라보던 채이숙이 혼잣말처럼 중얼거렸다.

약용은 사대부의 체모도 잊고 껄껄 웃었다.

채이숙은 거기에는 아랑곳없이,

"나도 그런 귀신이나 붙었으면 좋으련만."

하고 제법 심각하게 덧붙였다. 그러고는 다시 정색을 하더니,

"이제 보니 자네 멋대로 하고픈 공부하려고 관직을 버렸구면."

하고 준엄히 질책하는 표정을 지었다.

"그런 것이 아니라, 관직을 떠나고 보니 그런 생각이 든 것이네. 순서가 바뀌었어."

"임금의 말도 듣지 않는 자네 같은 사람에게는 앞으로도 벼

슬길은 없을 것이니 마음대로 하게."

"이 사람 고약한 말을 하는군. 그러는 자네는 왜 벼슬을 하지 않고 놀고 있는 겐가. 피장파장이지."

"나야 재주가 모자라서 그렇네만, 자네는 명석한 두뇌를 가지고도 굳이 초야에 묻히겠다니 하는 말 아닌가."

두 사람은 한참을 옥신각신하다가 지쳐서 입을 다물어버렸다.

"채공, 우리 그만 이죽거리고 재미있는 얘기나 해보세.

"무슨 얘긴가?"

"마음 맞는 사람을 모아 시사(詩社)나 하나 꾸며보면 어떻겠는가?"

채이숙은 반색을 했다.

"그것 참 뛰어난 구상이로군."

"하지만 아무나 다 반기지 말고 가담할 수 있는 자격을 제한하세."

"그건 또 왜? 마음만 맞으면 노소동락(老少同樂)할 수 있는 것이 아닌가?"

"그야 물론이지만 모처럼 자유로운 분위기를 마련해 시회(詩會)를 가지면서도 연장자로 인해 예의범절에 신경을 쓰다 보면 마음이 경직되지 않을까 해서 그러네. 아주 자유로운 분위기 속에서 마음껏 해방감을 향유할 수 있는 시회라면 더욱 좋지 않겠는가?"

채이숙은 수긍이 간다는 듯 고개를 끄떡이더니,

"그러면 자네와 내가 동갑이니 우리 나이에서 위아래 아홉 살 이내로 자르면 어떻겠는가?"

하고 의견을 냈다.

"그러나 그렇게 되면 최연장자와 최연소자는 무려 열여덟 살이나 차이가 나질 않는가. 아예 위아래 네 살까지로 하면 같은 연배니까 아무런 문제가 없을 걸세."

채이숙은 동의했다.

"그게 좋겠군. 서로 벗하기에는 안성맞춤이네."

두 사람은 의기가 상통하여 술상을 앞에 놓고 시회 이야기로 꽃을 피웠다.

"얼른 꼽아도 댓 사람은 넘는구먼. 이주신, 윤지눌, 한치응에, 그리고 또 이치훈이도 있지 않은가."

채이숙은 손가락으로 일일이 헤아리며 좋아했다.

"될 수 있으면 우리와 비슷한 처지에 있는 사람을 고르세. 과거에는 합격을 했지만 벼슬을 하지 않고 주유천하하는 친구들로 말일세."

"이를 말인가, 당연히 그래야지. 벼슬하는 사람이 끼면 공연히 몸만 달아서 아니 되네. 혼자 뒤처진 느낌이 들 테니 말이네."

채이숙도 약용의 의견에 공감했다.

젊은 두 재사는 유쾌하게 웃으며 시회에 넣을 인물들을 하나하나 꼽아보았다.

모두 열다섯 사람이 되었다.

이주신, 이치훈, 윤지눌, 한치응, 홍약여, 이성욱, 이양신, 유진옥, 심화오, 신경보, 한원례, 이휘조, 그리고 채이숙, 정약용, 정약전 등이었다.

모두 기라성 같은 당대의 재사들만 면면이 모였다. 이들은 모두 엇비슷한 처지였다. 과거에 합격하여 벼슬을 거쳤고, 뜻이나 취미도 통하는 데다 비교적 가까이 살고 있었다.

날씨는 조금 싸늘했지만 새로 단장한 죽란사는 시회가 열리기를 기다리는 듯 열다섯 명의 회원들을 반가이 맞았다.

술상이 담백하게 차려졌다.

"처지가 비슷한 사람들끼리 이렇게 한자리에 모여 모임을 갖게 되니 감회가 새롭습니다. 앞으로는 동고동락하는 마음으로 서로의 학문을 나누고 정을 더욱 도탑게 하여 가는 가운데 선비의 풍류도 즐기는 뜻깊은 자리를 만들어 보십시다."

연장이 되는 약전이 간략한 인사를 마치자 모인 사람들은 모두 대환영이었다.

"자네도 한마디 해야잖나. 애만 낳고 모른 체해 버릴 심산이야?"

채이숙이 약용을 쿡 찌르며 한마디 하였다. 다른 사람들도 성화였다. 약용은 하는 수 없이 겸연쩍은 얼굴을 하고 일어났다.

"술과 음식은 충분히 준비가 돼 있으니 유쾌히 놀아주시게."

약용이 간단히 인사를 하고는 앉아버렸다.

이어 채이숙이 일어났다.

"월회(月會)로 하면 어떻겠는가?"

그러자 금세 반론이 제기되었다.

"그건 너무 싱겁구먼. 의미도 없고. 시회답게 계기를 만들어야지. 시흥(詩興)이 일어날 만할 때나 기분이 둥둥 떠오를 때 모이세."

다들 이 제안을 손뼉을 치며 반겼다.

"그것 참 기발하구먼. 자, 그럼 이 제안에 맞추어 의견들을 내놓게나."

채이숙이 붓을 들고 적어 내려갔다.

"첫째로, 봄이면 살구꽃이 필 무렵에."

"다음은, 복숭아꽃이 필 때."

"마치 도원의 결의 같군."

누군가 농담처럼 한마디 던졌다.

"참외가 익을 때."

"연못에 탐스러운 연꽃이 만개할 때."

"좋다."

누군가가 추임새까지 넣었다.

"국화꽃이 필 때."

분위기는 어느덧 흥을 돋울 만큼 무르익었다. 시회 준비는 손아래부터 시작해서 최연장자까지 차례로 맡기로 하였다.

모일 시기에 대한 의논이 거의 마무리되어 갈 즈음 그때까지 잠잠하던 윤지눌이 나섰다.

"여러분, 자연과 더불어 사는 것도 좋지만 모든 게 인간사가 있고 나서가 아니겠는가. 각자 집안에 경사가 났을 때도 모여야지."

"부모님 회갑이나 자식의 혼사 같은 일은 집안 잔치와 중복이 되니 자식을 새로 얻었을 때 모이면 어떻겠는가?"

"암, 물론이지. 이 모임도 대를 물릴지 어떻게 아나. 그리고 아우나 아들들이 과거에 합격을 했을 때도 모이세."

다들 찬성이었다.

이때 아까부터 혼자 술만 기울이던 이주신이 어지간히 취해서는 한마디를 하고 나섰다.

"당사자가 고을살이를 나가거나 승진했을 때도 모여야지."

좌중은 불현듯 숨소리가 잦아들었다.

불문율처럼 해서는 안 되는 말을 한 것이다.

모두 낙향 직전에 있는 사람들이었기에 어찌 보면 폐부를 찌르는 비웃음같이 들릴 수도 있었다.

갑자기 할 말을 잃은 재사들은 서로 얼굴만 마주보고 침을 삼켰다. 팽팽한 긴장감이 감도는 가운데 이주신은 술잔을 탕 하고 놓고는 태연히 말을 이었다.

"왜, 내가 못할 말을 했나?"

그는 눈을 세모꼴로 세우고는 좌중을 둘러보면서 술을 다시 한 사발 들이켰다.

"제 마음에 들지 않는 자리라도 왕명이면 등 납작 구부리고 이리저리 쫓아다니는 사람은 또 부르면 나갈 것 아닌가?"

이주신은 의미 있는 미소를 입가에 띠며 입술에 묻은 술을 손으로 쓱 훔쳐 내렸다. 약용을 빗대 놓고 하는 말이었다.

"그러니 우리가 축하를 해주어야지."

그는 독설가였다. 눈처럼 흰 얼굴에 예사롭지 않게 빛나는 눈동자는 그가 수재임을 말해주고 있었다.

이주신은 몸집은 작았지만 두뇌는 기민했다. 26세의 젊은 나이로 장원을 한 그는 승문원 부정자(副正字)를 시작으로 정언, 헌납, 직산현감, 무장현감 등을 거쳐 정4품인 사헌부 장령을 하다가 벽파들과 부딪치는 바람에 다 걷어차 버리고 초야로 나온 호협한(豪俠漢)이었다.

이주신은 다시 술 주전자를 들어 따르다가 술이 빈 것을 깨닫고는 흥이 깨진 듯 비틀비틀 자리에서 일어났다. 작은 체구를 가누지 못하고 앞뒤를 이리저리 되밟는 것으로 보아 이미 상당히 취해 있었다.

그러던 이주신이 갑자기 검지를 쳐들어 약용을 향해 허공을 죽죽 찌르며,

"사내대장부가 중심이 있고 자기주장이 있어야지, 임금의 사랑 하나만을 등에 업고 바람 부는 대로 처신해서야 되겠는가."

하고 혀 꼬부라진 소리를 해댔다. 술김에 말이 막 나오고 있었다. 가만히 놔두었다가는 무슨 사단이 벌어질지 몰라 주위에 앉았던 사람들이 이주신의 도포 자락을 잡아끌며 말렸다.

"이거 놓으라니까. 왜 붙드는 거야. 내가 틀린 말 했나."

그는 버둥거리다가 제 힘에 겨워 고꾸라지더니 이내 무슨 일이 있었냐는 듯 대자로 누워버렸다. 그러고는 바닥에 머리를 대자마자 마룻바닥이 진동할 만큼 큰소리로 코를 골며 곯아떨어졌다.

한바탕 소동이 지난 뒤 흥이 깨져 어색한 데다 약용에 대한 민망함까지 겹쳐 정자 안은 쉬이 흩어지지 않을 묵직한 긴장감이 돌았다.

나머지 사람들이 어색함을 누르고 되지도 않는 농을 던지며 흥을 되살리려 했으나, 정작 당사자인 약용은 아무렇지도 않은 듯 웃고만 있었다.

몇 차례의 시회를 가진 후, 그들은 소싯적 친구들처럼 허물없이 잘 어울리게 되었다. 우선 번거로운 존칭을 생략해도 되니 벽이 허물어진 듯 마음이 통하게 되었던 것이다. 게다가 처지가 비슷하니 동병상련의 애틋한 정까지 흐르는 터였다.

과거를 통과하지 못한 사람은 한 사람도 없으되 아부를 경멸하는 공통된 성품을 지니고 있어 모두들 고관대작 알기를 정치 모리배꾼 정도로 치부하고 있었다. 그들은 모두가 장안에서 내로라하는 수재들이었고, 재능과 주견이 뛰어나 가히 치열한 설전과 학문적 비판력을 견줄 수 있었다.

약용의 집 뒤뜰에도 담홍색 복숭아꽃이 만개하여 화사한 봄날 오후의 정취를 한껏 내뿜고 있었다. 붉은 기운이 진하게 도는 복숭아꽃 이파리들은 송이송이 엉겨 붙어 향기조차 붉게 탐스러운 도화원(桃花園)을 이루었다.

대나무 정자 안에서는 막 시회를 마치고 주연이 벌어진 참이었다. 모두 봄기운에 젖어 나른한 기분으로 한가롭게 술잔을 기울였다.

평소에는 말수가 유난히 적던 이양신도 참을 수 없다는 듯 한마디 하였다.

"봄이 와서 복숭아꽃이 피었는가, 복숭아꽃 피니 봄이 왔는가. 아득한 저 향기에 차라리 봄기운을 잊었도다."

옆에서 듣던 채이숙이 기다렸다는 듯 나섰다.

"자네는 꽃인가 나는 대나물세. 꽃이야 제아무리 곱다 한들 한철 피고 지면 그뿐, 향기조차 기억나지 않건만 사철 푸르고 곧디곧은 대나무야말로 군자 중의 군잘세. 우리는 대의 꿋꿋하고 드높은 성품을 배워야 할 걸세. 해서 우리가 앉아 있는 이 정자의 이름도 죽란사가 아니던가."

채이숙은 쉬지도 않고 말을 잇더니 앞에 놓인 술잔을 들어 훌쩍 비우고는 다시 시작했다.

"그래서 말인데, 우리의 모임을 죽란시사(竹欄詩社)라고 하면 어떻겠나?"

그는 동의를 구하듯 고개를 쑥 빼고 주위를 둘러보았다.

"좋구말구. 썩 훌륭하이."

그러자 여기저기서 환영을 하고 나섰다.

채이숙은 자기 의견이 받아들여지자 더욱 흥에 겨워 연거푸 술을 받아 마셨다.

죽란사에서의 즐거운 한때는 세월을 잊게 하였다. 복숭아꽃에 둘러싸인 정자에서의 흥취가 무르익으며 밤의 한 자락이 잘릴 무렵, 적당히 취기가 도는 눈을 들어 바라본 하늘은 별무더기가 쏟아져 내리는 듯한 환시를 일으키기에 충분할 만큼 아름다웠다.

그때 서쪽 하늘에서 갑자기 밝은 빛이 일었다. 모두의 눈이 그리로 쏠렸다. 길게 꼬리를 그리면서 급히 떨어지는 그 별은 별똥별이었다. 유난히 밝고 긴 포물선을 긋는 별똥별은 마지막 생명을 불사르는 듯 검은 하늘을 빠르게 가로질렀다.

이치훈이 급히 소매로 눈을 가리며,

"불길한 징조가 아닌가."

하고 두려워했다. 조선 최초의 영세 신자 이승훈의 아우인 그는 조금 소심했다.

"자네는 미신을 신봉하는가?"

"그런 것이 아니라 예부터 점성술이란 것이 있질 않았는가. 그리고 제갈공명도 별을 보고 운세를 판단하고 전술을 펴지 않았는가."

마치 공통된 화제를 기다렸다는 듯이 정자 안에서는 갑자기 이 문제로 왈가왈부했다. 가만히 이편저편의 논리에 귀를 기울이던 약전이 끼어들었다.

"우리가 비록 이 나라의 지식층이라고는 하나, 아직도 모르는 것이 너무나 많네. 별똥별만 하더라도 그러네. 그런 현상이 어떻게 해서 일어나는지 아무도 모르고 있질 않나. 그러다 보니 자연 신비 세계의 일로 넘기게 되는 것일세. 사람이 죽어 그 혼이 나는 것이라거나 무슨 천재지변을 예고하는 뜻이라는 둥, 이런 생각들이 모두 그런 데서 나온 것 아닌가."

약전은 진지하게 문제를 제기했다.

"그러면 자네는 그러한 현상이 왜 일어나는지 알고 있단 말인가?"

"나도 모르네."

약전이 불쑥 이렇게 대답해 버리자 사방에서 공격을 해왔다.

"모르면서 아는 체는 왜 하는가."

"나도 별반 아는 것이 없기는 하네만, 학문하는 자세로는 그런 태도가 잘못되었다는 것을 지적하고자 한 것뿐이네."

약전은 변명 아닌 변명을 한 뒤 한치웅에게 말머리를 돌렸다.

"치웅이, 자네는 태양과 지구는 어떤 상태로 존립한다고 생각하는가?"

한치응은 아무 주저함 없이 얼른 대꾸했다.

"그야 태양이 지구 둘레를 뱅뱅 돌고 있질 않은가."

"그것이 정반댈세."

약전이 확신 있게 말하였다. 그러자 곁에 있던 재사들이 저마다 한마디씩 공격하고 나섰다.

"뭐라고? 조상 때부터 수천 년 동안 아무런 의심 없이 전해져 온 것을 자네가 뒤집겠단 말인가. 그 무슨 어리석은 생각인가."

약전은 지지 않았다.

"어리석은 생각인지 아닌지는 더 들어보고 말하게. 그리고 조상의 말이라고 다 옳은 것은 아니네. 틀린 것은 틀린 것이지. 진실이 증명되면 인정할 줄 아는 게 학자의 본분이 아니겠는가."

약전은 겸손하게 모른다고 하였지만 그 당시로서는 유일한 천문학의 대가였다. 그에게는 이가환의 지식을 능가할 정도로 박학다식한 일면이 있었다.

"그럼 어서 증명을 해보게나."

주위에서 재촉을 해댔다. 약전이 생각을 정리하는지 잠시 턱을 쓸었다.

"우리네 동양에서는 물론, 서양 사람들도 지상의 세계와 달 저편의 세계는 전혀 다른 것이라고 믿어 왔네. 즉, 하늘의 세계는 변화가 없고 모든 천체는 완전한 원운동만을 하는 데 비해, 지구는 끊임없이 변화하는 세계라고 생각하였네. 그리고 이 두

개의 세계를 구분 짓는 것이 달이라고 생각해 왔네."

모두들 무슨 말이 나올까 하여 약전의 입만 쳐다보고 있었다. 그런데 다음 말을 이을 듯하던 약전이 좌중을 둘러보더니 되레 의견을 물어왔다.

"그러면 내 더욱 근본적인 것을 물어봄세. 지구는 둥글다고 생각하는가 모나다고 생각하는가."

그러자 일제히 기다렸다는 듯 입을 모았다.

"그야 당연지사지. 물을 게 뭐 있나. 평평한 널빤지 모양으로 모가 나 있지 않은가."

약전은 고개를 저었다.

"아닐세. 그게 달처럼 둥글다는 게 증명이 되었네."

"아니 어떻게? 그렇다면 지구 끝까지 가본 사람이 있다는 겐가."

"가보지 않고서도 앉아서 아는 방법이 있다네."

약전은 자신 있게 말하였다.

"자네들, 일식이니 월식이니 하는 말들을 들어본 일이 있는가."

"아무렴, 그걸 못 들어 봤을라고."

"그러면 그런 일이 어떻게 해서 일어난다고 보는가."

"귀신이 달을 잡아먹고 해를 잡아먹는 현상이 아닌가."

다른 사람들도 이 의견에 수긍을 하였다. 모두들 그렇게 알고 있는 것이다. 그들이 젊음을 던져 배운 학문에는 이런 유의 문제는 비친 적도 없었다.

약전의 음성은 점차 열정적으로 타올랐다. 한편으로는 염려되는 바도 적지 않았다. 제자를 기를 나이에 접어든 이들의 무지는 국가적 손실이라는 생각이 언뜻 스쳤기 때문이었다.

"그런 생각은 이 순간부터 싹 잊어버리게. 그리고 어디 가서 그런 말은 입 밖에도 내지 말게. 서양 사람들은 모두, 아니 조금만 공부를 한 사람이면 누구나 이쯤은 다 알고 있다네. 이제부터 내 말을 잘 듣게나."

약전은 우선 주위를 환기시킨 후,

"먼저 일식에 대해서 설명함세. 일식 현상은 낮에 일어나네. 갑자기 대낮에 어두워지는 현상이지."

하고 간단히 운을 뗀 다음, 대접과 찻종을 등잔불 주위로 가져갔다.

"달은 지구보다 작네. 그러면 이 찻종이 달이고 대접이 지구라 하세. 여기 이 등잔불은 태양이네."

이렇게 빗대어 설명하고 나서 세 가지 물체를 나란히 교차시켰다.

"일식이란 태양과 지구 사이에 달이 끼어들어 태양을 가려버리는 현상이네."

약전은 일식 현상을 대접과 찻종으로 교묘하게 연출해냈다. 모두들 침을 삼켜가면서 이 모양을 응시하고 있었다. 지식에 대한 갈망이 누구보다도 강한 그들이었다.

"이걸 보게. 찻종의 그림자가 대접을 가려 컴컴하게 되질 않았는가. 다시 말해서 대접의 편에서 볼 때, 이 그림자 때문에 등잔불이 더 이상 보이지 않게 된다는 말일세. 이것이 바로 일식 현상의 전부라네. 지구 편에서 달이 일직선상에 놓여 해가 보이지 않게 돼버리는 것이지."

일동은 신기한 듯 고개를 끄덕이기도 하고 갸우뚱하기도 하면서 뚫어져라 약전을 쳐다보았다.

"그러면 월식은 무슨 현상이란 말인가."

재차 질문이 던져졌다.

"원리는 같네. 이번에는 태양과 달 사이에 지구가 끼어들어 지구의 그림자가 달을 가리는 현상이네."

약전은 다시 찻종과 대접을 손에 들었다.

"월식은 밤에만 일어나네. 이 세 가지 천체가 일직선상에 있어야만 월식 현상이 일어나는 것이지. 이 지구라는 둥근 물체가 일직선상에 놓이려면 밤이라야 하기 때문일세."

아까부터 비상한 관심을 가지고 듣고 있던 신경보가 비로소 입을 열었다.

"방금 지구가 둥글다 하였는데 네모났다고 해도 그것을 설명할 수 있지 않은가."

그는 장기판을 지구로 비유하여 찻종이 어두워지는 것을 실험해 보였다.

약전은 고개를 끄덕였다.

"그럴듯한 말이네. 하지만 선현들의 기록을 보면 월식 현상을 가리켜 달이 반달 모양으로 차츰차츰 먹혀 들어갔다가 나중에는 완전히 없어진다고 되어 있네. 그러고는 다시 반대쪽에서 반달처럼 조금씩 모양을 드러내던 것이 커져서는 이윽고 온 달이 된다고 되어 있지."

여기서 약전은 설명을 그치고 좌중을 한번 둘러보았다.

"누구 이것을 목격한 사람이 있는가."

"보지는 못하였지만 들은 기억이 있네."

약전은 고개를 한번 끄떡이고 다시 말을 이었다.

"나는 내 눈으로 직접 보았다네. 재작년의 일이지."

약전은 다시 찻종과 대접을 집어 들고 월식 현상을 재현해 보이고자 하였다.

"이제 보게나. 지구가 이렇게 지나가게 되면 분명 찻종의 형상이 반달처럼 먹혀들어 갔다가 반대편에서 다시 반달 모양으로 생겨나기 시작하질 않는가."

모인 사람들은 무슨 신비한 요술이나 보는 듯 온 정신을 이 진기한 실험에 쏟고 있었다.

"과연 그렇구먼."

신경보는 놀랍다는 듯 탄복을 하며 약전의 설명에 동의를 표했다.

약전은 대접과 찻종을 내려놓았다.

"자, 여기에서 우리는 세 가지 중대한 발견을 해야 하네."

그는 진지하게 못을 박았다.

모두들 다시 약전의 입에 눈길을 모았다.

"첫째는, 빛과 열은 오직 태양만이 발하고 있다는 사실이네."

그러자 반론이 제기되었다.

"여보게, 밝지는 않지만 달에서도 빛이 나오질 않는가."

"달에서 나오는 빛은 그 자체로 발하여지는 것이 아니라 태양빛을 반사하는 빛일세."

약전은 다시 찻종이 촛불을 받아 빛을 반사하는 모양을 확인시켰다. 그러고는 다시 계속했다.

"두 번째는 지구도 달처럼 둥글다는 것일세. 대접의 그림자가 찻종을 가리면서 지나갈 때 반달 모양으로 먹혀들어 가는 이치일세. 만일 지구가 모나 있다면 이런 현상은 일어날 수 없을 것이네."

다소 막연하기는 했지만 이제는 아무도 지구가 둥글다는 사실에 반대하지 않았다. 이제까지 들어온바 가장 신빙성 있는 설명임을 그들도 인정하였던 것이다.

월식이나 일식 현상을 두려워하여 무턱대고 피하고 미신을 믿었던 것이 부끄러웠다. 그런 면에서는 아무리 학문에 통달했다 하여도 우인(愚人)과 하등 다를 바 없었다.

"태양만이 빛을 발하며 지구가 둥글다는 사실은 조금만 관심이 있고 관찰력이 있는 사람이면 금세 알 수 있는 것이네. 하지만 세 번째 문제는 다소 깊이 생각을 해야만 알 수 있네."

약전은 수수께끼를 내듯 좌중을 둘러보았다. 각자 세 번째 발견을 찾아내느라 곰곰 생각에 잠겨 있었다.

약전은 앞에 놓여 있던 술을 한 사발 시원하게 들이켰다. 그는 본래 유명한 호주가였다.

이때 한치응이 눈을 빛내며 대답했다.

"내가 나머지 하나를 맞추어 보겠네."

약전이 그에게로 눈을 돌렸다.

"어디 말해 보게."

한치응은 막상 나서놓고 보니 용기가 줄어드는지 머뭇머뭇하고만 있었다. 좌중의 눈길이 일제히 그의 입에 쏠렸다. 자신들보다 먼저 대답을 내놓는 데 대한 일말의 질투심까지 섞여 있어 맹렬한 호기심을 자아내고 있었다.

"틀려도 괜찮으니 어서 말해 보게."

약전이 격려했다.

"일식이 있고 월식이 있으니 달이 움직인다는 말이네."

한치응은 불안한지 작은 목소리로 이렇게 말하고는 약전의 눈치를 살폈다. 그러자 곁에 앉아 있던 윤지눌이 대뜸 핀잔을 주었다.

"그것이 무슨 발견인가. 밤하늘을 그냥 쳐다만 봐도 달이 움직이는 것쯤은 금세 알 수 있잖은가."

한치응은 이에 지지 않고 맞섰다. 반론을 맞고 보니 비로소 용기를 얻은 모양이었다.

"자네는 그것밖에 모르나. 지금까지 우리는 달이 서해에서 바다를 뚫고 올라와 새벽이 되면 동해로 떨어지는 줄 알지 않았는가. 내 말은 지구가 둥그니 둥근 지구를 달이 빙빙 돌고 있다는 얘길세. 남의 말을 똑똑히 알고나 말을 하게."

두 사람의 언쟁이 한참 계속되었다.

약전은 빙그레 웃고 있었다.

"치웅이는 큰 발견을 한 것이네. 달이 지구를 중심으로 돌고 있다는 것은 위대한 발견이네."

"그렇다면 똑같은 이치로, 해도 지구를 돌고 있는 것이 아닌가. 동해에서 뜨고 서해로 지니 말일세."

다시 질문이 들어왔다.

"잠시만 기다리게."

약전은 한치웅과 윤지눌을 번갈아 바라보고 난 후 좌중을 둘러보고는 말을 이었다.

"결론적으로, 세 번째 큰 발견은 지구가 움직이고 있다는 사실이네. 지구는 두 가지 움직임을 갖고 있는데, 하나는 지구 자체가 돌고 있는 것[自轉]이고, 또 하나는 태양의 둘레를 돌고 있다는 것[公轉]이네."

"어째서 그런가. 태양이 지구 주위를 돌 수도 있지 않은가."

약전은 다시 침착하게 설명하기 시작했다.

"태양이 돈다는 것은 이론상으로 설명이 되질 않네. 잘 들어보게. 우선 하루에 한 번씩 밤과 낮이 있는 것은 자전의 증거라네. 만일 지구가 팽이처럼 돌고 있질 않다면 밤이 계속되든지 낮이 계속되든지 해야 하네. 그리고 춘하추동 사계절이 있다는 것은 지구가 태양의 둘레에 가까이 갔다 멀어졌다 하면서 돌기 때문에 일어나는 현상이라네."

약전은 설명을 마치고 목이 컬컬한지 다시 술을 한 잔 들이켰다.

듣도 보도 못한 진기한 현상과 믿기지 않는 새로운 지식이 홍수처럼 쏟아지니 모두들 술맛도 잊고 얼이 빠진 채, 상상력과 추리력을 동원해서 그것들을 온전히 흡수하고자 애를 쓰고 있었다.

대접과 찻종이 부리나케 등잔불 앞으로 왔다 갔다 하고 어떤 사람은 멍하니 하늘을 응시한 채 무언가를 골똘히 생각했다. 서로 묻기도 하고 아는 지식이 있으면 대답해 주기도 하면서 때아닌 공부를 하느라 여념이 없었다.

그런 중에도 달빛은 고요히 뜰을 비추고 있었다.

굳이 실학자가 아니라도 자기가 밟고 있는 땅이 어떻게 생겼는지도 모른대서야 말이 되지를 않았다. 그런데 조선은 이런 면에 대해서는 캄캄한 밤중이었다.

약전이 그런 생각에 잠겨 말없이 술잔을 기울이고 있는데, 다시 빗발치는 질문이 시작되었다.

"그러면 별은 무엇인가."

"별 중에서도 샛별[金星]은 움직이잖은가. 그것은 어찌 설명하려는가."

"지구는 어째서 태양 주위를 돌고 있는 것인가."

봇물이 터진 듯 이제까지 당연시하던 현상들이 모두 수수께끼가 되어 한꺼번에 의문을 불러일으키고 있었다. 그들은 하나같이 새로운 지식에 대한 욕구가 불처럼 타올랐다.

약전은 다시 진지한 태도로 설명해나갔다.

"태양은 지구에 비하면 엄청나게 큰 천체라네. 천체의 크기가 커지면 끌어당기는 힘이 있어서 그것이 자연히 중심이 되네. 지구가 태양의 주변을 도는 이치도 바로 그런 것이라네."

일동은 대단한 관심을 가지고 경청하고 있었다.

"그리고 샛별도 지구처럼 태양 주위를 맴돌고 있는 천체이네. 샛별 외에도 화성이나 목성과 같은 천체들이 태양의 주위를 돌고 있지. 그러니 우리 눈에도 움직이는 것으로 보이는 것이네."

"그러면 화성, 금성, 목성은 지구와는 형제간이 되는 별들이로구만."

"그렇지."

"그러면 다른 별들도 태양을 중심으로 하여 돌고 있는가."

약전은 이 질문에는 고개를 저었다.

"그렇지는 않다네. 그런 별들은 굉장히 멀리 있는 천체들로 태양처럼 활활 타고 있는 것이라네."

"잠시 기다려 보게. 그렇다면 그런 별들의 밝기보다는 샛별이 오히려 더 밝지 않은가. 그러면 샛별도 타고 있는 겐가."

"아닐세. 그처럼 먼 데 있는 별들에 비하면 샛별은 지구와는 형제간이라고 할 만큼 가까이 있다네. 샛별이 더 밝은 것은 달처럼 태양의 빛을 보다 가까이에서 반사하고 있기 때문이라네."

시간이 지날수록 이론은 점차 신비의 장막을 벗겨가는 동시에 또 그만큼 신비를 더해 갔다. 모두들 수긍을 하는가 하면 의심을 하기도 하며 깊은 흥미와 관심을 드러냈다.

시종 묵묵히 듣고만 있던 약용은 형 약전의 박식함에 적이 놀랐으며, 다른 친구들의 무식함에는 더욱 놀랐다. 실학의 대가였던 이익의 성호사설이란 책의 천지문(天地門)에 보면 다 나오는 이론이었다. 소위 학문을 한다고 하면 반드시 읽어 두어야 할 책이라고 생각해 왔던 그 책을 본 사람이 아무도 없다는 것은 정말 놀랄 일이었다. 게다가 들은 풍월조차 없었다니 더욱 그러하였다. 그만큼 당시 사대부들은 성리학이나 공부하고 시문이나 지어서 과거에 합격하면 되었지 자연과학이나 기술과학 같은 학문에는 도통 관심을 기울이지 않았던 것이다.

약용은 그 책을 읽은 기억이 있어서 일식, 월식이 일어나는 까닭이며 샛별 등이 움직이는 이치를 대충은 알고 있었다. 그런데 형 약전은 그 이론을 통달하여 실험적으로 보여줄 만큼 완벽하게 터득하고 있었던 것이다.

잠시 질문 공세가 멎은 틈을 타서 약전은 조금 다른 얘기를 꺼냈다.

"우리는 자연 현상에 대해서 너무나 모르고 있네. 서양에는 오래전부터 하늘만 쳐다보고 천체를 연구하는 학자들이 많이 있다고 들었네. 그들은 이런 사람들을 천문학을 연구하는 천문학자로 어엿이 대접하고 있다고 하네. 한데 우리 조선에서는 이러한 사람을 역관이라고 하여 중인 축에나 겨우 끼워주고 천시하니 학문으로 발전할 수가 있겠는가."

약전은 늘 생각해 오던 것을 비로소 털어놓고 나니 후련함을 느꼈다.

사실 죽란시사에 모인 사람들로 말하자면, 그들은 당시 조선 사회에서는 내로라하는 지식인들이고 진보적인 사고방식을 가진 인물들이었다. 그러나 약전의 눈에는 그들조차 너무나 보수적으로 비쳤던 것이다. 시대의 흐름에 벽을 쌓고 사는 현상유지파에 불과했다. 철저한 실학의 선구자로 감히 자처하는 그로서는 현실을 무시한 성리학에 뜻을 두는 학자들이 답답하기 그지없었다.

"우리는 이미 서양에 비하면 상당히 뒤처져 있네. 이 거리를 좁히자면 하루라도 속히 실학에 관심을 쏟고 서학을 보다 많이 도입해야만 되네. 자네들은 조금 전까지만 해도 지구는 가만히 있고 태양이 도는 것이라고 주장을 하지 않는가. 그러나 서양의 코페르니쿠스라는 사람은 이미 250년 전에 이런 천동설이 틀렸다는 것을 깨닫고 정정당당히 지동설을 부르짖었다네."

분위기는 자못 심각해졌다. 그래도 조선에서는 백성을 이끄는 지도층에 속한다고 자타가 공인하는 그들이었다. 어려운 과거시험에 합격하고도 당파 싸움 때문에 밀려난 것을 속절없이 한탄하며 허구한 날 술타령만 하고 지내는 것이 본 모습인지라 새삼 자신들의 한심스런 치부를 본 듯 수치감마저 감돌았다.

그들은 하나같이 진정으로 나라와 백성을 위해 한 것이 아무것도 없다는 생각을 하고 있었다. 한낱 세력을 잡지 못한 소외된 지식층으로서 현실 도피적인 풍류와 시대착오적인 발상에만 전전긍긍하는 사대부에 불과했던 것이다.

약전은 당시 조선 귀족들의 허를 찌른 셈이었다.

한치응이 깊은 생각에 잠긴 표정으로 약전을 바라보았다. 그는 마치 스스로에게 묻듯,

"그들이 250년이나 전에 그런 사실을 알아냈다면 그건 두려운 사실이로구먼. 헌데 우리는 왜 그것을 지금까지도 제대로 밝혀내지 못하고 있는 것일까."

하고 물었다.

약전은 마치 대답을 준비해 둔 사람처럼 주저 않고 입을 열었다.

"이유는 간단하네. 우리가 너무나 타성에 젖은 학문을 하고 있기 때문 아니겠는가. 선현들이 연구해서 물려준 학문을 아무 의심 없이 그대로 받아들여, 오류 위에 또 다른 오류를 쌓고 있으니 간단한 진실조차 밝혀내지 못할밖에. 성리학은 우리 조

선의 학문 풍토에서 볼 때는 성역이라네. 아무도 공격할 수 없고 잘못된 것을 지적할 수도 없지. 그랬다간 대번에 이단으로 몰려 설 자리를 빼앗기고 마니 성리학 외에 어떤 학문이 자랄 수 있었겠는가.”

다시 침묵이 흘렀다. 그러나 그들의 힘으로는 어쩔 수 없는 일이었다. 대세는 보수 벽파 세력에게 있었다. 그들이 모든 학문과 정치 풍토를 좌지우지하는 터였고, 그들의 목적은 나라의 앞날을 위한 큰 흐름을 따르는 정치가 아니라 수단방법을 가리지 않고 세력만을 유지하는 데 있었던 것이다.

이때 아까부터 고개를 갸우뚱거리면서 자기만의 생각에 몰두해 있던 윤지눌이 도저히 참지 못하겠다는 표정으로 느닷없이 질문을 던졌다.

“형님, 그런데 왜 달이 지구로 떨어지지 않고 있는 겁니까. 감은 나무에서 떨어지지 않습니까.”

갑작스런 질문에 다들 아뜩해졌다. 윤지눌은 내내 그 생각에 붙들려 있었던 모양이다. 혼자 아무리 이리저리 추리를 해보아도 깨달을 수가 없어 답답함을 깨고 입을 열었던 것이다. 일동은 아무 의심 없이 받아들였던 사실에 의문을 제기한 그에게 더 이상 핀잔을 주지 않았다. 오히려 그것을 의심할 수 있었던 윤지눌의 사고력을 부러워하기까지 했다.

윤지눌과 약전, 약용 간의 관계는 내외종(內外從)이었다. 약전은 반가운 듯 활짝 웃었다.

"좋은 질문을 했네. 자네 어렸을 때 연을 날려본 일이 있는가?"

"안 해본 사람이 있겠습니까."

"그런데 어떻던가. 바람이 없으면 연은 날지 않지."

"그렇지요."

"연이 나는 원리 또한 간단하네. 연줄을 잡아당기는 사람의 힘과 날아오르게 만드는 바람의 힘, 이 두 가지 힘이 작용하는 까닭이라네."

그러나 윤지눌은 이런 설명에 대해서 반대했다.

"그러나 형님, 연이 바람의 힘으로 떨어지지는 않지만 그 대신 실로 연결이 되어 있질 않습니까."

"그렇다네. 그러나 비록 실로 연결이 되어 있다고는 하나 사람이 더 이상 힘을 쓰지 않고 실을 놓아버리면, 연은 한없이 날아갈 터이고 또 바람의 힘이 없으면 실이 있다 해도 그만 땅으로 떨어져 버릴 것이네."

윤지눌은 비로소 수긍이 간다는 표정을 지었다

"이론적으로는 나도 완전히 설명할 수 없지만 아는 대로 얘기 하면, 달과 지구는 눈에 보이지 않는 어떤 끈으로 연결이 되어 있다는 것일세. 즉 잡아당기는 힘과 떨어져나가려는 힘이 균형을 이루어 항상 그 정도의 위치에서 돌고 있는 것이라네. 지구와 태양도 같은 원리로 보면 되겠지."

윤지눌은 비상한 흥미를 느끼는 모양이었다. 의문이 풀렸는지 그는 얼마 전까지 복잡한 생각으로 어둡던 얼굴이 날아갈 듯 가벼운 표정으로 변해 있었다. 약전은 그런 윤지눌을 보고 한마디 덧붙여 주었다.

"그 힘을 만유인력이라고 한다네. 지금으로부터 1백여 년 전에 영길리의 뉴턴이란 사람이 이 법칙을 발견했다네. 그는 그때 벌써 지구는 우주의 중심이 아니고, 천체의 질서 정연한 움직임은 만유인력의 원리에 따르고 있음을 증명했다네."

"그렇다면 아까 나타났던 별똥별도 혹시 그 만유인력이라는 것으로 설명할 수 있지 않겠습니까."

윤지눌은 호기심으로 긴장된 표정을 드러내며 약전에게 다시 물었다.

"훌륭한 추리네. 이런 만유인력의 법칙은 절대적인 힘의 법칙이지. 그런데 이 힘의 작용을 제대로 받지 못하고 떠돌아다니다가 지구로 떨어지는 별이 바로 별똥별이라네. 연이 땅에 떨어지는 것처럼 힘의 균형이 맞질 않아 떨어지는 것이라네."

좌중은 허 하니 웃었다.

"그러면 천재지변이 일어나는 것도 아니구먼."

누군가 어이없다는 듯 한마디 던졌다.

"물론이라네. 하찮은 일상적인 현상을 보고도 의심하고 연구하는 저들 서양인의 자세를 이제 우리도 배워야 한다네."

좌중에 말없는 감동이 일었다. 그러나 자기가 믿고 의지해 오던 습성이나 관념을 하루아침에 버린다는 것은 매우 어려운 일이었다. 30여 년을 넘게 골수에 맺히도록 배우고 익혀온 사고방식을 일시에 바꾼다는 것은 곧 자기가 서 있는 배경 자체를 거스르는 힘겨운 일이었던 것이다.

"정공의 말에도 수긍이 안 가는 것은 아니지만, 우리가 반드시 천문학을 배우고 지학(地學)을 배우고 농학(農學)을 해야 할 필요는 없지 않은가. 그런 것은 중인이나 상인들에게 맡겨도 상관없는 일이라고 보네만……."

지금까지 잠자코 앉아 줄곧 듣기만 하던 한원례가 입을 열었다. 부여현감을 지냈던 젊은이다.

"물론 그래도 상관은 없지. 그러나 그들은 글도 모르고 생업에 종사하느라 시간도 없다네. 즉, 현실을 개선할 만한 연구 능력이나 조건이 갖추어져 있질 않다는 말일세. 그런데 정작 조선의 양반층을 먹여 살리고 있는 것은 바로 그들이라네. 그들이 1년 열두 달, 농사에 열중하지 않으면 쌀이 어디에서 나오겠는가. 뼈 빠지게 일을 해도 그나마 장마나 가뭄이 들면 속수무책이라네. 또 종자가 나빠도 수확은 볼품이 없다네. 그들은 이런 문제들에 대한 대책을 모르는 것이네. 일하기에도 손이 부족한 그들이 어느 하세월에 종자에, 거름에, 수리 관계까지 연구할 새가 있겠는가. 서양에서는 벌써부터 이런 문제를 지식인들이 공부하여서 농민들에게 가르쳐 주고 있다네."

약전이 좋은 기회라고 생각하고 서양의 현실과 비교해서 자기 나름의 생각을 펼치자 그들의 반응은 다양하였다. 서양에 비해 확실히 뒤떨어졌다고 느끼고 위기의식을 느끼는 진보파가 있는가 하면, 양반의 관료의식을 여전히 지키려는 보수파도 있었다.

그러나 약전의 생각은 대부분의 사람에게 강한 영향력을 끼쳐 잠에서 깨어난 듯한 자극을 준 것이 사실이었다. 우물 안 개구리식으로 정권 다툼에나 급급해 있다가 급작스레 밀려드는 대세를 흘끗 구경한 셈이라고나 할까. 그들은 세계 속에서 자신들이 서 있는 자리를 겨우 발견한 것이었다.

밤은 어느덧 깊어 복숭아꽃 향기가 어둠을 타고 짙게 풍겨 왔다. 별빛은 구만리장천에서 밤의 향연을 벌이는지 지상의 왜소한 토론에는 아랑곳이 없었다.

모였던 젊은 지식인들이 황홀한 듯 새로운 세계를 터득하고 떠난 다음, 두 형제는 마주 앉았다. 술을 못하는 약용과 술기운이 한껏 오른 약전은 매우 대조적이었다. 평상시와 같이 흐트러짐이 없는 약용에 비해, 약전은 술이 올라 얼굴이 벌게지고 입에서는 가느다랗게 시조 가락이 흘러나오고 있었다.

"형님."

"무언가."

"어느새 그렇게 많은 공부를 하셨습니까. 지동설, 천동설은 들어봤습니다만 코페르니쿠스니 뉴턴이니 하는 서양 사람들 이름은 처음입니다. 매일 술만 잡수신 줄 알았더니……."

"별것 아닐세. 천주학 책에 다 씌어 있는 것들이라네."

약전은 비상한 기억력이 있어서 한 번 읽기만 하면 절대로 잊어먹지 않는 천재였다.

"자네같이 기초 이론이 있는 사람이 있었더라면 더 깊이 설명해줄 수 있었겠지만 대충만 얘기한 것이라네."

"예, 하지만 저는 오늘 형님의 천문학 강의를 들으면서 많은 것을 깨우쳤습니다."

"그런가? 그래, 무엇을 깨달았는가."

약전이 사뭇 진지한 표정이 되어 동생 약용의 상기된 얼굴을 바라보았다.

"비록 힘써 배웠으되 사고하지 않으면 맹목적으로 추종할 뿐이며, 거꾸로 사고는 하되 배우지 않으면 허튼 생각에 떨어진다는 것입니다."

"음, 새삼스럽군. 허나, 좋은 말이네. 우리 죽란시사의 시우들은 물론, 이 나라의 젊은 사대부들이 자네 같은 생각으로 학문에 임한다면 걱정이 없겠네만."

약전이 잔에 다시 술을 채우며 말을 이었다.

"나 역시 시류를 한탄하며 말술이나 퍼마시고 있기는 하나, 우리 남인 재사들의 학문의 깊이나 열정에는 아쉬움이 많다네."

"제 생각도 그러합니다. 얼마 전에 초정(楚亭) 선생을 찾아 뵌 적이 있는데, 그분 또한 형님과 같은 의견이셨습니다. 견문과 지식이 없어 청맹과니와 다름 없는 자들이 나라와 백성을 다스린다고 자리를 꿰차고 앉아있으니 참으로 안타깝다 하시며 한숨을 쉬셨습니다."

초정 박제가는 당시 북학파의 거두로서, 노론 출신의 대학자 담헌(湛軒) 홍대용과 연암(燕巖) 박지원의 영향을 받아, 실사구시 이용후생을 주장하며 성리학의 공리공론을 신랄하게 비판하고 있던 선각자였다. 그는 서출로 태어나 19세에 박지원의 문하에 들어가 실학을 연구하기 시작하였다. 그 후 규장각 검서, 연평현감을 거쳐, 1778년(정조 2년) 사은사 일행으로 청나라를 여행한 후 정조의 명에 의해 북학의(北學議)를 저술하였다.

그는 당시 당파 간의 적대적인 장벽을 뚫고 남인에 속하는 약용과 친밀한 관계를 맺으며, 그에게 많은 영향을 주고 있었다. 그런 이유로 신유사옥 때 경원으로 유배되었다가 수년 만에 해배된 뒤, 1805년 스승 박지원의 죽음을 애통해하다 같은 해에 병을 얻어 죽는 비운을 맞았다. 금석학의 대가로 알려진 추사 김정희가 바로 그의 애제자였다.

"자네, 초정 선생과 교류가 있었던가?"

약전이 놀랐다는 듯이 물어왔다.

"예. 하지만 조심스럽기 이를 데 없습니다."

당파 간의 이해가 엇갈린다 하여 학문의 교류조차 남의 이목을 살펴야 하는 어려움을 토로하는 약용의 말이었다.

"아무튼 대단하이. 자네의 열성은 가히 알아줄 만하네."

부러움이 담긴 약전의 감탄이었다.

14
젊은 그들

여름도 지나고 가을이 왔다. 그동안 죽란시사의 재사들도 탈바꿈을 하였다. 세 개의 파로 나뉜 것이다.

하나는 이른바 불평파로 세상을 완전히 비판적으로 보려는 부류였고, 또 한 파는 될 수 있으면 부패한 사회나마 긍정적인 면을 찾으려 하고 사대부의 체모를 지켜가면서 적응해 보려는 현실파였다. 나머지 하나는 이도 저도 아닌 중도파로 물 흐르는 대로, 바람 부는 대로 휩쓸려 가는 부류였다.

이 중에서도 불평파는 거의 매일 모이다시피 하면서 술로 세월을 보냈다. 마음에 들지 않는 현실을 서슴없이 쪼개고 부수어 맹렬한 비난을 쏟아내려면 어느 정도 취할 필요가 있었던 것이다. 이들의 독설에 걸려들면 임금조차도 남아나질 않았다.

정약전을 중심으로 이주신, 윤지눌, 윤영회, 한치웅 등이 불평파의 주도 인물이었고, 여기에 죽란시사의 미가담자로서 이한여, 강인백 등이 함께 어울렸다.

윤지눌은 윤선도의 후손으로 병조좌랑, 상원군수, 사헌부 지평 등을 지냈었다.

한치응은 지평, 교리를 하면서 연경에 서장관으로 갔다 온 경력이 있었다.

윤영희는 정약용보다도 먼저 과거에 합격하여 장령, 지평 등을 역임했던 인물이다. 이러한 일기당천의 재사들은 끼리끼리 모여, 만났다 하면 술타령을 벌이고는 참고 참았던 갖가지 험담과 독설들을 한꺼번에 배설하는 낙을 누리고는 하였다.

술에 강한 약전은 항상 제일 마지막까지 버티고 앉아 날카로운 혀로 온갖 사회 현실과 부조리를 파헤치고 비판하기를 그치지 않는 정의파였다. 그러고도 간간이 술이 약한 한치응의 뒤치다꺼리까지 도맡아 하고는 하였다. 한치응 이외엔 모두가 약전 버금가는 말술들이었다.

이즈음에 불평파들의 발길이 잦은 곳은 남산 밑 주막이었다. 새소리가 투명하리만큼 맑았고 언제나 고요한 정기가 서려 있어 주막 자리로는 기막힌 곳이었다.

약전이 낙엽 깔린 오솔길을 걸어 주막에 이르렀을 때는 오시(午時)가 거의 다 될 무렵이었다.

가을 하늘이 아니랄까 봐 유난히 높고 청정한 하늘은 쳐다보는 눈길조차 흠씬 적실 듯하였다.

"애고머니나, 나으리 오셨네. 어서 드시지요."

입으로는 반갑게 수다를 떨며 맞아주지만 주모의 표정은 그게 아니었다. 몇 사람이 어울려 늘 말술을 팔아주는 것은 고맙지만 외상도 지겨울 때가 되었다. 얼마 안 가서 노골적으로 싫은 표정을 지을는지도 모르는 일이라 약전은 은근히 주모의 눈치를 살피며 안으로 들어갔다.

"친구들은 아니 왔는가."

술이 들어가면 천하에 무서울 것이 없는 약전이지만 맨정신으로 주모 앞에 서니 왠지 자신이 없어지는 듯했다.

"아니 오셨습니다. 먼저 드시지요."

그제야 약전은 방 안으로 몸을 들이밀면서 불쑥 주문을 했다.

"술이나 주게."

방 안에 들어가 다리를 뻗고 앉자마자 총각김치를 안주로 곁들여 술 한 되가 들어왔다.

주머니가 비어 안주 투정할 처지는 못 되었지만 술맛 하나는 기가 막혔다. 약전은 얼른 술 한 사발을 따라 반갑게 입으로 가져갔다. 맑은 약주가 목구멍을 타고 미끄러져 들어가면서 온몸을 짜릿하게 찌르자 표현할 수 없으리만큼 만족스러웠다. 약전은 입술을 핥으며 또 한 잔을 재차 따랐다. 이렇게 서너 잔을 거푸하고 나니 손끝의 힘이 쭈욱 빠져나가는 듯했다.

그때였다.

"나으리, 좀 들어가 뵈어도 됩니까요. 잠시면 됩니다요."

주모였다. 약전은 미간을 찌푸렸다.

"그러게나."

주모는 재빨리 들어와 앉아 약전의 눈치를 살폈다.

"송구해서 어쩌지요."

"괜찮네. 말해 보게."

약전은 빈속에 들이켠 술이 얼얼해서 고개를 두어 번 흔들었다.

"외상이 하도 많이 밀려 놔서 어쩌면 좋을깝쇼."

여럿이 있을 때는 범접도 하기 어려웠지만 약전이 혼자 왔으니 기회가 좋다고 생각한 주모는 마음에 있는 말을 털어놓았다. 이주신 같은 사람에게는 두 마디만 하면 벌써 큰소리부터 나온다는 것을 잘 알고 있기 때문에 감히 입도 벙긋하기 힘들던 터였다.

"염려 말게나. 이 한 철만 지나면 모두 갚음세."

주모는 약전이 순순히 약조하는 것을 보고 도리어 미안한 감이 드는지,

"허구한 날 술만 잡수셔서 어쩌지요. 어서 벼슬살이라도 떠나셔야 할 터인데요."

하고 궁색한 염려를 덧붙였다.

"곧 그럴 날이 오겠지."

약전은 친구하고 얘기하듯 역정 한번 내지 않고 초연하게 대꾸했다.

주모도 모이는 사람들이 모두 점잖은 데다 한때 높은 벼슬

을 살다가 그만둔 사대부들인 줄 잘 알고 있었다. 주모는 공연한 얘길 했다 싶었던지 귀밑머리만 긁적이다가 고개를 두어 번 꾸벅거리고는 나가 버렸다.

약전은 조금 처량한 기분이 되어 술이나 한 잔 더 하려고 술병을 들었다.

"누가 벌써 왔나 보군."

바깥에서 인기척이 나더니 문이 열리고 한치응이 고개를 주욱 들이밀었다.

"어서 오시게."

약전은 처량한 심정에서 벗어나게 된 것을 몹시 반가워하면서 친구를 맞았다.

"벌써 시작했는가."

한치응은 대번에 눈길을 술병에다 꽂으며 도포 자락을 한번 풀썩 뒤로 젖히고는 자리에 앉았다.

"자, 자네도 한잔하지."

약전은 얼른 한치응의 앞에 술잔을 놓았다. 그는 술에는 약했지만 술상 앞으로 달려드는 데는 제일 빠른 친구였다. 가히 대주가로 오해를 살 만했으나, 한두 잔 마시고 나면 풍악 없이 벌인 술자리에 요란스레 코 고는 소리로 한몫을 톡톡히 하는 빈 수레였다.

한치응은 한 잔을 받아서는 여느 때처럼 쉬지도 않고 꿀꺽 다 마셔버렸다.

"한데 정공, 대체 나라 꼴이 어찌 되려고 이러는 겐가."

한치웅은 술이 들어가자마자 예의 그 비분강개한 얼굴로 분통을 터뜨리기 시작했다.

"또 그 타령인가."

약전은 웃으면서도 한편으로는 관심을 기울여 주었다.

"자넨 소문도 못 들었나. 예삿일이 아니란 말일세. 며칠 전에 춘천에서 난리가 났다질 않는가. 농민들이 삽, 곡괭이, 몽둥이를 휘두르며 관아로 쳐들어오는 바람에 춘천부사가 바지저고리 차림으로 담을 넘어 도망하다가 다리뼈가 부러졌다질 않는가."

"쯧쯧."

약전은 혀를 차며 별 대수로운 일도 아니라는 듯 잔만 기울였다. 탐관오리들의 행패는 어제오늘 있는 일이 아니었다.

한치웅은 무덤덤한 약전의 반응이 못마땅한지,

"왜 그랬는 줄이나 아는가?"

하고 반응을 끌어내려는 듯 물었다.

약전은 막 들이켠 술이 몹시 달게 느껴져 입맛을 한번 다시고는,

"뻔하지 뭘. 노략질하는 데 이력이 난 놈들에게 더 이상 당할 수만은 없다 했겠지."

하고 지나가는 말처럼 툭 던지고 무를 썩 베어 물었다.

"그야 물론이고, 그 춘천부사란 놈이 3년 동안 갖은 수탈을

자행하다 못해 그도 지겨웠던지 별 희한한 짓을 다 하였다네."

약전은 비로소 한치웅의 얼굴을 쳐다보았다. 세상과는 동떨어져 살고 있는 약전은 무슨 새로운 사태라도 벌어졌나 하여 관심을 보였다.

"세금을 내지 못하는 농민들에게서 사람을 수탈하기 시작했다는 게야."

"사람 수탈이라니?"

"다 뜯어내고 나서도 모자라 추가로 군납이니 전세니 하는 명분을 또 들이대서는 더 이상 받아낼 것이 없으면 그 집의 처녀를 빼앗아 간다지 뭔가."

"허허, 처녀를 데려가 뭘 한담."

"노리개로 삼는 것이지."

"아니, 춘천 같으면야 관기도 많을 터인데."

한치웅은 답답한 듯 설명을 붙였다.

"관기도 싫증이 난 게지. 초여름 버드나무처럼 물이 오르고 살이 보송보송한 처녀들을 뺏어다 며칠씩 재미를 보고는 아전들에게 팔아넘긴다지 뭔가."

그 순간 약전은 술잔을 탕 하고 놓았다.

"저런 죽일 놈이 있나!"

약전은 진심으로 걱정을 하기 시작했다.

"정말 큰일이군, 자네 말처럼 나라 돌아가는 꼴이 심상치가 않네."

"그 사또니 부사니 하는 작자들이 모두 벽파들 아닌가. 모두 끼리끼리 벼슬도 시키고 잘못도 눈감아 주고 호의호식하면서 살고 있고, 믿는 게 있으니까 차마 입에 담지 못할 일까지 벌어지는 게 아닌가. 걱정이네."

한치응은 땅이 꺼져라 하고 한숨을 내쉬었다.

"팔도강산에 썩는 냄새가 진동을 하는구먼. 인동, 단천, 북청, 정주, 철산, 전주, 용인 등등이 벌집을 쑤셔놓은 것처럼 들썩거리고 있네."

"그 지경인데 조정에서는 강 건너 불구경이구먼."

약전이 한마디 하였다.

"그럴밖에. 다 한통속이니 쉬쉬하고 덮어버리기에 급한 게지. 심지어는 암행어사조차도 매수를 해버려 임금의 눈까지 가리고 있다지 뭔가."

"앞으로의 일이 막막하군."

두 사람은 세상 돌아가는 얘길 주고받다가 더욱 절망스러워져 술에만 몰두해 들어갔다. 한나절이 지나도록 주거니 받거니 하고 있는데 바깥이 떠들썩했다.

"주모 있는가."

소란스런 음성은 분명 윤지눌이었다.

"애고머니, 나으리, 어서 오시지요."

주모는 제법 간드러지게 그를 맞았다.

"나의 벗들 와 있는가."

"두 분께서 먼저 드셔 계시옵니다."

윤지눌이 헛기침을 한번 하고 나서,

"여러 사람이 더 올 터이니 오늘은 안주를 넉넉히 장만해 주게."

하고 말하자 주모는 대꾸가 없었다.

"이 사람, 어이 대답이 없는가."

"저어, 나으리, 외상이 너무 밀려 있습니다요."

"허허, 누가 모르는가. 다 알고 있으니, 자네 수단껏 좀 장만해 보게. 닭도 몇 마리 잡고, 쇠고기에 무를 팍팍 썰어 넣어 찌개도 구수하게 끓이고 말일세."

주모는 그만 입이 딱 벌어졌다. 이 양반이 정신이 있는 겐가 하는 표정으로 윤지눌을 쳐다보았다.

"허 참. 누가 그렇게 외상 고기를 준답니까. 이제는 술쌀 구하기도 힘듭니다요."

주모는 냉랭하게 잘라 말했다.

윤지눌은 어린아이처럼 장난스레 웃으며 주모의 귀에다 대고 얼른 속삭였다.

"자네가 잘만 해주면 오늘은 밀린 외상값을 다 갚아 줌세."

그러고는 전대를 탁탁 쳤다.

엽전 소리가 싱그럽게 울렸다. 주모는 이 소릴 듣더니 두말도 않고 날개 달린 새처럼 부엌으로 몸을 날렸다. 그러는가 했더니 벌써 안줏감을 잡으러 뒷마당으로 또 내달리고 있었다.

윤지눌은 벙글벙글 웃으며 그제야 방으로 들어왔다.

"바깥에서 왜 그리 소란이야. 어서 들어 오잖고."

한치응이 점잖게 꾸짖었다.

"주모하고 수작을 좀 부렸네."

윤지눌은 객기를 부리며 풀썩 주저앉았다.

"예끼, 이 사람."

한치응은 그의 어깨를 툭치며 자기 잔을 윤지눌 앞에 놓았다.

"벌써 한잔했군."

"한잔뿐이야. 동이 났다네."

한치응이 바닥에 남은 술을 거꾸로 쳐들어 방울방울 흘리며 말하였다.

"내 기별을 했으니 몇 사람 더 올 걸세. 오늘은 진탕 먹어 봄세."

한치응이 이 말에 킥킥 웃었다.

"언제는 진탕 안 먹었나."

윤지눌은 손을 내저었다.

"전에야 주모 눈치 보면서 입맛만 쩝쩝 다셨지, 그게 어디 술을 마신 겐가. 허나 오늘만큼은 다르네. 안주도 푸짐하니 별미로 진수성찬을 차릴 것이고 술도 가져오라기 전에 대령할 걸세."

윤지눌은 자신만만하게 말했다.

한치응이 얼굴을 들이대고 비밀스레 웃었다.

"윤공, 무슨 재주를 부렸나. 수작을 부렸다더니 그새 주모가 녹아떨어진 모양이군. 나한테도 비법을 좀 가르쳐 주게나."

윤지눌은 더 이상 참지 못하겠다는 듯 웃음을 터뜨렸다.

"나 같은 사람에게 녹아떨어질 여자가 어디 있겠나. 우리 집 사람이 이런 말을 하더군. 길가에다 나하고 돈을 묶어서 던져 놓으면 돈만 떼어갈 거라고 말일세."

셋은 가가대소하였다. 한참 입방아를 찧고 있는데 이주신과 강인백이 들어오고 이어서 이한여가 들어섰다. 언제 만나도 다정한 벗들이 다 모였다.

"주모, 여기 빨리 술 더 가져오게."

성미 급한 이주신은 들어서자마자 술병이 빈 것을 보고 재촉을 해댔다.

"네네."

바깥에다 대고 소리를 지르던 이주신이 귀를 쫑긋 세우며 별일이라는 듯 눈을 끔벅이며 이상하다는 표정을 지었다.

"내가 잘못 들었나. 저 여편네 목소리가 오늘따라 꾀꼬리 소리보다 더할 세. 무슨 수가 날 모양이지."

"다 까닭이 있지."

한치웅은 벌써 잠이 오는지 머리를 두어 번 흔들며 중얼거렸다. 부엌 쪽에서는 벌써 그럴듯한 냄새가 풍겨나오고 있었다. 다들 냄새에 취해 말도 않고 코만 세우고 있었다. 그간 줄곧 눈치를 보며 총각김치에 길든 터라 제법 안주다운 냄새에 그만 정신을 빼앗겼다.

이윽고 방문이 열리고 상이 들어왔다. 불평파 일동의 눈이 보름달처럼 커졌다. 부침개에 김이 무럭무럭 나는 쇠고기찌개가 차례로 코를 잡아끌었다.

"이게 웬일인가."

모두 눈을 동그랗게 뜨고 상머리로 다투어 모여들었다.

"곰이 재주 넘는다더니 어떻게 구워삶았기에 이렇게 진수성찬이 나온단 말인가."

한치웅이 흥분해서 오는 잠을 물리치고 다시 달려들었다.

"윤공이 재주를 좀 부렸다네."

약전은 궁금해 하는 이주신 이하 나중에 온 사람들에게 이렇게 말했다. 윤지눌은 느물느물 음식을 바라보고 흐뭇해하였다.

"벗도 있겠다, 그 위에 술과 안주까지 있는데 딱 한 가지 빠진 게 있네."

한치웅이 섭섭하다는 듯 윤지눌의 옆구리를 쿡쿡 찌르면서 말을 꺼냈다.

"김치에 막걸리만 마시던 주제에 말 타면 경마 잡히고 싶다고 안주가 좋으니 기생 생각이 절로 나누면."

모두들 껄껄거리고 웃었다. 그러나 한치웅은 정색을 하면서 성질을 부렸다.

"뭣 눈에는 뭣만 보인다더니 자네들 생각이 틀려먹었네. 한

가지 빠진 것은 여자가 아니라 남자네."

"누구 말인가."

"약용이 말일세."

그동안 불평파들은 늘 약용이 같이 어울리지 않는 것을 아쉬워했으나 서로 입 밖으로는 잘 나타내지 않았다. 더구나 약용은 술을 잘하지 못하였다. 약전이 말을 받았다

"동생은 지금도 책 속에 빠져 있네. 오랫동안 못한 공부한다고 밤낮을 가리지 않네."

"그 친구 지겹지도 않은지. 아마 무덤에 가서도 공부할 것이네."

분위기가 조금 이상해지자 이한여가 끼어들었다.

"책에 빠지나 술독에 빠지나 인생은 일장춘몽일세. 자, 어서 도원으로 가세."

"나으리들, 맛있게 드십시오. 약소합니다."

주모는 아양을 잔뜩 떨었다.

윤지눌이 생각난 듯이 일러주었다.

"주모, 마루 끝에 전대가 있네. 외상값만큼만 가져가게."

하고는 다시 거푸 술을 퍼마시기 시작했다. 흡사 먹고 마시기 경쟁이라도 하는 듯이 저마다 손과 눈이 바삐 움직였다.

주모는 외상값을 제한 나머지 돈을 가지고 들어왔다. 상에 코를 박고 있던 윤지눌이 전대를 흘끗 보고는,

"술값이 그것밖에 안 되는가."

하고 물었다.

"나으리 앞으로 달아 놓으신 것은 다 계산을 했습지요."

"내 외상값만 계산을 했단 말인가."

"예."

"그래서야 되나. 이 돈으로 외상값을 모두 제하게."

윤지눌의 이 말에 상 위를 바삐 오가던 손길들이 일제히 멈추었다.

"아니, 자네 빚이나 갚을 일이지 남의 것까지 자네 맘대로 하려 하나?"

"주머닛돈이 쌈짓돈인데 무얼 따지고 그러나."

윤지눌도 양보하지 않았다.

일동은 망망히 윤지눌을 쳐다보았다.

약전이 비로소 수저를 놓고 물었다.

"어디서 생긴 돈인가."

윤지눌은 술기운이 올라 있었다.

"형님, 한탕 했습니다."

약전은 눈을 똑바로 세웠다.

"자네 재주가 그런 사람이 아닌데 똑바로 말하게."

다른 사람들은 모두 고향에 땅 마지기라도 갖고 있었다. 그래서 가을 추수가 끝나면 외상값 정도는 갚을 수 있는 처지였다. 설사 그렇지 않다 하더라도 가세는 넉넉한 편이어서 믿는 구석이 있는 자들이었다.

그러나 윤지눌만큼은 사정이 달랐다. 그런 식으로 기댈 곳이 전혀 없는 터라 몇 년째 얻어만 먹고 있었던 것이다.

윤지눌은 입을 쓰윽 닦고는 자랑스레 설명을 했다.

"오늘 집을 처분했습니다. 마침 선수금을 주기에 그 길로 달려왔지요."

다들 놀라서 그의 얼굴을 처다보았다.

"아니, 집을 팔면 어디 가서 살려고 그런 미련한 짓을 했는가."

이에 윤지눌은 무슨 말이냐는 듯 흔쾌히 대꾸를 했다.

"궁하면 통하는 법이 있네. 아무 데서나 살면 되지 무엇이 걱정인가. 정 갈 곳이 나서지 않거든 자네들 헛간이라도 빌려주게."

일동은 기가 막혀서 멍하니 있었다. 병조좌랑, 상원군수 등의 좋은 자리와 지방 사또를 거친 윤지눌은 태평하기만 했다. 대주가인 그는 술을 맛있게 들이마셨다.

"어, 맛좋다. 이제까지 외상술만 맛있는 줄 알았더니 돈 내고 먹는 술맛도 꽤 좋구먼."

모두들 웃었다.

그러나 뒷맛이 씁쓸히 남는 처연함은 어쩔 수 없었다. 윤지눌의 모습이 무어라 말할 수 없는 연민을 불러일으킨 탓이었다.

너무나도 선량한 그를 알아주는 이 없는 풍토가 한탄스러웠다. 상원군수를 지낼 때의 그는 무사공평했다. 관속들의 노략질을 근절시켰고, 못된 버릇을 고치지 못하는 호방을 관속들이 보는 앞에서 치도곤을 안겨 바로잡기까지 하였다. 그가 떠난 뒤 백성들은 그의 공을 기려 송덕비를 세울 정도였다.

이렇게 유능한 윤지눌은 벽파의 손에 헌신짝처럼 버림을 당하였다. 사사건건 올바른 소리를 하고 나서는 그가 눈엣가시처럼 성가셨던 것이다.

그리하여 이제는 생계가 어려울 정도로 생활고를 겪고 있었지만 그래도 선량하고 바른 성품을 여전히 간직하고 있었다. 어떤 이는 좌절을 못 견뎌 변신하기를 죽 먹듯 했으나, 그는 어쩔 수 없는 선비였고 배고픈 학이었다.

"세상이 망할 징조네. 자네 같은 선질(善質)을 버려두다니."

"아니야. 오히려 당연하네. 나는 도무지 적응력이 부족하네. 당하고 나면 이래서는 안 되겠다 싶으면서도 그게 영 마음대로 안 되는구먼,"

"허허, 그야 어디 자네만 그런가. 우리 모두 마찬가지 아닌가."

"하긴 그러네. 왜 이런 속담이 있지 않은가. 곰 같은 며느리보다는 여우 같은 며느리가 예쁘다고. 내 보기에는 자네들은 모두 곰이네. 무뚝뚝하고, 미련하고, 남의 비위 맞출 줄을 아나, 약삭빠르게 처세할 줄을 아나. 그러니 쫓겨나서 이러고들 있을 수밖에."

"그러는 자네도 곰이 틀림없지."

한지웅이 눈을 찡긋하며 웃었다.

그러자 윤지눌이 술잔을 입에서 떼지 않은 채 중얼거렸다.

"암, 나도 곰이지. 여우들이 안 끼어주니."

모두들 유쾌하게 웃어댔다.

이제는 서로의 뱃속까지 환히 알 만큼 친해져 이해 못할 것이 없고, 용납 못할 것이 없어진 이들은 어떤 말을 주고받아도 즐거웠다.

불평파.

차곡차곡 가슴속에 쟁여둔 울분을 술과 독설로 녹이고 헤치며 역사의 길목에서 시류의 방관자요, 동시에 비판자이기를 스스로 선택한 이들은 당시의 부패하고 혼란한 사회상이 만들어낸 또 하나의 상처임에 분명했다.

잠시 후 윤지눌이 정색을 하고 나섰다.

"며칠 후 집들이를 하겠네."

"집을 팔았다면서……."

윤지눌은 빙글빙글 웃었다.

"더 큰 집을 장만하였네."

윤지눌의 엉뚱한 얘기에 좌중은 얼이 빠졌다.

"곰도 재주를 넘을 때가 있는 법이라네."

이렇게 시작된 그의 이야기는 너무나도 애련하고 기막힌 사연을 담고 있었다.

윤지눌은 약삭빠른 지혜가 도무지 없는 사람이었다. 관직을 떠난 뒤로는 겨우 초가삼간을 하나 장만하여 높은 언덕배기를 오르내리느라 허리가 휠 지경이었다.

하루는 방 안에 앉아 땅이 꺼져라고 한숨을 쉬다가 아내를 멀뚱멀뚱 쳐다보았다.

"부인, 오랫동안 외상값이 쌓였는데 나는 허구한 날 얻어만 먹었으니 이를 어쩌면 좋겠소. 이번만큼은 꼭 내가 술값을 다 내고 싶은데 무슨 도리가 없겠소."

윤지눌이 잔뜩 기가 죽어 상의를 해오자 부인 모씨(毛氏)는 바느질하던 손길을 멈추고 곰곰 생각에 잠겼다. 그러던 모씨의 얼굴에 빙긋 장난기가 돌았다.

"나으리, 소첩은 돈을 만들 재주도 없고 낳을 재주는 더구나 없습니다."

"그러게나 말이오."

윤지눌은 고개를 돌리며 민망한지 손으로 턱만 쓰다듬었다.

부인 모씨는 그런 남편을 조용히 바라보고 있었다. 모씨는 정숙한 현부인이었으나 생산을 하지 못하는 불행한 처지였다. 그러나 천성적으로 여유를 타고나 곧잘 농을 던지는 재치를 지니고 있었다.

"정 소원이시면 돈 만들 방법이 딱 한 가지 있사옵니다."

윤지눌은 귀가 번쩍 뜨이는지 대번에 고개를 쳐들며 물었다.

"어떻게 말이오?"

윤지눌이 고을살이를 할 때도 부족한 살림을 알뜰히 살아주던 아내였다.

"집을 파는 수밖에 없습니다."

그녀는 간단히 말하였다.

"몸은 어디다 의지하고요."

"그야 또 궁리를 해봐야지요."

부부는 머리를 모으고 이리저리 궁리를 펴보았다. 그러나 별 뾰족한 수가 있을 턱이 없었다.

"곧 겨울도 닥쳐오는데 한데로 나앉을 수도 없는 일 아니오."

윤지눌이 먼저 포기를 해버렸다. 그러나 부인은 그 소리엔 대꾸도 없이 생각에 깊이 빠져들었다. 새초롬하게 다물어진 부인의 입에서 이윽고 뜻밖의 말이 새어나왔다.

"나으리, 좋은 수가 있습니다."

"무엇이오?"

"흉가를 사는 것입니다."

윤지눌은 그만 아연실색을 하고 말았다. 부인은 윤지눌의 경직된 안색에는 아랑곳없이 또박또박 자신 있게 말을 이었다.

"흉가란 원래 까닭이 있사옵니다. 그러나 그 이유를 찾아내 방(防)을 하고 들어가면 탈이 없을 것입니다. 알고 보면 대수롭지 않은 일도 사람들의 입에 오르내리다 보면 더욱 무서운 것이 되고, 끔찍하게 보태져 흉가 중의 흉가가 되는 것이 아니겠습니까."

"아무리 그렇기로서니."

윤지눌은 뒷맛이 쓴지 입맛을 다셨다.

"더구나 흉가는 아무리 고래등 같은 집이라 할지라도 헐값으로 살 수 있으니, 이 집을 처분하여 빚을 모두 갚고 남은 돈으로도 충분히 구할 수 있을 것이옵니다."

"부인, 그걸 말이라고 하오?"

척척 생각을 뽑아내는 아내를 의심쩍게 바라보며 윤지눌이 물었다.

"마음먹기에 달렸지요. 나으리께서 협조만 해주신다면 소첩은 아무렇지도 않습니다."

모씨는 이렇게 말하며 생긋 웃었다. 마지못해 의견의 일치를 본 윤지눌은 곧 거간을 불렀다.

"이 집값이 대략 얼마나 되겠는가."

"사실 때 얼마를 쳐주셨습니까요."

"8만 전에 샀지."

거간은 잠시 집을 훑어보고 나서,

"지가 9만 전을 받아드립지요."

하고 자신했다. 9만 전이면 꽤 큰돈이었다.

"될 수 있는 대로 빨리 처분해주게. 그리고 한 가지 더 부탁이 있네."

"말씀하시지요."

"내 살 집도 하나 구해 주게나."

"늘리실 겁니까, 줄이실 겁니까."

"이도 저도 아니지. 실은 집 판돈에서 조금만 따로 떼어 얻으려고 하네,"

거간은 고개를 끄덕였다.

"그럼 줄이시는 것이군요. 산마루 쪽 어디에 외딴집이나 구해야겠군요."

윤지눌은 고개를 저었다.

"아니, 문 안에서 구해 주게."

거간은 황당한 얼굴을 했다.

"나으리, 물정을 모르십니다요. 문 안에선 어림도 없습니다요."

"내 말을 들어보게. 문 안이라야 하는 대신 흉가를 구해 주게. 귀신 나온다고 모두 피하는 집이 한두 채 정도는 있을 게 아닌가."

거간은 어이없는 표정을 짓더니 곧 고개를 끄덕였다.

"무슨 말씀인지 알겠습니다요."

"흉가라도 우리 집보다는 클 것이니 어찌 보면 늘리는 셈이 아닌가."

두 사람은 서로 마주 보면서 웃었다.

쓸쓸하고도 기막힌 웃음이었다. 한때는 벼슬을 하여 고을 원을 지냈던 몸이었으나 이제는 흉가를 찾아나서야 할 만큼 전락을 한 것이다.

"흉가는 작자가 없으니 그리 급할 것도 없습니다요. 소인이 느긋하게 살펴보고 기왕이면 그럴듯한 집으로 잡아보겠습니다. 만일 운이 좋아서 귀신만 쫓아낸다면 큰돈을 버시게 될 수도 있을 겁니다요."

거간은 위로의 말을 남기고 가버렸다.

윤지눌은 부인이 어렵게 구해온 술로 마음을 달래면서 소식을 기다렸다. 얼마 후, 거간이 다시 찾아왔다.

"나으리, 작자가 나왔습니다요."

"얼마에 흥정이 됐나."

"말씀드린 대로 9만 전에 매매가 됐습니다요."

"잘됐네."

거간은 여기서 침을 한번 꿀꺽 삼켰다.

"그리고 흉가도 구했습니다요."

"어딘가."

"소공주(小公主) 거리에 있습니다요. 기와집으로 반듯하니 잘생긴 데다 평수도 이 집보다 훨씬 넓습니다요."

"방은 몇 개나 되나."

"모두 일곱입지요."

이 말을 들은 윤지눌은 무릎을 탁 쳤다.

"옳지 됐네. 그거면 우리 식구가 쓰고도 남을 테니 나머지는 세를 놓으면 먹고사는 데도 걱정이 없겠네."

윤지눌은 뛸 듯이 기뻐했다.

"귀신을 물리쳐야 쓸모가 있지 벌써부터 그렇게 좋아하시면 어떻게 합니까요."

"염려 말게. 내가 방을 알고 있네."

"허 참."

거간은 기가 막혔다.

'저렇게 좋아하다가 귀신이 나와 혼이 나면 어찌한다지. 나야 거간비만 받고 물러나면 관계할 바 아니지만 그래도 혹여 무슨 일이라도 나는 날엔.'

그는 왠지 남의 일 같지 않아서 영 뒤가 켕겼다. 공연히 흉가를 소개해준 것이 아닐까 하여 여간 마음이 쓰이는 게 아니었다.

"방으로 귀신을 쫓을 수가 있다, 그런 말씀입니까요."

"아무렴."

거간은 도무지 세상물정 모르게 순진하게만 생긴 윤지눌이 영 믿음직스럽지가 않았다.

"어떻게 하는 것입니까요."

"처음 해보는 것이니 결과를 보고서 알려 줌세."

윤지눌은 믿는 데가 단단히 있는 양 천연덕스럽기만 했다. 거간은 정말 그렇게 해서라도 귀신만 쫓아낸다면 그야말로 횡

515

재라는 생각이 갑자기 들었다.

"아이고 나으리, 그 방만 성공을 하는 날엔 돈 벌기는 문제가 아닙니다요. 이번 참에 알아보니 한양에만도 흉가라고 손가락질을 하는 집이 열 군데도 더 됩니다요."

거간은 돈벌이에 생각이 미치자 덩달아 좋아하였다.

"한데 집값은 얼마인가."

윤지눌이 문득 생각난 듯 물었다.

"나으리, 엄청 헐값입니다요."

"얼만가."

"아, 요것들이 처음에는 아무 사정 모르는 줄 알고 20만 전을 부르지 않겠습니까요."

"그래서."

"세상에 흉가를 누가 그렇게 사느냐고 다그쳤더니 값이 덩경덩경 떨어지지 뭡니까요. 결국 1만 전으로 낙착을 보았습죠."

"정말 잘했네."

"그쪽 거간들이 무엇에 쓰려느냐고 잔뜩 궁금해 하며 묻질 않겠습니까요. 그래서 귀신들 모아다가 살림을 시키겠노라고 말해줬습죠. 아, 그랬더니 이 사람들 입이 딱 벌어져서는 기가 막히는지 암말도 못하더구먼요. 한참을 그러구 있더니 대체 그 집에 귀신이 얼마나 있는지 알고나 그런 농을 하느냐고 되묻지 않겠습니까요. 말을 들어보니 처녀귀신, 몽당귀신, 영감귀신, 할멈귀신에 물귀신까지 별별 귀신이 밤마다 굿을 한다지 않습니까요. 그래 제가 그까짓 소릴 듣고 질 수 있겠습니까요. 그 귀신들을 모조리 잡아다가 상의를 하여 성질 고약하고 못된 짓을 하는 집만 골라 매일 하나씩 시집 장가 보내려고 한다, 그랬지요."

"참 잘했네."

윤지눌은 맞장구를 쳤다.

"잘했습지요? 그러니까 그 거간 놈들이 갑자기 정신이 바짝 드는지, 나는 잘못한 일 없네, 나는 지금까지 좋은 일은 못했을망정 욕 들을 일도 하지 않고 살았네, 하면서 눈치를 슬슬 보질 않겠습니까요."

윤지눌은 낄낄 웃더니, 문득 생각이 난 것처럼 말했다.

"거 참, 나도 귀신 시집보낼 곳이 많네. 남산골이나 가회동에 수십 명 있으니 귀신이 모자라겠네."

두 사람은 한참 잡담을 하다가 헤어졌다. 계약이 끝나자 윤지눌의 계산으로는 몇 년을 거저 살아도 까딱없을 만큼 여유가 생겼다.

"부인, 나 좀 나갔다 오리다."

윤지눌은 그 길로 신바람이 나서 남산골 주막을 찾아들었던 것이다. 물론 여러 사람들에게 인편으로 모이도록 미리 전갈을 보내두었던 터였다.

윤지눌의 말을 다 듣고 난 일동은 한일자로 입을 다문 채 무거운 침묵만 지키고 있었다. 술기운이 확 깨는 것만 같았다.

그러나 장본인인 윤지눌은 여전히 천연덕스럽기만 하였다.

"이 달 말에 이사를 하니 그날 꼭 와주게. 한턱 야물게 냄세."

사흘 뒤면 그믐이었다.

이사할 날이 다가오자 윤지눌은 사람을 샀다. 장정을 몇 사람 구해서 흉가 청소에 착수한 것이다.

집 안 깊숙이 처박혀 있던 쪽빛 속옷, 자주색 큰 갓, 황색 적삼, 붉은 치마, 처녀 고쟁이, 몽당 빗자루, 코 높은 버선, 부엌에 있는 바가지 등 먼지를 흠뻑 뒤집어쓰고 있는 물건들을 모두 모아다가 불살라 버렸다.

그러고는 집 안팎을 걸레로 닦고 비로 쓸고 윤이 반짝반짝 나게 깨끗이 치웠다. 방마다 불도 때고, 마당에 무성한 풀도 뜯고, 기와지붕 위까지 손 안 간 데 없이 말끔히 치웠다.

일단 대청소를 끝낸 뒤, 천장과 벽에 발라진 낡은 종이를 모두 뜯어내고 도배를 새로 하였다. 미장이를 불러 헐어진 곳, 틈난 곳을 모두 때웠다. 일꾼들은 술기운을 빌려 부지런히 손을 놀리면서도 후미진 곳에는 혼자 들어가려 하질 않았다. 둘씩이라도 꼭 짝을 지어 움직였다.

"어쩐지 으스스한데."

"우리야 일만 해주면 되지만 두고 봐, 이게 다 헛일이 될 터이니."

"그렇고말고. 귀신들이 새 집들이를 먼저 할걸."

"한데, 어젯밤에는 왜 귀신들이 나타나질 않았지. 우리가 두고 간 연장들이 그대로 있잖나."

"잠깐 쉰 모양이지. 오늘밤에는 영락없이 또 난장판을 피울 게야."

도배장이들은 겁에 질려 있었다. 흉가의 소문은 근방에 파다했다.

설핏 수군거리는 소리를 들은 윤지눌도 내심으른 걱정이 없는 것도 아니었다. 밤이 되어 집으로 돌아온 윤지눌은 부인 모씨와 마주 앉았다.

"부인."

"예, 나으리."

"내 큰소릴 치고 집수리도 끝냈소만……."

"너무 심려 마십시오."

부인 모씨는 이렇게 말하며 태연하게 바느질하는 손만 부지런히 놀렸다.

"어찌 그리 태연하시오. 모레면 이사를 해야 하는데 오늘도 도배장이들 얘길 들으니……."

"나으리, 소첩이 방편을 해놓았습니다."

부인 모씨는 바느질거리를 밀어놓으며 남편의 말을 막았다.

"방편이라니요."

윤지눌은 몹시 궁금해 하며 되물었다.

"하나는 벌써부터 준비를 해두었습니다. 달포 전에 전라도까지 사람을 보내어 탱자나무를 구해다 놨습니다. 가시가 많은 탱자나무를 문설주 위에 걸어 놓으면 귀신이 들어오지 못한다 하옵니다."

"그런 것이 있었구려."

윤지눌은 그래도 다소 의심이 풀리지 않는 듯 겨우 고개만 두어 번 끄덕일 뿐이었다.

"어려서 친정 조부모님께 들었습니다."

"또 하나는 무엇이오."

"이것은 나으리께서 도와주셔야 할 일이옵니다."

"어떻게 하면 되오."

"여러 선비들의 도움을 받아야 하옵니다."

"내 친구들에게 부탁하면 되지 않소."

"그렇사옵니다."

부인 모씨는 남편의 귀에다 대고 낮은 소리로 소곤거렸다. 윤지눌의 눈이 둥그렇게 커졌다.

"귀신이 많다 하오니 사람이 많을수록 좋을 것이옵니다."

"알겠소. 부탁을 해보리다."

이튿날 소공주 거리의 집을 찾아간 윤지눌은 혼비백산했다. 전날까지 말끔하게 창호지를 발라 말려놓은 장지문에 온통 구멍이 뚫려 있고, 도배 빗자루는 누군가 내던진 듯 여기저기 제멋대로 흩어져 있었다. 양푼들도 마룻바닥에 함부로 내굴려져 있어 흡사 한바탕 싸움이라도 벌인 듯 난장판이었다.

도배장이들과 미장이들은 벌벌 떨며 바깥에서 기다리고 서 있다가 윤지눌이 나타나자 쫓아 들어서며 아우성이었다.

"나으리, 품삯이나 주십시오. 이제는 만 냥을 준대도 더 이상 일 못하겠습니다요."

그들은 바짝 얼어붙어 손을 내저었다. 공포에 떠는 빛이 완연했다.

"돈 몇 푼 벌려다가 목숨 달아나겠습니다요."

저마다 한마디씩 하며 대문 안으로는 한 발도 들여놓으려 하지를 않았다.

그 길로 윤지눌은 헐레벌떡 집으로 달려갔다.

"부인, 큰일 났소."

윤지눌은 사립문을 열어젖히기가 무섭게 고함을 지르며 아내를 불렀다. 부엌에 있던 부인 모씨가 뛰어나왔다.

"무슨 일이옵니까, 나으리."

"어젯밤에 귀신이 나타났소."

모씨는 황당한 표정을 하고 있는 남편을 쳐다보았다.

"글쎄, 어제 도배를 날아갈 듯 해놓았는데, 오늘 보니 문이란 문은 모조리 구멍이 뚫려 있질 않겠소. 아무래도 이사 가는 걸 포기해야 할까 보오."

그 말에 모씨는 한참이나 웃었다.

"나으리도 참. 그거야 이제까지 귀신 집이었으니 당연하질 않습니까. 우리가 방편을 한 것도 아니고."

"그러니 어쩌면 좋겠소."

윤지눌의 안색이 하얗게 질려 있었다.

"예정대로 이사를 가야지요."

모씨는 당차고 야무진 여자였다.

"새로 바른 문들이 모두 찢어져서 난가(亂家)처럼 보이는데 어떻게 이사를 한단 말이오."

"오늘 저녁에는 더할 것입니다. 귀신들이 마지막 발악을 할 것입니다."

"글쎄, 이 일을 어찌 해야 좋단 말이오."

윤지눌은 이사고 뭐고 다 귀찮다는 얼굴로 잔뜩 실망을 하여 망연자실 서 있었다.

"나리께서는 먼젓번에 제가 말씀드린 일이나 준비해 주십시오. 소첩이 모든 대비책을 다 세워두었습니다. 내일 아침에 다른 도배장이를 대서 말끔히 수리를 해놓을 터이오니 안심하고 계십시오. 그런 연후에 손님들이 오시면 아무 탈이 없을 것입니다."

침착한 태도로 또박또박 이르는 부인의 말에 윤지눌도 더 이상 할 말이 없었다. 그 길로 윤지눌은 약전을 찾아갔다.

"형님, 청이 하나 있습니다."

"무엇인가."

"내일 이사를 합니다."

약전은 고개를 끄덕였다.

"한데 부탁이 있습니다."

"얘기해 보게."

"죽란시사 회원들을 전원 빌려주십시오."

약전은 픽 웃었다.

"흉가에서 크게 차리려는가보군."

"그래서만이 아니라 모두 관복을 입은 채로 밤을 새워 주셔야 합니다."

약전은 어이없어했다.

"그게 무슨 소린가."

"대접은 어느 때보다 빠지지 않을 것입니다. 음식이나 술은 충분히 준비를 할 것이오니 꼭 관복 차림으로 밤샘을 해주십시오."

윤지눌은 신신당부를 했다.

"도대체 왜 그런 주문을 하는 건지 까닭을 알아야 관복을 입고 밤을 새든 발가벗고 밤을 새든 할 것 아닌가."

"그렇게 해야 방이 된답니다."

약전은 쓴웃음을 지으며 상대조차 하려 들지 않았다.

"자네도 미신을 꽤 믿는군. 정 소원이라면 그렇게 함세마는 어디 귀신이 있단 말인가. 정신 좀 차리게."

과학적인 사고방식을 가진 약전은 도리어 핀잔만 주었다.

그믐날이 되었다. 얼마 되지 않는 살림을 꾸려 윤지눌은 부인과 함께 소공주의 집으로 이사를 했다. 그리고는 사람들을 동원해서 집들이 준비를 하느라 부산하게 움직였다.

음식이 다 준비되자 죽란시사의 회원들이 어슬렁거리며 한 사람씩 혹은 삼삼오오 나타나기 시작했다. 그들은 집에 들어서기가 무섭게 탄복을 했다.

"굉장한 집이구먼."

"대궐 같네그려."

윤지눌은 인사받기에 바빴다.

언제 그랬냐 싶게 윤지눌의 표정에서는 두려운 기색이라고는 흔적도 없이 가셔 있었다. 고래등 같은 집의 주인답게 제법 허리를 꼿꼿이 세우고 거드름까지 피우며 객을 맞이했다.

"자네 이젠 부자가 됐구먼. 곰이 재주를 한번 부리더니 금세 달라지는군."

한치응은 이렇게 말하면서 사방을 둘러보느라 연신 기웃거렸다.

관복은 하인들을 시켜 미리 갖다 놓았다. 이어서 상다리가 휘어지게 차려진 음식상이 안방으로 한 차례 들어가고, 하인들을 위해 바깥채에도 따로 상이 들어갔다.

사랑에서 잡담을 나누고 있던 손님들이 부름을 받고 모두 안방으로 자리를 옮겼다.

참으로 진귀한 집들이 잔치가 벌어졌다.

그간의 사정을 잘 알고 있는 약전이 관복으로 갈아입으면서 애기를 꺼냈다.

"오늘은 밤새도록 술을 마셔야 하니 폭주는 말아 주게. 그리고 재미있는 얘기나 하면서 지내세."

설마 하는 중에도 유쾌한 술좌석이 벌어졌다. 방마다 깨끗이 치워져 있었고 문설주 위에는 부적처럼 탱자나무가 덩그러니 걸려 있었다.

천천히 술잔을 주거니 받거니 하다 보니 모두들 술이 거나하게 올랐다.

근엄하게 관복을 입고 앉아서 술을 마시는 품이 흡사 어전회의를 연상케 하였다.

"나 때문에 이런 곤욕을 치르게 되었으니 미안하이. 아무리 생각해도 전대미문의 희극일세그려. 널리 양해해 주게."

윤지눌이 몹시 미안해했다.

그러자 약전이 얼른 나섰다.

"아닐세. 우리가 지금 이렇게 사모관대를 차려 입고 이 자리에 앉아 있는 것 자체가 조정의 부패상을 그대로 드러낸 것이 아니고 무엇인가. 인재를 제대로 등용해 바른 정치를 한다면야 비위에 거슬린다 하여 인재를 헌신짝처럼 내버려 호구지책조차 곤란하게 만들 수 있겠는가. 아깝네, 세월이 아까워. 과거 보느라 허송한 세월이 한스럽네."

결국, 화살은 또다시 조정으로 돌아가고 있었다.

이때 이주신이 분통을 터뜨렸다.

"이렇게 사람을 푸대접할 바에는 차라리 제도 자체를 없애 버려야 하지 않겠나. 정공은 어찌 생각하는가."

약용에게 하는 말이었다.

"누누이 주장해 왔다시피 나는 과거 제도 폐지론자네. 구체적인 형태도 없고 이름도 없고 실체도 없는 학문으로 사람의 우열을 가리고 등용하니 제대로 될 리가 없네. 도대체 주자학에는 경세(經世)의 이론이 없네. 설사 과거에는 등과를 하더라도 치자(治者)로서의 능력이 없어 지방 관속에게 의지하기 급하니 그런 정치가 좋은 결과를 맺을 리 없다고 보네."

약용의 말에 대부분의 참석자들이 고개를 끄떡였다.

"이웃의 왜만 해도 과거 제도가 없네. 거의 모든 학문이 우리 조선을 거쳐 뒤늦게 전해졌지만, 독자적으로 발전을 거듭하여 위대한 학자들이 줄을 이어 나타나고 있질 않나. 임자평(林子平)이란 학자는 청나라에까지 그 이름을 떨치고 있지. 젊은 수재들을 과거 제도로 묶어두지만 않는다면 우리 조선도 무한히 학문을 발전시킬 수 있을 걸세."

약용은 참으로 안타까워했다.

주연은 시간이 지나면서 점차 흥이 돋았다. 잔은 빌 새가 없이 채워졌고 몇 번이고 술병을 날라 와야 했다. 화제도 끊이지 않고 이어져 어느 때보다 흥겨운 술자리였다

어둠이 깊어가자 윤지눌은 마당 여기저기에 모닥불을 지피도록 하인에게 지시를 내렸다. 바깥채에서도 하인들이 상을 받

아놓고 앉아 떠들썩하니 어울렸다. 마당에 지핀 모닥불은 어느새 활활 타올라 대낮처럼 밝았다.

"이렇게 밝으니 귀신도 놀라서 달아나겠구먼."

"더구나 장부들이 수십 명이 있으니 감히 나타나겠는가."

하인들은 마당의 모닥불을 바라보고 앉아서 저마다 한마디씩 하였다.

"옛날부터 귀신은 탱자나무 가시와 관복을 제일 무서워한다질 않는가."

"탱자나무에 관복이 줄을 섰으니 호연지기가 절로 길러지는구먼."

왁자지껄 떠드는 소리가 자자했다.

그러나 그도 한밤중을 넘어서자 조용해졌다. 마당의 모닥불도 장작이 다 타고 나자 점차 화기를 잃어 갔다.

안방에서 재미나는 화제로 꽃을 피우던 죽란시사 일동도 어지간히 마셔댄 탓에 꾸벅꾸벅 졸기 시작했다. 술에 약한 윤영희는 벌써 곯아떨어져 있었다.

이때였다. 갑자기 바람소리 비슷한 소리가 들려왔다. 마치 갈댓잎을 스치는 것처럼 음산하고 기괴한 소리였다. 그리고 조금 지나자 분명히 흐느끼는 듯한 울음소리가 들려왔다.

"으흐흐흐."

폐부를 찌를 듯한 소름끼치는 통곡이었다. 졸던 사람들은 그 소리에 불현듯 깨어나서 서로의 얼굴을 쳐다보았다.

저마다 식은땀이 등골을 타고 내려오는 것을 느꼈다. 머리털이 꽃꽂이 일어서고 꿈쩍도 할 수 없는 것이 흡사 얼어붙는 것만 같았다. 그들은 눈만 왕방울만 하게 크게 뜨고는 소리나는 쪽을 향해 붙박인 듯 굴리고 있을 뿐이었다.

그때 담력이 큰 이주신이 자리를 박차고 벌떡 일어섰다.

"괴이한 것들! 썩 물러가지 못할까!"

그러고는 벽력같이 고함을 치며 발로 문을 걷어차고 마당으로 뛰어나갔다. 방 안 사람들도 일제히 이주신을 따라 일어났다.

"호호호호."

꼬리에 긴 여운을 남기면서 소리는 그대로 사라져 갔다.

윤지눌이 하인들을 깨워 꺼진 모닥불을 다시 지폈다. 아까보다 더 밝은 불빛이 집 안을 환히 드러냈고 주연이 다시 벌어졌다. 죽란시사 젊은 사대부들의 웃음소리는 새벽녘까지 이어졌다.

그날 밤 이후로 다시는 귀신이 나타나지 않았다. 소공주 윤지눌의 집 행랑채에 세를 들겠다고 나서는 사람이 줄지어 나타나기 시작했다. 얼마 되지 않아 행랑채는 세든 사람들로 다 차게 되었다.

〈2권으로 계속〉